밥이 되는 사람책

책 읽어주는 남자, 요셉의 일곱 빛깔 이야기

밥이 되는 사람책
책 읽어주는 남자, 요셉의 일곱 빛깔 이야기

목차

4 • 머리말
8 • 헌시_세월 따라 가버린 청춘 진혼가
286 • 맺는말

인생 1장
14 • 잊혀진 질문
18 • 살아야 하는 이유
21 • 공부가 가장 쉬웠어요
24 • 우리는 왜 행복해지지 않는가
28 • 흔들리는 마흔, 이순신을 만나다
31 • 혼자만 살만믄 무슨 재민겨
34 • 탈무드의 처세술
38 • 나이듦의 지혜
42 • 인생

건강 · 식품 2장
48 • 클린
52 • 1일1식
55 • 병 안 걸리고 사는 법
62 • 조선의 왕들은 어떻게 병을 고쳤을까
67 • 암을 넘어 100세까지
70 • 음료의 불편한 진실
75 • 술 이야기
81 • 대한민국 지표산물
86 • 한중일 밥상문화

중국 3장
92 • 중국
95 • 중국어란 무엇인가
99 • 중국사상이란 무엇인가
104 • 중국인 이야기(화교)
108 • 아Q와 허삼관
111 • 중국인, 그들의 마음을 읽다
114 • 판타스틱 중국백서
119 • 베이징특파원, 중국경제를 말하다
123 • 한중일 경제 삼국지

사회 4장

130 • 허기사회
134 • 트라우마 한국사회
137 • 자기절제사회
140 • 새터민을 통해 본 남북한 사회 그리고 통일
144 • 역사에서 찾는 지도자의 자격
147 • 신뢰가 이긴다
151 • 도시의 승리
154 • 건강한 경제모델, 프라우트가 온다
158 • 우리, 협동조합 만들자

경제 · 경영 5장

164 • 승려와 수수께끼
167 • 창업의 시대
170 • 손정의의 상식을 파괴하는 비즈니스 테크닉
174 • 변화는 사막에도 비를 뿌린다
178 • 고객을 사로잡는 Why 마케팅
181 • 운명을 바꾸는 10년 통장
185 • 부자들은 왜 장지갑을 쓸까
188 • 불안한 원숭이는 왜 물건을 사지 않는가
192 • 문제는 경제다

환경 · 과학 6장

202 • 도둑맞은 미래
205 • 2033 미래 세계사
208 • 3차산업혁명
211 • 강에도 뭇 생명이
215 • 원자력 트릴레마
220 • 아파야 산다
223 • 생명의 신비, 호르몬 1
229 • 생명의 신비, 호르몬 2 – 식품이 호르몬을 좌우한다
233 • 바잉 브레인
237 • 식량의 세계사

예능 · 취미 7장

244 • 두 남자의 집짓기
247 • 반 고흐, 영혼의 편지
251 • 베토벤 바이러스
256 • 뮤지컬 감상법
261 • 즐거운 식사(시창작강의)
264 • 수성의 옹호
268 • 읽고 쓰는 즐거움
272 • 몸에 좋은 야채 기르기
277 • 요리하는 남자가 아름답다
282 • 세계일주 문화유산 답사기

머 | 리 | 말

제게는 몇 분의 멘토가 있습니다. 힘들고 지치거나 곤경에 처했을 때 위로와 격려를 아끼지 않는 그분들 덕택에 살아갈 용기와 기운을 되찾곤 하지요. 제게 있어 책은 그분들 못지않습니다. 책은 사람들의 생각과 사상, 지혜 등을 말(言)이 아닌 글(語)로 담아낸 질그릇 같은 거라서 한 마디 유창한 말처럼 화려하지 않아도 때론 겸손하고 때론 진솔하게 각자의 보따리를 슬며시 풀어놓기 마련이지요.

저는 감히 독서애호가라 자처합니다. 일주일에 한 번 시립도서관에 들러서 읽고 싶은 책을 빌려보고, 신간 동향을 살피기 위해 열흘에 한 번은 서점을 찾습니다. 가끔 들르는 중고책방에서 좋은 책을 염가로 구입할 때의 기쁨이란 심마니가 산삼을 발견할 때의 기쁨 못지않습니다. 책방에서 "심봤다!"를 외칠 수 있는 자라면 누구든지 책이 주는 매력에 흠뻑 빠진 애독가들일 것입니다.

저는 그간 몇 권의 단행본을 펴냈습니다. 마흔이 되던 해 펴낸 〈잡동사니로 살아라〉가 여전한 미혹 상태로 불혹의 나이를 맞이하게 된 개인적인 참회록이었다면, 몇 해 뒤 펴낸 〈읽고 쓰는 즐거움〉은 대학시절 함께 했던 동아리 동문들과 공개토론 형태로 묶어낸 1년 치 독서일지로서 독서생활의 전범(典範)을 보여주고자 한 시도였지요. 그 뒤 식품사업에 손댄 것이 인연이 되어 세계적인 베스트 푸드를 소개한 〈몸에 좋은 행복식품 다이어리〉를, 최근에는 우리나라 지역특산물을 총체적으로 소개하는 〈대한민국 지표산물〉이란 책을 연이어 출간했습니다.

이러다보니 혹자는 제가 식품학을 전공한 사람으로 오해합니다. 실토컨대 저는 고교시절 내내 인문계 반이었고 대학 대학원 과정은 경영학으로 도배한, 식품학과는 일면식도 없는 이방인이었습니다. 헌데 우연히 접하게 된 식품유통 사업은 낯선 분야에 대한 지적 호기심을 한껏 고취시키는 계기가 되었습니다. 식품 서적을 어지간히 뒤적인 끝에 정말 몸에 좋은 식품은 이런 거구나 하고 깨닫게 되기까지 4,5년의 시간이 걸렸던 것 같습니다.

지식이란 원래 도미노 게임 같은 거라서 캐내고 나면 또 다른 궁금증이 도사리고 있기 마련이지요. 몸에 좋은 베스트 푸드를 알게 되다 보니 정작 우리에게 필요한 음식은 가까이 있는 로컬 푸드, 즉 토속 음식임을 깨닫게 되었습니다. 그렇게 우리나라를 대표하는 지역특산품을 공부한 지 어느새 3년의 세월이 흘렀습니다. 꼬박 3년. 적지 않은 시간을 미련스럽게도 한 분야에, 그것도 독학으로 매달렸습니다. 하지만 그 세월은 저로선 매우 행복했던 시기로 기억됩니다.

제가 알고지내는 베스트셀러 작가 중에 박종평이 있습니다. 그 역시 대학에서 정치외교학을 전공했지만 오늘날 세인들이 그를 일러 이순신 연구가라 칭합니다. 언젠가 〈흔들리는 마흔, 이순신을 만나다〉라는 그의 책에 대한 서평을 올렸더니 즉각적인 답신이 왔습니다. 그에게는 이순신이라는 이름만 거명해도 장군의 분신처럼 나서서 반응하는 열정이 도사리고 있어서입니다. 누가 그를 이순신의 아바타이자 편집광으로 만들었을까요.

여러분은 무엇에 집착하십니까. 돈? 권력? 글쎄, 제가 보기에 거의 대부분의 의미 있는 집착은 조건 없는 집착이겠지요. 좋아서 하는 일을 타인들이 집착이라 불러준다면, 그건 열정의 또 다른 표현이라 여겨야 합니다. 저는 열정적인 사람만이 좋은 책을 펴낸다고 생각합니다. 사마천의 〈사기(史記)〉가 그랬고 도스토예프스키의 〈죄와 벌〉이 그랬듯이 조정래의 대하소설 또한 집착이 아닌 집념(執念)으로 일궈낸 역작인 것입니다.

저도 어느덧 오십대 중반에 들어서다보니 이젠 산에 올라도 내려가는 길이 더 정겹습니다. 내려가는 길은 치열하지도 않고 모든 걸 내려놓아야 하니 때론 허무하기까지 하지요. 이 책을 구성하며 무엇보다도 인생을 이야기하고 싶었습니다. 사는 게 뭔지 모범답안을 스스로 깨닫고 여러분에게도 들려주고 싶었습니다. 독자 여러분에게 인생은 무엇인가요. 본문에 언급된 여러 작가들의 이야기 중에 하나라도 필(feel)이 꽂히는 대목이 있다면 그 순간 책을 덮어도 좋을 것입니다. 그게 바로 제가 바라는 바이기도 하니까요.

그 외의 글들도 균형 감각을 잃지 않기 위한 교양글들의 모음에 진배없습니다. 수명연장으로 더욱 관심이 높아진 건강과 식단의 상관관계, 비상하는 중국에 대한 다방면의 이해, 온갖 사회 부조리에 대한 고발과 각성, 삶의 질 향상을 위한 경제 경영 인식, 환경과 지구과학의 미래, 삶을 풍요롭게 만드는 예능 취미 등 어느 것 하나 허투루 넘길 수 없는 주제들이지요.

본문 〈강에도 뭇 생명이〉를 쓴 권오길 교수는 '깊게 파려거든 넓게 파기 시작하라'는 교훈을 남겼습니다. 저의 잡식성 독서법은 이 말씀과 일맥상통합니다. 연초 대통령이 통일이 대박이라고 말했을 때 그게 과연 그러할까, 후쿠시마 원전사고로 일본산 수산물 반입을 금지한다는데 굳이 그래야 하나, 삼성그룹 창업자 이병철 회장이 죽기 직전에 작성했던 질문의 요지는 무엇이었던가, 한국사회의 트라우마는 과연 무엇이며 그 해법은 없나 등등 오늘을 살아가는 우리들에게 던져지는 숱한 오해와 궁금증은 제겐 항상 지적 호기심을 유발합니다.

책 읽기가 호기심을 해소하는 수단이라면 글쓰기는 습득된 지식을 지혜로 체현해 내는 과정이라 여겨집니다. 아는 것이 힘이라지만 혼자만 알고 있는 힘은 편협된 속물적 지식에 불과하지요. 염전에서 오랜 시간 햇볕에 잘 정제시켜야만 한 줌의 소금이 되듯, 독서로 습득된 지식도 글로 다듬어 한 권의 책으로 엮어질 때 비로소 빛과 소금으로 다가올 것입니다. 이 책도 그랬으면 하는 바람으로 다듬어 보았습니다.

책은 공감을 필요로 합니다. 제가 아무리 미사여구를 동원해 아름다운 글로 표현한다 하더라도 그 속에 탐구정신과 진실성이 결여된다면 공감과 이해를 불러일으킬 순 없겠지요. 일곱 가지 테마를 주제로 관련서적들을 동원한 것은 전문가들의 입을 빌려 보다 정확하고 깊이 있게 의미를 전달하고자 함입니다. 대개의 책들은 아무리 내용이 방대해도 핵심 요지(要旨)는 단 한 줄로 압축됩니다. 그런 만큼 말하려는 요지를 찾아내어 대신 전달하는 작업도 결코 쉬운 일은 아닌 셈입니다. 절치부심(切齒腐心) 끝에 촌철살인(寸鐵殺人)이 나오기 때문이랄까요.

제가 사는 경기도 군포시는 '책 읽는 도시'입니다. 여러 행사 중에 한 달에 한 번 열리는 '밥이 되는 인문학' 강좌는 시민들의 큰 호응을 얻고 있습니다. 얼마 전에는 시립도서관 주최로 살아있는 멘토 역할을 해 줄 '사람책'을 공모하기도 했습니다. 저는 바쁘다는 핑계로 공짜강의는 열심히 들으면서 내 몸을 봉사하는 공모에는 주저했습니다. 책 제목을 '밥이 되는 사람책'으로 정한 이유도 순전히 이 둘에 대한 송구함 때문입니다. 이 책을 통해서나마 제대로 사람책 구실을 하고 싶습니다. 앞으로 여러 사람들이 '책 읽어주는 남자'로 저를 기억해 주기 바라며, 그에 앞서 좋은 글들로 저를 감화시킨 여러 작가들에 감사드립니다. 또한 이 책이 출간되기까지 적지 않은 도움과 격려를 해 주신 군포시 정책비전실장 방희범 님과 책읽는군포팀장 유승연 님, 그리고 중앙도서관 박소영 님에게도 심심한 감사를 드립니다.

산본 사무실에서 저자

세월 따라 가버린 청춘 진혼가

(세월호 희생자들에 바친다)

평소와는 달랐다.
엄마의 잔소리에 짜증을 내던,
친구들의 왕따에 괴로워하던,
돌부리에 넘어져 운수 사납다 고함치던
그런 때와는 분명 달랐다.

그날 아침,
아이들은 짝을 지어 배에 올랐을 것이다.
거대한 자궁 같은 세월호가
온갖 풍랑에도 끄떡없을 블랙홀이라 믿으며
삼삼오오 더 깊은 선체로 몸을 맡겼다.

배가 항구를 벗어날 때
여느 아이들은 탄성을 질렀다. "자유다!"라고,
바로 그때 우지끈, 쿵, 쾅
요동치며 배가 기울기 시작했다.
그리고 전선줄을 타고 말씀이 들렸다.
"그대로 있으라" 하매 정녕 그대로 있었다.

몇 번 방송이 거듭되는 사이,
배의 기울기가 감당하기 힘든 지경이 되었어도
"그대로 있으라"는 말씀은 변함이 없었다.
두려움은 아이들을 천상 아이로 만드는 법.
힘든 때일수록 어른들의 말씀을 따라야한다는,
믿음을 버릴수록 더 힘들어질 거라는
어른들의 평소 말씀을 따른 것이다.

곧이어 칠흑 같은 어둠이 깔리고
어둠 위로 스멀스멀 물이 차기 시작했다.
거친 물살은 냉정을 잃지 않으려고
빈틈없이 사위를 채워 나갔다.
아, 그때서야 "그대로 있으라"는 말씀이
악마의 음성이었음을, 사이렌 마녀의 유혹이었음을

아이들의 탄식이 아비규환으로
전염병처럼 번져갈 때 갑판은 오히려 평온했다.
선장, 항해사, 기관사, 선원들은 트림하듯
부풀려진 배의 입을 벌려 제 목숨 부지하기에 바빴고
배 밖의 구조대는 배 안의 절규를 애써 외면했다.

얼마나 시간이 흘렀을까,
봄 벚꽃이 지듯 꽃다운 청춘들이 스러져서
하나둘 차가운 시신으로 떠오르기 시작하자
누군가 노란 리본을 달자고 난리법석이네,

마지막 희망을 잃지 말자고 아우성이네.

아, 넋 잃은 세상의 넋 나간 사람들아,
리본으로 희망을 치환하려는 어리석은 어른들아,
세상의 어른스러움을 송두리째 팽개친 자들아,
우리는 누구도 리본을 달 자격이 없다.
리본 대신 목 놓아 통곡을 해야 한다.
"다 내 잘못이다, 앞으론 절대 그러지 않으마, 미안하고 또 미안하다"
리본을 매려거든 차라리 검은 리본을 매라.
〈2014. 4. 23〉

—

2014년의 4월은 몹시 잔인했습니다. 진도 앞바다 맹골수역의 해마(海魔)가 세월호에 탑승했던 수백명의 목숨을 앗아갔습니다. 그것도 대부분이 피 끓는 어린 청춘들이었지요. 이 시는 제가 사는 경기도 군포시민단체에서 마련한 어느 촛불추도회에서 낭송한 자작시입니다. 귀감을 보이지 못한 선원들에 대한 매서운 질책에 앞서 어른으로서의 자기반성을 억누를 수가 없었습니다. 배의 이름마냥 세월 따라 아까운 청춘들을 떠나보냈지만, 시간이 흐르면서 포말처럼 또 무심히 잊혀질 것을 경계하고 싶었습니다. 굳이 이 시를 서두에 올린 것은 그런 다짐을 공유함으로써, 이 일을 우리 모두의 반면교사와 자기성찰로 마음깊이 되새기기를 간절히 바래서입니다.

1장.

인생

잊혀진 질문

살아야 하는 이유

공부가 가장 쉬웠어요

우리는 왜 행복해지지 않는가

흔들리는 마흔, 이순신을 만나다

혼자만 살만믄 무슨 재민겨

탈무드의 처세술

나이듦의 지혜

인생

●

인생의 답이 뭐냐고요?
저도 몰라요.
그러니 '나를 따르라' 할 자신도 없죠.
단 한 번밖에 없는 인생,
매순간 치열하게 살라고 말할 뿐…

- 철학자 박이문 -

내 가슴을 다시 뛰게 할 잊혀진 질문

차동엽 / 명진출판

● 1987년에 작고한 삼성그룹 창업주 고 이병철 회장이 죽기 직전 모 신부님께 던진 24가지 질문에 대한 답변서입니다. 신은 존재하는가? 신이 인간을 사랑했다면 왜 고통과 불행, 죽음을 주었는가? 신은 왜 악인을 만들었는가? 영혼이란 무엇인가? 지구의 종말은 언제 오는가? 등등 워낙 심오하고 절박한 물음들에 아무도 답할 엄두를 못 내다가 꼬박 24년이 흐른 즈음에 '무지개 원리 전도사'가 나섰습니다. 이 중 삶을 되돌아보게 하는 난문쾌답 몇 가지를 소개하고자 합니다.

〈무지개 원리〉는 '하는 일마다 다 잘 되리라'는 희망과 믿음의 메시지를 담은 저자의 7가지 인생원리입니다. '뿌린 대로 거두리라'는 종교적 신념이 바탕을 이루고 있지요. 그런데 한 번 태어나는 인생, 왜 이다지 고단하고 아프고 고통스러울까요. 독일 시인 에리히 케스트너의 표현을 빌면 '요람과 무덤 / 사이에는 / 고통이 있었다'. 차 신부도 예외는 아니었습니다. 알코올 중독자인 아버지 밑에서 초등학교 4학년 때부터 연탄배달을 해야 할 정도의 가난으로 인해 공업고등학교에 진학할 수밖에 없었지요. 어렵사리 서울공대에 진학했지만 20대에 이미 B형 간염, 간경화로 육체도 피폐해져 갔습니다. 그가 사제의 길로 들어선 건 일종의 도피 행각이었지 싶습니다.

누구도 피해갈 수 없는 고통은 신이 내린 엄벌일까요. 아닙니다. 생명의 몸살로 겪게 되는 자연발생적인 현상일 뿐입니다. 갑작스런 지진 해일이, 때론 떠나간 애인이 고통을 줍니다. 그러므로 신에게 책임을 전가하기보다 그 진면목을 헤아려 스스로 대처하는 힘을 길러야 하지 않을까요. 고통에는 순기능도 있습니다. 보호와 단련, 정신적 성장의 계기가 된다는 것이지요. 한센병처럼 고통 감지 기능이 저하된다면 더 큰 손상을 입을 수밖에 없고, 박지성 최경주 선수가 연습의 고통을 거부했다면 영광의 주인공이 되지 못했을 것입니다. 고난과 역경 속에 탄생된 화가 고흐와 시인 이상의 편집광적인 그림과 시는 새로운 문화 사조를 창조해냈습니다. 거부하고 싶지만 고통은 지구생태계의 순리인 것입니다.

철학자 칼 야스퍼스는 인생의 수수께끼를 이렇게 읊조렸습니다. '나는 왔누나 / 온 곳을 모르면서, 나는 있누나 / 누군지도 모르면서, 나는 가누나 / 어딘지도 모르면서, 나는 죽으리라 / 언젠지도 모르면서.' 저자는 하나를 더 보탭니다. '나는 일하누나 / 뭔지도 모르면서'. 그렇다면 출구가 없단 말인가요. 현존하는 문제 가운데 '답 없는 문제는 없다'는 게 저자의 확신입니다. 사는 게 고달플 때 찾을 수 있는 생의 가장 강력한 모멘텀(동기)은 '사기(士氣)' 진작일 것입니다. 일본의 행복전도사 나키타니 아키히로는 '온몸으로 벽에 부딪쳐 본 이는 행복한 사람이다. 정말로 벽에 부딪쳐보지 못하고 인생을 마감하는 이가 수두룩하기 때문'이라고 했습니다. 시련 속에서도 희망을 붙든 자만이 위기를 이겨낼 수 있으니까요.

정말 힘들고 지칠 때면 잠시 내려놓는 지혜도 필요합니다. 미국 시인 롱펠로는 '가끔은 흔들려보며 때로는 모든 걸 내려놓아야 소중한 깨달음을 얻게 된다'고 노래했습니다. 슬플 때 흘리는 눈물은 신이 인간에게 선물한 치유의 물일지 모르겠습니다. 그러니 눈물을 아끼지 마십시오. 빠트릴 수 없는 요소로 '긍정적 관점'도 있습니다. 미국의 성공한 세일즈맨 오그 만디노는 아침에 눈 뜰 때마다 "슬퍼지면 소리 내어 웃자. 기분 나쁘면 곱빼기로 일하자. 두려우면 문제 속으로 뛰어들자. 열등감을 느끼면 새 옷으로 갈아입자. 불안하면 고함을 세 번 지르자. 무능을 느끼면 지난날의 성공을 되새기자."를 크게 외쳐대었다 합니다. 현실은 쉽게 바꿀 수 없지만 현실을 보는 눈은 언제라도 바꿀 수 있다고 여긴다면 용기와 위안을 얻을 게 틀림없습니다.

공포는 주어진 자극이나 위협 앞에 본능적으로 느끼게 되는 동물적 감정입니다. 하지만 불안은 자신의 존재와 관련해서 어떤 위기나 피해를 미리 상상하거나 감지하게 되는 '생각의 결과'일 뿐입니다. 하버드대 정신과 교수인 필레이 박사는 "인간은 원하는 것 보다 피하고 싶은 것을 먼저 처리하도록 진화되어 왔다. 그러다보니 과잉보호 방식의 나쁜 두뇌습관이 생겼다"고 말합니다. 불안을 완전히 떨쳐낼 수 없는 이유입니다.

한편 철학자 키에르케고르는 인생을 심미적 삶, 윤리적 삶, 종교적 삶의 3단계로 분류하고 매 단계마다 불안이 도약의 계기가 된다고 주장했습니다. 쾌락을 쫓아 살다보면 권태와 싫증에 다다르고 이때의 절망과 불안감이 윤리적 삶으로의 진전을 이루게 합니다. 하지만 높은 도덕에 이르지 못하고 현실의 모순과 부조리에 직면하면서 또 다시 겪게 되는 고뇌와 불안은 저절로 신에 의탁하게 만든다는 것이지요. 이런 순기능에 반해 불안이 주는 역기능 역시 만만찮습니다. 불안이 초래하는 좌절의 연속은 도전정신을 결핍케 하고 사람들의 심신을 전방위적으로 해치게 만들기 때문입니다. 2차 세계대전 당시 전쟁으로 목숨을 잃은 미국 군인은 30만 명이었지만 아들과 남편을 전쟁터에 내보낸 100여만 명의 가족들이 심장병으로 목숨을 잃었습니다.

불안감을 덜며 살 순 없을까요. 우울증 환자는 언제나 주변을 냉철하게 보기 때문에 절대 착각에 빠지지 않는다고 합니다. 그렇지만 대부분의 사람들은 일종의 착각이랄 수 있는 강력한 희망과 꿈으로 불안을 몰아낼 수 있습니다. 이처럼 긍정적인 착각이 보호막 역할을 해 준다는 것이지요. 두 번째로는 불안을 아예 신에게

맡겨 버리는 방법도 있습니다. 성경에는 '두려워 말라'는 말씀이 365번 나온다고 합니다. 신을 믿는 사람일수록 기도로 불안감을 해소하는 능력이 뛰어나고 불안할 때면 더 정진하는 버릇이 있다는 것입니다.

〈탈무드〉에는 사람을 평가하는 세 가지 기준으로 키이소오(돈주머니), 코오소오(술잔), 카아소오(노여움)가 나옵니다. 돈과 술로도 사람이 쉽게 변하지만 화가 났을 때 그 사람의 됨됨이가 극명하게 달라진다는 점을 지적한 것이지요. 저자가 주창하는 〈무지개 원리〉의 마인드 컨트롤은 '어떤 것도 내 허락 없이는 나를 불행하게 만들 수 없다'는 지혜입니다. 판단과 선택의 과정에서 분노유발 인자를 의도적으로 잠재운다는 것인데, 화가 치밀 때마다 여러분도 스스로 최면을 걸어보십시오. "네가 아무리 그래봤자 내가 화나는 걸 허락하지 않겠노라"고.

삶의 방식은 제각각 다양합니다. 기업인으로서 최고의 성공을 일궜던 고 이병철 회장도 죽기 직전에야 일말의 깨달음을 질문으로 표출했을지 모릅니다. 여러분은 인생을 뭐라 말하겠습니까. 차동엽 신부님은 이렇게 말합니다.

"무슨 일을 하든지 그 자체를 즐겨라. 배를 곯을지언정 의미 없는 일은 하지 마라. 돈을 위해 일하는 사람은 영혼을 잃기 쉽고, 명예를 구해 일하는 사람은 기쁨을 잃기 쉽고, 권세를 탐해 일하는 사람은 친구를 잃기 쉽다. 자기가 사랑하는 일을 하고 일을 위해 일하라. 나머지 것들은 저절로 따라올 것이다."

살아야 하는 이유

강상중/사계절

● 재일한국인인 저자가 4년 앞서 발간했던 〈고민하는 힘〉의 후속작입니다. 나는 누구인가. 어디에 귀속되는가. 어떻게 살아야 하는가. 이 세상에 살만한 가치는 존재하는가… 100여 년 전의 일본작가 나쓰메 소세키와 독일사상가 막스 베버를 인용하며 삶의 의미와 가치를 찾아본 역작입니다. 결론적인 해답은 '산다는 것은 고민하는 것이라서 살아가는 힘은 고민하는 힘에서 찾아야 한다.'는 것입니다.

2011년 3월 11일, 동일본 대지진 및 후쿠시마 원전사고는 단단하고 안정적이던 '고체화된 근대(Solid modernity)'가 액상화 되고 있음을 감지하게 만드는 계기가 되었습니다. 그 동안 행복의 합격기준으로 여겨졌던 돈+애정+건강+장수 등 행복방정식이 한계를 드러낸 것이지요. 모든 것이 유동하는 이러한 비상사태에 사람들은 집단적인 공허와 허무를 분출하고 있습니다. '정신 없는 전문인과 가슴 없는 향락인.' 베버의 말입니다. 자본주의적 문화발전의 말단에 등장하는 인간유형으로 '최후의 인간'을 꼽았는데, 현재 일본인 상당수가 이들과 진배없다는 것이지요.

고민의 원형을 잠깐 들춰볼까요. 고민거리는 앞서 밝힌 행복의 합격기준에 미달하여 발생되는 것들이 대부분입니다. 돈, 사랑, 가족, 자아의 돌출, 세계에 대한 절망. 돈에 눈멀고 사랑에 속았던 심순애 같은 원초적인 고민거리에다 가족의 해체가 가져온 아수라장 같은 불안, 남들의 시선을 부단히 의식해야 하는 현시욕, 연결의 끈을 놓치게 될 때 나타나는 실존적 공허감 등등이 서로 뒤엉켜 고민을 양산한다는 것이지요. 그 중 심각한 고민은 자아 상실에 있습니다. 감당하기 힘든 말기적 현상이 빈발하는 요즈음 '자기답고 싶다'는 바람은 삶을 지탱하는 처절한 몸부림이기 때문입니다.

온통 고민으로 둘러싸인 시대, 고민의 씨앗은 어떻게 자라난 것일까요. 첫째, 과학적인 인과율을 강조해온 황금만능식 경제시스템을 지목합니다. 악마적 카지노 자본주의가 불신을 조장하고 있는 것이지요. 둘째, 직접 접근형 사회로 발전하면서 늘어나게 된 익명의 군중을 꼽습니다. 이름도 얼굴도 없는 익명의 개인들은 점점 더 고독해지기 마련이니까요. 셋째, 공공 영역이 사라지고 있기 때문입니다. 갈수록 정치적 사회적으로 중간생략 되는 개인들은 합리적 논리와 소속감을 박탈당하고 있다는 것입니다.

신이 개입했던 근대 이전에는 주술이나 종교가 고민거리를 해결했습니다. 과학이 주도해온 근대 혁명은 인간을 한없이 행복하게 해 줄 거라고 믿었습니다. 그러나 3.11 참사는 과학에 대한 신뢰를 무너뜨렸고 사람들의 영혼을 병들게 했습니다. 생사의 갈림길에서 빠져나온 사람은 하나같이 거듭나기(twice born)를 맹세합니다. 안온하고 건강했던 과거 대신 병든 영혼을 새롭게 치유하고자 하는 시도 말입니다. 이때에는 개인적 공명(personal resonance)이 요구되지요. 그간 뿔뿔이 흩어졌던 고독한 영혼들끼리 '진지함'으로 상호 공명해야 하니까요.

인간은 누구라도 일회성과 유일성 안에서 살고 있습니다. 프랑클의 말입니다. 인생 단 한 번 살 뿐이고, 그래서 개개인 모두는 둘도 없이 소중한 존재들이라는 지극히 당연한 말 속에 삶의 가치가 숨겨져 있습니다. "한 번뿐인 인생을 소중히 여기자는 것." 사람마다 삶의 방식은 다를지라도 불확실한 미래 보다 확실한 과거에 중점을 두어야 한다는 것입니다. 다른 말로 표현하자면 지금의 순간순간을 알차게 살아서 좋은 과거를 많이 축적하라는 것입니다.

칼 힐티는 '사람은 시종일관 행복의 감정을 추구한다.'고 했습니다. 그러나 역설적이게도 사람들은 자신이 원하는 것을 얻었을 때에야 비로소 행복을 느낍니다. 행복하고자 해서 행복한 것이 아니라 무언가 응답을 얻었을 때 행복해지는 것입니다. 프랑클은 인간의 가치를 크게 세 가지 단어, 즉 창조, 경험, 태도로 압축합니다. 예술 과학 기업활동 등 모든 분야에서 창의적인 성과를 거두었을 때, 우리는 성공이란 훈장을 달아줍니다. 또한 여행 · 독서 · 봉사활동 등 남이 해 보지 않은 것들을 더 많이 체험하는 것 역시 창조와 버금갈 정도로 높이 평가받습니다. 나머지 하나는 삶을 대하는 태도인데, 가장 진가를 발휘하는 최상위 가치로 이를 꼽을 수 있겠지요. 왜냐하면 태도는 건강할 때나 병들었을 때나 언제 어느 때고 마음만 먹으면 발휘할 수 있기 때문입니다.

성공과 실패, 효율과 비효율, 유효와 무효, 이런 대척점은 삶의 태도에 따라 극명히 달라집니다. 제2차 세계대전 당시 유대인 수용소에서 불려졌던 "그럼에도 삶에 대해 예! 라고 말하려네." 라는 노래가 좋은 예가 되겠습니다. 죽음의 문턱에서도 희망을 잃지 않았던 자들은 끝까지 살아남았기 때문입니다. 인생의 물음 하나하나에 성실하고 긍정적으로 응답하는 삶의 태도는 그래서 너무도 소중합니다.

이러한 태도의 근간은 인간에 대한 존엄과 사랑이 바탕을 이루어야 합니다. 인간이 일을 하는 가장 큰 이유가 '타자로부터의 관심'이라고 볼 때, 결국 가장 중요한 점은 무엇을 하느냐 가 아니라 어떻게 하느냐 이기 때문일 것입니다. 이제 여러분도 살아야 하는 이유를 깨달았습니까. 그렇지 않다면 여러분 역시 저처럼 고민하는 인간(호모 파티엔스; homo patiens)이겠군요.

공부가 가장 쉬웠어요

장승수/김영사

● 장승수. 1996년 서울대 인문계열 전체수석을 차지했던, 이 시대 마지막 '개룡(개천에서 난 용)'이라 불리는 이 사내를 기억하는 사람들이 적지 않습니다. IQ 113에 고교내신 5등급이던 그가 4수 끝에 거둔 결실, 그 보다 더욱 값진 것은 키 160cm에 몸무게 55kg의 왜소한 체구로 동생 학비와 집안 생계를 위해 공사장 막노동 등 안 해 본 일이 없을 정도로 밑바닥 생활을 감내했던 인간승리의 화신으로 그를 기억하기 때문입니다.

그로부터 18년 세월이 훌쩍 흘렀습니다. 어떻게 변했을까요. 인터넷에 그의 이름을 검색해 보니 모 로펌의 대표 변호사로 일하고 있었습니다. 함께 실린 사진의 모습은 여느 중년 남성들처럼 변해버렸지만 환한 웃음에서 여전한 자신감이 묻어나오네요. 다행입니다. 젊은이의 눈으로 바라본 인생 이야기를 들려줄 마땅한 인물을 찾고 있었는데, 이 정도면 당시 베스트셀러로 읽혀졌던 이 책을 롤 모델로 삼아도 손색이 없겠다는 생각이 들었습니다.

그의 이력을 잠시 들춰보겠습니다. 1971년 경북 왜관 태생, 열 살 때 아버지가 죽고 홀어머니 밑에서 고교졸업 때까지 공부와 담을 쌓고 삽니다. 오히려 싸움과 술과 오토바이로 허송세월을 보내던 20대 초반 시절, 불현듯 대학을 가야겠다는 결심을 하게 됩니다. 물수건 배달 일을 하기 직전, 친구를 만나러 가 본 고려대학교 교정이 가슴 속 열망을 불태우는 계기가 되었던 것이지요. 그로부터 주경야독, 아니 학원비를 벌기위해 돈벌이를 하고, 돈이 모여지면 죽어라 공부를 하고, 낙방하면 또 다시 학원비 벌이와 공부를 번갈아 하는 일을 5년간 거듭했으니 힘든 노동보다 공부가 더 쉽게 느껴졌을 만도 합니다. 그의 일기를 통해 그 때의 심경을 살펴볼까요.

-모의고사 성적이 200점을 넘던 날. '오늘 3월 모의고사를 쳤다. 그동안의 회의와 두려움에서 벗어나오기에 충분히 좋은 결과라고 생각된다… 앞으로도 하나씩 하나씩 천천히 오늘보다 더 보람된 결과를 얻기 위해 노력해야겠다.'

-1992년 4월 12일. '나이가 들어가면서 점점 내 인생이 초라함을 느낀다. 초라한 내 자신을 벗어 던지기를 그토록 원했건만, 삶이란 이토록 내 맘대로 되지 않는 것인가… 나는 내일 또다시 노동의 하루를 보내야 한다. 결국 돈 몇 푼 벌려는 것이다. 그래도 올해까지는 괜찮을 것 같다. 그러나 스물세 살이 되고 네 살이 되어도 이렇게 살아야 한다면, 그때는 어떻게 할 것인가.'

-1992년 6월 5일. '마음의 여유를 갖지 못한 채 벌써 2년째를 살아오고 있다. 마음을 놓고 푹 쉰다든지 방탕한 생활을 하기엔 몸이 너무 부지런해져 버렸다. 습관이란 이렇게 무서운 것인가 보다. 한때 더 이상 방탕할 수 없으리만치 모든 걸 내팽개친 채 지내오기도 했는데, 이젠 한 순간도 의미 없이 보낼 수가 없다.'

-1993년 10월 3일. '가난하고 무능한 현실 속에서 어떠한 활로도 찾지 못한 채 갈수록 수렁 속으로 빠져 가는 느낌이다. 실패와 좌절이 끝없이 반복되더라도 꿈조차 잊어버리고 살고 싶지는 않다. 그러나 방황은 언제나 거듭되고, 오늘은 이제껏 살아 온 날들 중에 가장 슬픈 날이다.'

감당하기 힘든 인고의 세월이 얼마나 그를 짓눌렀는지 느껴지지 않습니까. 서울대 수석합격 발표를 듣던 날도 그는 공사판에 나가 있었습니다. 취재차 몰려든 전국의 신문사와 방송국이 그의 집을 에워싼 뒤에야 그는 황급히 집으로 돌아올 수 있었습니다. 다음날, "막노동판에서 일군 영광!, 가난도 시련도 뛰어넘은 인간 승리의 산 표본!" 각종 언론이 그를 대서특필했음은 말할 나위도 없습니다.

그는 말합니다. "일을 잘하고 싶어 열심히 일을 하니 막노동판 최고의 일꾼이 되었고, 공부를 잘하고 싶어 공부를 열심히 하니 서울대에 수석으로 합격했다. 사람의 정신과 육체는 쓰면 쓸수록 강해진다. 이것은 지난 몇 년간 일을 하고 공부를 하면서 내가 몸으로 터득한 확신이다. 공부는 이제껏 내가 해본 세상의 어떤 놀이보다 신나고 재미있었다. 모르던 것을 새로 알고 발견하는 기쁨도 기쁨이지만, 쓰면 쓸수록 내 머리가 좋아지고 있다는 것을 느끼는 것도 대단한 쾌감이다. 덕분에 이제는 무슨 공부를 하더라도 잘 해 낼 수 있을 것 같은 자신감이 생긴다."

그때나 지금이나 학생들 앞에 가서 "공부가 제일 쉬웠어요!" 라고 말하면 몰매맞을 일이지요. 하지만 돈 몇 푼 벌기위해 전전했던 불확실한 삶의 밑바닥에서 서울대 진학만이 꿈을 이룰 유일한 돌파구라는 절실하고도 확고한 의지와 확신이 우리에게도 똑같이 느껴진다면 양상은 달라질 수 있을 것입니다. 안타까운 것은 갈수록 장승수 식의 희망과 도전이 사라지고 있다는 점입니다.

반면에 갈수록 신분계층이 고착화되는 현상을 보이고 있습니다. 예전처럼 개천에서 용 나던 시대는 끝났다는 얘기도 들립니다. 최근 88만원 세대에게 들려 준 그의 이야기가 또다시 화제를 모으고 있습니다. "내가 스무 살 때 스티브 잡스를 알았더라면 〈공부가 가장 쉬웠어요〉란 책을 쓰지 않았을 겁니다. 공부를 포기하고도 스티브 잡스는 큰 꿈을 이루었으니까요. 자다가도 벌떡 일어나게 만들 여러분만의 꿈을 가지십시오. 그리고는 악착같이 도전해 보십시오. 내 젊은 시절보다 지금이, 개천에서 용 날 기회가 더 많은 것 같습니다."

'Stay Hungry, Stay Foolish!(현실에 안주하지 말고 항상 갈망하고 우직하게 버텨라)'하라던 잡스의 말처럼, 그의 꿈은 쉰 살까지 변호사 일을 하고 그 뒤엔 기술적인 일을 새롭게 시작하려 합니다. 사건을 뒷수습하는 수동적인 변호사 일보다 능동적이고 창의적인 일을 또다시 갈구하고 있기 때문이지요. 우리 젊은이들 마음속에도 공부보다 더

한 열정이 용솟음치기 바랍니다.

내가 알고지내는 L을 소개하면서 다시 한 번 용기를 북돋우고자 합니다. L은 지방의 여상 출신입니다. 결혼하여 아이까지 둘 둔 30대 후반 나이에 모 국회의원 선거사무실에서 일하다가 학력의 벽을 절감하고 무모한 미국 유학을 결행합니다. 텍사스의 모 칼리지에 입학한 것은 순전히 싼 학비가 이유였지요. 그때부터 강의실 맨 앞자리를 꿰차고 악착같이 공부한 결과 올A로 단기 졸업하였고, 인근 4년제 명문대학교가 그를 장학생으로 받아주면서 3년 만에 정치학 학위를 취득하고 돌아왔습니다. "인생에 늦는 법은 없어요. 늦었다고 생각할 뿐이지." 그녀의 칼칼한 목소리에서 당당함이 묻어나옵니다.

우리는 왜 행복해지지 않는가

이정전/토네이도

● 본서는 경제학자가 쓴 행복에 대한 철학적 성찰입니다. 중국 사람들은 설날 인사로 "꿍시파차이(恭喜发财; 돈 많이 버세요)"라고 인사한다 합니다. 우리나라에서도 한때 유행했던 CF가 "부자되세요!"였지요. 부자를 꿈꾸며 열심히 땀 흘린 결과, 지금 우리의 1인당 국민소득은 2만 달러 중반대로 올라섰습니다. 그런데 2011년 한국개발원의 삶의 질 평가에 의하면 OECD 39개국 중 27위를 기록, 최하위권에 머물고 있습니다. 국가 간 행복지수를 비교하는 1990년대의 세계가치조사에서 조사대상 65개국 중 22위로 중상위권에 속했던 것과 비교하면 더 잘 살게 되었음에도 행복의 체감온도는 오히려 떨어진 셈입니다.

왜 그럴까요. 우선 '행복의 역설'에서 답을 찾을 수 있습니다. 지난 반세기 선진국들의 전례를 살펴보면 1인당 소득이 2만 달러를 넘어선 후부터는 소득수준이 높아져도 국민의 행복지수는 높아지지 않았다고 합니다. 미국도 일본도 독일도 그랬기에 통계적 실효성을 인정받고 있는 것이 바로 행복의 역설론인데, 지금 우리에게도 그런 징후가 나타나고 있는 것이지요. 1970년대에 이를 최초로 주장한 리처드 이스털린(R. Easterlin)은 '소득수준이 올라가면 개인은 행복해지지만 국민 전체가 행복해지지는 않는다'고 문제를 제기한 바 있습니다.

그간의 연구결과들을 정리하여 로널드 잉글하트(R. Inglehart)가 소득수준과 행복지수의 함수관계를 도표로 나타내 보였는데, 국민소득이 높아짐에 따라 초기에는 급속도로 행복지수가 상승하지만 어느 수준에 다다르면 그 다음부터는 경제성장의 약발이 없어짐을 증명했습니다. 그 변곡점을 행복의 수준이 소득의 영향으로부터 분리된다 하여 '결별점(decoupling point)'이라 부르기도 합니다. 이때부터는 양보다는 질이 중시되고 소득을 늘리기보다는 사고방식과 생활양식을 바꿔야만 더 행복해질 수 있다는 것입니다.

소득수준 향상은 필연적으로 자본주의 경제가 조장하는 경쟁강화를 통해 얻어집니다. 생산성을 높여야 소득수준이 높아지고 물질적으로 풍부해지기 때문이지요. 그러니 경쟁강화가 고조될수록 스트레스-대응 메커니즘이 심화될 수밖에 없습니다. 먹이사슬의 긴장관계에 놓여있는 사자와 가젤처럼, 잡아먹는 놈이나 먹히지 않으려는 놈 간에는 팽팽한 긴장관계가 시도 때도 없이 작동하는 것입니다. 다시 말해 2만 달러의 변곡점은 경쟁강화로 해서 잃는 것이 얻는 것보다 더 커지는 심리적 변환기에 해당한다고 봐야겠습니다.

우리로선 지금이 그런 시기인데, 이럴 땐 어떻게 해야 할까요? 놀랍게도 150여

년 전 영국의 존 스튜어트 밀(J.S. Mill)은 자본주의가 성숙단계에 들어서는 시기에 행복의 역설이 나타날 것을 예측, 생계의 기술보다 '생활의 기술'이 더 중요해질 거라고 강조했습니다. 먹고사는 문제, 즉 밥벌이가 해결되고 난 후에는 돈으로 살 수 없는 삶의 지혜를 터득하는 것이 행복의 원천이 된다는 것입니다. 가정의 화목, 좋은 인간관계, 보람 있는 일… 대체로 이런 것들은 돈으로만 해결되는 것이 아니기 때문입니다. 이런 걸 감당할 능력이 바로 생활의 기술이겠지요.

따라서 행복지수를 끌어올리기 위해선 생계의 기술 대신 생활의 기술을 조성해주어야 합니다. 그 한 가지 방법으로 각종 자생적 공동체를 대폭 활성화하는 것입니다. 옛날처럼 지역자경단이 마을의 범죄예방에 앞장서고 친척이나 마을사람들이 오순도순 모여 김장도 담그고 여러 애경사도 챙겨야 한다는 것이지요. 자본주의가 자생적 공동체의 씨를 말려 종래에는 '가운데가 텅 빈 사회'가 초래될 것이라는 마르크스의 오래 전 예언을 직시하고, 도시농업과 같은 공동체 생활을 통해 '가운데가 꽉 찬 사회'로 복원될 때만이 행복도 되살아난다는 것입니다.

행복방정식을 단적으로 나타내면 "행복=소비/욕망"입니다. 흔히 인간의 행복은 소비에 비례하고 욕망에 반비례한다고 말합니다. 소비를 많이 할수록 행복해지지만 반대로 욕심을 많이 부릴수록 불행해진다는 겁니다. 세속철학은 분자를 부풀려 행복을 만끽하게 하고, 금욕철학은 분모를 줄여 행복에 이르게 합니다. 문제는, 자본주의가 발달한 나라일수록 온통 개인주의와 이기심을 바탕으로 하는 세속철학이 만연해 있다는 점입니다. 성철과 법정스님, 간디 같은 금욕주의자는 자본의 위력 앞에 봉쇄당하는 경향이 있기도 합니다. 경제성장은 소비와 욕망을 함께 증가시킵니다. 하지만 어느 순간 물질적 풍요는 불행의 씨앗이 되고 맙니다. 주체할 수 없는 인간의 욕망이 소비를 능가하기 때문이지요.

또 하나 사람을 불행하게 만드는 요소는 '비교' 의식입니다. 최고의 엘리트 집단인 미국 하버드대와 우리나라 서울대에서 경제학과 학생을 대상으로 이런 선택지의 설문이 주어졌습니다. ① 당신월급은 400만원, 동료월급은 800만원, ② 당신월급은 200만원, 동료월급은 100만원, 연이은 설문으로 ③ 당신휴가는 한 달, 동료휴가는 두 달, ④ 당신휴가는 보름, 동료휴가는 1주일. 설문결과, ①, ② 설문에선 ②가 70%를 차지한 반면 ③, ④ 설문에선 대부분이 ③을 택했습니다. 사람들이 여가나 자연환경에 관해서는 남의 눈치를 덜 보지만 남과 비교되는 소득 소비수준에 대해서는 상대적으로 대단히 민감해 한 것입니다. 월급이 절반으로 줄더라도 남보다는 더 많이 받는 쪽이 낫다는 것이지요.

이런 예도 있습니다. 올림픽 은메달리스트와 동메달리스트 중 누가 더 행복해할까요? 당연히 은메달이 동메달보다 나을 거라 여기지만 결과는 정반대였습니다. 은메달은 금메달을 놓쳤다는 안타까움에 탄식하는 반면, 동메달의 경우에는 노메달은 면했다는 안도감에 더 기뻐한다는 것이지요. 결국 비교대상이 되는 준거집단(reference group)에 의해 행과 불행이 나눠지는 것입니다. 자신을 돌아보세요. 저 자신도 준거집단과의 비교 심리에 매몰된 적이 수없이 많았습니다. 아마 여러분도 똑같은 불안감에 사로잡혀 살고 있지는 않나요. 아니 상당수가 틀림없이 그럴 것입니다.

이같이 유물주의적 실험 결과를 도출해낸 학자들은 한결같이 행복의 비결을 이렇게 정리합니다. "나를 남과 자꾸 비교하지 말고, 노동보다는 일의 성격이 강한 직업과 활동에 종사하라."고 말입니다. 맞습니다. 욕망이라는 이름의 전차에서 잠시 내려 진작부터 걷고 싶었던 길을 걸어 보십시오. 그동안 잊고 산 것들이 새록새록 떠오르며 행복의 역설에 맞설 지혜와 용기가 되살아 날 것이라는 게 제 믿음입니다.

흔들리는 마흔, 이순신을 만나다

박종평/흐름출판

한산섬 달 밝은 밤에 수루에 홀로 앉자
큰 칼 옆에 차고 깊은 시름 하는 차에
어디서 일성호가는 남의 애를 끊나니

● 그 날도 다름없이 이순신 장군은 적의 동태를 살피기 위해 망루에 올랐을 것입니다. 큰 칼로 완전무장을 하였지만 머리는 온통 전투를 무사히 치르게 될 지 어지럽기만 합니다. 이때 어디선가 들려오는 갈잎 피리소리가 초조한 마음을 더욱 부채질합니다. 인간 이순신의 내면을 대하게 되면서 절로 숙연해집니다. 또한 어려서부터 외워오던 이 시를 떠올리면 살아가는 매 순간이 똑같이 스산해짐을 느낍니다.

이순신은 세계 해전사를 통틀어 유일하게 전승을 기록한 명장으로 알려져 있습니다. 우리나라에선 구국의 영웅으로 추앙받습니다. 그러나 그도 흔들리는 사오십 대를 치열하게 살다가 전쟁터에서 순국한 한 인간이었습니다. 저자는 오늘의 중년들에게 인생선배로서 이순신이 어떻게 처신하고 행동했는지를, 장군의 멘토들을 동원하여 이야기를 들려줍니다. 무인이었지만 평소 책읽기를 즐겨한 그이기에 15명의 사상가들이 쓴 책들을 통해 병법과 지략은 물론 올바른 삶의 철학을 배우게 되었다는 것이지요.

제1장 제갈공명. "성공과 실패, 이로움과 해로움이 어떨지 신은 헤아리지 못하겠나이다." 전쟁에 나설 때마다 최선을 다 할뿐 하늘의 뜻에 맡긴다는 결의는 공명의 후출사표에서 인용한 것입니다. 죽음을 적에게 알리지 말라고 한 것 역시 군

사들이 후퇴할 때까지 자신의 주검을 목상처럼 앞세운 공명과 맥을 같이 합니다. 인륜보다 천명을 따른 두 사람은 약속이나 한 듯 54세에 생을 마감했습니다.

제2장 류성룡. 중국에 관중과 포숙아의 우정이 있다면 조선에는 류성룡과 이순신의 우정(柳李之交)이 있습니다. 난중일기에 나오는 40번의 꿈 이야기 중 10%가 류성룡에 대한 꿈일 정도로 서울 건천동 출신인 두 사람은 어려서부터 서로를 의지했습니다. 류성룡의 위대함은 난세에 이순신을 발탁했고 그와 끊임없이 소통하면서 군신의 길을 걷게 만들었다는 점입니다.

제3장 장량. 장량은 이순신을 무과시험에 급제하게 만든 장본인입니다. 시험관이 장량의 죽음에 대해 물었을 때 '사람은 태어나면 반드시 죽는다'며 신선을 따라가 행방이 묘연해진 장량의 생사를 일축했습니다. 장량은 한고조 유방의 책사이지요. 유방을 도와 천하를 통일하자마자 그는 홀연히 세상을 등졌습니다. 이순신은 욕망을 절제하고 물러날 때 물러나는 법을 장량의 지혜를 통해 배운 것입니다.

제4장 손자. 흔히 손자병법은 공격을 위한 병법이 아니라 방어를 위한 병법으로 평가됩니다. 유명한 '지피지기 백전불태(知彼知己 百戰不殆)' 정신은 이순신의 뇌리에도 박혔습니다. 그러나 장군은 지피지기 대신 지기지피(知己知彼)라는 표현을 썼습니다. '나를 아는 것'을 먼저 따진 것이지요. 준비를 철저히 하여 한 치의 허세도 보이지 않았고 강한 군대로서의 위엄을 보여 상대를 일찌감치 주눅 들게 만든 실전능력은 어떤 면에선 손자를 능가합니다.

제5장 오자. "반드시 죽고자 하면 살고, 반드시 살고자 하면 죽는다(必死則生 必生則死)". "한 사람이 길목을 지키면 천명도 두렵지 않다(一夫當逕 足懼千夫)". 불패신화를 남긴 오자의 지혜를 이순신도 차용했습니다. 13척의 배로 133척의 적군을 궤멸시킨

명량해첩은 좁은 해로를 이용해 대승을 거둔 좋은 본보기입니다.

제6장 태공망. 세상을 낚던 강태공이 때를 만난 것은 72세가 되어서였습니다. 70년간의 가난과 무명시절을 보낸 태공망 여상은 늦은 나이에 주나라 제후로서 30년간을 활약했습니다. 실전병법서 〈육도(六韜)〉,〈삼략(三略)〉을 통해 그가 이순신에게 보여준 교훈은 '솔선수범'과 '동고동락'이었습니다. 백의종군 때에도 스스로 모범을 보임은 물론 전란 중에도 백성을 잘 보살피고 공정한 재판을 통해 옳고 그름을 잘 가린 것 또한 경험 많은 태공망의 지혜에서 얻은 것이었지요.

제7장 사마양저. 〈사마법〉에서 밝힌 사마양저의 요지는 인간의 욕망을 살펴 심리전을 활용하라는 것이었습니다. "약속(約束), 상불가유시(賞不可逾時), 전무소리(戰無小利)" 즉 약속은 반드시 지키고, 상을 주어야 할 때를 놓치지 않으며, 전쟁 중에는 작은 이익을 탐하지 말아야 한다는 군율 정신은 여기서 나온 것입니다. 공명정대를 내세운 그의 철칙으로 인해 군사들의 사기가 크게 올랐음은 당연한 결과입니다.

제8장 위료자. 임진왜란 중에 이순신 주변에는 많은 피난민들이 모여들었습니다. 살 길이 오직 그뿐이라는 거였지요. 백성은 물이요, 군사는 물고기인데 어찌 물 없는 곳에 물고기가 존재할까요. 집을 지어 마을을 만들고 시장을 조성하였으며 고기를 잡고 농사를 짓도록 했습니다. 소금 굽는 가마를 만들었다는 기록도 나옵니다. 어부들의 해상안전을 지켜주는 대신 해로통행세를 받아 군량을 확보했습니다. 이 모두는 시장의 힘을 강조한 위료자에게서 얻은 지혜였습니다.

그 외 탁월한 전략과 기발한 입소문을 활용했던 전단, 백문불여일견(百聞不如一見)이라며 현장의 중요성을 일깨워준 조충국, 원칙을 지키되 사람을 먼저 배려하라던 곽자의, 나라를 위해 목숨을 초개처럼 버렸던 악비, 백의종군의 정신을 일깨워준 이강, 절박함 속에도 포기를 몰랐던 유기, 처음과 끝이 한결같아야 한다는 종시여일(終始如一)의 자세를 일깨워준 순자에 이르기까지 수많은 스승들이 이순신을 명장으로 만드는데 기여했습니다.

찬바람이 그치지 않는 하수상한 시절입니다. 그러나 어찌 임진왜란 당시의 시름만 하겠습니까. 특별히 흔들림이 잦은 중년들에게 일독을 권합니다.

혼자만 잘 살믄 무슨 재민겨

전우익/현암사

● 설 연휴가 끝나는 날에 오래 전에 읽었던 이 책을 다시 펼쳐 보았습니다. 구정을 쇠어야 한 살을 더 먹은 느낌이 드는 건 비단 나뿐만이 아닐 것입니다. 우리 나이로 딱 55세, 살만큼 살았다는 안도감과 살아갈 날들에 대한 불안감이 교차합니다. 60대 중반 나이에 들려준 한 농사꾼의 진솔한 이야기는 나이 들어 읽을수록 그 맛이 깊습니다.

“가을단풍과 지는 해가 산천을 아름답게 물들이는 걸 보면서 인생의 마지막을 저렇게 멋지게 마치진 못할망정 추접게 마치지는 말아야 하는데 하고 느낍니다. 사실 마지막이란 일상이 쌓여서 이루어지는 거지 어디서 느닷없이 나타나는 게 아닐진대 삶이 제대로 이루어져야 끝마침도 제대로 이루어지겠지요. 제대로 이루어진다는 건 자연의 운행과 역사(役事)의 과제에 충실한 삶을 사는 건데, 세상의 흐름은 자연과 멀어지고 역사보다는 순간과 개인적인 삶으로 오그라드는 것 같습니다. 삶이란 그 무엇엔가에, 그 누구엔가에 정성을 쏟는 일이지요."

"땅 위에 빈터는 없어요. 음지를 좋아하는 놈, 양지에서 잘 자라는 것, 반음반양 여러 가지가 있어요. 뒤범벅이 삶이 되어 사람을 바꾸고 사람이 바뀌면 세상이 바뀌는 게 아닐까 생각해 보면서 아주 작고 작은 일에 서로 부담감 주지 않고, 소리 없이 눈에 띄지 않는 작은 일을 하는 사람들이 많이 생겨나기를 올 봄의 소원으로 삼고 싶습니다."

"까마득히 높은 사람들, 그 무슨 자리깨나 앉아 있는 사람들, 자기가 하는 일이 바른지 삐뚠지도 모를 뿐만 아니라 두려움마저 없으니, 무슨 짓인들 못하겠습니까? 백두산, 한라산도 그 높이의 기준점을 하늘의 별이 아닌 바다의 수평으로 정한 옛사람들의 뜻을 헤아려 부단히 원점으로 회귀하려는 겸허한 자세가 필요할 것 같습니다."

"지금의 갖가지 자질구레한 아픔들은 우리가 참된 아픔을 회피한 데서 온 것일 테지요. 수월하게 살아보자고 아픔을 피하는 동안 아픔이 홀로 커서 감당하기 힘들게 된 거죠. 앓아서 아픔을 없애고, 새로운 삶과 세상까지도 앓아서 탄생시키는 길밖에 없을 듯합니다."

"올 추석을 맞고 보내면서 느낀 것은 인간의 명절날이 바로 많은 생명들이 줄초상을 당하는 슬픈 날이 되는구나 하는 것이었습니다. 참된 축제는 삼라만상이 더불어 즐거워야 하는 게 아닐까요? 인간들의 축제를 위해서 주위의 생명들이 떼죽음당하는 것이 당연하다면, 힘센 자들이 약한 자들을 함부로 다루는 것도 수긍되어야 하고 우루과이라운드라는 것도 비난할 것이 못 되지요… 도장을 새기는 데 음각과 양각이 있듯, 책을 읽을 때도 때로는 도장처럼 마음에 새기게(心刻) 됩니다.

그럴 때는 아파서 좀 읽다 덮고 그 통증이 사라져야 다시 읽기 시작합니다."

"노신(魯迅) 그 분은 도라지보다 더 절실하게 나를 되돌아보게 하고 채찍질해 줍니다. 노신을 만나는 일은 곧 참된 인간이란 어떠해야 하는가를 되풀이해 따지는 일이라서 거듭 읽고 또 이야기하게 됩니다. 초기 노신의 사상은 '개인주의'였습니다. 그가 개인주의에서 받아들인 것은 개인의 자기 확립과 개성의 존중이라 여겨요. 진정한 개인이 얼마나 중요한가를 요즘 절실히 느낍니다. 이와 같은 개인의 자기 확립과 아울러 민족의 회심(回心; 자기부정을 통한 자기 발견)을 통한 민족주의를 주창했지요. 아Q가 철저히 부정되어야 할 노예근성의 본보기이지만 '중국이 혁명을 하면 아Q도 혁명할 것이다'라고 노신이 말했듯이 아Q의 회심 없이는 중국 혁명의 주체는 성립되지 못한다고 했습니다."

"그 누구도 참답게 사는 길을 처음부터 단번에 알지는 못한대요. 한평생 그 길을 찾아 걸음을 멈추지 않는 것이 참답게 사는 길이라고 합디다. 인생이란 각자가 평생을 바쳐 스스로의 자화상을 만들어 가는 것이라고 말하기도 하고요… 올 봄에 도라지 밭에서 나는 냉혹한 자연법칙과 아무리 힘겹고 어려워도 끈질기게 달라붙으면 문제는 풀린다는 걸 배웠습니다. 미봉책인 제초제를 썼다면 나의 삭막한 인간성은 더욱 처참해졌을 겁니다. 포기와 대응, 미봉책과 근원적 해결, 발빼과 책임을 흔쾌히 지고 살아가는 겸손한 외경심, 이런 것들을 풀을 뽑으면서 되새겨 봤습니다.

사람도 착하기만 해서는 안 됩니다. 착함을 지킬 독한 것을 가질 필요가 있어요. 마치 덜 익은 과일이 자길 따 먹는 사람에게 무서운 병을 안기듯이, 착함이 자기방어수단을 갖지 못하면 못된 놈들의 살만 찌우는 먹이가 될 뿐이지요. 착함을 지키기 위해서 억세고 독한 외피를 걸쳐야 할 것 같습니다."

신경림 시인은 '깊은 산속의 약초 같은 사람'으로 그를 기억합니다. 80년대 초엽 경북 봉화로 그를 만나러 갔을 때 자신이 간고등어를 맛있게 먹는 모습을 본 후론 상경할 땐 어김없이 비린내 나는 간고등어를 풀어놓곤 했답니다. "일 중에 창조적인 것은 농업밖에 없으니더. 농사야 아무 것도 없는데서 있는 것을 만들어내는 것 아닙니꺼." "뭘 했다고 살면서 쓰레기까지 냉기니꺼. 쓰레기라도 안 냉기고 살 생각이래요." 그는 시골집에 홀로 살며 콩, 팥, 도라지, 율무, 수수, 차조 등 밭농사를 직접 지었습니다. 그는 될 수 있는 한 간단하게 살고자 했습니다. 먹는 것은 늘 밥에 찬 한두 가지, 밥알 하나 남김없이 먹어치우고 과일도 씨까지 씹어 먹었다지요. 빨래는 우물물을 길어 그냥 헹궈 말리고, 내다 버린 옷과 신을 주워 와 수선해 입었습니다. 그러니 쓰레기라곤 없을 수밖에요.

요즘 사람들은 이런 삶을 시대착오적이라고 여길지 모릅니다. 그러나 10여 년 전 79세로 세상을 떠나기까지 그는 덜 먹고, 덜 입고, 덜 갖고, 덜 쓰고, 덜 노는 단순한 삶으로 일관했습니다. 모든 게 너무 흔해빠진 풍요 속의 빈곤, 당신도 저처럼 조용히 이 책을 펼쳐보시기 바랍니다.

탈무드의 처세술

마빈 토케이어/동아일보사

● 1만2천 페이지에 달하는 〈탈무드〉는 유대인들의 생활규범입니다. 기원전 5백년에서 기원후 5백년까지 구전으로 전해 내려오던 것들을 10여 년간 수천 명의 학자들이 정리 편찬한 것으로 5천년에 걸친 유대인들의 지혜가 고스란히 담

겨있지요. 현대에 와선 '바빌로니아의 탈무드'와 '팔레스타인의 탈무드' 두 편이 보존되고 있으며 바빌론의 탈무드가 더 권위를 인정받고 있습니다. 사람의 존엄, 행복, 사랑 등 여러 주제들이 지적 자양분으로 녹아있는데 그 중 인생에 관한 내용들을 간추려보도록 하겠습니다.

어떤 배가 항해 도중 심한 폭풍우를 만나 가까운 섬에 잠시 닻을 내렸습니다. 그 섬에는 아름다운 꽃들이 만발하고 주렁주렁 매달린 탐스런 과일들과 즐겁게 지저귀는 새들로 가득했지요. 배에 탑승한 손님들은 저마다 다른 행동을 보이면서 다섯 부류로 나뉘어졌습니다.

첫째 부류는 자기들이 섬에 상륙해 있는 사이 순풍이 불어와 배가 떠나가 버릴지 모른다는 걱정과 하루바삐 고향에 돌아가고픈 생각에 아예 상륙을 포기한 채 배에 남았습니다.

둘째 부류는 재빨리 섬에 상륙하여 향기로운 꽃향기를 맡기도 하고 맛난 과일을 따먹기도 하면서 원기를 회복하자마자 곧바로 배로 돌아왔습니다.

셋째 부류는 상륙하여 섬의 여기저기를 장시간 돌아다니다가 때마침 바람이 불어오자 배가 출발할지도 모른다는 불안한 생각에 황급히 되돌아왔습니다. 너무 서둘러 돌아오느라 소지품을 잃어버리고 애써 차지하고 있던 좋은 자리도 빼앗기고 말았습니다.

넷째 부류는 바람이 불어와 선원들이 돛을 올리는 걸 보고서도 설마 자기들을 남기고 떠나지 않을 거란 생각에 오래도록 섬에 머물렀습니다. 그러나 정말 배가 떠나는 걸 보고는 헤엄쳐서 가까스로 배에 올랐으나 바위와 뱃전에 부딪쳐 생긴 상처는 항해 내내 아물지 않았습니다.

다섯째 부류는 아름다운 경치와 달콤한 과일에 탐닉하여 점점 섬 속 깊숙이 들어가 배가 떠나는 걸 눈치 채지 못했습니다. 결국에는 사나운 맹수에게 잡혀 먹히거나 독이든 과일 따위를 먹고 병들어 모두 죽고 말았습니다.

여기서 배는 인생에 있어서의 선행(善行)을 상징하고 섬은 쾌락(快樂)을 상징합니다. 첫째부류는 약간의 쾌락조차도 맛보려 하지 않았고, 둘째부류는 잠시 쾌락을 즐기지만 목적지로 가야한다는 의무를 결코 잃지 않아 가장 현명한 그룹으로 비유됩니다. 셋째부류는 쾌락에 지나치게 빠져들진 않았지만 돌아오면서 약간의 고생을 감수해야 했고, 넷째부류는 배로 돌아오는 것을 너무 지체한 탓에 목적지에 도착하기까지 심한 고통을 감내해야 했습니다. 그러나 사람들이 빠지기 쉬운 것은 다섯째 부류입니다. 일생을 허영에 빠져 살거나 미래를 망각하거나 달콤한 과일 속에 독이 들어있는지도 모르고 먹다가 자멸에 이른 거지요.

이런 이야기도 나옵니다. 두 척의 배가 항구에 정박해 있습니다. 한 척은 출항을 준비하고 있고 다른 한 척은 막 입항한 배입니다. 대부분의 사람들은 배가 출항할 때 떠들썩하게 환송하지만 입항한 배에는 별다른 환영의 모습이 보이지 않습니다. 탈무드는 이런 모습이 크게 그릇된 것이라 지적합니다. 출항할 배의 미래는 알 수 없지요. 폭풍을 만나 가라앉을지도 모르고요. 그것을 왜 성대하게 전송해야 합니까. 하지만 오랜 항해를 끝내고 무사히 귀항한 배는 진정으로 기쁘게 영접해 주어야 합니다. 이 배야말로 역경을 뚫고 맡은 바 책임을 완수했기 때문입니다.

인생에 있어서도 마찬가지로 말할 수 있습니다. 갓 태어난 아기에 대해 모두가 축복하듯이, 진정한 축복은 영원한 죽음의 잠을 들려는 사람에게 해야 합니다. 그가 인생을 어떻게 살아왔는가를 알게 되는 이때가 축복을 보낼 진정한 시간이라는 것이지요.

매일매일 자기 자신을 죽여 가는 자는 이승도 저승도 갈 곳이 없다 합니다. 스스스로를 매일 죽이고 있다는 것은 스스로 지나치게 비관하고 학대함으로써 삶의 의욕을 잃고 심신의 건강을 해쳐 끝내는 인생 전체를 망가뜨린다는 의미입니다. 유대인 사회에서는 자살이 가장 큰 죄악입니다. 그래서 자살한 사람은 장사도 지내주지 않습니다. 대신 비관도 낙관도 하지 말고 하루하루를 즐겁고 충실하게 살라고 가르칩니다. 사람이란 무릇 매일 새로운 일을 만나게 되고 거기에 도전해 승리할 수 있는 기회가 주어지기 마련이지요.

랍비 요나단이 말하기를 "도공은 이미 망가진 그릇을 손가락으로 두드려 보지 않는다. 그러나 잘 만들어진 그릇은 이리저리 두드려보며 시험해 본다. 이와 같이 신도 이미 잘못된 악한 자는 시험하지 않고 바르게 살아가는 착한 사람을 시험해 보는 것이다"라고 했습니다. 신도 바르게 살아가는 자들을 시험한다는 것입니다. 삶의 멍에가 주어질 때마다 이는 바르게 살려는 자신을 위해 신이 내린 중간고사라고 생각하면 어떨까요.

성서에 의하면 하나님은 세상을 빛과 어둠, 하늘과 땅, 물, 그리고 모든 생명체를 6일 동안에 완성하였는데, 최초의 인간인 아담은 맨 마지막 날인 6일째에 만들었습니다. 탈무드는 한 마리의 파리조차도 사람보다 먼저 만들어진 이유는 인간에게 겸손함을 가르치기 위해서였다고 믿습니다. 인간을 가장 늦게 창조함으로써 다른 생물과 자연에 순응하고 오만함을 부리지 말라고 가르치는 교훈이라 믿는 것입니다.

탈무드는 그 내용이 매우 방대하고 심오합니다. 그러나 그 속에 나오는 다음의 이야기는 손쉽게 그 해답을 던져줍니다. '두 사내가 긴 여행 끝에 어떤 집에 들어서자 과일이 가득 담긴 바구니가 손이 닿지 않는 높은 천장에 매달려 있는 게 아닌가. 한 사내는 "먹고 싶지만 너무 높은 데 있어 먹을 수가 없겠군."하고 말했습니다. 그러나 다른 사내는 "저렇게 높은 곳에 매달려 있다는 건 누군가 저기에 매달아 놓았기 때문이야. 나라고 저기에 손이 닿지 않을 리가 없지!"하며 사다리를 찾아냈습니다. 결국 탈무드는 신의 이야기가 아니라 사람이 만들어낸 이야기라서 그걸 이해하고 행하지 못할 까닭이 없다는 것이지요.

우리가 살아가는 세상은 온통 높은 천장 투성이입니다. 거기에 걸려있는 진귀한 바구니들을 시샘과 자포자기로 지나친 적이 어디 한 두 번이었던가요. 이제부터라도 그냥 흘리지 말고 천장에 오를 수 있는 숨겨진 사다리를 찾아내 봅시다. 사람은 자신이 처한 상황에 따라 명예가 높여지는 것이 아니라, 스스로 그 상황에 따른 명예를 높이는 것이라 하지 않습니까.

나이듦의 지혜

소노 아야코/리수

"이고 진 저 늙은이 짐 벗어 나를 주오
나는 젊었거늘 돌인들 무거우랴
늙기도 설워라커늘 짐을 조차 지실까."

● 노인에 대한 연민의 정이 담긴 송강 정철의 시조이지요. 우리나라는 2014년 현재 노인인구 650만을 넘어 2030년이면 전체 인구의 4분의 1을 차지하는 초고령사회가 될 전망입니다. 따라서 세계 최고령국가인 이웃나라 일본의 사례는 참고할 만한 게 많지요. 제도나 정책도 중요하지만 마음자세를 일깨우는 것도 매우 소중합니다. 나이듦의 지혜에 대한 그들의 생각을 한 번 살펴볼까 합니다.

이 책은 30대 후반 나이에 〈계로록(戒老錄; 나는 이렇게 나이 들고 싶다)〉를 출간했었던 저자가 80줄에 들어 선 나이에 쓴 수필집입니다. 인생을 알차게 살아온 한 할머니가 같은 또래 노인들에게 들려주는 주옥같은 충고의 글이랄 수 있지요. 알다시피 세계보건기구(WTO) 분류상 65세 이상이 고령자인데, 개호보험을 실시하고 있는 일본은 75세 이상을 '후기고령자'로 분류하여 따로 관리하고 있습니다.

그런데 저자는 노화의 측정기준을 달리 생각합니다. 바로 '해주지 않는다 지수' 입니다. 아무리 나이가 젊어도 남이 나를 위해 '해주지 않는다' 고 불평을 늘어놓는다면 그때가 노화의 첫 출발점이라는 것이지요. 자신의 노화 정도를 제대로 알고 싶은 사람은 뭘 해주지 않는다고 불평하는 횟수가 하루에 몇 번인가를 헤아려보면 되겠지요. 한 마디로 무기력 지수가 노인의 잣대라는 것인데, 경제적으로 힘들었던 과거에 비해 줄어든 고뇌와 사라진 사양의 미덕, 빈곤해진 독서와 작문이 오늘날 늙음의 힘을 약화시키고 있다고 개탄합니다.

그가 내놓는 나이듦의 지혜는 매우 평범하면서도 간결합니다.

■ **홀로 자립할 것**. 인생이 거부할 수 없는 운명인 것처럼 나이듦 역시 피할 수 없는 하나의 과정에 불과하다는 것이지요. 혼자 왔다 혼자 가는 길, 자립이 원칙이 되어야 합니다. 타인에 의존하지 않고 자신의 지혜로 살아가고자 하는 열망은 행복과 활력의 원천이 됩니다. 피치 못하게 능력이 약해진다면? 분수에 맞도록 생활수준을 줄이고 일부 권리를 내려놓으면 됩니다.

■ **죽을 때까지 일을 가질 것**. 일본 노인의 수입원은 연금 71%, 노동소득 17%로 일을 해서 버는 수입이 매우 적습니다. 2055년이 되면 노인인구가 열에 넷 이상이 됩니다. 연금에만 의존할 수 없는 상황이 벌어질 게 뻔하지요. 이보다도 일 속

에는 삶의 목적과 사는 보람이 녹아있기 때문에 할 수 있을 때까지 일을 하는 것이 바람직하다 여깁니다. 산다는 건 결국 일하는 것이니까요. 남녀를 불문하고 요리, 청소, 세탁은 반드시 손수 하는 습관을 들이고 젊은이들이 해야 할 일에 맞서지 말라 합니다.

■ **늙어서도 배우자, 자녀와 잘 지낼 것**. 나이 들수록 서로 절충하는 편이 좋습니다. 절충하는 부부일수록 각자의 생활이 편해지지요. 부모와 자식 간에도 배려와 위로와 예절이 필요합니다. 평소 진심어린 감사와 존경이 오고갈 때 깨끗한 이별도 상흔으로 남지 않습니다. 자녀 앞에서 아무렇지 않은 듯 조용히 사라질 수 있을 만큼 하루하루를 알차게 보내라 합니다.

■ **돈에 얽매이지 않는 정신을 가질 것**. 인간의 마음은 약해빠져서 돈이 없을수록 다툼이 늘어납니다. 나 때문에 남들이 돈을 쓰게 해선 안 됩니다. 어려서부터 어머니에게 들었던 금전철학이 노후를 대비하는데 큰 보탬이 되었답니다. 나이 들수록 제 분수를 알아야 하지요. 돈이 없다면 여행도, 연극관람도 깨끗이 포기해야 합니다. 심지어 관혼상제도 남에게 부담을 주지 않는 방식으로 바꾸고, 남의 장례식에는 안 가는 대신 기도로 빌어줍니다.

■ **고독과 사귀며 인생을 즐길 것**. 일본 노인의 30% 이상이 의지할 사람이 주변에 없다고 답합니다. 노년의 일과는 고독을 견디는 것입니다. 헌데 고독의 본질은 위로만으로 치유되지 않습니다. 고독과 함께 생을 마감하는 것이 운명이라면 편안하게 받아들이는 게 지혜이겠지요. 혼자 놀기에 익숙해져야 합니다. 매일 먹을 것을 직접 만들어 먹고 가끔씩 혼자 여행을 즐기는 것이 그녀의 노하우입니다. 과감히 모험에 도전해 보는 것. 어차피 머잖아 죽을 나이라며 위험을 즐겨보는 것도 노년의 특권일 수 있습니다.

■ **늙음, 질병, 죽음과 친해질 것**. 이기심만 커지고 인내심이 사라지면 완전한 노인이 됩니다. 일본의 후기고령자 의료제도는 '75세 가이드라인'을 따릅니다. 이 나이를 고비로 아픈 사람이 대폭 늘어난다는 분석에 따른 것이지요. 이때를 전후로 이기심 대 인내력의 밸런스 조절이 대단히 중요해집니다. 건강관리를 충실히 해도 여기저기 질병이 생기는 것을 피할 수 없고 예고 없이 찾아올 죽음에 대한 공포도 엄습해 옵니다. 내일에 대한 보장이 어디에도 없다는 각오, 이것이 노년의 몸가짐입니다. 그래서 오늘까지 살게 해주셔서 감사하다는 인사로 매일매일 마음의 결산을 하라고 이릅니다.

■ **신의 잣대로 인생을 볼 것**. 가톨릭 신자이면서도 저세상이 있는지 잘 모르겠다는 그녀는 잘 모를 땐 '있다'고 믿는 편이 낫다고 생각합니다. 성경에는 '너희가 여기 있는 내 형제 중에 가장 보잘 것 없는 사람 하나에게 해 준 것이 곧 내게 해 준 것이다(마태복음 25장 40절)'라는 구절이 있습니다. 우리가 상대하는 그 사람 안에 하나님이 계신다는 뜻이지요. 노년기에는 '뺄셈의 불행' 보다 '덧셈의 행복'을 존귀하게 여기는 마음자세가 중요합니다. 여태껏 별 탈 없이 공부하고 일하고 사랑하고 가끔 여행도 다녀오고 가족 친구와의 신뢰를 잃지 않고 살아왔다면 이게 바로 대박 난 삶이 아니고 무엇이겠습니까.

브라질 시인 아데마르 데 파로스가 쓴 〈바닷가의 발자취〉를 읊조리는 것으로 글을 끝맺고자 합니다. 주님과 동행해 온 꿈 이야기이지요. 내 생애 가장 어두웠던 날들에서 당연히 함께 해 주었으리라 믿었던 당신의 발자취가 하나밖에 보이지 않았던 것입니다.

"(중략)

왜 인생의 위기에서 나를 혼자 내버려 두셨습니까.

당신의 존재가 가장 필요했던 그때에.

친구여, 모래 위에 한 사람의 발자취밖에 보이지 않던 날,

그 날은 내가 너를 등에 업고 걸었던 날이다."

인생

지셴린/멜론

● 12월입니다. 재작년 이맘때 이미 읽었던 책을 한 해를 갈무리하는 마당에 자신을 추스르고자 다시 펼쳐 보았습니다. 저자는 베이징대학교 부총장을 지낸 대학자로, 지난 2009년 98세를 일기로 타계했습니다. 내용의 대부분은 여든 나이 이후에 쓴 글들이라 저같이 중년 나이에 접어든 사람들에겐 인생 대선배의 절절한 교훈으로 다가옵니다.

먼저 인생이 뭔가 라는 물음에 철학적인 담론 대신 피동적이며 모호함 투성이인 삶을 탐구하는 과정 정도로 자신의 입장을 유보합니다. 단지 마지막 숨을 멈출 때까지 부단히 성실하게 생활하고 학자로서의 연구를 게을리 하지 않았지요. 매일 아침 4시에 눈을 떠 하루도 글을 쓰지 않는 날이 없었습니다. 자신의 장수 비결을 좋은 습관의 연속이라고 표현했을 정도로 충실한 생활습관을 견지한 것입니다.

선생의 생활 삼불(三不) 원칙은 '먹는 것을 가리지 않는다. 빈둥거리지 않는다. 수군거리지 않는다' 이 세 가지였는데, 쉬운 듯 하면서도 범인들이 따라 하기엔 그리

만만찮은 구석이 많습니다. 문화대혁명 당시 그도 10년간 온갖 수모와 고초를 겪게 됩니다. 일반인 같았으면 화병이 날 만도 했겠지만 시대 상황에 순응했음은 물론, 오히려 감금 생활을 이용하여 인도 고대 서사시 〈라마야나〉 280만 자를 완역하기도 했습니다. 궁형을 당했던 사마천이 〈사기〉라는 대작을 남긴 것처럼 시련이 더욱 그를 담금질하게 만든 것이지요.

삶의 세 가지 관계를 언급하기도 했는데, 첫째는 대자연과의 관계요, 둘째는 가족을 포함한 인간관계요, 셋째는 생각과 감정 사이의 갈등과 균형의 관계입니다. 이 세 가지 관계를 두루 잘 처리해야 즐거운 인생을 살 수 있다고 말합니다. 자연을 정복의 대상으로 삼았던 서양 사상과 달리 천인합일(天人合一), 즉 자연을 친구로 여기는 자연존중 사상을 근간으로 삼아야 한다는 것이고, 가족을 비롯한 사람 간의 관계에서는 진실과 인내로서 대해야 한다는 것이지요. 또한 마음의 갈등은 대개 사심(私心)에서 싹트므로 욕심 없이 마음을 깨끗하게 하여 평온한 가운데 먼 미래를 헤아리라 가르칩니다.

가장 긴 지면을 할애하여 노년에 하지 말아야 할 10가지 덕목도 제시하였습니다. 고령사회에 접어든 노인들이 귀 담아 들어야 할 대목이지요. 1. 말을 삼가라, 2. 나이로 유세 떨지 말라, 3. 사고가 경직되는 것을 막아라, 4. 늙음을 인정하라, 5. 할 일 없음을 걱정하라, 6. 젊은 날 무용담으로 허송세월하지 말라, 7. 세상과 벽을 쌓지 마라, 8. 늙음과 가난을 탄식하지 마라, 9. 죽음에 연연하지 말라, 10. 세상을 증오하지 말라. 여든이 넘은 나이에 몸소 느낀 바를 기술한 것이라서 어느 하나 허투루 넘길 게 없지 않은가요.

좌우명으로 삼았던 도연명의 시구는 그가 얼마나 인생을 충실하게 살아왔는지를 방증합니다.

縱浪大化中 커다란 격랑 속에서도
不喜亦不懼 기뻐하거나 두려워하지 말자네.
應盡便須盡 해야 할 일을 다 했으니
無復獨多慮 더는 걱정하지 마시게.

삶이 덧없다 말하거나 죽음에도 연연하지 않았던 도연명 시인의 태도를 본받아 10년간의 구금생활에서도 살아남은 그는 나머지 여생이 덤의 인생이라 여겼습니다. 이 세상 모든 노인들이 이처럼 초연하게 살다가 태연하게 죽음을 맞기를 바랐던 거지요.

이 책이 출간되어 계속 베스트셀러로 읽힌 이유는 글자 한 자, 문장 한 마디마다 그의 진정성이 배어있기 때문이어서 입니다. 그의 글은 별다른 미사여구가 없어도 마음을 울립니다. 나이 90을 앞두고 인생이 무언지 잘 모르겠다는 겸손함과 솔직함은 오히려 읽는 독자를 부끄럽게 만듭니다. '아는 것을 안다 하고 모르는 것을 모른다고 깨닫는 것이 제대로 된 지혜(知之爲知之, 不知爲不知, 是知也)'라고 말한 공자의 말씀처럼 거짓 없는 생각과 소박한 생활습관은 물질만능에 찌든 현대인들에게 큰 귀감이 되고도 남습니다.

한 해가 저물고 있습니다. 시간이 주는 경계에 매달릴 필요는 없겠지만 한 해가 가는 것은 왠지 아쉽고 쓸쓸합니다. 올 초에 꿈꾸었던 자신의 포물선이 어디까지 펴져 나갔는지 돌아보는 시간을 가져야 합니다. 모든 나무들이 새로운 잎과 꽃을 피우기 위해 훌훌 옷을 벗고 있는 모습들을 지켜보며 자신에게 덧씌웠던 온갖 가식과 미혹의 옷들을 털어버리고 다가오는 새해, 또 다른 포물선을 그릴 준비를 해야 하지 않을까요. 완벽하지 않아서 인생입니다.

** 커다란 격랑 속에서도 할 일을 다 하고 단비마냥 조근조근 들려준 그의 이야기에 제 마음이 흠뻑 젖었습니다. 참된 인생의 귀감을 보여주고 간 그 분의 영전에 삼가 조의를 표하고 싶습니다.

2장.

건강·식품

클린

1일1식

병 안 걸리고 사는 법

조선의 왕들은 어떻게 병을 고쳤을까

암을 넘어 100세까지

음료의 불편한 진실

술 이야기

대한민국 지표산물

한중일 밥상문화

사람의 병을 치료하는 것은 자연입니다.
그러니 음식으로 고치지 못하는 병은
약으로도 못 고치지요.
음식을 골고루 섭취해야 약이 되고
과식은 오히려 독이 됩니다.
사람은 먹는 것이 곧 자신입니다.

- 현대의학의 아버지, 히포크라테스 -

클린 CLEAN

알레한드로 융거/쌤앤파커스

● 요즘 들어 해독(detox) 요법이 인기입니다. 제가 좋아하는 미국 여배우 기네스 팰트로가 "인생이 바뀌었다"고 극찬한 '클린 프로그램'도 아마존 건강분야 베스트셀러 1위를 기록했던 해독요법 중 하나이지요. 자도 자도 피곤한가요. 몸이 늘 무겁고 자주 붓는가요. 달콤 짭짤한 음식이 계속 당기는가요. 시원하게 변을 보지 못하고 속이 더부룩한가요. 과로 과음 후 회복이 늦고 상처가 잘 낫지 않는가요. 이 중 하나라도 해당된다면 내 몸속의 독소를 의심해 보십시오.

1964년생인 저자는 한때 전도양양한 심장병 의사였습니다. 뉴욕의 한 병원에서 수련과정을 밟던 중 과민성대장증후군과 우울증 진단을 받습니다. 약물치료로는 별로 신통치 않자 우연히 명상수련을 하게 되고 내친 김에 인도로 날아가 통합적 방식의 '열린 의학(open-minded medicine)'의 위대함을 접하게 됩니다. 이러한 디톡스 체험이 그의 진로를 바꿔 놓은 것입니다.

독소란 무엇일까요? 한마디로 정상적인 생리기능을 방해하고 신체기능에 부정적인 영향을 주는 물질입니다. '균체내 독소(endotoxin)'는 요산, 암모니아, 젖산, 호모시스테인 등 정상적인 세포활동으로 배출되는 노폐물이지요. 혈중 요산농도가 증가하면 통풍에 걸리듯 체내에 축적되는 독소가 병을 일으킵니다. '균체외 독소(exotoxin)'나 '외인성 화합물(xenobiotic)'은 농약, 수은, 프탈레이트(phthalate), 트랜스지방산, 벤젠 등 외부로부터 유입된 독소로서 정상세포의 기능을 방해합니다.

독소에 노출되는 경로는 4개 층의 피부로 비유됩니다. 제1피부는 우리 몸의 표면을 형성하는 상피세포와 점막세포로 이루어지는데, 화장품, 세안제품, 물 등이 피부를 통해 흡수되고, 음식과 약물, 공기 등이 구강, 기관지, 요도와 질, 자궁 등으로 유입되지요. 표피 바로 아래층을 말하는 제2피부로는 합성섬유, 이불, 침대, 신발을 통해 독소가 들어옵니다. 더 바깥쪽의 생활공간을 말하는 제3피부, 즉 집이나 직장의 가구, 벽지, 바닥재 등에도 화학물질이 널려있습니다. 마지막으로 지구의 대기권을 형성하는 제4피부 역시 온갖 종류의 독소(중금속과 공해물질, 전자장)에 무방비 노출되어 있습니다.

이렇게 수많은 경로 중에도 가장 빈번히 노출되는 것은 바로 음식입니다. 슈퍼마켓에서 파는 식품의 90%는 가공식품으로 방부제와 첨가물, 포장재로 둘러싸여 있지요. 나머지 10%의 신선식품도 대량으로 재배 양식되어 항생제와 환경호르몬을 함께 실어 나릅니다. 몇몇 유기농 식품을 제외하곤 매일 화학물질과 항생제, 농약, 오염수를 퍼 먹고 있는 것입니다. 가공된 인스턴트식품에 사용되는 화학첨가제 프탈레이트, 식품용기에서 기체를 없앨 때 들어가는 스타이렌(styrene), 스테이크 고기 포장용기로 쓰이는 폴리스티렌(polystyrene), 플라스틱 병과 통조림 뚜껑 코팅제로 사용되는 비스페놀 A(bisphenol A)가 축적되면서 각종 암을 유발하고 있는 것입니다.

'자신이 먹는 음식이 바로 자신'이라는 말을 들어 본 적이 있는가요. 독성이 있는 음식에 자꾸 마음이 끌리는 것은 몸이 독성에 찌들었다는 신호입니다. 처리되지 못한 독소가 순환계에 계속 남게 되면 금세 조직에 갇혀 점액으로 뒤덮이지요. 세포는 스스로를 방어할 방법으로 해로운 생각과 감정을 불러일으키는 것입니다. 반대로 점액을 제거하고 세포가 간절히 원하는 영양소를 공급해 주면 재생과 치유 본능이 되살아나고 부신(아드레날린과 기타 호르몬을 분비함)의 힘이 회복됨을 느끼게 됩니다.

독소의 전조현상은 어떻게 나타날까요? 이유 없이 몸이 붓는다면 일단 독소가 범인일 가능성이 높습니다. 점액은 염증에 대한 자연스런 방어기제로서 세포를 부풀리고 몸을 붓게 만들기 때문이지요. 소화하기 어려운 탄수화물과 유제품, 카페인 등을 즐겨하면 변비에 걸리기 쉽습니다. 장내 미생물 불균형(dysbiosis)과 불완전 소화 음식은 배설 기능도 떨어뜨려 심할 경우 만성 두통까지 야기합니다. 또한 이런 식품은 알레르기도 유발하지요. 장(腸)벽을 자극하고 약화시켜 알레르기 반응의 발단이 되는 '장 누수(leaky gut)' 현상을 나타내기 때문입니다.

놀라운 사실은 세로토닌 결핍증도 관련이 깊다는 점입니다. 신경전달물질인 세로토닌이 저하될 경우 대개 우울증과 과민성대장증후군을 앓게 됩니다. 세로토닌은 트립토판(tryptophan)이라는 특정 아미노산을 기초성분으로 이용하는데, 인공 사육된 육류에는 충분한 양이 들어있지 않아서 이것이 부족한 상태에서 독소로 인해 장에 염증이 생기면 세로토닌 수치가 서서히 감소하여 이러한 질병을 일으키게 되는 것이지요.

자, 이젠 본격적으로 클린 프로그램을 시작해 볼까요. 주간계획표를 짜고 이를 3주일간 지속적으로 실천해야 합니다. 명상-식이-운동을 반복적으로 하고 몇 가지 유의사항을 지키면 되므로 미리 겁먹을 필요는 없습니다. 하루 프로그램을 시간대별로 나눠보면 '기상 후 5분 명상 - 아침식사(유동식)로 과일스무디 또는 야채스프 - 점심식사(고형식)로 생선 또는 닭고기 양고기 요리 - 간식으로 과일 또는 견과 약간량 - 저녁식사(유동식)로 과일야채 주스 - 운동으로 30분 걷기 또는 요가'. 매 일별로 레시피를 바꿔가며 식단을 짜면 질리지도 않을 뿐더러 맛과 영양을 골고루 섭취하게 됩니다.

유의할 점은 매일 점심 한 끼 고형식, 나머지 두 끼 유동식을 표준으로 하되 저녁식사 약속이 있을 경우엔 점심을 유동식으로 바꿔 '1고형+2유동' 식사패턴은 충실하게 유지하고, 식후 8시간 후에 해독신호가 켜짐을 감안하여 저녁식사 후엔 다음날 아침까지 꼬박 12시간을 속을 비워 해독작용이 잘 이루어지도록 해야 합니다. 12시간 단식, 이게 키포인트라서 적응이 힘든 초기에는 일찍 잠자리에 드는 것도 한 방법입니다. 또한 열을 가하면 영양소가 파괴되므로 익힌 고기를 빼곤 스프도 채소즙을 사용하도록 하고, 프로그램 중엔 커피, 탄산수 등은 멀리 하고 생수로만 하루 2.3리터 정도 충분히 마셔 가급적 해독의 효율을 올리도록 합니다.

필요에 따라 섬유질, 생유산균(Probiotics), 항균식품을 보조식품으로 활용하면 클린의 효과는 극대화됩니다. 평소의 식사량보다 먹는 양이 적어지므로 푸룬(말린 자두), 아마씨 같은 천연섬유질 식품을 보충해 주거나, 장내 세균총 회복에 보탬이 되는 150억 마리 이상의 생유산균 제품을 하루 한 번 복용하거나, 병원성 박테리아를 죽이는 데 도움을 주는 생마늘과 감초, 생강, 대황뿌리 같은 허브항균식품을 활용하는 것도 매우 유익합니다.

클린의 궁극적인 목적은 독소를 배출시키는 것이라서 단 하루라도 배변을 거르지 않도록 유의해야 합니다. 깨끗한 물을 충분히 마시고 가벼운 운동을 하고 섬유질식품을 보충해 먹으면 대부분 원활해지겠지만 변비가 생길 때는 피마자유를 양주잔 1/2컵에 먹고 물에 섞은 레몬주스를 1컵 마셔 배변을 유도합니다. 호흡도 독소를 배출하는 중요한 방법이므로 매일 아침 5분간이라도 복식 호흡하는 것을 놓쳐서는 안 됩니다. 또한 적외선 사우나, 냉온교차 목욕, 브러시로 피부 자극하기도 피부를 통한 독소배출에 큰 역할을 하고, 하루 30분 걷기나 요가는 땀 배출 효과뿐만 아니라 혈액과 림프의 순환을 증진시키고 장을 자극해서 배설을 원활하게 해 줍니다.

무사히 3주를 마쳤다면 당신도 '새로 태어난 기쁨'을 맛보게 되실 겁니다. 그 기뽐을 쭉 유지하고 싶은 사람은 1년에 한 번씩 거듭 도전하고, 가급적 유기농 과일 채소, 발효식품(김치), 등 푸른 생선, 날 음식을 선호하는 식습관을 생활화하며, 생유산균제인 프로바이오틱스 한 알을 꼭 챙겨먹도록 하십시오. 장이 '편하지 않아서(dis-ease)' 생기는 게 질병(Disease)입니다.

1日1食

나구모 요시노리/위즈덤스타일

● 먹는 문제를 떠올리면 영국의 경제학자 맬더스가 생각납니다. 기하급수적으로 늘어나는 인구로 도저히 식량 문제를 해결하지 못할 거라던 그의 주장 때문일까요. 그런데 나는 인간들이 먹어치우는 음식의 양이 인구수만큼이나 지나친 것이 아닐까 하는 생각을 종종 하게 됩니다. 하루 세 끼 식사법이 온당한가요. 인류사 17만년 중 95% 이상의 기간 내내 굶주림의 연속이었습니다. 하루 한 끼도 챙기지 못하던 때가 다반사였습니다. 농경사회로 넘어오기까지 힘들게 끼니를 연명해야 했던 수렵 채집 시대의 '생명력 유전자'에서부터 이야기는 시작됩니다.

생명력 유전자는 굶주림과 추위에 내몰렸을 때 나타나는 유전자입니다. 기아를 극복하고자 하는 기아 유전자나 연명 유전자, 감염을 이겨내는 면역 유전자, 암과 싸우는 항암 유전자, 노화와 병을 치유하고자 하는 수복 유전자 등 우리 몸속에는 셀 수 없이 많은 생명력 유전자가 존재한다는 것이지요. 그런데 개선된 환경이나 포식 상태에서는 오히려 신체가 노화되고 출산율이 저하되며 면역이 자기 자신을 공격하게 되는 역작용이 나타난다는 점입니다.

이 중 연명유전자의 정식 명칭은 '시르투인(SIRTUIN) 유전자'입니다. 불교의 단식이나 이슬람교의 라마단에서 짐작하듯, 우리의 몸은 공복 상태에서 더욱 더 생명력이 활성화된다는 가설에서 비롯된 이 개념은 동물실험에서 먹이를 40% 줄였을 때 연명효과가 가장 높아져 수명이 1.4~1.6배 늘어난다는 것이 입증되었습니다. 이처럼 생명력 유전자는 기아 상태에서만 발현된다는 것이지요. 이것이 1일1식 건강법의 근거가 되고 있습니다.

그래도 그렇지, 어떻게 하루 한 끼만 먹고 살 수 있나요. 저자의 주장이 외면당하지 않는 이유는 그가 의학상식이 밝은 현직 의사라는 점과 본인이 직접 지난 10년 동안 1일1식을 실천해 왔다는 데 있습니다. 예순을 바라보는 그의 겉모습은 40대 초반의 얼굴과 탱탱한 피부, 173센티미터 키에 체중 62kg의 날렵한 몸매를 자랑합니다. 한 때 77kg까지 나갔던 비만체형이 어떻게 지금의 모습으로 탈바꿈하게 되었을까요.

'자연이 베푸는 음식과 몸속의 혼이 공명하는 식사'야말로 최상의 건강식이라 말합니다. 하루 한 번의 식사에 모든 걸 걸어야 하다 보니 메뉴 선정을 소홀히 할 순 없습니다. 인스턴트 라면이나 정크 푸드는 멀리 하고, 일물전체(一物全體)의 완전식품으로 1즙 1채 다이어트를 하라는 것이 요지이지요. 현미와 건더기가 많은 된장국, 나물무침, 하룻밤 말린 생선 또는 청국장 등이 그가 추천하는 한 끼 식단입니다. 중요한 점은 채소와 과일은 뿌리째 껍질째 잎째, 생선은 껍질째 뼈째 머리째, 곡물도 도정을 덜한 통곡식을 섭취하라는 것이지요.

아침밥은 생략하십시오. 뭔가를 먹고자 한다면 물 한 잔이나 과일 한 개 정도. 절식을 통해 소화관을 쉬게 하는 것이 신체의 치유력을 높이기 때문이지요. 그래도 허전하다면 건포도나 견과류가 박힌 통밀쿠키 정도. 설탕발림이 된 단맛 과자는 내장지방을 늘리고 혈당을 떨어뜨려 점점 배고픔을 유발하므로 삼가야 합니다. 점심도 사양하십시오. 모든 동물은 배가 부르면 졸리게 됩니다. 졸음이 진료를 방해하는 것에 화가 난 저자는 점심식사 대신 껍질째 과일이나 통밀쿠키를 소량 먹는 걸로 대체하다가 지금은 아무 것도 먹지 않습니다. 그리고 하루 일과를 마무리하는 저녁시간에서야 비로소 1즙1채의 한 끼 식사를 자기 정량의 60% 정도로만 합니다.

또 다시 의문이 들지 않습니까. 1일1식으로 과연 견딜 수 있을까 하고. 양보다 질이 문제입니다! 영양소가 균형 있게 포함된 완전식품이라면 별 문제가 없다는 것이지요. 재미난 사실은 공복 시 나는 꼬르륵 소리는 소장에서 분비되는 모틸렌(motilen)이라는 소화호르몬이 위 속에 남아있을지 모르는 음식물을 끌어내리기 위함인데, 공복을 깨달은 위점막에서는 그렐린(ghrelin)이라는 성장(회춘) 호르몬도 함께 분비하므로 오히려 회춘 효과도 보인다는 점입니다.

특이하게도 그는 하루 한 끼 식사를 끝내면 바로 잠자리에 듭니다. 대개 식후 수면을 경계하지만 그는 먹고 나서 졸리는 현상은 인체의 섭리라고 설명합니다. 졸다가 바로 잠드는 것이 가장 좋은 숙면법이라는 것인데, 밤 10시부터 새벽 2시까지가 사람을 젊게 해 주는 호르몬이 분비되는 골든타임이므로 이 시간에 깨어있는 것 자체가 건강을 해친다는 것이지요. 의학적으로도 수면물질인 멜라토닌은 아침의 태양광을 받으면서 행복물질인 세로토닌으로 형태가 바뀐다고 합니다. 아침햇살을 받으면서 체내시계가 초기화되므로 일찍 자고 일찍 일어나는 생활리듬이 바람직하다는 것입니다.

우리가 알고 있는 몇 가지 잘못(?)된 상식, 즉 아침에 일어나서 마시는 물 한 잔이나 평상시 하는 운동에도 일침을 가합니다. 아침에 일어나 얼굴이 붓는 사람은 수분을 섭취하지 말라 합니다. 대신 껌을 씹어 타액 분비를 촉진시키는 게 몸에 더 좋다고 합니다. 하루 수분 섭취도 일상적인 식사에서 절반은 섭취하므로 1리터 정도의 물만 마셔 과잉섭취로 간질에 수분이 축적되지 않도록 유의하라고 권합니다. 또한 급격히 심장박동수를 올리는 과격한 운동은 삼가라고 조언합니다. 모든 동물의 심장박동수는 일생동안 20억 회로 횟수가 정해져 있는데, 1분당 50번 박동한다고 하면 80세 즈음에 멈추게 됩니다. 그런데 운동이랍시고 과도하게 심장박동수를 끌어올릴 경우 스스로 생명을 단축시키는 꼴이 되고 마는 것입니다.

마지막까지 건강하게 일할 수 있는 것. 저자가 꿈꾸는 최고의 인생을 사는 법입니다. 1즙1채로 1일1식 하기, 채소든 생선이든 곡물이든 뭐든 통째로 먹기, 골든 타임(밤10시부터 새벽2시)에 수면 취하기. 그리 까다롭지도 않은 이 3가지를 실천한다면 누구나 건강 100세를 살 수 있다고 합니다. '9988 234(99세까지 팔팔하게 살다 하루 이틀 만에 편안히 죽는 것)'를 위해 지금부터라도 1일1식 해 보지 않으시렵니까.

병 안 걸리고 사는 법

신야 히로미/이아소

● 친구 H로부터 부친상을 당했다는 전갈을 받았습니다. 문상 가는 기찻길에 가지고 간 책 중에서 그날따라 비가 뿌려 착잡한 심경으로 이 책을 펼쳐 보았습니다.

'미러클 엔자임(Miracle Enzyme; 기적의 효소)이 수명을 결정한다.'고 주창하는 저자는 세계 최고 권위의 위장 전문 외과의사입니다. 고 레이건 대통령의 주치의였고, 세계 최초로 대장내시경 삽입법을 고안하여 폴립(Polyp:용종) 절제에 성공한 공로로 미국 위장내시경 학회 최고상을 수상하기도 했습니다. 수십 년간 30만 명 이상의 위장을 들여다 본 그가 내린 결론이 바로 '올바른 식습관을 통해 미러클 엔자임을 보충하는 것이야말로 무병장수의 비결'이라는 것입니다.

사람 얼굴의 인상(人相)처럼 위장에도 위상(胃相)과 장상(腸相)이 있습니다. 인상으로 그 사람의 성격을 짐작하듯이 위상 장상으로 그 사람의 건강상태를 알 수 있습니다. 건강한 사람의 위는 무척 아름답지요. 점막이 균일한 핑크빛이며 점액이 투명하여 매끄러운 표면이 반짝반짝 빛납니다. 장도 마찬가지로 아주 부드럽고 크며 균등한 주름을 보입니다. 이처럼 깨끗하던 위장이 세월이 흐르면서 좋지 않은 식사와 생활 습관에 의해 건강이 나빠지면 위벽이 울퉁불퉁해지고 장벽이 두껍고 딱딱해집니다. 특히 장에서는 게실(주머니 모양으로 움푹 파이는 현상)이나 주름 사이에 쌓인 숙변을 통해 독소가 발생해서 세포의 유전자 변이를 일으켜 폴립을 만듭니다. 이것이 자라서 암으로 진행되는 것이지요. 장상의 악화는 국소부위로만 그치지 않고 고혈압, 동맥경화, 심장병, 비만, 유방암, 자궁근종, 전립선암, 당뇨 등 온갖 생활습관병을 야기합니다.

여러 임상 데이터를 수집하면서 발견한 키워드가 '엔자임'입니다. 우리말로 효소로 번역되는 엔자임은 '생물의 세포 내에서 만들어지는 단백질성 촉매의 총칭'이지요. 쉽게 말해 생물이 살아가기 위해 필요한 모든 활동을 가능하게 하는 것인데, 동식물을 가리지 않고 생명이 있는 곳에는 반드시 엔자임이 존재합니다. 싹이 나고 자랄 때나 인간의 생명활동, 즉 소화흡수, 신진대사, 해독 등 엔자임의 양과 활성도가 그 생물의 건강상태의 척도가 되는 것입니다. 인체에 작용하는 엔자임의 수는 5천종 이상으로 밝혀져 있으며 장내 세포가 만들어내는 것이 약 3천종을 차지합니다. 위상 장상이 좋은 사람의 공통점은 엔자임이 풍부한 식사를 주로 한다는 것입니다. 반면에 나쁜 사람의 공통점은 엔자임을 소모하는 습관, 즉 음주, 흡연, 과식, 첨가물함유식사, 스트레스, 약품복용 등 엔자임을 대량 소비하는 생활 패턴에 빠져있다는 것이지요.

엔자임의 종류가 5천 가지가 넘는 것은 하나의 엔자임이 단 하나의 작용만 하기 때문입니다. 예를 들어 침 속의 아밀라아제는 전분에만 반응하며 위액 속의 펩신은 단백질에만 반응합니다. 음식물 속의 효소는 소화 과정에서 펩티드나 아미노산의 형태로 분해 흡수되는데, 엔자임이 풍부한 식사를 하는 사람은 흡수 정도와는 상관없이 바디 엔자임(체내 효소)도 풍부해 집니다. 또한 과음한 뒤 간에서 알코올 분해효소가 대량으로 사용될 때 위장에선 소화흡수에 필요한 엔자임이 부족해진다는 사실에서 특정 부위에서 특정 엔자임이 대량 소비되는 만큼 다른 부위의 필요 엔자임이 상대적으로 부족해 질 거라는 가설을 내세웁니다. 여기서 수천 종의 엔자임이 제각각 만들어지는 게 아니라 원형이 되는 엔자임이 먼저 만들어지고 나서 그것이 변환되어 필요한 곳에서 쓰이는 게 아닌가 하는 '미러클 엔자임' 가설을 탄생시킨 것이지요.

이처럼 미러클 엔자임은 모든 엔자임의 원형(原型)인데, 이를 대량 소모하는 대표선수로 항암제를 꼽습니다. 항암제는 체내에 들어오면 대량의 활성산소(Free radical)를 뿜어댑니다. 맹독성 항암제는 암세포뿐만 아니라 정상세포도 죽여 또 다른 발암제 역할을 하기도 하지요. 우리 몸은 항상성(정상상태를 유지하려는 성질)을 지니고 있어 독성이 강한 활성산소가 대량으로 발생하면 몸속의 엔자임은 막대한 양을 해독에 투입합니다. 이럴 경우 소화 엔자임이 부족해져 식욕이 떨어지고, 대사 엔자임도 부족해져 머리카락이 빠지는 등 총체적인 엔자임 결핍 현상이 나타나는 것이지요.

환자식으로 나오는 죽도 문제입니다. 먹기 편한 유동음식으로 많이 애용되지만 죽은 제대로 씹지 않고 삼키는 엔자임 결핍 식사에 불과하지요. 신야 교수는 위장 수술을 한 환자에게 죽을 내놓는 법이 없습니다. 보통식을 70회 정도 꼭꼭 씹어 먹으면 음식물이 엔자임과 잘 섞여져 오히려 죽보다 소화흡수가 잘되기 때문입니다.

병원식사로 내놓는 우유도 큰 문제입니다. 우유에 함유된 단백질의 약 80%를 차지하는 카제인은 위에 들어가면 바로 굳어져 소화를 방해합니다. 뿐만 아니라 짜낸 우유의 지방분을 균질화 시키는 과정에 공기가 섞여 유지방분이 과산화지질이 됩니다. 이렇게 산화된 지방을 고온(엔자임은 섭씨 48~115℃ 사이의 온도에서 사멸됨)에서 살균 처리하여 상품화한 시판 우유는 어떤 의미에서는 최악의 식품이랄 수 있습니다. 시판 중인 우유를 새끼소에게 먹이면 건강한 새끼소도 4~5일 후에 죽어버리는 사실이 이를 증명하지요. 우유는 우리 몸의 혈중칼슘농도(통상 9~10mg/100cc로 일정함)를 급격히 상승시켜 정상치를 초과한 칼슘을 오히려 소변으로 배출시키는 역효과를 냅니다. 세계 4대 낙농국인 미국, 스웨덴, 덴마크, 핀란드에서 고관절 골절과 골다공증이 많은 이유가 여기에 있습니다.

요구르트에도 일침을 가합니다. 대부분 사람들은 매일 요구르트를 먹으면 장에 좋다고 여깁니다. 그러나 임상 현장에선 요구르트를 매일 먹은 사람의 장상이 결코 좋지 않았습니다. 장에 도달하기 전에 위산에 의해 거의 죽기도 하거니와, 장까지 도달한 유산균일지라도 장 속의 터줏대감인 상재균(常在菌)의 방어 시스템에 걸려 살균되는 것으로 의심되기 때문입니다. 그렇다면 요구르트 효과를 보았다고 믿게 되는 이유는 뭘까요? 유제품인 요구르트에 많이 함유된 젖당에서 찾을 수 있습니다. 갓난아기 때와는 달리 나이가 들수록 젖당분해효소인 락타아제가 부족해져서 소화되지 못한 젖당이 가벼운 설사를 유발합니다. 이를 보고 유산균 덕분에 장 청소를 했다는 착각에 빠지는 것이지요. 요구르트를 즐기는 사람의 대변이나 방귀 냄새가 독해져 있다면 장내 환경이 나빠진 증거입니다.

몸에 좋다는 우유와 요구르트가 이 지경이니 도대체 뭘 먹으란 말인가요? 신야 교수는 자신의 이름을 딴 '신야 식사건강법'을 다음과 같이 요약하여 제시합니다.

1. 식물식과 동물식의 균형을 85:15로 할 것
2. 곡물 50%, 채소나 과일 35~40%, 동물식 10~15%로 할 것
3. 곡물은 정제하지 않은 것을 선택할 것
4. 동물식은 사람보다 체온이 낮은 생선류로 할 것
5. 신선한 식품을 되도록 자연 상태 그대로 먹을 것
6. 우유 유제품은 되도록 먹지 말 것
7. 마가린이나 튀김은 삼갈 것
8. 꼭꼭 씹고 적게 먹을 것

첫째, '식물 85 : 동물 15'의 균형식은 치아구조에서 근거를 찾습니다. 32개의 이빨 중 식물을 먹기 위한 앞니가 2쌍, 어금니가 5쌍인데 반해 고기를 먹기 위한 송곳니는 1쌍에 불과하다는 거지요. 7 대 1의 비율을 퍼센트로 환산하면 이 비율이 나오는데 동일 비율대로 하는 것이 가장 바람직하다는 것입니다. 모든 동물의 치아구조는 먹기 편하도록 진화해왔습니다. 인간의 유전자와 98.7%가 일치하는 침팬지의 식사 비율을 보면 95~96%가 식물성입니다. 과일이 50%, 나무열매나 감자류가 45~46%, 나머지 4~5%만이 개미 등의 곤충을 중심으로 한 동물식입니다. 침팬지의 위장을 내시경으로 보니 사람과 분간하기 힘들 정도로 비슷했으며 무엇보다 놀라운 것은 위장이 너무도 깨끗했다는 사실입니다. 인간 유전자에 걸맞는, 균형잡힌 식사를 하다보면 인간의 위장도 그처럼 깨끗해질 거란 생각이 듭니다.

둘째, 백미 대신 현미에다 납작보리, 조, 수수, 피, 메밀, 율무, 키누아(안데스 원산 곡물로 전분과 단백질, 철, 칼슘, 섬유질이 풍부함) 등 잡곡 중에서 다섯 종류를 섞어 먹으면 탄수화물로 인한 비만을 걱정할 필요가 없고 몸에 좋은 영양소를 골고루 섭취할 수 있다는

것입니다. 백미는 아무리 좋아도 영양소가 현미의 4분의 1에도 못 미칩니다. 빵이나 파스타 등을 먹을 때도 전립소맥분(정제하지 않은 밀가루)을 사용한 것으로 골라 먹는 게 좋겠습니다.

셋째, 단백질의 일일필요량은 체중 1kg당 약 1g입니다. 우리나라의 경우 2001년 기준 1인당 89g으로 일본의 85g보다 높고 미국인의 섭취량과 맞먹었습니다. 과잉 섭취된 단백질은 최종 소변으로 배출되는데 이 과정에서 소화 엔자임에 의해 아미노산으로, 또 다시 간장에서 분해되어 혈액으로 흘러듭니다. 그러면 혈액이 산성을 띠게 되어 이를 중화시키기 위해 뼈나 치아에서 다량의 칼슘이 빠져나옵니다. 한편 사람보다 체온이 높은 동물(소나 돼지는 38.5~40℃, 닭은 41.5℃)의 지방은 그 체온에서 가장 안정된 상태를 유지하게 되지요. 그런데 이보다 낮은 사람(체온 36.5℃)의 몸속에 들어오면 끈적끈적하게 굳어져 버립니다. 반면에 사람보다 체온이 낮은 변온동물인 어류의 지방은 체내에 들어오더라도 혈액의 점성을 낮춰 나쁜 콜레스테롤(HDL) 수치를 낮춰주는 효과를 발휘합니다.

넷째, 신선식품이 몸에 좋은 이유는 엔자임이 풍부할 뿐만 아니라 산화되지 않았기 때문입니다. 산화가 진행된 오래된 음식을 먹으면 유해활성산소가 발생되는데 이를 중화시키는 항산화물질인 SOD(Superoxide Dismustase)라는 엔자임이 작동하지요. 그런데 나이 40이 넘으면 이 수치가 급격히 감소합니다. 생활습관병의 발병이 40대 이후에 많은 이유가 여기에 있다고 주장하는 학자도 있습니다.

다섯째, 마가린과 튀김음식을 경계해야 하는 이유는 가장 산화하기 쉬운 식품이 기름(지방)이라는 점 때문입니다. 원래 식물성 기름은 상온에서 액체 상태입니다. 그런데 마가린은 수소를 첨가해 인공적으로 불포화지방산을 포화지방산으로 바꾼 것이지요. 마가린과 맞먹을 정도로 트랜스지방산을 다량 함유한 것이 '쇼트

닝'입니다. 시판 중인 쿠키나 스낵류, 패스트푸드인 프렌치후라이 등을 삼가야할 이유입니다. 더구나 기름으로 조리한 것은 산화가 매우 빨리 진행되므로 오래된 튀김음식은 눈 딱 감고 쓰레기통에 버리는 게 상책입니다.

여섯째, 사람의 장벽이 흡수할 수 있는 물질의 크기는 15미크론(1천분의 14mm)으로 이보다 큰 덩어리는 흡수되지 않고 배설됩니다. 이 때문에 잘 씹지 않으면 10을 먹고도 3 정도밖에 흡수하지 못합니다. 먹을 때마다 35~40회 정도 꼭꼭 씹어 먹으면 침의 분비가 활발해져 소화를 원활하게 돕고 날고기일 경우 기생충을 죽이는 효과가 있습니다. 소화 엔자임 절약효과도 있어서 해독이나 에너지 공급 등 몸의 항상성 유지에 사용되는 엔자임을 비축하는 효과가 무병장수로 이어지지요. 또한 소식(小食)을 하게 되면 먹은 것이 거의 깨끗하게 소화 흡수되어 여분의 물질에 의한 독소 발생이 없어지므로 해독 엔자임 절약효과가 높아져 건강에 더욱 도움을 주게 되는 것입니다.

친구H의 아버님은 84세로 돌아가셨습니다. 어머님이 어깨를 주물러주는 사이 편안하게 눈을 감으셨다 하지요. 호상(好喪)입니다. 그러나 더 오래, 더 건강하게 살기를 바라는 게 보통 사람들의 욕심인가 봅니다. 병 안 걸리고 오래 사는 법, 살아 있는 모든 자를 위한 축문(祝文)이겠지요.

조선시대 왕들은 어떻게 병을 고쳤을까

정지천/중앙생활사

● 500여년 조선왕조의 왕은 모두 27명이었지요. 그 중 최장수 왕은 83세까지 산 영조이고 최단명 왕은 17세의 어린 나이로 사사된 단종입니다. 80을 넘긴 왕이 21대 영조 한 분인 반면 8대 예종과 24대 헌종은 20대 나이에 급사했습니다. 참고로 우리나라 역사상 최장수 왕은 누구일까요? 고구려 유리왕의 손자이자 6대 왕이었던 태조왕이 119세까지 살았다는 기록이 전해집니다. 광개토왕의 아들이자 20대왕이었던 장수왕도 98세까지 살아 이름 그대로 장수왕이었지요. 그렇다면 조선 왕들의 평균수명은 어땠을까요. 안타깝게도 46세. 요샛말로 새파란 나이에 대부분 이승을 하직한 것입니다.

조선시대 일반 백성의 평균수명이 35세였으므로 10살 정도를 더 살았습니다. 하지만 당시에는 유교사상의 영향으로 지아비 목숨을 더 소중히 여긴 탓에 남자들의 평균수명이 여자에 비해 5살 정도 높았으므로 동성(同姓)으로 비교해보면 겨우 여닐곱살 정도 더 산 셈이지요. 2014년 현재 대한민국 국민의 평균수명이 82세(남자 78세, 여자 85세)에 이르고 있으니 오늘날에 비해선 반 토막 인생에 불과합니다. 고대 왕조에서도 100세 넘어 산 왕이 있었던 걸로 봐서 모든 왕들이 건강하게 장수할 수도 있었을 것입니다. 그러나 불행히도 목숨을 좌지우지했던 것은 창궐하는 각종 병을 제대로 고치지 못한 열악한 치료법에 그 원인이 있었습니다.

그렇다면 조선의 임금들을 괴롭힌 왕의 직업병 1위는 무엇이었을까요. 일종의 종기인 등창입니다. 이름 그대로 등에 잘생기고 목덜미, 엉덩이, 허리, 얼굴 등에도 국소적으로 생기는 고름 부스럼으로서 영어명으로는 Carbuncle, 한의학에서는 옹(癰), 절(癤)이라고도 하지요. 의학적으로 보면 원인균인 포도상 구균이 피하조직에 들어가 생기는데, 균이 피하조직을 따라 점점 퍼지며 심해지면 합병증인 패혈증이 전신으로 번져 뇌막염 등 여러 장기에 염증을 수반하면서 사망에 이르게 됩니다. 크기는 심할 경우 한 자(10.89m^2)에 이르고 상처 넓이도 5~6치(16.5~20cm)나 되었다고 하니 드러눕는 것 자체도 큰 고역이었을 것입니다. 세종을 필두로 중종, 문종, 성종, 효종, 현종, 정조 임금 등의 사망원인은 종기와 관련이 깊습니다.

조선 최고의 성군인 세종은 어려서부터 책읽기를 좋아했다지요. 체구도 커서 앉은 자세의 하체와 등 부위에 종기를 달고 살았습니다. 아들인 문종도 세자 시절부터 등창을 앓아 중신들이 퇴청한 이후에 의관들이 농을 짜냈다는 기록이 남아 있습니다. 성종은 배꼽 밑에 난 종기를 다스리지 못해 죽었지요. 효종은 오른쪽 귀 밑에 난 종기에 고약을 붙이고도 효험이 없자 침을 맞았는데 혈맥을 잘못 찔러 침구멍으로 피가 엄청나게 흘러나와 죽었다고 합니다. 정조는 허리에 난 작은 종기가 등과 목 뒷덜미까지 번지는 통에 고통 속에 사망했습니다.

왕들이 이랬으니 일반 백성이야 오죽했을까요. 조선 전기에는 종기만 전문으로 치료하는 치종청(治腫廳)이란 관청을 두었고, 임언국이 1600년경 〈치종지남(治腫指南)〉을 저술하여 종기에 대한 한방치료법을 집대성하였습니다. 종기 치료에는 피침(鈹鍼)을 사용하였는데, 길이가 4촌(=13.3cm)에 너비도 2촌(=6.6cm)으로 요즘의 수술용 칼과 흡사하여 농을 째는 데 편리하였습니다. 현종~숙종 때의 백광현은 침으로 종기를 절개하여 독을 제거한 후 뿌리를 뽑는 치료법을 시행하여 숙종실록은 그를 종기의 신의(神醫)로 칭송하기도 했지만, 1905년 이명래 고약이 나오고 해방 이후 항생제가 보급되기 전까지 종기는 고통을 안겨주고 목숨마저 앗아가는 무서운 병이었습니다.

그렇다면 왕들의 건강검진은 어떻게 했을까요. 가장 기본적인 방법으로 대변상태를 살폈습니다. 왕들은 화장실을 오가는 게 아니라 매화향기가 난다는 뜻의 '매화(梅花)틀' 또는 '매우(梅雨)틀'이라는 이동식 좌변기, 즉 요강에다 용변을 보았습니다. 여기서 매(梅;매화열매)는 대변, 우(雨;비)는 소변을 가리킵니다. 나무틀 아래에 있는 놋쇠 변기통 안에 왕의 배설물을 담당하는 복이나인이 잘게 썬 여물(매추;梅芻)과 나무 재(매회;梅灰)를 미리 뿌려두면 거기에 볼일을 보았던 거지요. 볼일이 끝나면 나인이 매추나 매회를 다시 뿌린 후 변기통을 궁중의 내의원에 갖다 줍니다. 그러면 왕이 배설한 대소변의 형태와 색깔, 냄새 등을 체크하고 심지어는 맛을 보기까지 하였지요. 진정코 매화향기는 아니었을테니 말 못할 고역이었을겁니다.

대변은 먹는 음식물이나 질병에 따라 색깔이 달라집니다. 육식을 하면 흑갈색, 식물성 음식을 많이 먹으면 연록색을 띱니다. 검은 색으로 타르 같은 변이면 궤양으로 인한 출혈이나 장염을 의심해봐야 하고 선홍색 피가 묻었으면 치질을 비롯한 항문질환이나 직장암을, 흰색의 묽은 변이면 간염이나 담석증을 비롯한 간/담낭 질환 또는 장 흡수력 저하를 의심할 수 있지요. 대변의 경도는 장운동 상태에 따라 달라지는데, 연동운동이 약하면 딱딱해지고 심하게 항진되면 묽어지거나 설사가 납니다. 점액이 섞여 나오거나 토끼 똥처럼 환약 같은 똥이 나온다면 스트레스에 의한 과민성 대장염일 확률이 높습니다. 대변이 비정상으로 밝혀지면 우선적으로 식단을 변경하고 몸 상태를 살펴 탕약 처방을 내리기도 했답니다.

왕들이 병을 고치는 방법으로 가장 즐긴 것은 온천욕이었습니다. 개국 초기의 태조 정종 태종 세종 등은 온천을 매우 중요시 여겼는데, 세종은 온천을 해서 눈병이 낫자 온수현을 온양군으로 승격시키고 어의인 노중례에게 명하여 박생후라는 관리를 온양에 파견, 온천의 의학적 효과를 연구하도록 했습니다.

온양 온천은 유리탄산가스를 많이 함유한 탄산천입니다. 모세혈관을 확장시켜 혈액순환을 잘되게 하고 심장의 부담을 가볍게 해 주므로 고혈압, 심장병, 피로회복에 효과적이지요.

유리탄산, 식염, 중조 등을 골고루 조금씩 함유한 단순천은 신경통, 류머티즘, 운동기능장애, 병후회복, 불면증, 신경쇠약, 부인병 등 여러 가지 질병에 폭넓게 쓰입니다. 수안보, 덕산, 동래 온천이 여기에 속합니다.

식염천은 염분이 피부에 붙어 땀의 증발을 막으므로 목욕 후에도 몸이 따뜻해지는 보온효과가 뛰어나 겨울온천으로 좋습니다. 신장병이나 심장병으로 몸이 붓는 환자나 고혈압에는 마땅치 않습니다. 해운대, 동래, 마금산 온천이 여기에 속하지요.

중조천은 알칼리 온천으로 피부병, 신경통, 류머티즘, 변비, 당뇨에 좋으며 요산의 배출을 촉진하기 때문에 통풍에 효과가 있습니다. 마금산, 오색 온천이 대표적입니다.

유황천은 해독, 살균, 항알레르기 작용이 있어서 피부병에 좋으며 진통작용도 있어서 만성 관절염, 류머티즘에 효과적입니다. 그러나 병약하거나 피부가 과민한 사람에겐 좋지 않습니다. 도고, 백암, 수안보, 부곡 온천이 이에 속합니다.

라돈천으로도 불리는 방사능천은 신경계 기능을 조절하여 자율신경기능을 정상화시킵니다. 위장병과 산업성 중독의 치료에 좋으나 피부에 자극적이므로 민감성 피부에는 주의를 요합니다. 유성, 덕산, 해운대, 백암 온천이 이에 속합니다.

온천욕은 몸 상태에 따라 물의 온도와 목욕시간을 달리해야 효과적인데, 관절염, 피부염, 신경염, 신경통, 부인병은 40℃를 조금 넘는 따뜻한 물에 하는 게 좋고, 혈압이 높거나 심장이 약한 사람은 미지근한 물에 하는 게 좋습니다. 미지근한 물로 시작하여 차츰 온도를 높이고 입욕시간도 처음에는 짧게 하다가 점차 늘리는 게 좋지요. 온천은 물의 성분이 피부로 스며드는 특성상 급성 폐렴, 급성 기관지염, 급성 중이염, 감기 등 모든 질병의 급성기에는 삼가는 것이 좋습니다. 또한 고름이 생기는 병, 전염병, 정신병, 각종 암성 질병, 결핵, 출혈성 질환에는 온천 치료가 맞지 않습니다. 고혈압, 동맥경화, 위궤양, 십이지장궤양 등이 심할 경우에도 피하는 게 좋습니다.

질병이 없다고 하더라도 무조건 온천이 좋은 것만은 아닙니다. 식사 후 1시간 정도 지나서 하는 것이 가장 좋으므로 식전 또는 허기진 때, 식후 바로 하는 것은 삼가야 합니다. 술을 마셨거나 주사를 맞은 직후, 너무 피곤하거나 흥분상태에서 하는 것도 바람직하지 않습니다. 목욕시간은 10~20분 정도가 좋으며 고혈압이나 심장병, 허약체질은 10분 이내에 끝내는 게 좋습니다.

18대 왕이었던 현종은 한 달 간의 온양온천으로 눈병과 피부병이 호전되자 온천행차에 재미를 붙였다 합니다. 왕이 대궐 밖 행차를 하게 되면 수행관료와 호위병 등 5천명 안팎의 대인원이 동원되는데, 이에 부담을 느낀 현종은 급기야 온천수를 대궐 안으로 반입하는 온천욕 매니아가 되었지만 대궐 밖 온천에 비해 효과가 덜했다고 합니다. 아마 온천 자체의 효과야 당연했겠지만 골치 아픈 정사를 벗어나 휴식을 취하는 것이 시너지 효과를 냈기 때문이 아닐까 싶습니다. 입욕료 6천원으로 호사를 누리고 있는 현대인들을 조선의 왕들이 보게 된다면 당장이라도 왕관을 벗어던지려 하지 않았을까요. 왕 노릇하기 힘든 세상, 질병에서라도 해방될 수 있다면야 그깟 왕관이 무슨 대수겠습니까!

암을 넘어 100세까지

홍영재/서울문화사

● 얼마 전 어느 모임에서 선물 받은 책입니다. 200페이지도 안 되는 분량이라 순식간에 읽어 내려갔습니다. 그러나 결코 가볍게 넘길 내용이 아닐 뿐더러 군데군데 눈시울을 적시게 하는 감동도 묻어나옵니다. 그도 그럴 것이 두 가지 암을 동시에 극복한 의사의 체험수기이기 때문이지요.

저자는 연세대 의대를 졸업한 산부인과 전문의입니다. 58세이던 2001년 청천벽력 같은 암 선고를 받습니다. 그것도 대장암 3기에 신장암까지, 두 가지 암 진단을 받았지만 이를 이겨내고 지금은 건재한 모습으로 제2의 인생을 살고 있습니다.

암이 왜 생기는지를 잠깐 살펴보겠습니다. 우리 몸을 이루는 세포는 끊임없이 분열하여 젊은 세포와 늙은 세포 간 세대교체를 통해 우리 몸을 유지해 나갑니다. 이 과정에 자연스레 돌연변이 세포도 등장하는데 돌연변이 세포를 물리치는 면역세포, 즉 인체의 방어체계가 약해졌을 때 이것들이 암 세포로 변하게 됩니다. 면역세포의 노화는 나이가 들면서 함께 증대하지만 잘못된 생활습관에 기인하는 바도 커지요. 특히 담배는 발암물질 덩어리라 해도 과언이 아닙니다.

저자는 말합니다. "암은 불행이 아닌 질병이라서 매우 공평하다"고. 부자건 가난한 자건, 병을 고치는 자신 같은 의사건 간에 가리지 않고 찾아온다는 것입니다. 암 선고를 받기 전까지 건강한 몸으로 성실하게 천직인 진료활동에 진력해 온 그였기에 하필이면 왜 나인가 라는 원망도 잠시 하게 됩니다. 결국 원인제공자는 자기 자신이었음을 깨닫고 적극적으로 치료에 임하기로 마음먹습니다. 다행히 모교 병원에서 치른 수술 결과는 좋았으며 이때부터 항암치료에 돌입하게 됩니다.

6개월간의 항암치료는 악몽 같았습니다. 독한 항암제는 몸무게를 단숨에 15kg이나 줄여 놓을 정도로 끊이지 않는 통증과 함께 식욕 감퇴, 구토, 설사가 이어졌습니다. 그 고통을 견디다 못해 침실을 몰래 빠져나와 오밤중에 마룻바닥을 긁어댄 적이 어디 한 두 번이던가요. 힘들게 간병하는 아내에게 더 이상 고통을 전가시키지 않으려는 노력들이 읽는 이의 마음을 아프게 합니다.

그러나 그는 지금 자신 있게 말합니다. "삶은 대가 없는 선물을 주지 않는다."고. 고통 없이 어떻게 암을 이겨내고 새로운 삶을 찾길 희망하는가. 약이 독할수록 완치율이 높아진다는 이치를 경험한 그이기에 독하게 맞서라고 얘기합니다. 반면에 암에 좋다는 별별 항암특효식품에 속지 말라고 당부합니다. 대신 생존율 제로 상태에서도 희망의 끄나풀을 놓지 않아야 한다고 강변합니다. 인간의 생명력은 불확실성을 거역하는 기적을 일으키기 때문이지요.

저 역시 몇 년 전 2살 터울의 형을 암으로 잃었습니다. 지방 병원에서 암 말기 진단을 받은 후 큰 병원이면 뭔가 다를까 하는 마음으로 서울의 S의료원에 입원하였지만 결과는 매 한 가지였습니다. 더더구나 담당의사는 길어야 3개월을 넘기지 못할 거라고 잘라 말했습니다. 이 말을 듣는 순간 공황상태에 빠지지 않을 환자가 어디 있겠습니까. 그리고는 두 달 뒤 고통스럽게 생을 마감했습니다. 지금도 저는 당시 그 담당의사가 야속하기만 합니다. 단 0.001% 희망이라도 남겨 주지 못한 그는 사형 언도인에 불과하다 여기기 때문이지요.

누구나 무병장수를 꿈꿉니다. 암은 사람을 죽음으로 내모는 대표적인 생활습관병이지요. 규칙적인 생활, 충분한 수면, 꾸준한 운동, 균형 잡힌 식생활은 노화를 방지하고 인체의 면역력을 높여주어 암을 예방하는 효과가 큽니다. 반면 과다한 스트레스와 흡연 음주 습관, 과식과 자극적인 음식섭취, 불건전한 성 생활 등은 암을 유발합니다. 저자 자신도 곱창 안주에 즐겨하던 술이 원인이었음을 솔직히 시인합니다. 자신도 모르게 몸에 배인 잘못된 습관을 바로 잡는 것, 이것이 암 예방의 기본임을 명심하라고 조언합니다.

암 투병 이후 사람이 달라졌습니다. 암을 넘어 100세까지 건강하게 살기를 소망하게 된 것입니다.

첫째는 품위 있는 죽음을 의식하게 되었다는 점입니다. 수술실에 들어가던 날 저자는 아내에게 유서를 남깁니다. 질병에 허덕이다 비참한 최후를 맞거나 갑자기 중환자실에서 죽음을 맞는다면 얼마나 끔찍할까요. 살아갈 일들을 설계하듯 죽음도 평온하고 행복하게 맞을 수 있도록 설계하겠다고 마음먹은 것입니다.

둘째, 자연의 고마움을 느끼게 된 것입니다. 항암치료를 끝낸 며칠 뒤 부부는 처형이 있는 미국 앨라배마로 날아갑니다. 그 곳에서 맛 본 신선한 공기와 밝은 햇빛, 깨끗한 물에 흠뻑 빠져듭니다. 신이 내린 최고의 축복이 자연임을 깨닫는 순간이었지요.

셋째, 느림의 미학도 깨닫습니다. 인간의 노화시계는 빠르게 움직일수록 빨리 멎습니다. 열심히 일만 하는 사람은 스스로 노화를 촉진시키는 셈이지요. 휴식과 여유-게으름을 피우라고 권합니다.

넷째, 배고픔을 즐기자는 겁니다. 조금씩 자주, 느리게 먹는 법이 건강장수의 비결임을 깨달은 것입니다. 발효음식이 많은 토속 메뉴를 직접 손으로 만들어 먹는 게 최고라는 것이지요.

이후 병원 이름도 홍영재산부인과에서 '산타 홍 클리닉'으로 바꾸었습니다. 과거 산부인과 전문병원에서 속칭 '토털 안티에이징 병원'으로 변모시킨 것입니다. 암 환자뿐만 아니라 누구라도 건강하게 장수하고자 하는 사람이 있다면 이곳을 찾아가 보십시오. 산타 의사 Dr.홍의 친절한 상담을 들을 수 있을 것입니다.

음료의 불편한 진실

황태영/비타북스

● 저는 좀처럼 음료를 사 마시지 않습니다. 사무실에 손님이 오더라도 더치커피를 타 주거나 녹차를 우려 내줍니다. 부전자전인지 아들도 음료 대신 생수를 사다 마시길 좋아합니다. 음료 속의 식품첨가물이 몸을 망칠 수 있다는 얘기를 주워들었기 때문이기도 하지요. 식품공학박사이자 식품업체 개발 실무 경험이 풍부한 저자의 입을 빌려 음료의 불편한 진실을 낱낱이 파헤쳐 볼까 합니다.

국내 음료시장 규모는 3조5천여 억 원에 달합니다. 생수(6천6백억원)와 정수기(1조5천억원) 시장을 합치더라도 상대가 안 되지요. 그만큼 음료를 찾는 사람이 많다는 뜻인데, 비싸든 좋든 시판되는 모든 음료는 멀리 하라고 잘라 말합니다. 왜일까요? 식품연구소 시절 소스 신제품의 관능검사(식품을 미각, 후각, 시각 등으로 평가하는 제품검사)를 통해 섭취한 합성첨가물이 때맞춰 출산한 둘째아이에게 아토피 증상을 입힌 충격을 몸소 체험한 탓이었지요.

"커피를 마실 때마다 프림 때문에 망설인다!" 일명 태희커피로 불리는 N사의 커피믹스 광고. 선발업체 D사를 겨냥하여 화학적 합성품인 카제인 나트륨 대신 진짜 우유를 넣은 커피라고 대대적으로 선전했습니다. 도대체 카제인 나트륨이 어쨌길래 이 난리일까요. 우유에 알칼리 처리를 하고 열을 가하면 유단백의 주성분인 카제인이 녹아나옵니다. 이것에 나트륨 성분을 첨가하여 물에 잘 녹도록 만든 것이 카제인 나트륨인데, JECFA(FAO WTO 합동 식품첨가물전문위원회)에서 1일 섭취량을 제한하지 않을 정도로 안전성이 확인된 물질입니다. 사실 주범은 프림 속의 식물성 경화유지이지요. N사든 D사든 식감을 살리기 위해 듬뿍 집어넣는 이놈은 심혈관 질환과 비만을 불러오는 포화지방 덩어리입니다. 엄한 놈에 침 뱉지 말고 차라리 '커피믹스 봉지 껍질로 커피 섞지 않기' 캠페인을 벌리는 편이 낫다 합니다. 봉지에 함유된 소량의 납 성분을 함께 마실 필요는 없을 테니까요.

제로 칼로리 음료 이야기도 해 볼까요. 이온음료도 100ml당 20kcal 안팎인데 제로라니, 열쇠는 설탕 대신 들어가는 합성감미료가 쥐고 있습니다. 백설탕보다 150~200배 단맛을 내는 대체감미료로는 아스파탐, 사카린, 수크랄로스, 아세설팜 칼륨, 솔비톨 등이 주로 쓰입니다. 그런데 커피의 카제인 나트륨과는 달리 아스파탐은 1일 허용섭취량이 kg당 40mg으로 제한됩니다. 인체 내에서 분해될 때 메탄올, 페닐알라닌 등이 방출되는데, 다량 섭취할 경우 메탄올은 실명, 페닐알라닌은 뇌손상의 원인이 되기 때문이지요. 진짜 웃기는 건, 합성감미료의 당 성분이 식욕을 왜곡하여 가짜 당분에 속은 뇌가 진짜 당분을 갈구하게 되어 단맛에 대한 욕구가 점점 증가하므로 오히려 체중증가의 원인이 될 수 있다는 것입니다.

무첨가 음료의 뻔한 거짓말은 또 어떤가요. 업계관행상 무첨가는 또 다른 첨가를 부릅니다. 대표적인 게 설탕 대신 첨가되는 액상과당이지요. 고과당옥수수시럽(HFCS)인 액상과당은 설탕보다 흡수가 빨라 식욕조절, 체중유지 기능을 교란, 비만과 당뇨 같은 생활습관병을 야기하므로 오히려 더 해롭습니다. 호미 대신 가래를 쓰는 꼴이지요. 심리적인 거부감이 강한 합성보존료도 각종 산화방지제, 감미료, pH조정제 등 더 많은 첨가물을 조합하면 얼마든지 유통기한을 늘릴 수 있습니다. 소비자들이 꺼리는 합성착색료와 인공색소 역시 천연 재료로 대신할 순 있지만 체내에 들어가면 똑같은 화학과정을 거쳐 분해 흡수되므로 그 놈이 그 놈이 되어 버립니다.

과일주스는 더욱 가관입니다. "과즙 100%", "신선함이 살아있는" 요런 표현을 썼다 해서 순수 과일즙이란 착각을 하면 오산입니다. 용기 아래쪽을 자세히 들여다보면 잔글씨로 '농축과즙'이란 문구를 발견하게 될 테니까요. 이는 냉동상태로 수입된 농축과즙에 7배 내외의 물을 부어 만들어진다는 의미입니다. 그냥 물만 부어선 맛이 덜하니까 여기에 액상과당이나 착향료, 구연산 같은 첨가물을 넣어 새콤달콤 맛과 향을 살리는 거지요. 소위 '환원주스'라 불리는 과일주스는 과즙을 펄펄 끓여 졸인 것을 다시 수분을 보충해 환원시킨 것인데 식약처 고시기준(원재료 이외의 물질을 첨가하지 아니한 경우에 한해 식품첨가물이 포함되더라도 100% 표기가 허용된다)에 따라 합법적(?)으로 '과즙 100%'라 표기할 뿐이지 첨가물의 사용 유무와는 아무런 상관이 없습니다. 그러니 '신선주스'가 아니라 '신선하도록 느껴지게 가공된 주스'라 해야 맞는 말이지요. 오호 애재(哀哉)라. 비타민 보급을 위해 아이에게 주스를 사 먹이고 있다면 오늘부터라도 그 돈으로 과일이나 영양제를 사다 먹이는 게 백번 낫습니다.

일반우유와 유기농우유의 차이는 또 어떨까요. 2011년 소비자시민모임에서 유기농, 일반, PB(Private Brand) 세 가지 우유를 비교 실험한 바, 유기농 우유와 일반 우유 간에 칼슘과 유지방 함유량에서 차이가 없었고 대장균, 항생제, 잔류농약도 검출되지 않았습니다. 심지어 가격차이가 현저한 PB 우유와도 별반 차이가 없었습니다. 유기농은 사육과정상 관리가 엄격해 생산비가 30% 이상 더 들어갈 뿐이지 영양성분상 차이가 없음은 한국유기농협회도 인정했습니다. 젖소가 행복하게 잘 자라도록 동물보호 비용을 지불하려는 생각이 없는 한, 굳이 비싼 돈 들일 필요가 없다고 보시면 됩니다.

잠도 깨우고 피로도 풀어준다는 에너지음료. 타우린과 카페인 성분이 마치 만병통치약처럼 보이게 하지요. 문제는 카페인. 적당량의 카페인은 졸음을 가시게 하고 피로를 풀어주며 정신을 맑게 해 줍니다. 하지만 1일 섭취량(성인 400mg, 남자청소년 160mg, 여자청소년 133mg) 이상을 장기간 음용하게 되면 불면증, 신경과민, 메스꺼움, 위산과다, 두근거림 등의 증상에 시달리게 됩니다. 그렇다면 에너지음료 속 카페인은 어느 정도일까요. 놀라지 마십시오. 콜라나 피로회복제의 3배에 달하는 1캔(250ml)당 80ml 수준입니다. 청소년의 경우 하루 2캔만 마셔도 카페인의 위험성에 빠질 수 있는 것이지요. 졸음 물리치려다 몸 망치는 일이 없도록 특별히 자녀를 둔 부모의 관심과 배려가 필요합니다.

어린이는 나라의 보배. 그런 만큼 마트 음료코너에 가면 알록달록 예쁜 모양의 어린이 음료도 즐비합니다. 2012년 한국소비자보호원이 조사한 바에 따르면, 대부분 제품의 당 함량이 탄산음료와 유사한 수준으로 밝혀졌습니다. 단맛을 좋아하는 아이들이 좋아하게끔 액상과당을 듬뿍 넣은 것이지요. 산도 역시 탄산음료와 비슷한 pH 2.7~3.8로 조사되어 에나멜층을 손상시켜 충치를 유발할 위험성이 높습니다. 심하게 말해 어린이가 마셔선 안 되는 음료가 어린이음료인 것입니다. 식품의약품안전처가 뒤늦게 '어린이기호식품 품질인증제'를 마련했지만 첨가물 양을 제한하는 제도가 아니라서 못 미덥긴 매 한 가지. 직접 만들어 먹이는 엄마표 음료가 최고이지 싶습니다.

건강음료로 알려진 식초음료, 차음료, 이온음료, 두유, 요구르트, 다이어트음료, 영양강화우유 등도 불편한 진실을 감추고 있긴 매 한가지입니다. 이들 역시 가공 과정에 각종 착향료와 보존제, 첨가물, 당 성분이 가미되기 때문이지요. 그럼 도대체 뭘 마셔야 할까요? 물을 것도 없이 최상의 답은 물입니다. 음료 대신 물을 마시는 것만으로도 당뇨, 비만, 심장병, 통풍, 간질환, 치매, 충치 등의 각종 질환으로부터 한 발짝 멀어질 수 있습니다.

그럼에도 음료의 유혹에서 벗어날 수 없다면? 첫째, 되도록 용량은 적고 가격은 비싼 제품을 고르십시오. 좋은 재료와 무균충전방식으로 생산하려면 비용이 더 들 수밖에 없으니 그만한 대가를 지불할 마음의 준비가 필요하지요. 둘째, 보관 상태를 따지십시오. 간혹 생수 PET병을 햇볕이 쨍쨍 내리쬐는 곳에 두는 가게가 있습니다. 페트병은 햇빛에 노출되면 발암물질이 노출될 위험이 있습니다. 가장 주의할 것은 온장고에 들어있는 음료이지요. 캔 음료인 경우 환경호르몬인 비스페놀A가 용출될 수 있으므로 피하는 게 상책입니다. 셋째, 한 가지 음료만 마시지 마십시오. 한 가지만 고집하다보면 특정 성분이 축적될 소지가 높습니다. 같은 제품군이라도 업체를 바꿔가며 마시는 게 위험을 줄일 수 있는 방법이지요. 넷째, 당류함량이 적은 순서대로 음료를 선택하십시오. 물〉블랙커피〉차음료〉비타민음료〉과일주스〉탄산음료 순이 좋겠네요. 마지막으로 자신의 몸 상태에 맞게 체중조절이 필요하다면 당류함량을, 충치가 걱정이라면 인산염 첨가여부를, 수면장애가 있다면 카페인 함유량을 따져야 할 것입니다.

그래봤자 물 보다 나은 음료는 없습니다!

술이야기

이종기/다홀미디어

● 차가 여성의 음료라면 술은 남성의 음료입니다. 고로 저는 술을 즐기지요. “三杯通大道 一斗合自然” 주성(酒聖)이라 불렀던 이태백은 술을 이렇게 노래했습니다. 풀이하자면 ‘술을 석잔 마시면 큰 도를 통하고, 술을 한 말 마시면 자연과 합한다.’는 겁니다. 얼마나 멋진 표현입니까. 젊어서부터 제 술 철학으로 체화시킨 음주습관은 숱한 실수를 남발하기도 했지만 요즘도 술자리에 앉으면 그 예(禮)를 다하려 노력하고 있습니다.

술의 역사는 인류 역사보다 더 오래 되었으리라 짐작됩니다. 태곳적 원시림의 과일나무 밑에 웅덩이가 하나 있었다 칩시다. 무르익은 과일이 하나 둘 떨어지고 문드러져 과즙이 고입니다. 거기에 나뭇잎이 떨어져 웅덩이를 덮자, 효모가 번식하여 알코올 발효가 일어납니다. 맛을 본 원숭이가 황홀감에 도취합니다. 영리한 원숭이들은 움푹 파인 곳에 과일을 담아 술을 만들기 시작했답니다. 술 담그는 유전자는 오늘날까지 전해져 원숭이들은 술을 만들어 마시며 논다 합니다. 믿거나 말거나? 아뇨, 확인된 사실입니다.

고고학자들에 따르면 인류 최초의 알코올 발효는 B.C 6000년경부터 시작된 것으로 추정됩니다. B.C 4500년경의 고대 수메르 유적지에서 와인 양조가 기록된 점토판이 발굴된 점으로 미루어 바빌론 지방에서 이집트를 거쳐 그리스 로마로 전파됐음을 알 수 있습니다. 곡물을 이용하여 처음 술을 빚은 것은 B.C 4000천년경으로 단당구조인 포도와는 달리 씨앗이나 감자의 전분을 잘게 쪼개어 단당으로 분리하는 당화기술이 요구되었습니다. 알코올 발효는 효모가 당을 섭취하여 알코올과 이산화탄소, 물로 분해하는 과정으로서 당이 풍부해야 하고 산소공급이 차단됨은 물론 적정온도(5~25℃)가 맞아야 하는데, 이 세 조건을 알아내는 데만 아마 수만 년이 걸렸을 것입니다.

술은 크게 과일이나 곡물을 발효시킨 양조주(Fermented Liquor), 양조주를 재차 증류한 증류주(Distilled Liquor), 증류주에 다른 성분을 혼합한 혼성주(Compounded Liquor)로 나뉩니다. 참고로 술은 알코올 함량이 1% 이상인 음료라고 정의하지요. 알코올 농도가 13%에 이르면 대부분의 미생물은 활성을 잃게 되고, 20%가 넘으면 사멸됩니다. 상처 소독약으로 쓰이는 알코올은 그 농도가 70%에 이릅니다. 자, 첫 번째 주자인 와인을 만나보도록 할까요.

와인(Wine). 포도의 원산지는 소아시아 지방 아라라트산 부근으로 알려져 있습니다. 바빌론에서 배운 와인제조법은 팍스 로마나 시대에 유럽 전역으로 퍼졌습니다. 빵은 나의 살이요, 와인은 나의 피라. 예수가 베푼 최후의 만찬 이후 국교로 선포된 기독교의 성찬식에는 와인이 필수품이 되었습니다. 그 영향으로 중세 교회는 포도재배를 관할 수도원이 하도록 통제했습니다. 당시 엘리트 그룹이었던 수도승들은 와인제조 기술에 능하여 다양한 와인들이 개발되었고 18세기 들어 프랑스 장 우다르(일명 동 페리뇽) 신부가 기름에 절인 헝겊뭉치 대신 코르크마개를 사용, 산패 없이 장기간 보관이 가능해졌습니다.

와인의 종류는 청포도로부터 색소가 우러나오지 않게 만드는 화이트 와인과 적포도의 과즙 및 과피의 색소를 추출해 묵직한 맛이 나도록 하는 레드 와인, 그리고 적포도를 으깨어 화이트와인을 담그는 로제 와인으로 나뉩니다. 포도수확은 약간 덜 익었을 때 따서 1~2주간 발효시키면 포도당이 알코올과 미량의 향미 성분으로 변합니다. 거친 맛과 향을 다듬기 위해 오크통에 넣어 오랜 기간 숙성시킵니다. 와인의 향기는 포도 자체에 함유된 아로마(Aroma)와 발효 숙성과정에서 생성되는 부케(Bouquet)로 나뉘는데, 오래 숙성시킬수록 부케가 짙어지지요. 포도의 수확연도인 빈티지(Vintage)는 그 해의 온도, 일조량에 따라 품질을 달리하고, 지역범위 또한 좁을수록 고급와인으로 평가받는 기준이 됩니다.

프랑스 와인의 쌍두마차는 보르도(메독, 그라브, 포메롤, 생떼밀리옹, 소테른느)와 부르고뉴(보졸레, 샤블리, 코트도오르, 마코네)이지요. 이곳에는 로마 시대 때부터 샤토(Chateau; 포도원)가 발달하여 보르도에만 해도 3천여 개가 있습니다. 분류상 최고등급인 A.O.C(원산지명 통제 와인)은 전체 생산량의 35%에 불과하지만 프랑스 와인의 자존심이 걸려있을 정도로 관리가 엄격합니다. 독일의 늦따기 스위트 와인, 프랑스 보르도 품종으로 갈아탄 뒤 유명해진 칠레 와인, 영국인이 애음하는 포르투갈의 주정강화 포트 와인, 귀부(貴腐; 여름에 덥고 건조하다가 가을에 따뜻하고 습해서 건포도처럼 쭈글쭈글해짐) 와인의 제왕 헝가리 토카이 와인 등 나라별 고유의 맛과 향을 살린 와인이 수도 없이 많지요.

축하모임에 빠질 수 없는 샴페인은 샹파뉴 지방만이 사용할 수 있는 A.O.C 브랜드입니다. 파리 북동부에 위치한 이 지역은 양질의 포도가 나지 않을 때가 많고 숙성과정에 2차 발효가 생기는 경우가 잦아서 싸구려 와인 생산지로 취급받다가, 1690년 그곳 사원에서 포도관리업무를 관장하던 동 페리뇽 신부가 앞서 밝힌대로 코르크마개를 처음으로 도입, 병을 딸 때마다 펑 소리가 나는 발포성 와인으로 각광을 받게 된 것이 시초이지요. 이처럼 단점을 장점화 시킨 공로를 인정받아 그곳에 가면 이 분의 기념동상을 만날 수 있답니다.

맥주(Beer). 맥주는 세계에서 가장 많이 소비되는 술입니다. 오래 전부터 물 대신 마셔왔는데 미생물에 대한 저항력이 강해 수인성 질병을 물리칠 수 있었습니다. 고대 이집트에선 피라미드 공사 인부들에게 맥주와 마늘을 배급한 기록이 남아있지요. 맥주의 기본원료는 보리, 호프, 맥주효모입니다. 6줄 식용보리 대신 낱알이 굵고 발아력이 왕성한 2줄 보리를 쓰고, 맥주 특유의 쓴맛과 신선도, 보존성을 살리기 위해 작은 솔방울 모양의 호프(덩굴식물로서 암나무만 사용)로 맛을 냅니다. 우리나라에선 강원도 산간 일대에서 재배되고 있으며, 세계적으로 북한산 호프가 품질이 좋기로 소문나 있습니다.

효모는 자연 상태에 흔히 존재하므로 당이 있으면 언제든지 발효가 일어납니다. 전발효 초기에는 효모가 20분마다 2배로 증식하다가 산소가 고갈됨에 따라 증식을 멈추는 대신 알코올 발효를 일으키고 알코올 농도가 4% 이상이 되면 자가용해됩니다. 이어 유산균이 번식하기 시작하는 후발효 단계로 접어들게 되고 이때 맥주의 향과 맛이 결정되지요. 맥주효모는 크게 두 가지로 나뉘는데, 발효가 끝나면 거품과 함께 위로 떠오르는 상면 효모와 밑으로 가라앉는 하면 효모가 있습니다. 상면 효모로 발효시킨 맥주를 에일(Ale)이라 하고, 하면 효모로 발효시킨 것을 라거(Lager)라 부르며 영국을 제외하곤 모두 다 후자방식을 채택하고 있습니다.

이쯤에서 퀴즈 하나. 세계 최대 맥주소비 국가는? 당연 독일(1인당 연간 300병 소비)! 틀렸습니다. 1인당 연간 약340병(170리터)을 해치우는 체코가 1등이지요. 체코의 필즈너 맥주는 오늘날 보편화된 담색 맥주(열을 적당히 가해 옅은 색 맥아로 양조한 맥주)의 원조이고, 이곳 보헤미안 맥주집이 근대 대형 맥주공장의 효시로 불린다면 체코인의 맥주사랑이 얼마나 대단한지 헤아릴 수 있을 것입니다. 일반적으로 맥주를 마시기 좋은 온도는 여름에 6~8℃, 겨울에는 10~12℃, 봄가을엔 8~10℃입니다. 얼릴 경우 소량의 단백질이 응고되어 혼탁을 일으키고 녹여 마셔도 제 맛이 안 나므로 온도에 각별히 유의해야 합니다.

위스키(Whisky). 위스키는 12세기 십자군 원정 중 중동의 연금술사로부터 증류 비법을 전수받은 것이 시초입니다. 영국의 에일을 증류시킨 알코올을 스코틀랜드 겔릭어로 우스게바(Usquebaugh; 생명의 물이란 뜻)라 불렀는데, 이 말이 음 변형하여 '위스키'가 되었습니다. 스카치 위스키의 탄생은 우습게도 밀주 보관이 빚어낸 해프닝이었습니다. 18세기 잉글랜드 왕을 겸하게 된 스코틀랜드 국왕 제임스 1세는 높은 도수의 술에 중과세를 매겼지요. 주세를 피할 목적으로 오크통에 담아 동굴에 몇 년을 숨겨두었더니 말간 호박색에 맛이 부드럽고 향이 풍부한 고급술로 변해 버린 것입니다. 이때부터 5년 이상 숙성된 스카치가 위스키의 왕으로 군림하게 되었답니다. 오늘날 스카치의 97%는 향이 강한 몰트 위스키에 값싼 그레인 위스키를 섞은 블렌디드 위스키(Blended Whisky)입니다. 한편 미국을 대표하는 버번 위스키는 옥수수를 51% 이상 사용하여 2년 정도 숙성시켜 만드는데, 재미난 일화로 1610년 허드슨 강가에 메이플라워호가 상륙했을 때 인디언 추장이 이 술을 마시고 대취하자 이곳을 맨해튼(Manhattan; 인디언말로 '처음으로 대취한 곳')이라 불렀다는 것입니다.

과실을 증류시켜 만드는 브랜디의 어원은 프랑스어 'Brandewjin(Burnt Wine; 구운 포도주)'에서 파생되었습니다. 브랜디의 본고장은 잘 알다시피 프랑스의 꼬냑과 아르마냑 지방이지요. 여기에도 웃지 못 할 에피소드가 있습니다. 17세기 때 영국으로 수출되던 와인 중 가장 저급품으로 냉대받자 궁여지책으로 이를 증류하여 자작나무나 오크나무에 저장하였는데, 요게 맛과 향이 기똥찬 대박 술로 변모한 것이지요.

또 다른 증류주로 진, 보드카, 럼, 테킬라, 리큐르 등이 있습니다. 진은 1650년대 네덜란드 약학대학 교수였던 프란시스코 살바우스 박사가 이뇨작용이 뛰어난 주니퍼 베리(노간주 열매)를 침출시킨 증류주를 약용으로 개발했던 것이 술로 변모한 것입니다. 주니버(Geneva) 와인으로 불리다가 17세기 영국으로 전파되면서 진(Gin)으로 이름이 바뀌었답니다. 이때 네덜란드 출신으로 영국왕에 오른 윌리엄3세가 주세를 크게 내려 보급하는 바람에 '런던 드라이 진'이 서민술로 자리 잡게 되었습니다. '바다'를 뜻하는 보드카는 생산 초기인 12~13세기 때는 벌꿀로 만들어지다가 옥수, 감자, 라이보리 등이 재배되면서부터 이들 원료로 바뀌었습니다. 자작나무 숯으로 걸러낸 보드카는 무색 무미 무취하여 칵테일 베이스로 인기가 높습니다.

럼은 적도 부근 열대지방에서 풍부하게 나는 사탕수수에서 설탕의 결정을 분리해낸 찌꺼기, 즉 당밀로 만든 술입니다. 쿠바의 바카르디(Bacardi)가 세계에서 가장 많이 팔리는 증류주 브랜드가 된 것은 콜라와 럼주를 칵테일해서 마시는 '럼 앤콕(Rum & Cock)'을 유행시켰기 때문이지요. 멕시코의 테킬라는 팔케(Pulque), 즉 용설란의 일종인 사막 선인장 캑토스 사보텐의 즙을 베이스로 만들어진 증류주인데, 1960년대 재즈그룹 테카라가 '테킬라' 노래를 히트시키면서 유명세를 탔습니다. 리큐르는 단맛을 좋아하는 서양 사람들의 기호에 맞게 각종 향초나 약초를 녹여낸 증류주로 리케파세르(Liquefacere; '녹아있다'는 뜻)가 어원입니다. 일반적으로 알코올농도 15도 이상에 당분이 10% 이상인 술로 정의되며 주로 식후 디저트용으로 이용됩니다.

우리나라 술의 역사는 천제의 아들 해모수와 하백의 딸 유화가 합환주를 마시고서 동명성왕을 낳았다는 고구려 건국설화로 볼 때, 삼국시대 이전으로 거슬러 올라갑니다. 대중 토속주의 대명사는 청주와 막걸리인데, 누룩으로 빚은 술을 일종의 체에 해당하는 용수를 박는 과정에 맑게 고인 윗물이 청주, 탁한 아랫물(술지게미)이 막걸리가 된 것이지요. 대표적인 서민술인 소주는 정통 증류주와는 달리 고구마, 타피오카(열대에서 나는 뿌리열매)의 전분을 발효시켜 주정을 만든 뒤 이를 희석시킨 일본식 소주를 본뜬 것입니다. 전통 소주로는 쌀, 보리 등의 곡류에 누룩을 넣어 당화 발효시킨 막걸리를 소줏고리(재래식 증류기)로 증류한 안동소주가 대표적입니다.

세계인들이 즐겨 마시는 술들을 주마가편(走馬加鞭)으로 훑어보았습니다. 우리 술에 대한 내용이 빈약한 게 흠이라면 흠이지만, 평소 즐겨 마시는 술에 대한 기본적인 예의를 갖추기에는 충분하지 않을까 싶습니다. 오늘 저녁에도 삼배통대도(三杯通大道) 하리라. 같이 하실 분 손드세요.

대한민국 지표산물

신완섭/건강신문사

● 제목에서 말하는 지표(地表)는 '지리적 표시제(地理的 表示制, Geographical Indication System)'의 줄임말입니다. 지역특산물을 삼성, LG 같이 고유상표로 인정해 주는 제도인데, 20세기 중반 무렵 프랑스에서 자국의 와인산업을 보호할 목적으로 처음 시행되었지요. 우리나라를 대표하는 지역특산물들에 관해 이야기하기 전에 식품의 변천사를 간략히 살펴볼까요.

인간의 기본욕구는 의식주(衣食住)로 표현됩니다. 그런데 서열을 굳이 매긴다면 식〉주〉의의 순서가 아닐까싶습니다. 그만큼 먹고 사는 문제가 절실하다는 뜻이지요. 영국의 인구학자 맬더스 Thomas Robert Malthus(1766~1834)는 '인구는 기하급수적으로 불어나는데 반해 산술급수적으로 늘어나는 식량이 이를 충족시키지 못해 빈곤과 죄악이 발생하지 않을 수 없다'는 논리를 폈습니다. 그러나 그의 주장은 보기 좋게 빗나갔습니다. 1800년경 10억에 불과했던 인구가 불과 200년이 갓 지난 2011년 70억 인구로 불어나는 동안 인류는 질소비료에서 GMO 식품에 이르기까지 대대적인 식량증산에 성공하여 기하급수적으로 불어난 세계 인구를 거뜬히 먹여 살리고 있으니까요.

15세기 중엽 콜럼부스의 신대륙 발견 이후 중남미 원산의 여러 가지 식물들, 즉 옥수수, 고구마, 감자, 토마토, 고추 등이 빠른 속도로 유럽 각지로 전파된 후 세계 전역으로 보급된 것도 맬더스의 예측이 빗나가게 하는데 적지 않은 기여를 했습니다. 그러나 지구 한편에선 여전히 굶주림에 시달리는 사람들이 줄지 않고 있고, 먹고 사는 데 불편함이 적은 선진국에서는 정크푸드, 패스트푸드와 한판 전쟁을 벌이고 있습니다. 나쁜 식량 증산이 인간의 식욕을 충족시키지 못하는 신맬더스 이론이 재기될 판일 정도로 말입니다.

그런 가운데 요즈음 세계 전역에서 로컬 푸드(Local food) 바람이 불고 있습니다. 국적 불명의 식품 대신 자신들의 땅에서 재배 채취하거나 수렵한 신선한 먹거리를 가까이 하자는 움직임이 확산되고 있는 것입니다. 바람직한 일이 아닐 수 없습니다. 그런 식품 사조에 일조하는 뜻에서 모 신문에 우리나라 지역특산물에 관한 칼럼을 연재하기 시작했습니다. '대한민국 지리적표시제 상품을 찾아서'라는 부제의 칼럼은 2012년 말까지 꼬박 2년간 연재되었지요. 덕택에 우리나라 대표 특산물을 깊이 있게 알게 되었으므로 저로서도 무척 뜻 깊은 집필 작업이었습니다.

듣기에도 생소한 '지리적표시제'는 지역특산물을 고유상표로 인정해 주는 국제공인 인증제도입니다. 스카치위스키, 보르도와인, 비엔나소시지 등 지역명을 내세운 상품들이 전 세계인의 사랑을 받고 있음은 주지하는 바입니다. 우리나라도 해외시장에서 중국산 짝퉁 고려인삼이 불법 유통되는 것을 방지할 목적으로 1999년 본 제도를 채택하였고 현재까지 150여 인증상품을 등록시키고 있습니다. 농산물로 보성녹차, 축산물로는 횡성한우, 임산물로는 양양송이, 수산물로는 벌교꼬막이 각 분야별 1호로 등재된 이래 내로라하는 지역특산물들이 줄줄이 이름을 올리고 있지요.

다빈도 등록 특산물을 살펴보면 고추 관련 상품이 10곳, 곶감을 포함한 감 관련

상품이 8곳, 마늘 사과 인삼이 각 6곳, 쌀 한우 배가 각 5곳 등입니다. 이 중 작고 매운 고추는 화끈하고 저돌적인 우리 국민성에 비유될 만큼 우리나라 대표 식품으로 사랑받고 있습니다. 하지만 고추가 한반도에 전래된 것은 16세기 때의 일이니 재배역사가 그리 오래지 않은 점령군이라는 사실에 놀라는 이가 적지 않습니다. 미식가였던 세종대왕조차 안타깝게도 고춧가루로 잔뜩 버무린 김장김치를 구경도 못 한 반면, 최장수 왕이면서도 입맛이 까다로웠던 영조대왕의 고추장 사랑은 대단했다 합니다.

이처럼 면면을 들춰보면 우리 선조들의 애환이 묻어납니다. 나아가 온 국민의 밥상에 오르며 신토불이 특산품으로 인정받기까지 해당 지역민들의 피와 땀이 서려있음을 발견하게 됩니다. 그런데 시행 10년차인 2012년에 실시했던 한 설문조사에서 우리나라 주부 85%가 '지리적표시제'라는 용어를 아예 모른다고 답하여 충격을 던져준 바 있습니다. 비엔나소시지는 알아도 제주돼지고기는 모른다는 식이지요.

서점가에서 국내 최초의 지리적표시 총람서로 소개되고 있는 〈대한민국 지표산물〉에는 2013년 연초까지 등록된 우리나라 지리적표시 인증 농/림/수/축산물이 총망라되어 있습니다. 해당 식품에 관한 에피소드와 원산지, 전파경로, 명칭유래 등 인문학적인 고찰은 물론 주요 성분의 효능효과, 간편요리법 등 실용적인 내용을 함께 수록하여 식품 교양서로 읽히기에 손색이 없도록 했습니다.

알면 사랑하게 됩니다. 개두릅(임산물 41호)이 '어처구니없다' 할 때의 어처구니와 상관이 있고 미꾸라지(수산물 13호)와 미꾸리의 어원이 어떻게 다른지 아십니까. 순창이 언제부터 고추장(농산물 8호)으로 유명해졌는지, 돼지고기(농축산물 18호)가 언제부터 제주에서 사육되었으며 왜 맛이 좋은지 등을 알게 되는 순간 더욱 더 우리 먹거리를 사량하게 될 것입니다. 갈수록 식량이 경제무기화 되는 마당에 우리 농어촌을 살리는 진정한 길은 전 국민적인 사랑과 관심으로 우리 먹거리의 우수성을 올바로 깨닫는 데서부터 재개되어야 한다는 게 내 생각입니다.

책 출간 이후 새롭게 등록된 수산물 제16호 '창원 진동 미더덕'을 잠시 소개하면

"(중략)측성해초목 미더덕과에 속하는 무척추동물인 미더덕은 멍게와 유사하며 크기는 좀 작다. 우리나라의 삼면, 일본, 시베리아 연안에서 흔히 볼 수 있는 종으로 일본에서도 '에보야'라 부르며 식용한다. 향이 독특하고 씹히는 소리와 느낌이 좋아 여러 요리에 사용되고 있고 진해만을 중심으로 남해안의 특산물로 알려져 있다. 양식장과 배 바닥에 많이 붙어 자라는데, 마산 합포 진동면 일대가 전체 미더덕 어획량의 70%를 차지하고 있다.

미더덕은 물을 의미하는 고대 가락국 말인 '미'에 '더덕'이 합성된 말이다. 바다에서 나는 더덕이라는 뜻인데 생김새도 더덕과 비슷한데다 껍질도 두툼하여 더덕처럼 벗겨 먹어야 한다. 미더덕의 대용품으로 널리 이용되는 오만둥이는 미더덕과는 사촌지간으로 경상도 말로 '오만데 다 붙는다'고 해서 붙여진 이름이다. 지역에 따라 오만디, 통만디, 만득이, 흰멍게, 썰미 등의 다양한 이름으로 불리는데 미더덕에 비해 껍질이 두꺼우면서도 부드러워 껍질째 먹는다. 향은 미더덕보다 다소 떨어지나 오독오독 씹는 느낌이 좋아 젊은 층이 선호한다. 한편 미더덕을 터트릴 때 나오는 물은 미더덕이 먹이로 먹은 미역이나 다시마 등이 소화된 액체이므로 요리할 때 이를 빼내지 말고 함께 조리해도 무방하다.

미더덕은 향미와 씹는 느낌이 독특하여 음식 재료로 많이 쓰인다. 된장국을 끓일 때 넣거나 각종 해산물을 이용한 탕, 찜, 찌개류에 사용된다. 알이 작거나 껍질을 깔 수 없는 것은 맛이 좋지 않으니 유의할 것. 특별히 끓인 음식 속의 미더덕은 요주의해야 한다. 그냥 터트려 먹다가는 입천장을 데이기 일쑤. 천천히 식혀 먹는

지혜가 필요하다.(중략)"

우리가 즐겨먹는 감자도 2013년 뒤늦게 서산 팔봉산과 경북 고령 두 곳이 지리적표시 농산물로 등록되었습니다.

"(중략)조선시대 때 편찬된 〈오주연문장전산고〉에 따르면 우리나라에는 1824~25년경 청나라를 통해 전래되었다. 산삼을 캐기 위해 숨어들어 온 청나라 사람들이 식량으로 몰래 경작한 것이 시초. 초기에 불렸던 '북저(北藷)'라는 명칭은 북에서 온 감자라는 뜻이다. 일본은 우리보다 200년 앞서 1603년 네덜란드 상인들에 의해 전파되었는데, 자카르타에서 가져온 것이라 하여 '자가이모'라는 이름이 붙여졌다.

도입 초창기에는 임진왜란 때 일본에서 들여 온 고구마와 혼용하여 불려졌다. 아직도 함경도와 황해도에서는 고구마를 단감자, 양감자, 왜감자 등으로 부르며, 한때 전라도와 충청도에선 고구마를 감자라 부르고 감자는 하지감자라 구분했다. 제주에서는 지금도 고구마를 지칭하는 감자와 감자를 지칭하는 지슬 혹은 지실이란 방언이 쓰여 지고 있다. 명칭뿐만 아니라 헷갈리는 게 또 있다. 감자는 엄연한 뿌리 식물인 고구마와 달리 줄기가 변성되어 만들어진 덩이줄기 식물이다. 또한 고구마 보다 단맛은 덜하지만 혈당지수(GI)는 높은 편이라 혈당으로의 전환이 빠르고 에너지로 쓰이지 못한 잉여 당분이 지방으로 축적되기 쉬우므로 주의해야 한다.(중략)"

새로 집필된 원고의 극히 일부분만 간략히 옮겨 보았습니다. 이 내용들만 훑어보아도 미더덕과 오만둥이를 가려내고, 고구마와 감자의 유래를 알게 됩니다. 식품은 우리의 생활과 깊은 관련을 맺고 있어서 직접적으로는 생명유지에 없어서는 안 될 귀중한 식재료가 되면서, 간접적으로도 식습관 등 문화적인 요소를 읽어내는 핵심 코드가 됩니다. 우리에게 익숙한 먹거리들을 진정으로 익숙하게 대하는 일이 건강 식단의 기본이 아닐까 싶습니다.

한중일 밥상문화

김경은/이가서

● 한중일 동양3국은 쌀을 주식으로 하는 밥 짓는 문화권입니다. 이는 밀을 주식으로 하는 빵 굽는 서양문화권과 대칭을 이룹니다. 그런데 자세히 들여다보면 세 나라의 쌀 문화도 서로 이질적인 면이 적지 않음을 알게 됩니다. 한국은 비빔밥이, 중국은 볶음밥이, 일본에선 스시(초밥)가 발달했지요. 이런 저마다의 음식문화는 각 나라의 고유성과 독창성을 담고 있어서 3국간의 문화적 차이를 비교하는데 유용한 잣대가 됩니다. 자 그럼 본격적으로 세 나라의 밥상 탐사에 나서볼까요.

우선 밥을 대하는 태도에서 본질적 차이가 납니다. 한국에선 밥이 곧 하늘이지요. 주식인 밥을 중심으로 부식인 반찬들이 함께 자리합니다. 하지만 중국과 일본에선 밥을 요리 중 하나로 여길 뿐입니다. 일본은 주로 스시나 마키(김말이), 카레 등의 원료로 사용하고, 중국은 육류, 채소류, 해물류 등 차이(菜) 요리 다음 코스로 나오는 밥 또는 면, 만두 중의 하나일 뿐이지요. 나락 한 알에서 우주를 인식하고자 한 밥심의 위력이 우리만 못한 것입니다.

전 세계 인구 중 쌀 문화권 30% 정도가 젓가락을, 빵 문화권 30%가 포크를, 나머지 40%는 지금도 맨 손을 사용하고 있다 합니다. 기호학자 롤랑 바르트에 의하면 포크는 맹수가 고기를 뜯어먹는 발톱의 모습에서, 젓가락은 새가 곡식을 쪼아 먹는 부리의 모습에서 만들어졌다고 해석합니다. 3국은 공통적으로 젓가락을 사용하지만, 재질과 모양뿐만 아니라 젓가락을 놓는 위치에서도 서로 차이를 나타냅니다. 크고 둥근 식탁에 모여앉아 식사를 하는 중국인의 젓가락은 기름진 고기를 집어먹기 좋도록 굵고 깁니다. 독상으로 개별식사를 하는 일본에선 생선을 발라 먹거나 회를 먹기 용이하도록 끝이 뾰족하고 짧습니다. 중간 크기로서 유독 쇠젓가락을 사용하는 한국에선 한때 젓가락 장단으로 노래하는 일이 다반사였습니다. 오늘날 세계적으로 인기를 누리는 난타의 전신이 밥상머리에서 나온 것이지요.

흔히 보기 좋은 떡이 먹기도 좋다 합니다. 여기서 음식은 내용(內容)이고 그릇은 형식(型式)이지요. 그릇이 미각을 살리는 예는 일본이 극치를 이룹니다. 형식미를 강조하는 일본의 그릇은 화려하면서도 분위기에 따라 제각각입니다. 반면 평면 전개형으로 한꺼번에 차려지는 한국에선 일체감과 안정성을 주는 한 벌의 식기가 주를 이룹니다. 실용적 사고를 내세우는 중국은 오히려 깨진 그릇이 높이 평가받지요. 그러다보니 역사와 전통을 자랑하는 식당일수록 금이 가고 깨진 그릇이 많습니다.

요리라는 말은 음식과 상관없이 '헤아려 일을 처리한다'는 게 본래 뜻이었습니다. 당나라 소설 〈유선굴〉에 나오는 料理中堂(방을 치워라)을 일본인들이 잘못 해석하여 쓰이게 된 말이지요. 이참에 밥상의 정치적 위상을 잠시 헤아려 보겠습니다. 유교적 왕도정치를 폈던 조선시대 왕들의 수랏상은 생각보다 간소했습니다. 1식12찬 1일5식을 기본으로 삼았지만 가뭄이나 홍수 같은 천재지변이나 당쟁이 있을 때면 감선(減膳;단식 또는 절식)이나 철선(撤膳;육식거부), 철주(撤酒;술을 삼감)로 근신하는 솔선수범을 보였습니다. 영조는 탕평책의 일환으로 무려 89 차례나 감선을 실행한 덕분인지 83세까지 산 최장수 왕으로 기록되고 있습니다.

원래 중국의 지역별 4대 요리는 산둥성, 쓰촨성, 화이양성, 광둥성 음식이었습니다. 여기에 베이징 요리는 빠져있는데, 전국의 이름난 요리들이 수도로 집결되어 요리의 종합세트를 이루었으니 굳이 지역 요리로 구분할 필요가 없었지요. 만한취안시(滿漢全席)는 베이징 요리를 대표하는 궁중요리의 완결판입니다. 청의 강희제가 노인 2800명을 초청하여 사흘 동안 베풀어준 연회가 역사기록상 시초. 이는 청대 내내 한족과의 관용과 통합 정신으로 이어져 196가지 호사스런 음식의 향연으로 발전한 것입니다. 여기에는 원숭이골, 곰발바닥, 모기눈알, 호랑이고환 등 엽기적인 음식재료들이 총동원되었다 합니다.

이에 반해 무사 정권으로 막부 시대를 열었던 일본의 쇼군들은 단출한 소식(小食)으로 엄한 음식규율을 만들었습니다. 이에야스 가문의 쇼군 이에모치나 임진왜란을 일으켰던 도요토미 히데요시가 비타민A 결핍증으로 사망했다는 주장이 있을 정도이지요. 쇼군들은 음식 대신 차(茶)를 통한 다도를 통치수단으로 활용했습니다. 오늘날 일본의 대표적인 연회음식인 가이세키(會席) 요리는 차를 마시기 전 속쓰림을 방지할 목적으로 기획된 소찬이었습니다. 애피타이저(주로 매실주)-국물요리-초밥 또는 회-구이-조림-식사 7가지 코스가 기본이지만 코스마다 여백의 미를 살린 절제되고 정갈한 음식이 나올 뿐입니다.

비슷한 음식이지만 엄연히 다른 차이를 살펴보는 것도 재미납니다. 먼저 비빔밥과 볶음밥. 1849년 편찬된 〈동국세시기〉에 중국식 표현인 골동(骨董)이란 말이 처음 나오고 〈승정원일기〉에는 왕들의 간편식으로 상에 올랐다는 기록이 있습니다. 한국과 달리 중국은 찬밥을 처리할 때 볶음밥, 즉 차오판을 해 먹었습니다. 2천년 역사를 자랑하는 볶음밥은 위진남북조 시대 때 계란밥에다 버섯, 해물을 섞어 볶은 양저우차오판의 인기가 대단했다 합니다.

김밥과 스시(초밥). 단백질의 보고인 김은 〈삼국유사〉, 〈본초강목〉, 〈도문대작〉의 기록으로 보아 우리 선조들은 조선시대 훨씬 이전부터 식용한 것으로 보입니다. 하지만 일본에서 김이 식용음식으로 등장한 것은 〈바다채소〉의 기록상 18세기 중반 에도시대입니다. 한국에서 충무김밥이 상업적 김밥의 원조라면, 덥고 습한 일본에선 일종의 보존식품으로 식초와 설탕을 가미한 생선초밥(니기리즈시)이 일찍이 고안되었던 것이지요.

그런 반면 짬뽕은 동양 3국의 합작품입니다. 짬뽕의 원조는 중국의 차우마미엔(炒碼麵)입니다. 매운맛을 좋아하는 한국인의 입맛에 맞도록 고춧가루를 첨가하여 그 맛을 달리했을 뿐이지요. 어원은 나가사키 찬폰에서 유래합니다. 쇄국정책을 편 에도시대 때 동양 최초의 자유무역항이었던 일본 나가사키에서 중국 푸젠성의 우동을 만들어 처음엔 '시나(支那)우동'이라 불렀는데, 중국인들이 자신들을 비하한다 하여 바꾼 이름이 푸젠성 사투리인 차폰을 일본식 발음 찬폰으로 부르게 되었다는 것입니다.

책에는 3국의 대표 음식들에 대한 비교 글들이 즐비합니다. 김치, 장류, 두부, 나물 등 음식들의 맛과 향은 달라도 문화적 DNA는 흡사합니다. 끊임없는 교류를 통해 융합과 재조정을 거친 흔적들이 여기저기 눈에 띕니다. 오랜 기간 형성된 서로 다른 음식문화가 각국의 의식구조와 생활양식에 어떤 영향을 끼쳤는지 헤아리게 되는 유익함이 여러 행간에서 묻어나옵니다.

3장.

중국

중국

중국어란 무엇인가

중국사상이란 무엇인가

중국인 이야기(화교)

아Q와 허삼관

중국인, 그들의 마음을 읽다

판타스틱 중국백서

베이징특파원, 중국경제를 말하다

한중일 경제 삼국지

〈장자(莊子)〉 달생 편에
'목계(木鷄)'라는 말이 나옵니다.
나무로 만든 닭처럼
없는 듯 하면서 최고 경지에 이른
싸움닭을 지칭하지요.
오늘날 중국은 2천여 년 전의
목계가 되려합니다.

- 본문 중 〈중국〉 -

중국

김영수외/한국출판마케팅연구소

● ‘소프트파워 전략으로 부활하는 큰 나라’ 라는 부제가 눈길을 끕니다. 정치와 군사를 결합해 타국의 내정에 간섭해 온 미국의 ‘하드파워 전략(Hard-power strategy)’과 달리 G2 대열에 올라선 중국은 문화를 경제와 결합시키려는 차별화된 ‘소프트파워 전략(Soft-power strategy)’을 추진하고 있습니다. 세계 도처에서 분쟁과 갈등을 야기 시켰던 미국의 전략을 반면교사로 삼아 ‘돈에 업힌 정신문화’를 퍼뜨리고자 하는 것인데 이게 더 무서운 거 같습니다.

대표적인 학술 문화 기구로 공자 관련 학회, 교실, 학교를 열고 있지요. 2009년 현재 전 세계에 공자학회가 256곳, 공자교실이 58곳, 공자학교가 500곳 이상입니다. 특히 아프리카와 남미 국가들은 자원 확보에 열 올리는 중국의 이해관계와 맞물려 자발적으로 중국을 ‘따꺼(큰형님)’로 모시고 있습니다.

중국은 나라가 큰 만큼 문화콘텐츠도 막강합니다. 한해 30억 부 이상의 잡지와 60억 권 이상의 서적이 간행되고, 한편 당 작품 가격이 100만 달러를 상회하는 인기 작가만 15명이 넘습니다. 피아노와 바이올린을 배우는 인구도 각각 2천만, 1천만 명 이상이고요. 300곳이 넘는 영화사에서 한해 찍어내는 영화가 400편에 달하고, 전국적으로 도서관 수는 20만 곳을 헤아립니다. 글자를 아는 식자율도 90%가 넘으니 가히 문화 쓰나미를 충당하기에 충분한 역량을 갖추고 있는 것이지요.

여러분은 한류 바람이 중국을 강타하고 있다고 여길지 모르지만 그건 착각입니다. 일시적인 현상에 불과할 뿐, 같은 한자문화권에 속한 지형학적 입지상 도도한 흐름은 중화라는 상류에서 한반도로 흘러내릴 공산이 크지요. 근래 중국서적의 번역출간이 왕성한 가운데 우리 서적이 중국에서 출간되는 예가 너무 적은 점을 저자는 심히 우려합니다. 해방 전후 일본과 미국문화가 일방적으로 수용되었듯이 중국문화의 유입은 그들의 성장 속도만큼이나 빠르게 진행되고 있습니다. 우리로선 과거 소중화를 부르짖던 잘못된 관행이 되살아나고 있는 셈인데, 다소 이질적이던 미국문화와는 비교도 안 될 만큼 그 영향력이 클 것이라서 주목하지 않을 수 없겠지요.

이 책은 중국을 각 분야별로 다룬 30권의 책 내용을 30명의 서로 다른 전문가가 요약하여 골자만 소개하고 있습니다. 그러니 깊이 헤아리기보다는 넓게 이해하는데 도움을 줄 수 있는 책이라 봐야겠지요. 짧게 읽고도 이만하게 중국을 이해할 책이 드물지 싶습니다.

1장 세계 속의 중국. 〈장자〉 달생 편에 목계(木鷄)라는 말이 나옵니다. 나무로 만든 닭처럼 없는 듯 하면서 최고 경지에 이른 싸움닭을 지칭하지요. 오늘날 중국은 2천여 년 전의 목계가 되려합니다. 이미 일본을 능가하여 G2 대열에 올라섰고 수년 내 미국까지 앞질러 세계패권국이 될 것이라는 전망이 나옵니다. 반면 부실한 펀드멘탈(기초)로 인해 잃어버린 10년의 일본처럼 중도하차 하리라는 전망도 적지 않습니다. 굴기(崛起)냐 붕괴냐, 어느 쪽이건 인접한 우리에게는 불똥이 튈 가능성이 높지요. 정신 바짝 차려야 합니다.

2장 중국이 말하는 중국. 〈추악한 중국인〉을 저술한 보양은 개개 중국인은 한 마리 용일지 모르지만 셋이 모이면 돼지나 벌레가 된다고 꼬집습니다. 〈중국만세〉를 쓴 장리자는 제목과는 달리 중국은 '갇혀있는 거대한 새장'이라고 묘사합니다. 종주캉은 그의 책 제목처럼 〈다시는 중국인으로 태어나지 않겠다〉고 선언합니다. 흔히 대다수 중국 사람들이 중화사상에 물들어 있다고 여기지만 이들의 자국 비판은 신랄하기 그지없습니다. 아직도 갈 길이 멀다는 것이지요. 그런 와중에 중국은 천지개벽하듯 변신을 거듭하고 있습니다. 냄새나던 케케묵은 장독들이 하나둘 종적을 감추고 있는 것이지요. 하지만 고도성장의 빛에 가려진 그림자도 점점 선명해지고 있습니다. 지역 불균형, 소수민족문제, 계층간 단절, 부정부패와 자원낭비, 환경파괴 등 구조적 장애물이 속 골병을 들이고 있는 것입니다.

3장 중국의 역사. 중화사상의 출발점은 어디서부터일까요. 사마천의 〈사기(史記)〉를 꼽을 수 있습니다. 사기의 기술방식은 인물 중심이지요. 역사를 움직이는 3가지 힘으로 자연환경, 문화적 특징, 인물을 꼽는다면 사마천은 인물을 중심에 두었습니다. 고매한 이상과 훌륭한 인품을 지닌 각양각색의 군상들이 그의 책을 통해 지금도 시공을 넘나들고 있습니다. 몽고 만주족 등 외세에 조정을 내놓는 숱한 우여곡절에도 중국인들은 중화 DNA를 지켜왔습니다. 소의 걸음으로 뚜벅뚜벅 오늘에 이른 것입니다.

4장 중국의 문화. 신화는 역사가 되는 순간 독(毒)이 될 수 있지요. 고대 중국 하 상 왕조의 신화가 역사로 편입되는 시점부터 중국 역사는 왜곡의 전철을 밟아왔습니다. 사마천조차 황제신화를 역사화 하는데 일조했지요. 하늘 천(天)은 질서의 근원이며 보편적으로 지배되어야 할 지리적 공간이었습니다. 그런데 오늘날 중국은 경계를 넘나듭니다. 역사를 왜곡하고자 하는 동북공정이 좋은 예이지요. 대구(對句)를 즐겨 쓰는 그들의 언어습관이 오래전 공자의 유산이라면, 콩 심은 데 콩 나고 팥 심은 데 팥 난다는 엄연한 진실을 호도해선 안 될 것입니다. 국가 차원의 소프트파워 전략에 숨겨둔 얄팍한 음모들을 문화라는 이름으로 포장해선 안 될 것입니다.

동서로 6,000km, 남북으로도 6,000km, 동서의 시차가 4시간 나고 남북의 기온차가 70도를 넘는 나라. 남한 땅의 90배에 이르는 넓은 국토. 14억의 인구. 우리로

선 상상을 초월하는 중국의 진면목을 헤아리기가 그리 만만치는 않겠지요. 다만 문화를 등에 업은 소프트파워 전략이 전 세계를 강타하고 있는 오늘날, 주마간산 일지라도 그 실태를 훑어보는 것은 매우 의미 있는 일임에 틀림없습니다. 시간이 허락한다면 관심 가는 개개의 책들을 읽어볼 것을 권합니다.

중국어란 무엇인가

최영애/통나무

● 중국어의 기원은 고대 은나라의 갑골문자로 거슬러 올라갑니다. 거북의 배딱지나 소의 어깨뼈에 새겨졌던 상형문자는 B.C 1300년 전에 만들어졌습니다. 서주를 거쳐 춘추전국시대까지 1200년에 걸친 기간에는 금문(金文) 3,700자가 발견되었지요. 진시황 때의 승상이었던 리 쓰(李斯)가 국가의 공식서체인 소전(小篆)을 만든데 이어 하급관리였던 청 먀오(程邈)가 신속한 업무처리를 위해 예서(隸書)를 만들었습니다. 예서는 상형적인 요소가 완전히 사라지고 필획도 간략화 직선화되어 근대문자의 효시로 여겨집니다. 전한 말에 나온 흘림체인 초서(草書)의 기초 하에 후한 말 서간문과 필기서체인 행서(行書)가 형성되었고, 진나라 때 정자체인 해서(楷書)가 형성되어 현대에까지 통용되고 있습니다.

중국어는 한장어족(漢藏語族;Sino-Tibetan language family)으로 분류됩니다. 어휘를 비교해 보면 동족어인 티베트어계 언어와 가장 가깝다는 것이 정설이고요. 그런데 SOV(주어+목적어+동사) 어순인 티베트어와 달리 오늘날 중국어는 SVO 어순입니다. 원래는 SOV 어순이었으나 남방언어의 영향을 받아 점차 SVO 어순으로 굳어진 것으로 보입니다. 하지만 형용사-명사 어순을 채택한 점은 북방 알타이어족의 영향도 함께 받은 것으로 여겨집니다.

낱말들의 차용 정도를 살펴보면 교류의 폭이 얼마나 넓었는지 헤아릴 수 있습니다. 포도(葡萄)는 페르시아의 고대 이란어에서 왔고, 자스민을 뜻하는 말리(茉莉)는 산스크리트에서 왔습니다. 중국 고유어인 견(犬)과 달리 구(狗)는 원시 먀오-야오어에서 왔고 호랑이 虎와 코끼리의 象牙는 남아어 또는 타이어에서 차용되었지요.

재미난 사실은 고대에 강(江)은 양자강 즉 장강만을 일컬었고, 하(河)는 황하만을 나타내는 고유명사였습니다. 강북 땅에서 발견된 갑골문에는 하(河)만 나오지 강(江)은 눈을 씻고 봐도 없지요. 같은 중국 땅이었지만 양자강은 당시 상나라 사람들에겐 인식 밖의 장소였던 것입니다. 물소리에서 따온 강의 상고음은 krung이고 남방계 고대베트남어는 krong입니다. 역시 하의 상고음은 gar로서 이는 북방계 몽고어와 발음이 유사하지요. 중세 한국어의 하천이 가람이었는데 gar에서 차용된 것으로 전해집니다. 이후 중국의 하천 이름은 양자강을 경계로 하여 북은 모조리 하(河), 남은 모조리 강(江)으로 표기하여 하의 북방어기원설, 강의 남방어기원설을 뒷받침하고 있습니다.

이웃 언어의 영향을 받은 만큼이나 중국어가 이웃 언어에 끼친 영향도 지대합니다. 한국어만 하더라도 과반수 이상이 중국어 차용어이지요. 그러면 언제부터 한반도에서 중국어가 사용되었을까요. 역사적으로 볼 때 한무제의 한사군 설치가 계기로 여겨집니다. 이후 통일신라 때에는 체계적인 한자 도입이 이루어져 원시 한국어를 중국문자로 표현하고자 하는 방법들이 고안되기에 이릅니다. 그것이 바로 향찰(鄕札), 이두(吏讀), 구결(口訣)이지요. 한자의 음만을 취하여 한국어의 음을 표기했던 이두와 구결은 조선시대에도 널리 사용되었습니다.

고려말 송나라 사신으로 왔다간 쑨 무(孫穆)는 당시 한국어의 음을 한자로 표기한 〈계림유사(鷄林類事)〉를 저술했고, 같은 시기에 편찬된 〈노걸대(老乞大)〉는 고려 상인들에게 중국어교재로 인기가 높았습니다. 조선 초 세종대왕이 훈민정음을 창제하였지만 조선왕조가 끝날 때까지 공문 학술서적 문집 서신들은 여전히 한문을 사용해 왔습니다. 중국말은 하나도 모르면서 고상한 중국 글을 유창하게 줄줄 써내려갔다는 사실은 참으로 기이한 현상이었지요.

중국어의 방언을 말할라치면 광동 말이나 대만 말은 차라리 외국어라고 불러야 한다는 의견이 있을 정도로 북경 말과는 달라도 너무 다릅니다. 같은 언어(language)로 대화(dialect)를 해도 소통이 되지 않을 정도이지만, 한자라는 문자체계가 일관되게 유지되어온 방언임엔 틀림없지요. 중국의 7대 방언 중 70%의 한족이 사용하는 관화(官話) 방언을 대표하는 북경어를 다듬은 것이 현재의 중국어 표준어인 만다린입니다.

그러면 중국어의 낱말인 한자는 어떤 방법으로 만들어졌을까요. 한대에 저술된 한자학이론서인 〈설문해자(說文解字)〉에서 쉬 선(許愼)이 밝힌 여섯 가지 방법(六書)은 이렇습니다. 지사(指事)는 上 下처럼 본대로 나타내는 방식이고, 상형(象形)은 日 月처럼 형체에 가깝게 그려내는 방식이고, 형성(形聲)은 江 河처럼 소리를 취하여 이루는 방식입니다. 회의(會意)는 武 信처럼 사물을 합해 뜻을 만드는 방식이고, 전주(轉注)는 考 老처럼 한 부수를 세워 같은 뜻을 서로 받는 방식이고, 가차(假借)는 令 長처럼 본디 없던 글자를 소리로 차용하는 방식이지요. 오늘날 한자를 보고 그 뜻을 헤아리기 힘든 이유는 90% 정도의 수많은 한자가 고대의 지사 상형 문자가 아닌 형성 문자로 만들어졌기 때문입니다. 대부분의 외래어들도 소리부호로 유사음을 내는 방식으로 글자가 만들어지지요.

오늘날 한어(漢語)로 불리는 중국어의 유형적 특징을 살펴보면

첫째, 단음절어(monosyllabic language)라는 점입니다. 이런 특징은 고대중국어로 갈수록 충실하지요. 〈논어〉의 첫 구절인 '학이시습지 불역열호(學而時習之不亦說乎)'만 봐도 음절 하나하나가 모두 각각의 의미를 띱니다. "배워 때맞추어 익히니 또한 기쁘지 아니한가?" 이 말을 지금의 중국 사람들에게 말해 보라면 필경 '学习而能经常地复习，不是很愉悦的事吗？'로 표현할 것이다. 學이 學習으로, 習이 復習으로 바뀌듯 오늘날의 중국어는 2음절 낱말이 주류를 이루지요.

둘째, 성조언어(tone language)입니다. 매 음절마다 성조를 갖고 있어 음이 같다 해도 성조에 따라 의미는 완전히 달라집니다.

셋째, 고립어(isolating language)입니다. 낱말의 변화가 전혀 없이 개개 낱말의 어순에 따라 문법적인 체계가 성립되지요. 이는 한 단어가 여러 의미를 띠는 영어 같은 굴절어나 낱말의 기본형에 여러 가지 접사(형태소)가 첨가되어 문장을 이루는 한글 같은 교착어와는 다릅니다.

넷째, 기본문형의 어순은 SVO(=주어+동사+목적어)의 순서입니다.

다섯째, 그러나 수식어와 피수식어의 순서는 한국어와 마찬가지입니다. 붉은 꽃은 紅花, 좋은 책은 好書 이지요.

여섯째, 우리말과 달리 명사를 세는 단위로 양사(量詞; measure word)라는 것이 있어서 '한 사람'은 一人이 아니고 一个人(이꺼런)이 되는 것입니다. 수사와 지시사, 형용사가 함께 나올 경우 지시사-수사-양사-형용사-명사의 순서가 되어 '그 세 권의 새 책'은 那三本新書로 표현됩니다.

일곱째, 음절어두자음인 성모(聲母)가 단자음으로 되어 있습니다. 권설음이라고 불리는 zh ch sh 는 병음표기법에 따라 복자음으로 표기할 뿐 하나의 음으로 발음됩니다.

최근에 발간된 중국의 〈한어대자전〉에 수록된 한자수는 56,000자를 넘습니다.

그러나 1988년 공포한 〈현대한어상용자표〉에 의하면 상용한자수는 상용자 2,500자와 차상용자 1,000자를 합하여 3,500자로서 사용빈도율이 99.5%에 해당합니다. 그런데 이들 상용자의 필획수를 조사한 결과 10획이 넘는 글자가 과반수를 넘었지요. 용(龍)을 네 개 새긴 zhe(말이 많다, 수다스럽다)는 무려 64획으로 가장 필획수가 많은 글자입니다. 중국 정부는 문맹률을 줄일 특단의 조치로 1950년대 한자 간화 정책을 도입하여 종전 15.6획이던 평균 필획수를 10.3획으로 확 줄여 놓았습니다. 고전에서는 대할 수 없는 이런 간체자가 무려 2천자가 넘으니 표준한어를 처음 대하는 한자문화권 사람들조차 당황스럽긴 매 한가지이겠지요.

서문을 써 준 도올 김용옥은 '언어(philology)가 사상(philosophy)에 앞선다'고 말합니다. 철학이나 사상을 논하려면 그것을 해독해 낼 언어 능력을 먼저 갖춰야 한다는 뜻입니다. 굴기(崛起)를 실현하고 있는 대국 중국을 제대로 이해하려면 그 나라 언어인 중국어를 제대로 알고 말할 줄 알아야 할 것입니다. 요즘 제가 중국어 공부에 몰입하는 이유이기도 합니다.

중국사상이란 무엇인가

하치야 구니오/학고재

● 알다시피 중국은 세계 4대 문명의 발상지입니다. 그런 만큼 중국사상의 틀이 형성된 것도 3천 년 전으로 거슬러 올라갑니다. 은나라의 뒤를 이어 기원전 11세기에 일어난 주(周) 왕조는 기원전 8세기를 경계로 전반부는 서주, 후반부는 동주로 나뉘지요. 동주는 다시 기원전 5세기를 경계로 춘추전국시대로 들어섰습니

다. 춘추전국시대 사람들은 자신들의 문화적 기틀이 주나라 초기에 형성된 걸로 여겼습니다. 즉 사회적으로는 종족제, 정치적으로는 봉건제, 생산양식으로는 농업, 자연환경 측면에선 대륙이라는 네 가지 특성에 연유한 것이지요.

할아버지-아버지-아들로 이어지는 부계혈족이 종족(宗族)입니다. 조상숭배를 통해 구성원을 결속시키고 서열에 따라 생활규범을 결정짓는 등 예(禮)를 존중하는 행동양식이 종족제 사회의 특징이지요. 주나라 무왕은 나라를 열 때 공적이 있는 일가나 신하에게 봉(封;영지)을 주고 거기에 나라를 세우게(建) 했습니다. 이런 봉건제는 주가 무너진 뒤에도 왕조교체가 반복되는 가운데 중국의 정치이념으로 굳건히 자리 잡았습니다. 또한 씨 뿌리고 거두는 오랜 농본생활은 순환과 재생의 사상을 낳았지요. 중국을 대표하는 오행(목화토금수) 사상과 사농공상 본말(本末) 사상이 이때부터 싹튼 것입니다. 마지막으로 대륙이라는 지형적 조건은 자신들이 살고 있는 세계가 곧 세계의 중심이라는 중화사상을 낳았습니다.

중국의 사상은 공자에서 시작되어 맹자에서 끝났다는 말이 있습니다. 밑바탕에 흐르는 유가사상이 이들에 의해 탄생되고 완성되었기 때문이지요. 놀라운 사실은 지금으로부터 2,500년에서 2,400년 전, 불과 1백년 사이에 형성된 사상이 오늘날까지 면면히 이어지고 있다는 점입니다. 혼란기로 접어든 춘추시대 기원전 552년 노나라에서 태어난 공자는 세 살 때 아버지가 죽자 가난한 유년 시절을 보내야 했습니다. 공자는 주나라 초기 사회를 이상으로 여기는 사설학원을 차렸는데, 정치에 있어서는 정명(正名)사상을, 사람에 대해서는 인(仁)의 도덕을 강조했지요. 시(詩) 서(書) 예(禮) 악(樂)을 가르침의 수단으로 삼아 여러 나라를 돌며 설파했지만 뜻을 펼치는 데는 실패했습니다.

공자가 죽고 나서 백년 정도가 지날 무렵 묵가나 양자 학파에 밀려 약소학파로 전락한 유가사상을 되살린 것은 맹자였습니다. 인근 소국인 추(鄒)에서 태어난 맹자는 공자가 강조한 인에 의(義)를 더해 인의(仁義)에 의한 정치를 이상으로 내세웠습니다. 소위 말하는 왕도(王道)정치인데, 효제(孝悌)와 인의 도덕 위에 백성의 부모라는 마음으로 인정(仁政)을 펴는 것을 바로 왕도정치라 일렀지요. 인간에게는 누구나 인의예지(仁義禮智)라는 네 가지 도덕적 단서가 있다는 사단설(四端說)을 일찍이 내세웠다가 종국에는 인의를 이루는 작동원리로서의 성선설(性善說)로 확충 발전시켰습니다.

공맹이 말한 유가사상은 전한 이래 정비를 거듭하여 각 나라의 국교로서 체제 유지 및 사회전반의 기본 틀로 받아들여졌습니다. 비교적 소박하고 보편적이었던 공자의 도덕률에서 출발하여 중화의식이 강하게 의식된 맹자의 단계를 거쳐 마침내 중국 사상의 큰 틀로 전환되었던 것이지요.

사람은 길(道)을 통과하지 않고서 목적지에 도달할 수 없습니다. 그런 의미에서 도는 사물의 원리원칙이라는 의미로 추상화됩니다. 나아가 만물의 근원, 즉 본체(本體)라는 의미를 내포합니다. 노자와 장자의 도가에서 주장하는 도가 바로 이런 것입니다. 따라서 유가에서 주장한 도가 하늘 아래 도라면 도가의 도는 하늘을 초월하는 도인 셈이지요. "하나는 둘을 낳고 둘은 셋을 낳고 셋은 만물을 낳는다." "최고의 선(善)은 물과 같다. 물은 다투지 않고 낮은 곳에 있으면서도 만물을 이롭게 한다" 노자의 말입니다. 맹자와 동 시대 인물이었던 장자 또한 만물이 동등하다는 만물제동(萬物齊同) 사상을 내세웠습니다. "신체(形)는 마른나무(槁木) 같고 마음(心)은 식은 재(死灰)와 같다. 죽음은 안식이다" "살고 죽는 것은 천지의 작용에 지나지 않으니 생사는 기가 모이고 흩어지는 것에 불과하다"며 자연에 조화를 이루어 살고자 한 그들의 무위(無爲) 사상은 곧바로 들어 온 불교에도 큰 영향을 끼쳤습니다.

중국에 불교가 들어온 시기는 대략 후한의 전반 무렵으로 추정됩니다. 서역에서 진출한 사람들을 대상으로 한 신앙이었는데, 4세기경 동진 무렵이 되어서야 강남 지역을 중심으로 퍼져나가기 시작했습니다. 삼세인과설(三世因果說). 즉 전세와 현세, 내세설은 당시의 사람들에게 큰 위안을 주었지요. 더불어 육도윤회(六道輪迴; 여섯 가지 세상을 돌고 돈다는 사상)에서 비롯된 지옥사상까지 가세하여 서민들 사이에 널리 퍼지게 되었습니다. 공(空)을 내세운 선승들은 간소하고도 소박한 집단생활을 통해 지극히 자연스러운 삶을 살았습니다. 마조는 '평상심(平常心)이 도'라고 했고, 임제는 '언설(言說)은 허공에 그리는 그림과도 같다'고 했습니다.

불교사상은 이미 자리 잡고 있던 도교의 명계(冥界;저승) 사상과 궤를 같이 하며 죽은 자를 공양하는 초도(超度) 의식의 불씨를 지폈습니다. 향을 피우고 종이돈(紙錢)을 태우지 않으면 귀신이 저 세상에 다다르지 못한다고 믿게 된 것이지요. 도(道)를 신격화하는 도교의 신봉자들은 수행을 통해 도에 동화하려 하거나 신들을 신봉함으로써 자신과 가족을 지켜주길 바랬습니다. 신들의 비호 하에 구할 수 있는 행복이란 이른바 복(福;자손의 번영)/록(祿; 봉급)/수(壽; 장수)라는 현세의 이익이어서 지극히 타산적인 중국인들의 현실주의를 잘 드러내 줍니다.

민중 신앙이라 여겨지는 도교에는 수많은 신들이 등장합니다. 신들 중 가장 높은 서열에 삼청(三淸), 즉 원시천존(元始天尊;영원불멸의 존재), 영보천존(靈寶天尊;천지를 창조), 도덕천존(道德天尊; 노자를 신격화)이 존재하지만 가장 인기 있는 신은 관우(關羽)입니다. 관우는 삼국지에 등장하는 촉나라 장수인데, 북송 무렵부터 관제로 떠받들어지며 재물운을 불러들여 상인을 지켜주고 과거시험을 보는 수험생을 보호하며 수명과 봉록을 관장하고 나쁜 귀신을 내쫓고 병과 재해를 물리치는 등 가히 맥가이버급 만능신으로 추앙받아 왔지요.

수많은 중국인의 숫자만큼이나 각종 수호신을 비롯하여 뒷간신, 부엌신, 토지신, 성황신 등 별의별 신들이 허다합니다. 모든 것의 신성(神性)을 인정하는 다신교로서의 도교에는 선인이 되기 위한 여러 가지 수양방법도 등장하지요. 호흡법을 연구하는 자, 기 순환을 조절하는 자, 정좌하여 정신통일을 도모하는 자, 몸속을 관상(觀想)하는 자, 무술을 연마하는 자 등 무수하게 많습니다. 오늘날의 우슈나 파룬궁 수련도 여기에 해당합니다.

중국 사상을 언급함에 있어 당나라 때의 조주 선사가 던진 문답은 시사하는 바가 적지 않습니다. 도(道)가 무엇이냐는 물음에 "담 밖에 있는 것이다"라 했고, 대도(大道)란 무엇이냐는 다음 질문에 "큰길은 장안으로 통한다."고 응했습니다. 모든 게 그저 진부한 관념에 지나지 않는다는 선사의 말처럼, 지금 중국은 사상 대신 공정(工程; project)을 꾀하고 있는지 모릅니다. 그러나 분명한 것은 공자학교니 동북공정이니 하는 여러 가지 공정들도 그들의 사상적 기반에서 태동한다는 점입니다.

"천하의 어려운 일은 반드시 쉬운 일로부터 시작되고, 천하의 큰일은 반드시 작은 일로부터 시작된다.([노자] 63장)" 난사(難事)와 대사(大事)는 맞닥뜨리고 나서야 비로소 그 실체를 알게 되지만, 사실은 갑작스럽게 일어난 것이 아니므로 그렇게 되기 전에 간단하게 해결할 수 있는 시점이 있었을 것이라는 가르침입니다. 상황을 잘 지켜보면서 사태가 심각해지기 전에 대책을 강구해야 한다는 가르침이 눈에 와 닿습니다. 세월호 참사를 지켜본 우리 모두가 새겨들어야 할 가르침이 아닐까요.

중국인이야기

스터링 시그레이브/프리미엄북스

● ‘보이지 않는 제국-화교(華僑)’라는 부제가 말해주듯 본서는 화교에 대한 이야기입니다. 전 세계로 흩어져 있는 이들의 역사는 유대인의 유랑생활(디아스포라) 못지않게 오래되었고 그 숫자 또한 우리나라 전체인구를 능가하지요. 중화민국 헌법에 의하면 ‘외국에 거주하면서 중국 국적을 상실하지 않은 모든 중국인’을 지칭하는 이 말은 1898년 일본 요코하마에 ‘화교학교’라는 명칭의 학교가 설립되면서 붙여졌습니다. 잠시 머문다는 뜻이 내포된 이들의 발자취를 더듬어 보겠습니다.

오늘날 화교들이 운영하는 상점에 들어가 보면 화교의 시조로 숭앙받는 범려의 초상화가 걸려있습니다. 기원전 5세기경 오와 월은 37년간 티격태격 싸움을 벌였지요. 월이 끝내 승리를 거두자 재상이었던 범려는 ‘산토끼가 잡히면 사냥개는 탕이 된다(토사구팽;兎死狗烹)’는 편지 한 통을 남기고 산동반도의 제나라로 몸을 숨겼습니다. 뛰어난 농사법으로 큰돈을 벌자 축재한 재산을 이웃에 나눠주고는 또다시 도(陶)라는 도시로 이주했습니다. 여기서도 장사로 크게 성공하여 부와 명성을 얻으며 평안한 노년을 즐겼다지요. 범려는 〈상인지보(商人之寶)〉라는 책을 통해 상인이 지켜야 할 12가지 덕목을 남겼는데, 화교들은 이 교훈을 족자로 걸어두고 그 뜻을 새긴다 합니다.

범려의 자진 이주와는 달리 기원전 3세기 진시황이 중국 최초의 통일국가를 이루자마자 대대적인 강제 이주를 단행하였습니다. 양자강 이남의 야만인 지방을 식민지로 만들기 위해 수많은 상인과 그 가족들을 이곳으로 강제 이주시킨 것이지요. 강남의 월 지역으로 이주당한 상인들과 그 가족들이 화교의 조상입니다. 이런 역사적인 연유로 화교는 진시황을 하늘이 내린 재앙쯤으로 여기지만 오늘날 중국 입장에선 화교는 신이 내린 은총이 되고 있습니다. 막강한 화교자본이 고성장의 종자돈 역할을 톡톡히 하고 있기 때문이지요.

그 후 강제노역을 일삼았던 진에 항거하여 농민봉기를 일으켰던 유방이 라이벌 항우를 물리치고 한나라를 세웠습니다. 중국은 한 왕조 시대에 들어서서 비로소 외부세계에 눈을 돌리게 되지요. 기원전 139년 한무제의 명을 받든 장건이 인도-남부유럽-아프리카를 잇는 서역방문길에 오른 것입니다. 이후 다양한 경로의 실크로드가 만들어지고 중국 상인들은 외부와의 교역을 활발히 전개하게 됩니다.

대대로 중국 양자강 강남 지역은 야만인을 지칭하는 월(越)이라 불렸는데, 원래 이곳에는 타이족과 묘족 등 이민족이 조상 대대로 살고 있었습니다. 강북에서 내려온 한족이 원주민과 섞여 살게 되면서 상업 활동이 자유로운 혼합문화와 독특한 방언이 형성되었고 오늘날 화교의 90% 이상이 이곳 절강성, 복건성, 광동성 출신을 이루고 있습니다. 중국 역사를 살펴보면 강북인은 부를 얻기 위해 권력을 추구했고, 강남인은 권력을 얻기 위해 부를 추구했음을 알게 됩니다. 편협하고 소심한 강북 사람들과 달리 강남 사람들의 기질은 태평스럽고 대범하지요. 한, 당을 거치면서 조정이 있던 강북은 수난의 연속이었지만 강북인의 대이동으로 해서 강남은 전대미문의 번영을 누렸습니다. 당에 이어 도읍을 항주로 정한 남송(1127~1276)이 역사상 가장 문화를 꽃피운 왕조로 평가받는 이유도 여기에 있습니다.

월의 후예로서 가장 특출한 인물로 정화라고도 불리는 마삼보가 있습니다. 그는 이슬람교도이자 환관출신인 명나라의 제독으로 키가 2미터가 넘는 우람한 인물이었습니다. 우람한 체구만큼이나 지략도 뛰어났지요. 영락제 때 거대함대를 이끌고 28년(1405~1433)이라는 길고 긴 세월 동안 베트남-인도-페르시아-아프리카 케냐 등 37개국에 이르는 대항해를 무려 7차례나 성공적으로 수행한 것입니다. 규모 또한 엄청났습니다. 317척에 분승한 총 27,870명의 원정대원. 배의 크기는 최대 길이 130m에 최대 폭이 55m에 이르는 거함이었습니다. 대항해는 명나라 황제의 위상을 대내외적으로 드높이는데 큰 공헌을 했음은 물론 조공무역의 실권을 환관들에게 안겨주는 결과를 낳았습니다.

당시 자바 인근의 수마트라 섬 팔렘방 항구에는 화교 인구가 수천명에 달했습니다. 대부분 본토와 왕래하면서 무역업에 종사했는데 이 중에는 진조의 라는 해적 두목도 있었습니다. 광동성 출신으로서 태조 홍무제 때 관아에서 체포령이 내려지자 일가를 이끌고 이곳 말라카 해협으로 탈주한 그는 수천명의 사병을 거느리고 대형 전투선을 17척이나 보유하여 남지나해 전역과 일본 규슈 지방까지의 해상을 장악했지요. 정화는 진조의 일당을 소탕하여 안전한 해상교역로를 확보하였으며 실론 등지에서 상품전시회를 열기도 했습니다. 영락제 서거 후 대항해도 막을 내리게 되지만 이후로 해상무역에 종사하는 인구가 급증했으며 덩달아 화교 인구도 급격히 늘어났습니다.

이후 만주족의 청나라가 득세하면서 반골기질의 남부 지방에는 견디기 힘든 폭정이 가해졌고 정성공 같은 반청 활동가들은 대만 등지로 탈주했습니다. 잠시 피신한다는 생각이었지만 명의 해금(海禁) 조치는 화교들의 발을 묶어 놓았지요. 이들은 어쩔 수 없이 동남아 일대에 흩어진 중국인 세력을 규합합니다. 대표적인 조직이 삼합회이지요. 천(天) 지(地) 인(人)을 의미하는 정삼각형 깃발 아래 똘똘 뭉친 화교 조직은 돈벌이가 되는 일이면 마약 및 범죄, 밀매도 서슴지 않았습니다. 이들에게 신용은 제일의 덕목이었지요. 가족과 공동체 의식을 강조하는 유교 의식은 본토의 가족 친지를 지속적으로 불러들여 1930년 동남아시아에서의 화교 수는 4천5백만명을 헤아리게 됩니다.

지금 싱가포르, 태국, 말레이시아, 인도네시아 등 동남아의 모든 돈줄은 화교가 거머쥐고 있다 해도 과언이 아닙니다. 그런데 이러한 배경에는 갑작스런 일본의 식민지배 종결과 관련한 어부지리가 숨겨져 있습니다. 일본은 태평양전쟁을 통해 동남아 일대를 식민지배하면서 대부분 현지의 화교들을 하수인으로 삼았습니다. 재산을 송두리째 약탈했던 일본인들이 패망과 함께 허겁지겁 달아나는 사이 그들의 모든 재산은 자연스레 화교들의 것으로 탈바꿈되었지요. 화교자본은 해당국가의 정권 실세들과 결탁되어 안녕을 구가해 왔습니다. 그러나 갈수록 자국민들의 반 화교 바람이 거세지고 있습니다.

우리나라에 차이나타운이 없는 이유도 이런 반 화교 바람과 무관하지 않습니다. 1882년 임오군란 때 군란지원병으로 들어왔던 청군 3천 병력 속엔 40여명의 상인도 함께 끼어있었습니다. 인천 부산 원산에 차례로 중국인 조계지가 설립되면서 1890년 국내 화교 수는 1천명을 넘어섰지요. 1948년 대한민국 정부가 수립되기 직전만 하더라도 우리나라 전체의 수입액 50% 이상을 차지할 정도로 막강한 경제력을 행사했습니다. 이승만에서 박정희 정부로 이어지는 내내 외국인에 대한 외화 및 토지 사용 규제책이 강화되면서 1960년대 4만명을 헤아렸던 화교 수는 절반가량 줄어들고 말았습니다.

비약적인 중국 경제발전의 저력에는 화교의 힘이 작용하고 있습니다. 하루에도 수천억 달러를 동원할 수 있다는 현금동원력과 세계 곳곳에 자리 잡고 있는 화상의 네트워크가 중화경제권의 첨병 역할을 하고 있는 것입니다. 중국을 알려면 화교를 알아야 합니다.

아Q와 허삼관

아Q정전/루쉰 | 허삼관 매혈기/위화

● 루쉰(1881~1936)의 〈아Q정전〉과 위화(1960~)의 〈허삼관 매혈기〉는 현대 중국문학을 대표하는 소설작품입니다. 픽션은 때로 논픽션보다 더 한 진심을 담고 있지요. 작가의 의도를 통해 눈으로 헤아리기 힘든 진실을 들춰내기 때문입니다. 중국인의 기질과 마음을 가장 잘 드러내 보였다고 평가받는 이들 작품을 통해 그들을 이해해 보는 기회를 갖고자 합니다.

〈아Q정전〉은 1921년 베이징의 신보부간(晨報副刊)에 연재되었던 단편소설로서 십년 전의 신해혁명을 배경으로 삼고 있습니다. 정확한 자기 이름도 모른 채 날품을 팔아 살아가는 아Q, 보리를 베라면 보리를 베고 나락을 찧으라면 나락을 찧으며 거저 날품사리로 살아갑니다. 생김새마저 대머리 흉터가 있어서 독(禿' 대머리)에 가까운 발음, 빛난다거나 밝다는 말, 심지어 램프나 촛불이란 말까지도 극도로 싫어하지요. 그런 가운데 사람들에게 놀림감은 물론 얻어터지기까지 하면서도 참기 힘든 모멸을 '정신적 승리'로 탈바꿈시키는 그만의 묘법을 발휘합니다. 당시의 군중심리를 희화화(戱畵化)하여 '바로 우리 자신이 또 다른 아Q'라는 대중적인 자각을 불러일으켰습니다.

말다툼을 할 때면 눈을 부릅뜨고 "우리도 옛날에는… 네 놈보다 훨씬 잘 살았단 말이다! 네 놈이 도대체 뭐냐!"고 대들기도 하지만 낚여진 변발로 벽에 머리가 처박힐 때는 금세 "나는 벌레야… 벌레를 때린다고 하면 됐지? 자, 어서 놓아 다오!" 그리곤 아무 일 없었다는 듯 황주를 얻어 마시거나 의기양양하여 돌아가 버립니다.

마침내 그에게도 '모두 함께 새로워지는(咸與維新)' 혁명의 기회가 오지요. 스스로

혁명당원으로 자처했으나 이마저도 도둑으로 몰려서 급기야는 총살당해 죽고 맙니다. 루쉰은 아Q의 운명을 혁명에도 끄떡없이 군림하는 지주 조(趙)가의 지배력과 대비시킴으로써 신해혁명의 좌절을 그려냈습니다. 하지만 소설 속 아Q는 죽기 직전 유치장에서 끌려나와 종이에 서명 대신 동그라미를 그리라는 심문관의 지시에 동그라미를 제대로 그리지 못한 것을 안타까워합니다. 사람이 천지지간에 생을 향유하고 있는 이상, 때론 끌려 들어가기도 하고 때론 끌려 나오기도 하지만 단지 동그라미를 동그랗게 그리지 못한 일만이 그의 행상(行狀)에 있어서는 안 될 오점(汚點)이었던 것이지요.

한편 〈허삼관 매혈기〉는 피를 팔아 생활을 꾸려가는 한 가장의 이야기입니다. 문화대혁명 전후의 궁핍했던 시절, 한 생사공장에서 일하던 허삼관이라는 인물이 우연한 기회에 피를 팔아 목돈을 챙기면서 큰돈이 필요할 때마다 자신의 피를 팔지요. 장가를 들 때도, 가족이 굶주릴 때에도, 병든 아들의 치료비를 대기 위해서도 쉼 없이 피를 팝니다. 그에게 피는 생활의 양식(糧食)인 셈이지요.

처음 피를 팔았을 때 그를 부추긴 방 씨가 남긴 말, "우리가 판 것은 힘이라구. 힘에는 두 가지 종류가 있지. 하나는 피에서 나오는 힘이고 하나는 살에서 나오는 힘이지. 피에서 나오는 힘은 살에서 나오는 것보다 훨씬 더 쳐주는 법일세. 자네가 논밭에 나가 일을 하거나 백여 근쯤 되는 짐을 메고 성 안을 들어갈 때 쓰는 힘들은 다 핏속에서 나오는 거라구."라는 구절에서 피의 상징성을 엿볼 수 있습니다.

피를 파는 데도 일종의 요령과 원칙이 있습니다. 수혈하기 전 피의 양을 늘리기 위해 물을 몇 사발 들이킨 뒤 오줌을 누지 않는다는 것과 피를 뽑고 난 후에는 반드시 돼지간 한 접시와 황주 두 냥으로 몸을 보충한다는 것, 그리고 3개월이 지나서야 다시 피를 뽑게 한다는 것이 그것이지요. 그렇게 자신이 정한 원칙에 따라 3

개월 주기로 피를 뽑는 일상이 반복됩니다.

하지만 세상사가 원칙대로 굴러가지 않듯 허삼관은 생애 여러 번 긴급 매혈을 단행합니다. 그 시대상이 대변하듯 숱한 경제적 어려움에 봉착하기 때문이지요. 특히 간염에 걸린 큰아들을 살려내기 위해 사흘이 멀다 하고 피를 뽑아대는 주인공. 아들의 치료비를 벌려는 일념으로 죽음을 불사하는 장면에선 눈시울을 적시게 합니다. 그것도 자신의 혈육이 아닌 굴러 온 피붙이를 향해 말입니다. “좆털이 눈썹보다 늦게 나지만 자라기는 길게 자라는 법”이라고 백발이 성성해진 예순의 나이에 던진 한 마디는 왠지 씁쓸한 여운을 자아냅니다. 작가 위화는 허삼관이 전형적인 중국인 상이라고 말합니다. 단순한 사고, 낙천적 삶의 방식, 관계성에 집착하는 집단의식 등이 중국인의 공통된 정체성이라는 것이지요.

내가 보기에 두 소설 모두 우화에 가깝습니다. 더 이상 추락할 데라곤 없는 밑바닥 군상들이지만 얼토당토않을 정도로 삶의 긍정을 끝없이 추구하고자 하는 주인공들의 DNA가 중국인의 진면목이 아닐까 하는 생각이 드는군요. 흔히 말하는 만만디(慢慢的; 천천히 하다) 철학도 한 몫 합니다. 천천히 하되 끝까지 포기하지 않는 낙관적 기질이 후세들에게 전해져 오늘날 중국을 대국으로 변모시키고 있는 게 아닐까요.

중국인을 상대하는 비즈니스 현장에서는 공공연히 6불(不) 원칙이 적용된다고 합니다. “초조해하지 마라, 당황하지 마라, 포기하지 마라.” 이 세 가지에 “믿지 말라, 얕보지 말라. 사과하지 말라.” 세 가지가 더 보태졌습니다. 중국인의 재미난 심리는 아Q와 허삼관처럼 자기합리화에 능하고 좀처럼 자기 체면을 굽히려 하지 않는다는 점입니다. 그러다보니 상대가 잘못을 빌면 용서 대신 벌을 내려야 한다는 심리가 강하게 작동하므로 중국인에겐 선불리 사과해서는 안 된다고 합니다. 고양이 다루듯 하라는 조언도 있습니다. 고양이는 아무리 귀여워해도 주인을 잘 따르지 않으며 가까이 다가가면 오히려 훌쩍 달아나 버리지요. 하지만 무관심한 듯 내버려두면 호기심 많은 이 녀석이 대개 애교를 떨며 바싹 다가옵니다.

등소평이 말했던 '흑묘백묘론(黑猫白猫論)', 이젠 중국인을 일러 그 뜻풀이를 달리해야 하지 않을까요.

중국인, 그들의 마음을 읽다

보난자컨설팅, 인이푸/고즈윈

● 사업차 중국을 드나드는 사람들이 많아지면서 한결같이 중국인들을 상대하기가 너무 힘들다고 손사래를 칩니다. 예전보다 경제 교류뿐만 아니라 문화 교류도 꾸준히 늘고 있는 마당에, 그들의 마음을 제대로 읽을 수만 있다면 오죽 좋을까요. 이 책의 원제는 '中國人的管理行爲(중국인의 관리행위)'로 중국인이 직접 펴낸 중국인 관리지침서라서 관련 일을 하는 한국인들에게 매우 유용하게 읽혀질 게 틀림없습니다.

뭐든 본질을 파악해야 특징이 가려집니다. 중국인의 생각과 행동을 좌우해 온 중국문화의 본질은 '중용(中庸), 화해(和諧), 감응(感應), 무실(務實), 천명(天命)' 사상에서 찾을 수 있습니다. 중용의 정수는 과유불급(過猶不及), 즉 지나침이 모자람보다 못하다는 정신, 나아가 지나치지도 모자라지도 않는 도(度)를 지키려는 정신에서 싹튼 것이지요. '천심이 곧 인심'이라는 천인합일(天人合一) 사상은 인본주의를 이끌면서 화(和)를 관계 형성의 기틀로 삼았습니다.

중국인들은 인간사 길흉화복(吉凶禍福)에 예민하게 감응합니다. 감응은 털끝만한 것까지 빈틈없이 살피는 '지세(知細)'의 체현으로 나타나지요. 그리고 상당수는 철두철미한 실용주의자들입니다. 종교는 하나의 유행일 뿐, 물질에서 부와 즐거움을 찾으려는 경향이 강하고 때론 잔머리를 굴리는 임기응변에도 능합니다. 그러면서도 하늘의 뜻에 순응하고 분수를 지키려는 낙관주의 정신이 뼛속깊이 배어있습니다.

이러한 본질은 중국인 특유의 성격과 기질을 형성시켜왔습니다. 사회와 타인의 태도에 따라 자각하고 반응하려는 사회화 성격이 그 좋은 예이지요. 제3자의 시선을 의식하여 타인이 인정하는 범위 내에서 사회적 규범을 따르려는 사회화 성격은 때론 도전정신과 진취력을 구속시키기도 합니다. 두 번째는 '다수를 따르려는 심리'입니다. 극단으로 치닫는 걸 싫어하다보니 부화뇌동 수수방관의 폐단도 적지 않지요. 셋째로는 자성과 자제에 능하여 누가 보지 않아도 한결같이 행동하는 '신독(愼獨)'의 준칙을 잘 따릅니다. 넷째로는 온화돈후(溫和敦厚) 기질이지요. 중국역사 속의 화친정책에서 볼 수 있듯 대다수 중국인은 다른 사람을 온화하게 대하고 말을 할 때도 에둘러 말하길 좋아합니다. 다섯째, '하늘도 도도 변하지 않는다(天不變, 道亦不變)'는 봉건적인 생각은 안으로 오그라드는 보수적인 성격, 즉 명철보신(明哲保身;이치에 밝고 분별력이 있어 적절한 행동으로 자신을 잘 보전한다는 뜻)의 고법(古法)에 젖어 살게 만들었습니다.

중국인의 네 가지 마음은 곧잘 맹자가 말한 시비지심(是非之心; 옳고 그름을 가리는 마음), 수오지심(羞惡之心; 부끄러움을 아는 마음), 측은지심(惻隱之心; 불쌍히 여기는 마음), 사양지심(辭讓之心; 양보하는 마음)으로 표현됩니다. 한 마디로 '스스로에게 엄하고 남에게 관대하라'는 다소 모순된 성격과 기질로 인해 시시때때 표리부동의 부조화를 낳기도 합니다.

그렇다면 우리 입장에서 중국인과의 인간관계 및 교제방식을 어떻게 풀어가야 할까요. 첫째는 인정(人情)을 중시해야 한다는 것입니다. 합정합리(合情合理). 진정한 인정은 리(理:이치)를 떠나서는 안 된다고 여기기에 금전적인 부채보다 '인정 빚' 지는 것을 더 두려워하기 때문이지요. 둘째로는 체면(體面)을 세워주라는 것입니다. 대다수 중국인은 '다른 사람에게 높이 평가받는 것'을 생활목표로 삼기 때문에 체면을 대단히 중시하고 체면이 손상당할까 봐 전전긍긍해 합니다. 셋째로는 적극적으로 관계(關係; 꽌시)를 맺으라는 것입니다. 꽌시는 '정을 나누는 것(交情)'을 의미하지만 깊게 봐선 개인과 타인과의 배역 지위를 표시하는 행위이지요. 동향(同鄕), 동학(同學), 동료(同僚), 사생(師生) 등 관계망을 형성하는 정도에 따라 쯔지런(自己人)과 와이런(外人)으로 나뉘는데, 서로 간에 지나칠 정도로 대우와 평가가 달라지므로 꽌시 없인 관리든 교제든 어려울 수밖에 없다고 봐야 합니다.

중국인들의 업무방식을 살펴보면 몇 가지 뚜렷한 특징이 있습니다. "노력은 하나 사고내지 않는다. 일을 해도 감옥 갈 짓은 하지 않는다. 전심전력 하나 목숨을 걸진 않는다. 힘써 노력하나 공(功)을 다투진 않는다." 하나같이 앞서 말한 명철보신의 심리가 깔려 있는 것이지요. 자, 마지막으로 중국인에게 맞는 관리방식을 살펴보겠습니다. 중국식 관리의 핵심으로 '안인(安人)'을 들 수 있습니다. 능력에 알맞게 인력자원을 적재적소에 배치시켜 효율적이고 합리적으로 운용하자는 것인데, 자신을 갈고 닦는 수기(修己)가 바탕이 됩니다. 중국인에겐 '관리를 받지 않으려는' 두드러진 특색이 있습니다. 이럴 때 스스로 참여하게 만드는 원동력이 바로 체면 살려주기이지요.

이런다고 만사 OK일까요. 아닙니다. 중국인은 모든 걸 에둘러 말하지요. 비근한 예로 'Dead' 하나로 표현되는 영어와는 달리 '죽는다(死)'는 중국어 표기는 수십 가지가 넘습니다. 천자나 제후가 죽고, 승려가 죽고, 일반 사람이 죽는 표현이 제각각인 점은 바로 체면의 정도가 다른 이유이지요. 그래서 중국에선 말하는 것을 단순히 듣기만 하지 말고 '봐야' 합니다. 화자의 표정을 읽고 종합적으로 판단해야 비로소 속마음을 헤아릴 수 있는 것입니다.

찰언관색(察言觀色). 상대의 말을 자세히 듣고 얼굴색을 살핀다는 뜻이지요. 말의 음조나 템포가 평소와 달라진다면 이건 십중팔구 거짓말일 확률이 높습니다. 그러다보니 상당수의 중국인은 과묵을 내세워 얼굴색을 가리기도 하지요. 이럴 때 침묵을 타파하는 비결은 오로지 성실(誠實)에 달려 있다 할 수 있습니다. 성실을 근본으로 삼는 것이 중국인 관리의 최고 비법이라는 거지요. 성실로서 13억 중국인을 관리하십시오!

판타스틱 중국백서

설우진/와이즈

● 한 나라를 속속들이 아는 것은 어렵습니다. 현지인의 말을 빌면 타성에 젖어있을 경우가 많고 외부인의 말을 빌면 편견에 치우치기 쉽기 때문이지요. 하물며 우리보다 인구가 30배나 많고 땅덩이가 세계에서 3번째로 큰 중국을 제대로 알기는 하늘의 별따기나 다름없습니다. 그나마 15년 이상을 베이징에 거주하며 중의학 의사가 된 저자의 좌충우돌 생활기는 현지인 보다 더한 관찰자의 예리함을 보여줍니다. 생활의 핵심요소인 교육/문화/사회 편으로 나누어 본 중국의 속살을 살펴보겠습니다.

교육.

명문학교의 구분은 방과 후 모습에서 쉽게 관찰됩니다. 아이들을 태우고 갈 차

대수가 많고 적음에서, 또한 차종이 고급인지 아닌지에 따라 등급을 매기면 백발백중이지요. 한 자녀정책으로 나타난 부모의 과잉보호 현상인 것입니다. 우리와 학제가 비슷하지만 초등 6년, 중등 3년 도합 9년간은 의무교육이고 미국처럼 초중고 과정을 통합한 일부 완전학교(完全學校)는 현대판 귀족학교에 해당합니다. '런민대부속중'과 '베이징4중'이 최고 명문고로서 거의 모든 전교생이 명문대 합격을 싹쓸이한다지요. 9월 학기인 대입 수능시험은 초여름인 6월초에 이틀간 치러져 '까오까오 열풍'이라 불리는데, 첫째날은 어문(국어), 수학을, 둘째날은 선택외국어와 문과(정치 역사 지리) 이과(물리 화학 생물) 종합이 시험과목입니다. 각 성(省)별로 달리 출제되며 내신 성적은 전혀 반영되지 않고 서술형 주관식 유형 위주에 총점은 750점 만점이지요.

우리나라 SKY처럼 중국의 빅3는 베이징대, 칭화대, 홍콩대인데 정문을 마주한 베이징대와 칭화대는 서로 '샤즈(바보)', '펑즈(미치광이)'라 놀립니다. 이는 칭화대생들이 현실적이고 실용성을 추구하는 반면, 베이징대생들은 전통적으로 반골기질과 이상에 젖어있다고 서로 빗댄 것이지요. 그런 학풍이 '베이징대=문과, 칭화대=이과' 강세를 보이지만 모든 학과가 전국 1,2위를 다퉈 우열을 가리기 힘듭니다. 다만 후진타오, 시진핑 등 핵심권력을 칭화대 출신들이 꽉 잡고 있어 정계에 대한 열등의식이 좀 있다고나 할까요.

중국에는 현재 190개국에서 온 23여만 명의 유학생이 있는데, 이 중 한국인 수가 약7만여 명으로 압도적인 1위를 차지합니다. 입학전형은 매년 4,5월경에 필기와 면접시험으로 나눠 치러집니다. 주요과목은 어문 영어 수학이며 각 대학별로 한 해 100~130여 명의 외국인 학부생을 모집하고 있지요. 4년제 대학의 1년 학비는 보통 90~100만원(5천~6천 위안) 수준인데, 외국유학생에겐 5~6배 바가지(?)를 씌워 적게는 5백만 원에서 특수(의학, 예체능) 과에 따라 많게는 1천만 원에 달합니다. 중국의 홍대미대로 불리는 '중앙미술학원'이 그 예로 우리나라 국립대보다 비싼 데가 수두룩하지요. 참고로 '학원'이란 명칭은 4년제 단과대학에만 붙여집니다.

발음과 성조(높낮이) 탓에 애를 먹는 어학연수생들이라면 인터넷 사이트를 활용해 보라고 조언합니다. 동영상 사이트 요우쿠(www.youku.com)과 투또우(www.tudou.com), 중국의 네이버라 할 수 있는 바이뚜(www.baidu.com)를 잘 활용하면 살아있는 중국어도 익히면서 국내외 이슈, 현지정서 등을 파악하게 되므로 꿩 먹고 알 먹는 효과를 거둘 수 있습니다.

문화.

쿵푸화이팅, 중국말로 우슈, 우리말로 태극권은 무림 고수뿐만 아니라 남녀노소가 즐기는 생활수련이지요. 김용의 무협지가 중고교 교과서에 실릴 정도지만 젊은층에서는 갈수록 그 열기가 줄고 있다 합니다. 러브호텔은 드문 편이지만 성의식은 우리보다 개방적이라 성인용품점, 나이트클럽이 성시를 이룹니다. 물 좋은 클럽에 가 보면 젊은이 못지않게 나이 든 사람도 많습니다. 갑자기 늘어난 졸부들의 은밀한 원조교제(빠오양)가 벌어지는 곳이기 때문이지요. 한편 중국에선 돈 없인 장가 갈 엄두를 못 냅니다. 결혼비용의 80% 이상을 남자가 부담하고 예단도 일방적으로 남자가 부담해야 하기 때문입니다. 결혼식은 대개 호텔이나 대형식당에서 주례 없이 치릅니다. 테이블마다 사탕(씨탕)을 한 가득 올려놓는 풍습 때문에 미혼인 처녀총각에겐 '언제 씨탕 먹여 주냐'고 조르지요. 체면을 목숨처럼 여기는 터에 배 터질 듯 거나한 손님대접이 이루어지는 만큼 축의금은 500위안(8만원)이 표준입니다. 이때 유의할 점은 흰색 대신 붉은색 봉투로 건네야 한다는 것입니다. 흰 봉투는 장례식장에서만 쓰이니까요.

우리는 식당에 가더라도 '먹고 모자라면 더 시키자'라고 생각하지만 중국인들은 '일단 시키고 남으면 싸 가자'고 생각하며 음식을 주문합니다. 외국인이 상다리 부러지게 대접받은 후 답례로 중국인을 식사 초대하다 보면 괜한 오해를 받기 일쑤이지요. 이럴 땐 한 상 거나하게 차려지는 한정식집이나 코스 일식당을 고르는 게 좋습니다. 참고로 중국인이 가장 좋아하는 한국음식은 숯불갈비〉돌솥비빔밥〉냉면 순이라 하니

이 세 가지 요리를 함께 내놓는 식당이 있다면 대박치지 않을까요.

중국의 최고 명절은 폭죽놀이가 연상되는 음력설 '춘절'인 반면 추석에 해당하는 '중추절'은 월병 정도를 까먹는 새끼명절에 불과합니다. 고향의 부모친지를 찾아뵙는 춘절을 필두로 '노동절(5/1)'과 '국경절(10/1)'이 3대 명절인데, 일주일간의 긴 연휴로 인해 이때만 되면 우리나라 명동, 제주 등 관광명소도 북새통을 이루지요. 견우와 직녀가 만난다는 칠석절(음력 7/7)은 중국판 발렌타인데이라서 초콜릿, 사탕 선물이 불티나게 팔리고 어딜 가나 젊은 커플로 바글바글~ 사회주의 국가도 상업 괴물엔 어쩔 수가 없나 봅니다.

처음 베이징을 가 본 사람은 온통 "월~월~"거리는 사람들과 마주치게 됩니다. '한국'의 보통화(표준어) 발음은 '한궈런'인데 이곳 사람들은 죄다 '한궈럴' 하고 말합니다. 이러한 얼화 현상은 베이징 사투리의 잔재이지요. 그런데 남쪽 광둥어를 볼라치면 가히 외국어 수준에 가깝습니다. '안녕'과 '고마워'의 표준어는 '니하오', '씨에씨에'인데 광둥어는 '레이호우', '또제'이니까요. 중국 정부의 피나는 노력에도 불구하고 국민의 56% 정도만이 표준어를 구사하다보니 통역 없인 대화가 되지 않는 해프닝이 종종 벌어지기도 합니다.

사회.

홍콩은 중국 산모들의 원정출산 0순위 지역입니다. 이곳 분만아의 절반을 본국 원정 산모의 아기들이 차지하는 이유는 여기가 산아제한 치외법권지역이기 때문입니다. 이렇듯 태어나기도 힘들지만 취업하기도 매 한가지입니다. 한 해 배출되는 600여 대졸자 중 150만 명은 일자리를 못 구한다니 여기나 거기나 청년실업 문제가 심각하지요. 그렇다면 꿈의 기업은 어딜까요? 안정적이고 복리후생이 좋은 차이나모바일, 시노펙, 페트로차이나 등 국유기업이고 최고의 규수감은 학교 선생님이라지요. 우리와 눈높이가 어찌 이다지도 똑 같을까요. 연봉은 얼마나 될까요? 2010년 발표에 의하면 중국 근로자의 평균연봉은 3만 위안(540만원), 지역별로는 상하이가 6만3천 위안(1150만원), 베이징이 5만 위안(900만원)으로 1,2위를 기록했습니다. 업종별로는 베이징 금융업 종사자가 19만 위안(3400만원)으로서 일반 직장인들보다 3배나 많은 소득을 올리고 있지요.

중국에선 도시와 농촌을 가르는 '후커우'라는 부당한 호적제도가 있습니다. 인도 카스트제도 같은 신분제여서 농촌호적을 가진 사람이 도시로 이주한들 도시호적을 가질 순 없습니다. 베이징의 인구는 대략 2천만 명인데, 1,250만 정도만 베이징 호적을 가지고 있을 뿐 나머지 800여만 명은 '임시거주증'으로 살아가고 있지요. 영주권이나 시민권 없는 이민자 꼴이라서 주거, 자녀교육, 취업 등 모든 면에서 일어나는 차별대우가 계층갈등을 낳고 있습니다.

중국인들이 보는 한국은 어떠할까요? 반일감정의 깊은 골과 달리 한류바람이 여전할까요? 얼마 전 한 신문사의 설문조사에서 가장 싫어하는 이웃국가로 한국을 거명했습니다. 2005년 중국 대륙을 강타한 〈대장금〉 방영 이후 중국 침술을 마치 한국이 발명한 것처럼 비쳤다는 비판이 쏟아졌고, 같은 해 강릉단오제를 유네스코 문화유산으로 등재하자 자신들의 전통명절을 뺏으려 한다고 난리가 났답니다. 반한감정이 정말 깊어진 계기는 2008년 베이징 올림픽 전후였습니다. 서울에서 성화봉송 중 중국 유학생과의 마찰이 빚어졌고, 5월 쓰촨성 대지진에 대해 일부 누리꾼들이 '쌤통, 자업자득' 같은 악성댓글로 부채질한 데다, SBS가 중국정부의 엠바고를 어기고 리허설 장면을 미리 방영해 버린 탓이지요. 부분적인 오해와 몰지각한 일부 언동이 공들여 쌓은 한류바람에 찬 물을 끼얹었다고 할까요.

지금처럼 열린사회에 공연한 경거망동과 호들갑은 부메랑이 되어 되날아오기 십상입니다. 주윤발 주연의 〈공자〉라는 영화도 '공자가 한국인'이라는 한국의 언론기사에 발끈하여 제작된 영화란 걸 아십니까. 우리가 무심코 내뱉는 '짱깨, 짱꼴라'는 '까오리빵즈(고려몽둥이놈)'라는 막말로 되돌아오고 있습니다. 괜한 잔기침으로 30배나 독한 역병을 자초해선 안 되겠지요. 쉬잇! 우리 모두 입조심 합시다.

베이징특파원 중국경제를 말하다

홍순도 외/서교출판사

● 한국 사람으로서 중국을 다녀오지 않은 사람이 드뭅니다. 저도 몇 년 전 항저우-쩌저우를 잇는 상하이 투어를 한 적이 있습니다. 물론 중국인 내방객 수도 폭발적으로 증가하여 연간 상호방문 1천만 명 시대를 맞이하고 있으며 머잖아 제주를 드나드는 중국인 수가 내국인보다 더 많아질 거란 전망도 나옵니다. 연간 한중 교역액도 전체 교역액의 20%를 넘어서 미국 일본을 합친 것보다 많아졌지요. 앞으로 양국 관계가 더욱 긴밀해질 것이 분명합니다. 이런 시점에 현지 특파원의 생생한 목소리로 중국경제를 들여다보는 것은 매우 유익한 시도가 아닐까요.

연평균 8% 이상의 고도성장을 구가하고 있는 중국경제, 과연 누가 움직이고 있는 걸까요. '홍색귀족'이 중심에 자리하고 있습니다. 리펑 전 총리의 딸 리샤오린처럼 공산당 최고 간부의 자손들이 부와 명예를 움켜쥐고 있지요. 당 정 군 재계 고위층 자녀로 결성된 4천여 명의 태자당과 지연 학연으로 뭉쳐진 상하이방, 칭화방이 거대중국을 이끌고 있는 것입니다. 신흥부호로는 원저우(溫州) 중심의 저장상인들을 꼽을 수 있습니다. 화교의 40%가 이곳 출신일 정도로 이재에 능하고 막강한 현금동원 능력과 네트워크를 자랑합니다. 우리로선 가장 경계해야 할 대상은 IT 등 신산업을 주도하고 있는 수많은 30, 40대 젊은 이공계 엘리트들일 것입니다.

이들이 중국굴기의 낙관론을 뒷받침하는 가운데 경제에 드리운 그늘도 만만찮습니다. 독일 인구를 능가하는 1억3천만 명의 농민공이 일자리를 찾아 대륙 전역을 떠돌고 있습니다. 이들 중 상당수는 한자녀정책의 부작용으로 호적 없는 투명인간 신세가 되어 어쩔 수 없이 지하경제로 빠져들게 되고, 농촌출신 여성들은 유흥업소 여자로 전락하고 있지요. 지금 중국은 지독한 양극화로 인해 수천 명이 참가하는 폭동 수준의 소요사태가 매년 100건 이상 일어나고 있습니다. 중국 정부가 '바오바(保八)'를 외치며 8% GDP 성장에 목을 매는 이유는, 이러한 소요사태를 잠재우기 위한 고육책에서 나온 것입니다. 성장률 1%가 8백만 명의 일자리를 좌우하기 때문이지요.

대륙경제의 속살을 좀 더 자세히 들여다보면 넓은 땅에 어울리게 대물 본능이 꿈틀댑니다. 2009년 말 개통된 후베이성의 우한과 광둥성의 광저우 간 우광고속철도는 1,068km 구간을 불과 2시간 46분에 주파하고 있습니다. 절반 거리에도 못 미치는 서울-부산 간 408km 구간을 2시간 40분에 달리는 KTX와 비교하면 입이 딱 벌어지지 않습니까. 2020년까지 동서남북을 실핏줄처럼 연결하여 대륙 전역을 반나절권으로 만들겠다는 청사진을 그리고 있습니다.

대륙 서부지역은 56%의 면적에 27.5%의 인구가 거주하고 있지요. 내수 진작을 위한 서부 대개발의 역사가 충칭(重慶)에서 시작되고 있습니다. 개발의 상징이 된 세계 최대 샨샤댐에서 250km 떨어진 상하이까지 3천톤 급의 배가 드나듭니다. 서부개발의 속내는 엄청난 지하자원의 개발에 있습니다. 전체 매장량의 81.2%에 달하는 천연가스와 50.6%의 석탄, 28.7%의 석유, 100%에 가까운 크롬, 티타늄 외에 82.5%의 수자원을 동부로 수송하는 관문이 바로 이곳이기 때문입니다.

삼성전자의 반도체 부문은 우리나라의 대표적인 Cash cow(수익성 높은 산업)입니다. 중국 쾌속성장의 1기 품목들이 저가 공산품, 완구, 의류 등 저수익 제품군이었다면 지금은 양상이 완전히 달라져 있습니다. 이미 우리를 추월한 조선 산업을 비롯해 철강, 해운, 전기, 전자 부문에서 한국을 바싹 추격하여 캐시카우 역할을 톡톡히 하고 있지요. 광통신, 멀티미디어, 초전도체, 내시경 등 10여 개 기술은 오히려 한국을 앞섭니다. 연간 자동차 생산량도 1천만대를 돌파한지 오래고 전기자동차

부문은 우리를 추월하고 있으며, 항공우주, 바이오, 연료전지 분야도 우리를 앞서 있어 우리의 강점인 반도체, LCD 분야도 안심할 수 없는 처지에 놓여 있습니다.

2009년 중국의 디지털 산업 비중은 GDP의 40%를 차지했습니다. 1인당 GDP 3600달러로만 견주면 이해할 수 없는 낮은 수치입니다. 그러나 중국의 실리콘밸리로 불리는 베이징 중관춘(中關村)을 가 보면 입이 딱 벌어집니다. 우리나라 전주시보다 넓은 217평방킬로미터의 부지에 2천3백개가 넘는 글로벌 기업들이 둥지를 틀고 있기 때문입니다. 이곳 상디 정보산업단지에는 인근 베이징대, 칭화대 등 국내파 엘리트와 유학파인 하이구이 2만여 명이 미래의 빌 게이츠를 꿈꾸며 밤낮없이 불을 밝히고 있습니다.

흔히 중국인들은 현금선호 습관이 강할 뿐더러 만져보지 않고는 물건을 잘 사지 않는다고 알려져 있습니다. 그런데 2003년 사스(SARS)가 창궐하다보니 집안에 머물며 쇼핑하는 전자상거래가 꽤 괜찮다는 걸 알게 되었다지요. 때마침 에스크로 서비스를 중국식으로 개조한 즈푸바오 결제 시스템이 도입되면서 인터넷 쇼핑에 대한 불안감도 점차 사라지게 되었습니다. B2B 전자상거래를 주도해 온 알리바바(www.alibaba.com)에만 무려 4천5백만 이상의 기업이 회원으로 가입하며 부동의 세계 최고자리를 지키고 있습니다. 2010년 현재 중국의 네티즌 수는 30% 정도에 불과해서 대륙을 완전 관통할 날까지 엄청난 시장이 열려 있는 셈이지요.

중국에선 역사와 전통을 자랑하는 전통 브랜드를 '라오쯔하오(老字号)'라 부릅니다. 베이징덕 카오야로 유명한 식당체인 취안쥐더(全聚德), 한국인들이 주요 고객인 퉁런탕(同仁堂), 500년 역사를 자랑하는 반찬가게 류비취(六必居), 문호 루쉰이 즐겨 찾았다는 과자집 다오샹춘(稻香村) 등 베이징 시내에만 67개의 공인 라오쯔하오가 있지요. 전체 라오쯔하오 중 부동의 1위는 구이저우(貴州)성의 명주 '마오타이'입니다. 이와 같이 다양한 구경제가 앞서 밝힌 신경제와 조화롭게 성장을 견인하고 있는 것입니다.

중국은 현재 차이완(=차이나+타이완) 제국을 건설 중입니다. 양안 경제협력이 그 어느 때보다 공고합니다. 더불어 중국식 모델을 상징하는 '베이징 컨센서스'를 세계 전역에 뿌리내리고 있습니다. 2004년 골드만삭스의 조슈아 레이먼 고문이 처음 사용한 이 말은 미국식 경제모델인 '워싱턴 컨센서스'에 대치되는 국가주도형 자본주의를 뜻하는데, 민주화 수준이 떨어지는 아프리카 국가들이 대부분 중국 모델을 따르고 있지요.

염려스럽게도 북한과의 경협 수준은 거의 경제 식민지배 상태에 가깝지요. 북한의 대 중국 교역액이 73%에 달할 정도로 쏠려있기 때문입니다. 중국은 경제협력을 명분으로 3천7백조 원에 달하는 북한의 지하자원을 야금야금 독식하여 개발권의 70%를 독차지하고 있습니다. 헤이룽장성-지린성-랴오닝성을 잇는 동북3성에 추가하여 북한을 동북4성으로 만들려는 음모도 엿보입니다. 이대로 두다가는 북이 혼란에 빠질 경우, 미국이 이라크와 아프간에 주둔했던 것처럼 중국 군대가 진주할 가능성이 매우 높습니다. 닭 쫓다 지붕 쳐다보는 개 신세가 되지 말란 법이 없습니다.

퍼 주기 논란이 있더라도 남북경협의 끈을 놓지 말아야 되는 이유가 여기에 있지요. 엄청난 파워로 밀고 들어오는 중국에 맞서려면 남북이 똘똘 뭉쳐도 모자랄 판에 서로 문을 걸어 잠그고 대박 타령만 늘어놔선 안 될 것입니다. 이산가족이든 민간기업이든 남북왕래가 잦아져야 통일도 이루어질 게 아니겠습니까.

한중일 경제 삼국지

안현호/나남

● 2020년이 되면 중국의 소비지출이 지금보다 53%나 증가하여 세계 2위에 오를 것으로 전망됩니다. 우리나라가 17% 정도, 미국 일본 EU 등 선진국이 10% 미만에 그칠 것이라는 전망과는 너무도 대조적이지요. 물론 중국경제의 연착륙이 지속적으로 이루어질 거라는 전제 하에 나온 영국 유로모니터의 최신자료이지만 '세계의 공장'에서 '세계의 시장'으로 나아갈 가능성은 충분하다고 봅니다.

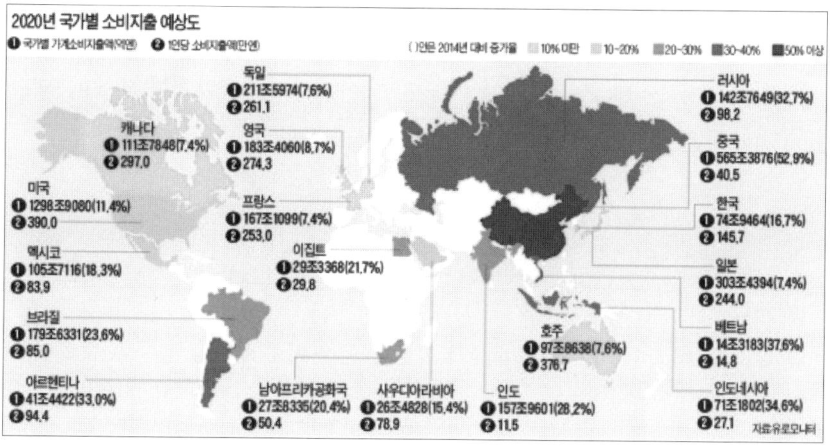

이런 시점에 한중일 3국의 경제 상황을 점검해 보고 우리의 나아갈 방향을 짚어보는 것은 천번만번이라도 의미 있는 일이겠지요. 저는 얼마 전부터 중국어 공부에 열을 올리고 있습니다. 그들의 언어뿐만 아니라 사회 문화 경제 전반에 걸쳐 탐구를 게을리 하지 않는 것은 바로 '올바른 지피지기(知彼知己)'만이 승자의 해법이라고 깨닫기 때문입니다. 경제를 중심으로 한 동북아 3국의 진검승부를 살펴보겠습니다.

중국은 1978년 개혁개방 이후 세계 경제사에서 유래를 찾기 힘들 정도의 비약적인 발전을 거듭하여 G2 대열에 우뚝 섰습니다. 지금은 노벨 경제학상 수상자인 아서 루이스(A. Lewis)가 주장한 '루이스 전환점(개도국이 농촌의 저임금 인력으로 급속한 산업발전을 이루지만 노동력이 고갈되는 시점에 임금이 급등하고 성장이 둔화됨)'을 통과 중인 것으로 평가됩니다. 이 시기에는 요소투입형 성장이 한계에 봉착하여 새로운 성장 동력이 필요하게 된다지요.

또한 중국은 대내외적으로 거대한 2가지 불균형을 해소해야 하는데, 대외적으로는 과도한 무역흑자, 특히 미국 EU 등 선진국과의 무역불균형을 해소해야 하고, 대내적으로는 지나치게 투자 지향적인 경제 의존도를 내수 진작으로 커버해야 합니다. GDP 대비 소비 비중이 2011년 48% 수준으로 미국 86%, 일본 81%, 한국 68%에 비해 낮아도 너무 낮기 때문이지요. 중국 정부가 평균 임금을 매년 20% 이상 인상해 주고 서비스 산업 육성정책을 펴는 것도 다 이런 배경 때문이라지만, 이 과정에 수출-투자는 감소하는데 소비가 생각만큼 늘지 않는 경직상태를 나타낼 우려가 있습니다.

또 하나 간과할 수 없는 것은 체제변화의 연착륙 여부입니다. 중국 경제성장의 이면에는 기존 사회주의 체제를 자본주의 체제로 전환시켜 온 미증유의 시도가 있었습니다. 아직은 미완성 단계라서 앞으로 시장경제 체제의 요소를 더 많이 가미하지 못한다면 비효율이 누적되어 지속적인 발전에 치명타를 남길 가능성도 있지요. 현 시진핑 지도부는 중단 없는 변혁을 강조하고 있어 변화의 파장이 어느 선까지 나아갈지 우리에게 미칠 영향을 주목해야 하는 이유가 여기에 있습니다.

중국이 떠오르는 별이라면 안타깝게도 일본은 지는 별입니다. 1980년대 최고의 전성기를 구가한 후 1990년 '잃어버린 10년'을 겪었고, 2008년 경제위기, 2011년 동일본 대지진 등 연속적인 재난에 기울기의 각도가 더 커진 느낌입니다. 인구가 고령화되어 내수가 지속적으로 위축되는 가운데 일본 기업들은 이른바 '6중고(높은 법인세, 엔고, 전력부족과 높은 전력요금, 환경 규제, 비싼 인건비, 지지부진한 FTA 체결)'로 3분의 2가 열도를 탈출하고자 합니다.

하지만 세계 제조기지 역할을 하고 있는 한중일 중 일본의 제조업이 잔기침을 하면 나머지 두 나라는 폐렴 증세를 보일 수 있음을 알아야 합니다. 그간 일본으로부터 소재부품을 공급받아 한국과 중국이 조립완성품을 생산하는 상호보완적 분업구조를 유지해 오고 있기 때문이지요. 동일본 대지진 이후 각별히 두드러진 일본 기업의 변화 양상은 나머지 두 나라의 수출입, 무역수지, 환율 등에 직접적 영향을 미치므로 그 변화의 정도에 따라 정책의 근본적인 수정이 불가피할 수밖에 없습니다.

한편 일본 기업들은 어려운 상황을 극복하고 살아남기 위해 그야말로 몸부림을 치고 있습니다. 강력한 구조조정, 사업재편, 볼륨 존(Volume zone; 가계 가처분소득이 연간 5천~3만5천 달러인 소비시장, 특히 신흥국 시장에 집중하는 것) 전략의 적극추진, 외국기업과의 적극적인 협력 및 M&A 추진 등이 그것입니다. 이런 과정을 겪으며 일본 기업과 산업은 크게 재편될 것이므로 우리로선 이 또한 예의주시하지 않을 수 없습니다.

위에서 보듯 중국의 비약적인 발전, 일본의 추세적 침체 외에 한국의 꾸준한 일본 추격으로 지금까지의 한중일 분업구조가 크게 변하고 있습니다. '협력보완 관계'에서 '생존을 건 경쟁관계'로 치닫고 있는 것이지요. 이미 조립완성품 분야에서는 3국간에 전면전이 시작되었다 해도 과언이 아닙니다. 자동차, IT 분야 등 겹치는 3국의 주력산업은 승자승 원칙에 따라 한쪽이 세계시장을 제패하면 한쪽은 쪽박을 찰 수밖에 없지요. 수출의 경제성장 기여도가 상대적으로 높은 우리로선 이 경쟁에 밀리게 되면 곧바로 넛 크래킹(Nut-cracking) 상황에 직면할 가능성이 있습니다.

현 상황에서 한중일 간 강점과 약점을 살펴보겠습니다.

국가	비교우위	약점
중국	– 13억 인구의 거대시장 – 다국적기업의 대대적인 투자 – R&D의 대대적인 투자 – 양호한 기초과학 수준 – 전통적인 잠재력	– 자본주의 체제로의 전환에 따른 위험 – 중진국 함정의 위험
일본	– 세계최고의 기술력(첨단소재 장비) – 산업화된 차기기술 축적(특히 녹색 분야)	– 원전사태 이후 제조기지 매력 급감 – 초고령화사회 본격 진입
한국	– 대기업의 빠른 의사결정 및 선제적 투자 – 제조기술을 중심으로 한 조립완성품 분야의 조직 및 능력	– 조립완성품 경쟁력이 소수 대기업 소수 제품에 국한 – 글로벌 경쟁력 갖춘 중소기업 부재 – 고령화사회 본격 진입

표에서 보듯 중국은 13억 인구와 광대한 국토로 대변되는 규모의 힘이 대단합니다. 세계공장을 넘어서 세계시장으로 갈 수 있는 막강한 소비력과 과학기술 투자로 양성되는 전문 인력은 누구도 흉내 낼 수 없는 최강의 경쟁력이지요. 이런 힘을 바탕으로 전 세계 모든 경제요소를 블랙홀처럼 빨아들일 것입니다. 일본도 위상이 점차 약화되고 있지만 여전히 세계 최고 수준의 기술력을 바탕으로 고부가가치 부품 소재 장비 중심의 비교우위를 확보하고 있습니다. 최근 일본경제신문의 조립완성품 분야 경쟁력 조사에 따르면 조사대상 50개 품목 중 한국기업은 스마트폰, TV 등 8개에서 1위를 차지했는데, 이 중 7개가 삼성 제품이었습니다. 퍽이나 불편한 진실이 아닐 수 없습니다. 조립완성품 분야에서 중국의 추격을 뿌리치지 못할 것이 확실시 되므로, 부품 소재 장비 분야에서 일본과의 격차를 줄이지 못한다면 선진국 문턱에도 못가보고 추락할 게 뻔합니다.

그렇다면 한국이 나아가야 할 방향은? 지금이라도 성장전략의 틀을 새로 짜야 합니다. 우선 새로운 성장 동력을 찾아내야 하는데, 오랜 기간 내공을 쌓으며 성공경험이 있는 제조업이 주 역할을 하고 서비스업이 보조 역할을 하는 방식이 이상적이겠지요. 제조업 중에서도 중소 중견기업이 담당하는 부품 소재 장비 분야가 후보 1순위가 되는 것이 좋습니다. 이들이 성장의 주축을 이룰 경우 소득재분배가 이루어져 양극화 현상도 기대할 수 있지요. 대기업의 경쟁력만으로 경제 선진국이 된 나라가 단 한곳도 없음을 명심해야겠습니다.

수출과 내수간의 전략적 선택도 수출 주력, 내수 보조 역할로 설정해야 합니다. 내수가 경제성장에 기여하려면 인구가 일본처럼 1억 명 이상이 되어야 하는데 5천만 인구로선 성장을 견인하기는 역부족일테지요. 이에 대한 대안으로 내수시장의 한계를 극복하는 길은 인접한 인구대국 중국을 '제2의 내수시장'으로 삼아야한다는 것입니다. 한편 지금껏 취해 온 대기업 편향의 수출 드라이브 정책도 고용창출과 소득재분배를 고려한 글로벌 경쟁력 제고라는 공동 목표로 대폭 수정되어야 합니다. 새로운 성장 동력의 창출은 그 동안의 답보적인 정책 한계를 뛰어넘어 산업과 고용, 인력, 경쟁 정책이 연계되고 융합된 패키지 형태로 재정립되어야 한다는 것이지요.

결국 성장 동력의 가장 중요한 원천은 사람이 되어야 합니다. 지난 60여 년간 무에서 유를 창조해낸 우리의 최고 동력은 누구에게도 뒤지지 않는 인적 경쟁력이었습니다. 더구나 로마가 1천년 이상 강대국으로 버틴 힘이 "시스템의 전반적인 재구축"이었던 점을 명심하여 중국굴기에 맞서야 합니다. 지금이 바로 신 인재 발굴과 전략 재수정을 서둘러 논의할 때입니다.

4장.

사회

허기사회

트라우마 한국사회

자기절제사회

새터민을 통해 본 남북한 사회 그리고 통일

역사에서 찾는 지도자의 자격

신뢰가 이긴다

도시의 승리

건강한 경제모델, 프라우트가 온다

우리, 협동조합 만들자

영어 'society'의 어원은
라틴어 'societas'로서 '결합하다' 라는
의미였습니다.
중국어에서는 송나라의 유학자 정이천의
〈이정회서(二程會書)〉에 있는
'鄕民爲社會'라는 말이
사회의 어원으로 인용됩니다.

- 브리태니커 백과사전 -

허기사회

주창윤/글항아리

● 며칠 전 박동규 서울대 명예교수의 강연을 들었습니다. 아버지 박목월 시인은 온 가족이 함께 하는 아침 밥상을 끔찍이도 챙겼다 하지요. 이른 새벽일지라도 자리에 다 모인 아이들을 확인하고 머리와 어깨를 일일이 어루만진 후에야 수저를 들었다는 것입니다. 궁핍함이 배어있던 시절, 스킨쉽과 한 끼 밥으로 허기를 달랜 이 땅의 아버지가 어디 한 둘일까 마는 박 교수는 그때의 애틋함을 사무치게 그리워하고 있습니다.

그때와 달리 지금 우리는 물질이 풍족해진 사회에 살고 있습니다. 허기는 배고픔입니다. 허기사회의 허기는 신체적 허기가 아니라 '정서적 허기(Sentimental Hunger)'를 말합니다. 역설적이게도 채울수록 비워지는 위장, 과잉 속에 허기를 느끼는 것이지요. 탐식환자는 밥을 먹은 후에도 빈 밥그릇을 보며 허기를 느낀다고 합니다. 욕구를 채우고도 갈증을 해소하지 못하는 정서적 허기는 경제적 결핍과 관계적(문화적) 결핍에서 나옵니다. 경제적 배제가 관계적 결핍을 유발하고 상승시키는 경향이 다분하지만 꼭 그런 것만은 아닐 것입니다. 도대체 정서적 허기의 레짐(구조)은 어떻게 형성되어 온 걸까요.

첫째는 '퇴행적 위로'를 들 수 있습니다. 퇴행은 위로의 형식으로 위장된 치유문화를 만들어 내어 과거의 기억으로 치환됩니다. 현재에서 미래로 나아가는 것이 아니라 과거의 어떤 시절로 돌아가려는 심리적 퇴행이나 자기위로에 빠지는 현상이지요. 한때의 웰빙 열풍도 지금은 상술만 난무합니다. 사회적 신분상승의 사다리가 붕괴되면서 자기계발의 내러티브도 현격히 약화되고 있으며 출구가 차단된 상황에서 자살이라는 병적 징후가 만연하고 있습니다. OECD 평균자살률(10만 명당 12.8명)에 비해 무려 2.6배나 많은 10만명당 33.5명의 자살률 자료가 이를 증명하고 있지 않습니까. 박정희, 세시봉, 서태지, HOT, 〈응답하라 1997〉, 〈써니〉 등 자아-퇴행의 경향도 보이며, 〈강남스타일〉, 〈애니팡〉 같은 스낵 컬처(Snack culture)로 퇴행적 위안을 삼고 있습니다.

둘째는 '나르시시즘의 과잉'을 언급하지 않을 수 없군요. 이는 모방욕구를 자극하면서 희생양 메커니즘을 만들고 이상적 자아를 과도하게 열망하게 만듭니다. 20만 명을 끌어들인 〈타블로 학력〉 해프닝이나 2백만 명 이상이 참가한 〈슈스케〉 같은 오디션 열풍은 모방욕망이 과도하게 표출된 문화현상입니다. '나르시시즘을 겪는 사람은 심각한 주관적 공허감에 빠진다'고 정신분석가 컨버그는 말합니다. 현실과 욕망 사이의 골이 점점 더 깊어져서 자존감을 조절하지 못하는 상태로 외부거울에 의존하는 자기 동일시 과정에 무방비로 빠져들고 있는 것이지요.

셋째는 '속물성에 대한 분노'도 한 몫을 하지요. 우리나라 국민 대다수는 세상은 정의롭지 못하고 권력은 속물적이라고 믿습니다. 그 결과로 개인적이기 보다 집합적인 문화 반응으로 분노를 표출합니다. 〈나는 꼼수다〉처럼 풍자의 형식으로 권력에 돌직구를 날리거나 가학적인 사건의 기억들을 들춰냅니다. '씨바, 쫄지마', '깔대기 들이대기' 등 풍자적 추임새는 뒷담화 난장판을 만들지 않았습니까. 또한 마이클 샌델의 저서 〈정의란 무엇인가〉에서 촉발된 사회적 공분의식은 대중문화에까지 분노의 바람을 몰고 왔습니다. 〈도가니〉, 〈부러진 화살〉, 〈변호인〉 같은 영화가 흥행을 끈 이유이기도 합니다.

허기의 상황을 좀 더 살펴볼까요. 호모 사케르(Homo-sacer)는 주권 권력에 의해 배제된 집단을 말합니다. 용산참사, 쌍용차노조원 및 4대강 사업 인부들의 죽음은 권력에 의해 추방되고 배제된 죽음이었습니다. 이러한 배제의 논리는 지금도 전 방위적으로 진행되고 있습니다. 양극화, 비정규직, 청년실업 등이 그 증거이지요. 한편 배제로 인한 불안감은 불안감이 커질수록 밖으로 확장하려는 욕망을 부추깁니다. 때마침 불어 닥친 디지털 테크놀로지의 급속한 보급은 관계 맺기 불을 지피기에 충분했습니다. 스마트폰, 웹, 앱, 클라우드 컴퓨팅 등 하이퍼 매개(Hyper-mediacy)로 신경망을 확장하는 사이에 어느새 과잉연결 시대에 살게 된 것입니다. 관계 과잉은 관계 결핍을 의미하기도 해서 스스로 자신을 달팽이집에 가두고 있기도 합니다. 배재와 과잉, 모순적 두 현상이 우리 사회를 병들게 하고 있는 것입니다.

그렇다면 허기사회를 탈출할 수 있는 해법은 없는 걸까요. 저자는 두 가지, 즉 게릴라와 눈부처가 되라 이릅니다. 바우만에 따르면 현대인은 모두 사냥꾼입니다. 한국 사회도 1997년 IMF 금융사태 이후 사냥꾼의 시대로 접어들었습니다. 그때부터 너나 할 것 없이 사냥감을 포획하려는 생각에 매달렸고 사냥에 참여하지 못한 사람들은 무참히 배제되어 왔습니다. 사냥꾼의 사회에서는 아무도 남을 돌보지 않기 때문입니다. 이들이 바로 정리해고, 비정규직, 자영업자들이지요.

게릴라는 제도화된 틀 속에 갇히기를 거부하고 권력에 저항하는 세력입니다. 이들은 창의적인 사고력과 실천의지를 지니고 있습니다. 2000년대 초반 게릴라들이 처음 구상해 낸 것은 SNS 광장이었습니다. 가상공간에서 진지를 구축하고 현실공간에선 기동전을 펼치기도 했습니다. 한진중공업 사태를 이끈 김진숙은 스스로 노동게릴라가 되었고, 토크콘서트는 게릴라식 문화소통방식을 만들어 내었습니다. 게릴라가 된다는 것은 게릴라 담론을 생산해야 한다는 의미이지요. '나는 대학을 거부한다'는 김예슬의 선언은 무너진 대학교육에 대한 통렬한 비판을 담고 있지 않습니까. 네트워크를 통한 개인적 연대는 새로운 게릴라 공동체를 묶어낼 수 있습니다. 이게 1차 대안입니다.

상대방의 눈동자를 응시하면 그 눈동자 안에 비친 내 형상이 보이지요. 그게 눈부처입니다. 내 모습 속에 숨어있는 부처, 곧 타자와 공존하려는 마음이 상대방의 눈동자로 비춰지는 것입니다. 그래서 눈부처는 내 모습이니 나이기도 하고 상대방의 눈동자에 맺혀진 상이니 너이기도 합니다. 타자를 나처럼 보듬어주고 사랑하는 변동어이(辨同於異) 사상, 이것이 바로 미덕이고 공동선입니다. 이게 2차 대안이이지요.

공허감에 기인하는 정서적 허기를 채우려면 일종의 탈출의례가 필요한데, 한병철, 바우만 같은 철학자는 사색과 성찰을 강조합니다. 상당히 가치 있는 수단임에 틀림없지만 저자는 촛불집회의 또 다른 코드변환이었던 '희망버스'에서 가능성을 찾습니다. 밥그릇싸움으로 전락한 노동운동을 우리 모두의 문제로 승화시킨 공감연대를 실현했기 때문이지요. 눈부처 주체는 세상의 불의와 부조리에 저항해 새로운 세계를 만들면서도 타자의 고통에 공감하고 연대하는 주체를 의미합니다. 허기사회에서 눈부처만큼 아름다운 대안이 또 있을까요.

내 그대 그리운 눈부처 되리
그대 눈동자 푸른 하늘가
잎새들 지고 산새들 잠든
그대 눈동자 들길 밖으로
내 그대 일평생 눈부처 되리.
-정호승 시 〈눈부처〉 일부-

트라우마 한국사회

김태형/서해문집

● "아프냐? 나도 아프다!" 한 동안 유행했던 TV 사극 드라마의 대사입니다. 어쩌면 지금의 한국 사회를 관통하는 우리 모두의 절규가 아닐까 싶습니다. 트라우마(Trauma)? 의학 용어로서 사전적 의미는 '재해를 당한 뒤에 생기는 비정상적인 심리적 반응'이란 뜻이지요. 충격이나 스트레스 등 외부 요인에 의해 생기는 마음의 상처인데, 모든 개인, 모든 세대가 나름의 트라우마를 겪고 있다고 진단합니다.

한국사회가 아플 수밖에 없는 이유는 무엇일까요? 거기에는 계층갈등, 남북분단, 지역감정이란 거대한 심리적 장애물이 가로놓여 있기 때문입니다.

첫째 우월감 트라우마. 누군가에게 무시를 당하면서 사는 사람은 다른 누군가를 무시함으로써 분풀이를 하거나 무시당하기 전에 먼저 남을 무시하는 방어심리를 작동시킵니다. 이때 느끼는 감정이 우월감이지요. 1997년 IMF 재정위기 이후 신자유주의적 승자독식의 원리가 일반화되면서부터 널리 확산되기 시작했고 MB 정부 때 국민적인 질환으로 자리 잡게 되었습니다. 정부와 언론이 앞장 서 시장만능과 돈 중심의 세계관을 부추긴 탓입니다. 인간은 원래 정의롭고 화목한 공동체에 소속되어 서로를 사랑하고 존중하며 살아갈 때에야 비로소 행복해지는 존재입니다. 따라서 가치관 회복만이 유일한 치유책이겠지요.

둘째 분단 트라우마. 1953년 남북분단 이후 불안정한 정전 상태로 인해 생겨난 일종의 집단적 정신병입니다. 레드 콤플렉스와 극우세력 콤플렉스. 한국에서는 공산주의자를 비롯한 진보주의자, 반미주의자 등 우익에 대치되는 세력은 모조리

빨갱이로 몰아붙입니다. 전후세대의 등장과 세계적인 탈냉전 분위기가 레드(북)에 대한 민감 반응을 점차 희석시키고 있지만, 이를 철저히 배척해 온 극우보수 세력이 만들어내는 공포심과 피해의식은 여전합니다. 밀실 공포증과 사회적 생매장에 대한 공포증이 만연한 이유가 여기에 있습니다. 분단 트라우마를 일으키는 주범들로 외세, 극우보수 세력, 월남참전 세력, 개신교 세력, 국가보안법을 꼽습니다. 멋모를 공포를 유발하는 분단 트라우마는 한국 사회가 발전하는데 가장 큰 걸림돌이 되고 있습니다. 근본치유책은 국가보안법을 철폐하는 것입니다. 병적인 레드 트라우마를 양산하는 치명적인 악성종양 노릇을 하고 있기 때문이지요.

셋째 변방 트라우마. 변방은 중심부에서 멀리 떨어진 가장자리 지역을 의미합니다. 서울공화국이라 불리는 중심체제로 말미암아 편애, 방관자, 피학대 콤플렉스가 생겨났습니다. 서울과 영남을 연결하는 편애 벨트, 편애에 기생하고 구걸하는 방관자 집단들, 오랜 차별대우로 자기혐오와 피해의식이 싹튼 호남의 정서가 집단적 트라우마로 정착된 것입니다. 오늘날 변방의 의미는 지리적 의미를 넘어 이념적 정서적 의미로 확장되고 있습니다. 다행히 갈수록 영호남의 차별은 줄어들고 있지요. 변방 트라우마를 치유하려면 지역주의가 아닌 이념 및 계급계층에 기반한 전국적인 진보정당 또는 계급정당이 출현해야 합니다. 안철수 신당이 그 대안이 될 수 있을까요.

어느 사회건 세대 간 갈등이 존재합니다. 헌데 우리나라의 세대 갈등은 유독 성격이 강하고 특색이 완연합니다. 세대별 트라우마를 살펴보겠습니다.

50년대생(좌절세대). 유년기부터 가난과 유신독재, 부모의 권위 등으로 말미암아 거듭된 좌절을 뼈저리게 겪어온 경험이 '좌절 트라우마'를 낳았습니다. 나름 열심히 살아왔지만 이룬 게 적다는 저평가와 실패의식, 비관주의가 미래에 대한 불안감으로 다가옵니다. 이를 극복하기 위해서는 자기혐오감에서부터 자유로워져야 합니다. 부끄럽지 않은 삶을 살아 온 자긍심과 자부심을 복원하는 대신 자식에 대한 대리만족은 멈추어야 하겠지요. 그 대신 이모작 인생을 위한 능력 계발에 심혈을 기울여야 합니다. 노인이 되어서도 세상에 필요한 존재로 인정받고 존경받으려면 스스로 무기력을 떨쳐내야 하기 때문입니다.

60년대생(민주화세대). 상대적으로 건강한 유년기를 보냈고 80년대 민주화운동을 이끌며 체득한 성취감은 중년기에 들어섰음에도 비교적 양호한 정신건강 상태를 유지하게 하고 있습니다. 그러나 마음 한 켠으로는 민주정부 실패, 경제악화 등 청년기 때의 꿈이 이루어지지 않은 것에 대한 '미완성 트라우마'에 목말라 합니다. 다시 한 번 개인적 안락의 밥그릇을 내려놓고 사람답게 사는 삶을 단호히 선택해야 할 것입니다. 합목적적이고 사회개혁적인 공동체 참여가 그 해소책이 될 수 있겠지요. 더 늦기 전에 말입니다.

70년대생(세계화세대). 개인적 편차는 있겠지만 치명적 트라우마를 가장 덜 겪은 세대라서 주눅 들지 않고 청년기까지 세계와 맞짱을 떠 왔습니다. 그러나 성인이 되면서 생애 최초 맛보게 된 좌절, 세계관과 인생관의 붕괴는 정신적 혼란을 야기하면서 집단적 '혼돈 트라우마'에 빠져들게 하고 있지요. 30대가 독서시장을 주도하고 인문학 강좌에도 얼굴을 내미는 현상은 바람직합니다. 여전히 건재한 창의적이고 역동적인 개인적 에너지를 공동체적 목표와 사회개혁을 실현시키는 힘으로 승화시킬 필요가 있습니다.

80년대생(공포세대). 최근 20대의 정신질환 증가율(8.2%)이 삼사십 대보다 훨씬 높다는 것은 이들 세대의 '공포 트라우마'가 얼마나 심각한 지 말해줍니다. 어려서부터 부모(좌절세대)로부터 강요받은 경쟁의식과 일류대학 신드롬은 공포심과 권위에 순응하는 쪽으로 길들여져 왔습니다. 대통령 선거에서 일방적으로 부모 편을 든 투표현상이 이를 방증합니다. 이들에게 절실한 것은 부모로부터의 구속에서 벗어나 독립된 인격체가 되는 것입니다. 좌절-공포 세대 간의 화해와 단합은 바람직한 세대동맹이므로 부모도 끈임 없이 소통하고 이들이 위안과 용기를 주고받을 수 있는 자발적 공동체를 결성하도록 도와주어야 합니다. 사람은 세상에 순응하는 존재가 아니라 세상을 변혁하는 존재이기 때문입니다.

트라우마가 집단적 성격을 띠는 만큼 각 세대마다 저마다의 공동체 결성과 참여를 해법으로 강조합니다. 또한 집단 트라우마의 진원지를 극우보수 세력으로 한정하여 비판을 가합니다. 말하지 않아도 본인이 진보 세력임을 드러내는 것이겠지요. 책을 통해 선동하려는 속내가 엿보이는 것 같아 여간 개운치 않습니다. 게다가 끼리끼리의 공동체는 또 다른 세대갈등을 낳을 공산이 큽니다. 공동체의 생명은 공감과 이해를 그 힘으로 삼아야 할 텐데 말입니다. 세대를 아우르는 열린 대화의 장, 이념을 초월하는 건전한 중도의 공동체로 노선을 수정해 주기 바랍니다.

자기절제사회

대니얼 액스트/민음사

● 미국의 정치가이자 사상가였던 벤자민 프랭클린은 자신이 정한 13가지 도덕률 중 제1의 덕목으로 '절제(temperance)'를 꼽았습니다. 오래 전부터 그 이유를 궁금해 하던 차에 본서를 접하게 되었습니다. 책의 원제는 'Self-control in an Age of Excess'. 현 시대를 과잉시대로 규정하고 자제력의 무수한 사례를 분석한 후 절

제의 기술을 전수하고 있네요.

과잉은 넘치는 잉여를 말합니다. 잉여는 다 쓰고도 남는 나머지를 말함인데 그 정도가 지나친 상태이지요. 즉 현대인들은 온갖 정보가 난무하고 돈이 넘쳐나고 음식이 남아도는 가운데 각종 정신질환과 마약, 도박, 성범죄, 비만 등에 노출된 무절제사회 속에 살고 있다는 것입니다. 과잉은 자본주의의 힘을 등에 업고 유혹의 손길을 뻗칩니다. 신용카드를 남발하여 소비를 부추기고 주택담보대출로 온 국민을 빚더미에 앉힘은 물론 남아도는 음식쓰레기를 적당히 가공하여 고칼로리 음식으로 둔갑시키기도 합니다. 문제는 이러한 유혹에 우리 모두가 무방비로 빠져들고 있다는 것입니다.

미국인들의 주요 사망원인을 살펴보면 자기절제 실패의 흔적을 여실히 찾아 볼 수 있습니다. 1,2위를 다투는 관상동맥질환과 암은 비만, 흡연, 나쁜 식습관, 운동부족 등 비교적 통제 가능한 생활습관에서 비롯되지요. 하지만 미국 사람의 86%가 이를 알면서도 자기절제에는 실패하고 있다는 겁니다. 중독성 때문일까요.

중독성 강하기로 유명한 아편의 한 예를 살펴봅시다. 리 로빈스는 1974년의 연구에서 헤로인에 중독된 베트남전 참전 군인들의 88%가 미국으로 귀환한 지 3년 만에 중독에서 벗어났다고 밝혔습니다. 전쟁의 스트레스에서 벗어나자 전문가의 도움 없이도 스스로 헤로인 사용을 중단한 것입니다. 그러나 무의식 개념을 정립했던 정신의학자 프로이트는 절제의 중요성을 스스로 설파하였음에도 불구하고 본인은 담배 중독으로 사망에 이릅니다. 이처럼 저자는 지위고하에 상관없이 자신의 의지에 따라 자유의지로 이뤄낼 수 있는 것이 절제임을 강변하고 여러 가지 사례를 언급하고 있습니다.

자기절제의 전범은 고대 그리스에서 찾아 볼 수 있습니다. '엔크라테이아(enkrateia; 자기통제)와 아크라시아(akrasia; 의지박약)'. 트로이를 점령하고 고향 이타카로 돌아가는 오디세우스는 자신이 사이렌의 노래에 저항하지 못할 것이라는 사실을 알고 있었습니다. 자신과 선원들의 귀를 밀랍으로 막은 것도 모자라 자신을 돛대에 묶도록 지시하여 무사히 귀향에 성공하지요. 반면 크레타 섬에 갇혔던 이카로스는 밀랍으로 된 날개를 달고 탈출에 성공하지만 아버지의 경고를 무시하고 하늘 높이 날아오릅니다. 결국 밀랍이 태양에 녹아내려 바다에 추락해 죽고 맙니다. 이러한 절제 철학은 플라톤-소크라테스-아리스토텔레스의 계보를 이으며 오늘에까지 전해지고 있습니다.

'카르페 디엠(Carpe diem; 순간에 충실하라)'. 저자는 마지막 장에서 혼자 힘만으로는 최선의 의도를 지켜 낼 수 없음을 인식시키고 자제력과의 전쟁에서 사용할 수 있는 몇 가지 절제의 기술을 이렇게 밝힙니다.

1. 의지력을 키우라. 근력운동으로 근육을 키우듯 평소 자기절제연습(자세 바로잡기, 좋지 않은 기분 버리기)을 통해 전두엽 피질 중 통제와 관련한 영역의 활동을 늘리라는 것입니다.

2. 영혼의 거울을 보라. 실제로 설치한 거울 하나가 속임수를 쓰려는 마음을 없애고 성실한 노력을 경주하려는 자세를 고취시킵니다. 내 행동의 조언자이자 감시자인 친구, 친척, 동료, 이웃은 내 영혼을 살찌울 반려자들이지요.

3. 환경을 활용하라. 각자가 바라는 2차적 욕구(진성 욕구)에 부합하는 환경은 집중력 관리에 큰 도움을 줍니다. 깨끗이 책상을 정리정돈하고 당분간 채팅 프로그램에서 로그아웃해 보십시오. 지갑에서 신용카드를 빼내어 서랍 속에 집어넣거나 도심을 벗어나 녹색공간으로 자리를 옮겨보십시오. 생각은 이처럼 환경에 좌우됩니다.

4. 좋은 습관을 만들어라. 우리가 자신의 의도에 따라 행동할 가능성은 우리가 얼마나 습관적으로 행동하느냐에 달려있습니다. 체화된 습관은 행동을 유발하기 때문이지요.

자기절제와 관련된 문제의 핵심은 우리가 미래를 얼마나 중요하게 생각하느냐에 달려있다고 저자는 강변합니다. 지구온난화, 늘어나는 빚, 지나친 음식섭취로 인한 비만 등 어둡고 두려운 미래의 모습들. 그러나 어떤 계기로 점화된 상황들일지라도 이를 극복할 지혜를 인류는 지니고 있다고 긍정합니다. 다만 누군가 책임을 져야 한다면 차라리 우리 스스로가 지는 편이 낫지 않을까요. 본능이 있는 곳에 절제가 있게 하라! 이 책의 골자입니다.

새터민을 통해본 남북한 사회 그리고 통일

김영하/경북대출판부

● 연두기자회견에서 대통령은 '통일=대박'이라고 표현했습니다. 분단 60년을 맞이한 현실에서 국가의 수반이 꺼낸 표현이라 이래저래 말들이 많았습니다. 그런데 저로선 통일이 정말 대박일까 라는 의문을 품어 보았습니다. 이 책을 통해 통일을 진단해 보고자 합니다.

새터민이란 용어는 지난 2004년 통일부가 공모를 통해 2005년 정초부터 탈북자를 순화하여 부르기 시작한 말입니다. '새로운 터전에서 삶의 희망을 갖고 사는 사람들'이라는 의미를 담고 있지요. 2014년 현재까지 입국한 새터민은 2만 5천명에 달하며 70% 정도가 여성입니다. 이 중 90% 가까이가 노동자 · 무직 · 부양층으로서 오로지 살기위해 북을 떠난 것으로 파악됩니다. 그들의 증언을 통해 본 북한의 실상을 우선 살펴볼까요.

1. 정치. 북한은 김일성에서부터 김정일, 김정은에 이르기까지 조선노동당 일당 독재체제를 세습하고 있습니다. 통치이념으로 주체사상과 선군사상을 내세우지요. 주체사상은 사상에서의 주체, 경제에서의 자립, 정치외교에서의 자주, 국방에서의 자위 등 4대 자주노선을 표방합니다. 강성대국을 이루기 위해 군력 강화에 총력을 기울여야 한다고도 강조합니다. 북한 주민들이 바라보는 정치는 최고지도자와 조선노동당에 모든 권력이 집중되어 자신의 정치적 의사가 수렴되는 일은 상상도 못하고 오히려 통제와 감시의 대상이 되고 있다고 여깁니다.

북한은 1990년 중후반부터 전방위 외교 전략을 내세워 현재 160여 개국과 수교 중이지요. 그 중 중국과는 1961년 조 중 상호우호협력조약을 체결한 이래 혈맹관계를 이어왔습니다. 1992년 중국-남한간 국교 수립이 얼마간의 냉각상태를 불러왔지만 1998년 김정일 체제가 본격 출범하면서 양국 간 친선관계는 더욱 돈독해졌습니다.

2. 경제. 자립적 민족경제 건설을 기치로 중공업 우선정책을 편 북한의 경제는 심각한 산업구조의 왜곡과 함께 생산성에 있어 낙후성을 면치 못하고 있습니다. 특히 1990년 세계화 추세 속에서 비교우위를 잃으면서 식량난, 에너지난, 원자재난, 외화난 등 이른바 경제 4난의 악순환에서 헤어나지 못하고 있지요. 급기야 2002년 장마당(시장)을 허용하는 조치를 내놓았으나 오히려 밑천을 날린 꽃제비들이 양산되었습니다.

비교우위를 점하는 분야가 없진 않습니다. 바로 광물자원 분야입니다. 지하자원이 빈약한 남한과 달리 북한의 광물자원 가치는 3,719조 원으로 남한의 18배에 달합니다. 마그네슘의 원료가 되는 마그네사이트 매장량은 40억 톤으로 세계 1위이고 철광석, 금, 무연탄, 아연, 석회석, 갈탄 등도 세계 10위권 안에 드는 매장량을 자랑합니다. 우월적 지위를 활용해서 헐값에 싹쓸이 하고 있는 중국을 마냥 지켜봐야만 하는 현실이 안타까울 뿐입니다.

3. 사회. 북한의 3대 계층은 최고지도층과 고급간부로 구성되는 핵심계층(28%), 일반 노동자, 기술자, 농민, 사무원으로 구성되는 기본계층(45%), 불순 반동분자로 낙인찍힌 적대계층(27%)으로 나뉘어집니다. 사회주의 체제에 적합한 통치수단으로 '집단주의'를 지배원리로 삼고 있고요. 무슨무슨 동맹 같은 각종 사회단체와 소학교 4년-중고등학교 6년의 의무교육을 거치면서 주체사상에 물들게 됩니다.

세계적인 흐름에 편승하여 북한에서도 컴퓨터의 인기가 높지요. 중국 시찰 중 IT산업의 중심인 중관촌을 둘러 본 김정일이 컴퓨터 통신망 보급에 열을 올렸지만 채팅과 전자게시판(자유게시판) 이외에 인터넷 검색은 극히 제한적입니다. 특이한 것은 도메인 주소가 'http://10.76.1.11(북한최초의 홈피 내나라 주소)' 처럼 숫자로만 되어있지요. 이는 라우터나 네임서버와 같은 필요설비들이 구축되어 있지 않기 때문입니다. 참고로 북에선 프로그램을 깐다는 뜻의 다운로드를 '태운다'고 표현하므로 오해 없기를 바랍니다.

4. 문화. 주체사상은 언어에서도 잘 나타나지요. 고유한 우리말을 적극 살려 쓰자는 뜻에서 한자어, 일본어, 외래어를 순 우리말로 대체한 것입니다. '서로말(대화), 달품(월급), 차마당(주차장), 살결물(스킨로션), 얼음보숭이(아이스크림), 끌신(슬리퍼), 꺾어차기(센터링)' 등 무수히 많지요. 하지만 '강성대국, 결사옹위' 등 사상교육용이나 군사용어는 강한 어감을 살려 그대로 사용합니다. 발음상 두음법칙을 인정하지 않아 '력사, 녀자'처럼 ㄹ ㄴ 을 그대로 쓰고 '원쑤, 뚝'처럼 된소리를 그대로 냅니다.

이렇게 정치 · 경제 · 문화가 딴판인 상황에서도 통일에 대한 염원은 남과 북 모두 지대합니다. 새터민 85%가 관심을 보인 통일은 언제쯤 이루어질까요. 11년 이후라는 답이 47.1%, 6~10년 이내가 21.2%, 5년 이내가 6.7%인 반면 23.1%는 통일이 이루어지기 어려울 것으로 전망합니다. 그러면 통일을 실현하는데 소요되는 비용은 얼마나 들까요. 국내외 기관들이 발표한 추계치를 보면 적게는 2천조에서 많게는 6천조 원이 들 것으로 봅니다. 실제 독일도 통일 이후 지금까지 2조 유로(3천조 원) 이상의 통일비용을 쏟아 부어왔습니다.

통일비용은 크게 대내외 부채, 화폐통합에 따른 채권채무차액 보상 등의 통일관련 직접비용과 실업자, 노인 등의 생계비 지원, 교육기회 보장 등의 위기관리 비용, 북한지역 행정당국에 대한 정부보조금 등 체제전환 비용, 교통통신 교육 의료 주택 등의 경제적 인프라 투자비용에 쓰여질 것입니다. 이에 대한 재원 조달로는 국가총예산 대비 15% 이상을 차지해 온 군사비 부담률을 3~5%로 줄이면서 발생되는 분단비용 감소 차액분과 북한의 국유재산 불하나 매각으로 발생되는 개발자금 충당금, 국공채 발행, 통일기금 조성 및 신설되는 특별 통일세 등이 강구될 수 있습니다.

한편, 통일은 남북한 모두에 사회 경제적 이익을 안겨줄 것입니다. 당장에 국방예산이 연 10조원 이상 줄고 남북한 합쳐 200만 명에 달하는 군인수를 4분의 1 이하로 줄여서 이들을 경제활동에 투입하게 되면 연간 16조원의 소득이 창출되는 효과를 거두게 됩니다. 또한 남쪽의 기술력과 북쪽의 노동력을 결합시켜 산업과 생산요소의 보완성을 증대시키고, 해양과 대륙을 연결하는 물류망을 통해 교역증대 및 물류비용 절감 효과도 거둘 수 있겠지요. 무엇보다도 전쟁의 위험이 해소되고 국제적 위상이 제고되는 비경제적 효과도 톡톡히 볼 것으로 전망되므로 길게 볼 때 대박이 되리란 짐작은 충분하고도 남습니다.

그런데 남북 간에만 합의하면 통일이 순탄하게 이루어질까요. 복잡한 이해관계로 인해 미국, 중국, 일본, 러시아 등 어느 나라도 통일을 반길 것 같진 않습니다. 결국 열강의 틈바구니 속에서 남북 간의 의지가 일치해야 하고 열강들과의 합의를 찾는 해법도 함께 강구해야 겠지요. 독일처럼 일순간 닥칠지 모를 통일의 그날을 위해 미리미리 차근차근 지혜를 짜내야 하겠습니다. 대박은 결코 그냥 대박이 되는 법이 없습니다.

역사에서 찾는 지도자의 자격

김경록 외/꿈결

● 철수(撤收), 철수 또 철수. 새정치연합의 공동대표를 맡고 있는 안철수에 대한 언론의 입방아가 여간 거세지 않습니다. 소신 있는 정치를 펼치기에는 정계의 역풍이 너무 거센 건지, 아니면 그 자신의 정치 내공이 아직 덜 쌓인 탓인지 애처롭기 그지없습니다. 이참에 우리 역사 속의 지도자 8인 중 4인에 대한 리더십을 통해 지도자의 덕목을 한번 헤아려 보겠습니다.

선덕여왕. 신라의 여왕으로서 우리나라 최초의 여왕이기도 합니다. 아버지 진평왕이 아들을 두지 못한 관계로 성골인 첫째 딸 덕만이 왕위에 오른 것이지요. 즉위 3년 연호를 인평(仁平;어질고 화평함)으로 고치고 분황사를 완성하는 등 덕치를 펼칩니다. 그러나 화평한 시대는 그리 오래가지 않았습니다. 즉위 11년 왕위에 오른 백제의 의자왕이 서쪽 전선의 중심기지라 할 수 있는 대야성까지 무너뜨리며 신라를 위협한 탓입니다. 이러한 위기상황에서 여왕이 제시한 국가적 비전은? 놀랍게도 9나라를 복속시키자는 뜻이 담긴 자장대사의 의견을 받아들여 황룡사 9층탑을 짓게 한 것입니다. 고려시대 때 몽고침입으로 불타 버렸지만 80미터 높이로 지어진 당시 동양 최고의 9층탑은 실추된 신라인들의 자존심을 살리기에 충분했습니다. 신라의 건축기술로는 감당이 안 되자 아비지라는 백제 장인을 초빙하여 2년간에 걸쳐 완성했으니 뚝심도 여간 아니지요. 신라왕의 역대 재위기간이 평균 11년이었던 데 반해 장장 16년간 왕위를 지킨 힘은 바로 화합 정신이었습니다. 정적에 가까운 진지왕의 손자 김춘추, 가야계 후손인 김유신의 활약이 두드러지고 대야성 함락시 목숨을 바친 죽죽 같은 변방인들의 충성이 이어져 가장 약체국가인 신라가 삼국을 통일하는 기반이 되었습니다.

왕건. 개성에서 태어난 왕건은 해상활동으로 부자가 된 지방호족 출신입니다. 아버지가 '용건', 할아버지가 '작제건', 이름에서 보듯 성이 없다가 고려 왕실을 세우면서 이름의 앞 자인 '왕(王)'을 성씨로 삼은 것입니다. 저의 시조되시는 신숭겸 장군도 왕건을 도와 고려 개국공신이 된 후 왕건으로부터 '平山 申'가라는 성을 하사받았다 합니다. 궁예, 견훤과의 삼파전에서 왕건이 최후승자가 된 비결은? 바로 중폐비사(重幣卑辭)라고 해서 호족을 대할 때 자신을 낮추고 후하게 베풀었기 때문입니다. 가장 대표적인 사례로 전국 각지의 유력 호족들의 딸과 정략결혼을 맺었지요. 무려 29명의 부인을 두었으니 천지사방이 우호세력이 된 것은 당연한 결과였습니다. 왕건은 이에 그치지 않고 일반 백성들의 세금을 줄여주어 민심을 얻고, 선종 승려들을 후원하여 불교세력도 포용했습니다. 이와 같이 왕건에게서 찾을 수 있는 리더십은 변화에 대한 개방적인 태도와 포용력입니다. 오늘날에도 시대적 과제를 올바르게 인식하고 공동체의 변화와 발전을 이끌려면 왕건의 통합적 리더십을 익혀야 할 것이다.

정도전. 많은 사람들이 이성계를 도와 조선을 건국한 혁명가로 그를 기억합니다. 어머니와 부인을 노비출신으로 둔 개인적인 핸디캡과 고려말기 국내적으로 무인정변, 국외적으론 원 명 교체시기와 맞물려 그로 하여금 새로운 세상을 꿈꾸게 만든 것이지요. 우리 역사상 최고의 개혁가로 불리는 삼봉 정도전의 개혁활동은 크게 6가지로 나뉩니다. 1. 왕위계승과 전제개혁에 대한 강력한 추진, 2. 국제정세 변화에 따른 친명 외교정책, 3. 즉위교서를 통한 민본사상 기초확립, 4. 사병혁파와 군사력 강화, 5. 성리학적 통치이념의 실현, 6. 수신(修身)과 치인(治人)의 결합을 바탕으로 한 사상과 실천의 합치. 이렇게 정치 경제 교육 문학 병법 등 여말선초 격변기에 조선건국의 사상적 기초를 다진 그는 손대지 않은 분야가 없을 정도로 다재다능한 인재였습니다. 안타깝게도 1398년 건국 6년차 1차 왕자의 난으로 이방원 세력에 의해 살해되었지만 짧은 기간 그가 이룬 업적은 600년 조선역사의 주춧돌이 되었습니다. 창업의 정치학을 펼쳤으나 그가 꿈꾼 것은 수신과 치인의 결합, 즉 수성의 정치학이었습니다. 이기적인 권력투쟁 수준을 뛰어넘어 그가 보여준 만민을 위한 통치는 오늘날 지도자의 귀감이 되기에 충분합니다.

세종. 조선건국 26년차인 1418년 네 번째로 왕위에 오른 세종은 누가 뭐라 해도 우리 역사상 최고의 성군으로 꼽힙니다. 그러나 사이가 좋지 않았던 아버지 태종과 어머니 원경왕후 사이에서 태어난 세종(충녕대군)의 어린 시절은 1,2차 왕자의 난으로 삼촌들이 죽어나가고 외삼촌, 형들이 배척당할 만큼 순탄치는 않았습니다. 잘난 체와 고자질을 일삼던 셋째아들 충녕이 임금이 된 것은 큰형인 양녕의 객기 탓이 적지 않았지만 공부면 공부, 운동이면 운동, 예능이면 예능에 두루 조예를 갖춘 그의 자질을 아버지 태종이 높게 산 덕분이기도 하지요. 측우기와 자격루 발명, 훈민정음 창제, 대마도 정벌, 농사직설 외 각종 편찬사업 등 그가 이룬 업적은 이루 헤아리기 힘들 정도입니다. 다방면에 걸친 창조적인 결과물들은 그의 뛰어난 자질과 무관치 않습니다. 더욱 중요한 것은 세종은 창조적인 생각을 하면서도 늘 삼가는 마음과 현자에게 묻는 것을 잊지 않았다는 점입니다. 집현전 같은 싱크탱크 풀을 만들고 자유토론 방식으로 경연 분위기를 살리는 등 지식경영을 주도

했습니다. 세종은 지도자의 덕목을 그만의 능력으로 일깨워준 소통의 달인이었던 것입니다. 남의 말을 경청하는 절제력과 좋은 의견을 놓치지 않는 분별력, 그리고 끝까지 믿고 맡기는 신임력까지 소통의 삼박자에 충실했지요. 또한 범사에 온 마음을 기울이면 못할 게 없다는 유소불위(有所不爲)의 자세와 인재들이 마음껏 기량을 펼치도록 배려한 지식경영 마인드는 통치 내내 한결같았습니다. 소통의 리더십, 위대한 지도자의 필수요건이 아닐까요.

선거일이 다가오면서 출마자들의 발걸음이 빨라지고 있습니다. '모두가 세상을 변화시키려고 생각했지만 정작 스스로 변하겠다고 생각하는 사람은 없다.' 톨스토이의 말입니다. 지도자는 세상을 바꾸는 중심에 선 자들이지요. 그러니 스스로 헤아려 부끄럼이 있다면 물러나는 용기도 진정한 지도자의 덕목이 아닐까요. 올해 선거는 진흙탕이 되지 않길 바래봅니다.

신뢰가 이긴다

데이비드 호사저/알키

● 지금의 박근혜 대통령처럼 신뢰를 강조하는 대통령도 드뭅니다. 15여 년 전 프랜시스 후쿠야마가 펴낸 〈트러스트(Trust)〉란 책을 접하게 되면서 정치철학의 근간으로 삼게 되었다 고 하지요. 영어사전을 들춰보면 'Trust'와 'Reliability' 둘 다 우리말 '신뢰'로 번역됩니다. 그러나 두 단어의 속뜻은 사뭇 다릅니다. 전자는 서로가 인정해 주는 일종의 믿음이고, 후자는 스스로 보여주는 일관된 행동입니다. 문제는 아무리 일관성이 높다한들 상대가 믿어주지 않는다면 온전한 신뢰관계가

형성되지 않는다는 거지요. 양자의 교집합이 진짜 신뢰인 것입니다.

최근 통계자료에 의하면 우리나라 사람들 열에 여덟은 상대를 믿지 않는다고 합니다. '다른 사람들을 신뢰하는가' 라는 질문에 '그렇다'라고 답한 비율이 22.3%에 불과해 OECD 22개국 중 14위에 머무는 저신뢰사회에 살고 있는 것입니다. 2009년 중국에서 열린 세계경제포럼(WEF)에서도 작금의 가장 심각한 문제는 금융위기나 장기침체가 아니라 신뢰와 믿음의 부족이라고 진단했답니다. 불신의 시대, 신뢰우위가 최우선적인 경쟁력임을 명심하고 저자가 일러주는 신뢰 쌓기의 진수를 전수받아 보겠습니다.

그리스나 로마 등 고대 유적지를 가보면 유적들의 잔해 속에 서 있는 기둥들을 보게 됩니다. 이들 단단하고 견고한 기둥처럼 신뢰를 떠받치는 데에도 여덟 개의 기둥이 있다고 합니다.

첫째 기둥_명료함. 사람들은 분명한 것을 신뢰하지 불분명한 것을 신뢰하진 않습니다. 명료한 비전이 있어야 단합이 되고 사기가 진작되며 의욕이 고취되기 때문이지요. 명확한 커뮤니케이션 속에서 직원의 만족도가 올라가고 동료 간의 신뢰가 싹트며 고객과의 갈등도 줄어듭니다. '질 좋은 상품을 할인된 가격으로 판매한다'는 이케아의 기업정신은 명료함의 좋은 예입니다.

둘째 기둥_배려. 누구나 다 남들에게 인정받고 칭찬받고 싶어 합니다. 상대를 인정하고 배려하는 가운데 관계가 회복되는 법이지요. 배려의 네 가지 LAWS 법칙, 즉 경청(Listen), 인정(Appreciate), 관심(Wake up), 도움(Serve others)을 습관화하면 신뢰는 절로 쌓이게 마련입니다.

셋째 기둥_성품. 훌륭한 성품은 진정성에서 나옵니다. 사람들의 눈을 의식하지 않고도 실천하는 습관화된 행동, 이런 성품을 키우는 다섯 가지 방법은 겸손한 자세로, 자신이 추구하는 삶의 원칙과 가치를 실천하며, 깊이 생각한 후 계획하고, 자기 수양과 책임을 다 하는 것이지요.

넷째 기둥_역량. 뛰어난 역량을 갖추어야 사람들을 도울 수 있습니다. 역량의 단초는 배움에 있고요. '어제 보다 오늘 현명해진 사람이 소중하다(에이브러햄 링컨). 늘 깨어 있으라(월트 디즈니). 배움을 멈추는 순간 지도력도 멈춘다(릭 워런)'. 현자들의 말처럼 정기적인 훈련 · 학습 · 독서, 멘토의 경험과 지적 조언, 성찰을 위한 휴식 등이 역량 쌓기의 핵심입니다.

다섯째 기둥_헌신. 숭고한 희생과 헌신은 세상을 바꿉니다. 조지 워싱턴, 마더 테레사, 리 아이아코카 이들의 공통점은 자신의 몸과 마음을 국가와 사회에 헌신한 데 있습니다. 세상을 변화시킨 사람들은 한결같이 대의를 위해 자신을 희생했지요.

여섯째 기둥_관계성. 신뢰는 관계성입니다. 진심을 다해 협력관계를 맺고 타인의 참여를 이끌어내어야 합니다. 끊임없이 질문을 던지고 경청하여 구성원들의 관심도 이끌어냅니다. 자석은 서로를 끌어당기는 힘이지요. 감사하는 태도는 자석 같은 사람들이 공통적으로 갖는 성품입니다. 반면 불평불만과 불성실한 사과는 관계성을 해치는 고약한 입 냄새 같아서 신뢰를 떨어뜨립니다.

일곱째 기둥_기여. 성과 없는 신뢰는 보상 없는 결과와 마찬가지입니다. 성과는 뿌린 대로 거두는 법입니다. 분명하고 명확하게 정량화된 DMA(Difference-Making Action; 변화를 일으키는 활동)를 작성해 보세요. 그리고 관심, 시간, 자원, 기회, 도움을 아낌없이 제공하세요. 말보다 실천하는 힘이 본보기인 것입니다.

여덟째 기둥_일관성. 일관성은 예금계좌와 같습니다. 매일 조금씩 오랫동안 저축해야 안정과 보장이라는 이자가 쌓입니다. 맥도날드는 세계 어딜 가도 늘 똑같은 햄버거를 제공하지요. 일관된 서비스가 브랜드와 평판을 구축한 것입니다. 자신의 현재 모습은 자신이 인생에서 내린 결정들의 총합입니다. 우리가 습관을 만들면 그 다음에는 습관이 우리를 만드는 것입니다.

독재자 아돌프 히틀러는 엄청난 일관성의 소유자였습니다. 생각한 대로 말하고 말한 대로 행동으로 옮겼기 때문입니다. 그러나 애석하게도 그는 역사상 가장 불신 받는 인물 중 하나입니다. 도덕성이 결여된 성품은 죄악의 온상이 됨을 여실히 보여준 사례이지요. 그렇다면 신뢰가 무너진 상황에서 다시 신뢰를 회복할 순 없을까요. 물론 가능합니다. 이를 '신뢰의 변환' 이라 일컫는데, 진실하고 진정성 있게 베푸는 신뢰는 인간관계를 더욱 극적으로 전환시킬 수 있습니다.

정치인들이 권력 다툼을 벌이면서 이구동성으로 부르짖는 것은 '변화'입니다. 국민 대다수가 이전 정부의 잘못을 개선하기 바란다고 여기기 때문이겠지요. 맞습니다. 그러나 본인에게 비리와 부정부패 같은 약점이 있다면 곧바로 위기에 빠질 수밖에 없겠지요. 이럴 때는 즉각적으로 쟁점화 된 문제를 해결하여 빠르게 신뢰를 회복해야 합니다. 과오를 바로 잡는 것은 국민이 아니라 신뢰를 떨어뜨린 위정자 스스로의 몫이기 때문입니다. 아, 우린 언제쯤 불신 없는 고신뢰사회에서 살게 될까요.

도시의 승리

에드워드 글레이저/해냄

● 현재 전 세계 사람들의 절반 이상이 도시에 살고 있습니다. UN자료에 의하면 2050년이 되면 그 비율이 72%로 늘어날 것이라고 합니다. 이 글을 읽는 독자 대부분도 도시에 삽니다. 우리나라 인구 90% 이상이 도시 거주자이기 때문이지요. 뉴욕에서 태어나 줄곧 도시에서 살아 온 글레이저 교수의 도시예찬을 통해 '도시가 어떻게 인간을 더 풍요롭고 행복하게 만들었는지' 살펴보기로 합시다.

고대 그리스의 플라톤과 소크라테스는 아테네 시장에서 논쟁을 즐겼습니다. 중세 이탈리아 피렌체 거리에서 르네상스의 기운이 태동하였고, 근대 영국 버밍엄 거리에선 산업혁명의 불길이 타올랐습니다. 지금 인도 방갈로르에서는 IT산업 바람이 드셉니다. 역사상 거대한 변화의 물결은 모두 도시를 중심으로 이루어졌다 해도 과언이 아니지요. 이러한 도시화의 공통점은 허브 기능에 기인합니다. 지적 능력을 가진 사람들이 모여 들면 다양한 아이디어가 창출되고 이러한 힘의 응집력과 분산력이 점점 더 많은 사람을 도시로 끌어 들이지요.

도시화를 가속화시킨 배경에는 새로운 정보기술, 즉 책과 인터넷의 등장이 자리 잡고 있습니다. 15세기 이후 베네치아 같은 도시가 발전한 배경에는 구텐베르크의 인쇄술 발명으로 책이 보급되기 시작했기 때문입니다. 오죽했으면 인쇄기를 일러 '가장 고귀하고 극단적인 하나님의 은총'이라고 마르틴 루터가 극찬했을까요. 20세기 이후 메가시티가 대거 출현하게 된 배경에는 보다 강력해진 정보전달 수단인 인터넷의 역할이 컸습니다. 빛의 속도로 전달하는 정보망은 세계를 보다 촘촘하게 얽어매었고 경제적 정치적 상업적 허브도시 간을 연결시켜 주고 있습니다.

세계 도처에서 도시가 승리하고 있습니다. 그러나 총체적인 도시의 승리에도 불구하고 쇠퇴하는 도시도 있습니다. 디트로이트가 그 좋은 예입니다. 한 때 200만 이상 인구를 수용했던 미국 러스트벨트(Rust belt; 미국 중서부 북동부를 연결하는 중공업 제조업 단지)의 핵심도시이자 자동차 메카였던 이 도시는 현재 1/3로 인구가 줄었고 시 재정은 파산 상태에 놓여있습니다. GM본사마저 떠나버린 도시의 황량함은 자동차 산업의 몰락이 주된 원인이지만 거대 건축물을 지어 도시 외양만 재건하려한 무모한 시정(市政) 결과가 함께 빚어낸 인재이기도 했지요. 반면 새로운 지식산업(정보 금융 디자인)으로 재무장하며 몰락한 봉제업에서 화려하게 부활한 뉴욕시는 좋은 대비를 이룹니다.

뉴욕은 1세대 마천루 도시입니다. 천상이 아닌 속세의 영광을 앞세웠던 바벨탑의 징벌일까요. 상징적인 쌍둥이 무역빌딩이 지금은 사라지고 없습니다. 그러나 마천루 없는 뉴욕 경제는 상상도 할 수 없다는 것이 저자의 입장입니다. 일할 수 있는 공간이 부족한 도시는 스스로 사람을 배척하기 때문이지요. 엠파이어스테이트 빌딩 등 초고층빌딩의 상당수는 1930년 전후에 지어졌습니다. 1850년경 발명된 오티스의 전동 엘리베이터가 초고층빌딩 건축을 가능하게 만든 것이지요. 맨해튼의 뛰어난 건축가 A.E.레프코트는 20년간 무려 31개의 마천루를 지었는데, 제인 제이콥스 같은 반개발주의자들에 의해 높이 규제에 직면하기도 했습니다.

규제와 보존. 제이콥스의 주장대로 그리니치빌리지 정도의 낮은 도시경관만 유지했더라면, 도심으로 연결되는 고속도로를 덜 건설했더라면, 뉴욕은 세계 제일의 도시 자리를 내놓아야 했을지도 모릅니다. 이에 대한 실패 사례로 인도의 뭄바이를, 성공 사례 중 하나인 미국 남부의 휴스턴과 비교해 보겠습니다.

인도 최대도시 뭄바이는 1천4백만이 넘는 시민으로 들끓습니다. 그런데 용적률을 제한하는 영국의 정책을 반영하여 고층건물을 규제한 결과이지요. 그 결과 도시로 몰려오는 이주자들을 좁은 공간에 몰아넣은 것도 모자라 스프롤(Sprawl; 도시확산) 현상이 빈민가를 양산하는 결과를 낳고 말았습니다. 반면 미국 남부에서 제일 잘 나가는 도시 휴스턴은 개발규제를 전면 철폐하고 있습니다. 초고층이 들어서고 인근에 「더 우즈랜드」 같은 친환경 신도시가 조성되는 만큼 인구가 늘고 도시는 활기가 넘쳐납니다. 무덥고 습기 찬 나쁜 기후 조건에도 불구하고 미국 중산층들이 대거 휴스턴으로 몰려온 덕분입니다.

이와 달리 세계적으로 탈도시화를 부르짖는 사람들의 수가 늘고 있습니다. 우리나라도 귀농 인구의 증가로 도시인구비율이 약간 줄어든 상황이지요. 그러나 냉정히 말해 도시와 농촌 생활 중 어느 쪽이 더 나을지 과학적으로 비교해 본 적이 있던가요. 우선 지구환경에 미치는 탄소배출량을 비교해 볼까요. 미국인은 1인당 연평균 20메트릭톤(1000kg을 1ton으로 하는 무게단위)의 이산화탄소를 배출합니다. 이는 영국 10톤, 이탈리아 8톤, 프랑스 7톤, 중국 5톤, 인도 1톤에 비해 현저히 높은 수치입니다. 20톤 중 주거용 에너지와 자동차에서 나오는 탄소량이 각각 20%를 차지하는데, 예상과는 달리 도시가 아닌 곳의 가구당 연료 사용량이 70%나 더 많은 것으로 조사되었습니다. 이는 도시 거주자의 집 규모가 더 작아서 열효율이 높은데다 대중교통 수단을 더 많이 이용하기 때문이었습니다. 따라서 '도시화=환경파괴' 라는 등식은 전혀 근거 없는, 오히려 그 반대 결과를 보여주고 있습니다.

또한 성공한 도시로 분류되는 뉴욕, 도쿄, 싱가포르, 홍콩 등의 실소득 수준을 그렇지 않은 나라 또는 자기 나라의 다른 곳과 비교해 보면 수 배~수백 배의 차이를 보입니다. 도시는 다양한 기회를 제공하고, 그 속에 사는 사람들은 혼잡함 속에서 성공과 실패를 관찰하여 새로운 정보의 흐름을 읽어냅니다. 이러한 관찰, 청취, 학습 과정을 통해 성공의 길이 확대재생산 되는 것이지요.

평평한 세계, 점점 높아지는 도시. 도시화 바람은 더욱 비대한 도시를 탄생시킬 것입니다. 저자는 중국과 인도의 도시화 추세에 주목합니다. 개발도상국의 가난한 사람들은 점점 더 도시로 몰려들고 있습니다. 두 거대국가의 경제성장을 우리 모두 축하해줘야 하겠지만 도시화를 빌미로 난개발과 환경 파괴를 일삼을까 봐 걱정입니다. 이미 그런 전철이 미국 내에서도 공공연히 자행되었으니까요.

그런 점에서 도시의 승리는 교육 함양과 효율 제고를 근간으로 삼아야 합니다. 잘 학습된 시민들이 많을수록 도시는 발전하고 풍요로워지니까요. 또한 도시가 사람의 공간인 만큼 자연을 자연 그 자체의 공간으로 남겨 두어야 합니다. 자연은 넓게, 도시는 높게 가꾸는 게 정답이 아닐까 싶습니다.

건강한 경제모델 프라우트가 온다

다다 마헤시와라난다/물병자리

● 본제가 〈After Capitalism: PROUT's Vision for a New World〉, 즉 '자본주의 이후 새로운 세상을 위한 프라우트의 비전'입니다. 세계적 지성으로 추앙받는 미국 MIT 대학의 노엄 촘스키 교수는 서문에서 신자유주의가 민주주의를 더욱 약화시키고 있다며 인도의 영성가 프라밧 란잔 사카르가 1959년 주창한 '프라우트(PROUT; Progressive Utilization Theory; 진보적 활용론)'를 대안으로 제시합니다. 프라우트는 사카르가 결성했던 영적 조직체 〈아난다 마르가(Ananda Marga; 지복(至福)의 길)〉의 청사진으로서 '만인의 복지를 위한 사회적 경제적 재구성 방안'을 담고 있습니다.

빛바랜 대안 모델이 다시 부각되고 있는 것은 전 지구적으로 만연한 자본주의의 위기와 경제 불황과 관련이 깊습니다. 자본주의는 태동 이래 수백 년 간 많은 경제발전을 일궈 온 원동력이었음에도 이윤추구, 이기주의, 탐욕정신이라는 태생적인 세 가지 모순으로 말미암아 붕괴의 조짐을 보이고 있지요. 힘센 자만이 싹쓸이 하는 승자독식 자유방임 방식은 부의 과다한 편재와 다수의 가난을 불러왔습니다.

세계 최상위 52명의 재산이 세계 절반 인구의 전체소득을 능가하고, 그 절반인구인 35억 명 가량은 하루 2달러 미만으로 연명하고 있습니다. 3명 중 1명은 전기 없이 살며, 4명 중 1명은 하루 1달러로 살고, 5명 중 1명은 마실 물이 없지요. 성인 6명 중 1명이 굶주림에 시달리는 현실에서 누가 대안을 부르짖지 않겠습니까. 사카르는 묻습니다. "우주 전체의 부는 모든 우주 구성원의 공동 재산이다. 어떤 이는 호화롭게 뒹굴며 살고 어떤 이는 굶주림에 떨다 기아로 죽어간다면 이런 체제의 정당성을 어떻게 인정할 수 있겠는가"라고요.

프라우트의 핵심철학은 '네오휴머니즘(Neo–humanism)'입니다. 우리의 정서가 편협한 이기심에 끌리는 것을 초월하여 전 인류가 한 가족이라는 동질성을 갖도록 확장하는 것을 말합니다. 나아가 생명체 간의 그물망이라 할 수 있는 프라마(Prama; '역동적 균형'을 지칭하는 산스크리트어)의 중요성을 강조합니다. 프라마가 상실될 경우 혼란-분열-퇴보의 과정을 거쳐 삶의 균형이 깨져 버리기 때문이지요. 그 결과로 우울과 폭력, 자살 등 사회병리적 현상이 나타날 수밖에 없는데, 이를 회복하는 방법으로 영적 수련(명상)이 언급됩니다.

프라우트의 5대 기본원칙은 이러합니다.

1. 개인은 소속공동체의 허락이나 승인 없이 물질적 부를 축적해선 안 된다. 지

구촌의 한정된 물질적 자원을 사회가 인정하는 범위 내에서 잘 활용하고 나누어 가지라는 것입니다.

2. 우주의 모든 감각적 초감각적 영적 잠재가능성을 최대한 활용하고 합리적으로 배분해야 한다. 우주의 모든 자원을 경제적 기술적으로 잘 이용하되 부가 편중되지 않도록 하라는 것입니다.

3. 개인과 집단이 지닌 형이하학적 형이상학적 영적 잠재력을 최대한 활용해야 한다. 진정한 공동선은 개인의 이익과 집단의 이익이 합치하는 것이라는 의미입니다.

4. 이들 다차원적 잠재성을 활용할 때는 상호간에 적절한 조정을 필요로 한다. 이 말의 바탕에는 지역 내 자급자족이 최우선이고 남는 잉여물을 상호 교환하라는 뜻이 담겨있습니다.

5. 활용 방법은 시간 장소 사람에 따라 변화되어야 하며 진취적인 방법이어야 한다. 변화가 계속되어야 함을 인정하는 것으로 역동적 균형을 원칙으로 삼으라는 뜻입니다.

프라우트에서는 대중의, 대중에 의한, 대중을 위한 경제 민주주의를 구현하고자 합니다. 성공적인 경제 민주주의를 위해서는 네 가지 전제조건, 즉 최저생계가 보장되어야 하고, 구매능력이 점진적으로 늘어나며, 의사결정을 스스로 할 권리를 가지며, 외부 간섭을 배제하는 것이 전제되어야 한다는 것이지요. 이런 조건을 전제로 제시되는 3단계의 경제구조는 소규모 개인사업-협동조합-대규모 기간산업입니다.

소규모 개인사업. 소규모 가족기업, 음식점, 소매상, 수공예품점, 예술가, 개인 발명가 등은 자영업 형태를 선호할 것입니다. 개인기업이 상한선에 이르면 지체 없이 협동조합으로 나아가야 합니다. 한 사람에게 부가 무한정 축적되는 것은 사회적으로 바람직하지 못하기 때문입니다.

협동조합. 프라우트 경제구조 중 가장 핵심적인 형태입니다. 공동경영을 통해 기업을 관리하고 발전시키는 것이 가장 바람직하기 때문이지요. 성공적인 협동조합의 요건으로 세 가지를 꼽는데, 첫째는 정직하고 신뢰할 수 있는 지도자입니다. 둘째는 투명한 회계를 바탕으로 하는 엄격한 관리입니다. 셋째로는 조합제도를 진지하게 받아들이는 공감의식입니다.

대규모 기간산업. 협동조합으로 하기에는 규모가 큰 사업, 즉 수송, 에너지, 통신, 국방, 광업, 정유, 석유화학, 철강 등은 대규모 투자를 필요로 하며 지역적으로 분산시키기도 어렵습니다. 이런 핵심 산업은 정부가 나서는 공익사업으로 추진할 것을 권합니다.

앞서 말한 대로 프라우트는 협동조합 체제를 적극 지지합니다. 오직 협동조합만이 인류의 보다 건전하고 통합된 진보를 보장할 수 있으며, 서로간의 완전하고도 영속적인 단결을 보장할 수 있다는 것이지요. 또한 협동조합은 농업과 공업 분야에 있어 최선의 제도라 여깁니다. 사카르는 농업에 종사하는 인구비중이 20%를 밑돌면 심각한 경제적 불균형이 초래된다고 경고했습니다. 식량자급도가 30%에 불과한 일본의 경우 겨우 4%만 농업에 종사하고 있습니다. 지나친 산업화를 좇아 자연으로부터 유리된 삶을 살아갈수록 혼란과 소외감, 심리적 타락이 늘어난다는 것이지요. 아베의 망언이 그 때문일까요. 일본보다 더 한 우리로선 귀담아 들어야 할 대목입니다.

지금의 자본주의는 위기에 놓여있습니다. 인류의 3분의 2(약 40억)를 최저수준 이하의 삶으로 몰아넣는 범죄를 저지르고 있기 때문이지요. 프라우트가 강조하는 5대 원칙과 소속공동체(협동조합) 이념은 구도자적 생활원칙과 일치합니다. 수도승의 하루는 명상과 사색, 기도로 이어집니다. 끝없이 난무하는 오늘날의 자본주의적

이윤추구와 이기심에 이런 영성을 보태야만 프라우트가 제대로 힘을 발휘할 수 있지 않을까요.

함께 하는 세상이 되어야 비로소 우리 모두는 진정한 삶의 동료가 될 수 있습니다. 동료를 뜻하는 영어 Companion의 어원이 '빵을 나누어 먹는다.' 임을 망각하지 말아야겠지요.

우리, 협동조합 만들자

김성오 외/겨울나무

● 2012년 12월 협동조합기본법이 발효된 이래 1년이 지난 2013년 말까지 전국적으로 3000여개의 협동조합이 생겨났습니다. 한 달 평균 255건인 셈이지요. 업종별로는 도소매업이 30% 이상인 가운데 교육서비스업, 농어업, 제조업의 순으로 나타났습니다. 지역별로는 서울 885건(29.0%), 경기419건(13.7%), 광주 248건(8.1%), 부산 183건(6.0%)의 순입니다. 그야말로 열화와 같은 협동조합 창업바람이 전국을 강타하고 있네요. 그러나 내막을 들여다보면 평균 고용인원 3.1명에다 출자금이 1천만 원을 밑도는 조합이 65%를 차지하여 부실의 위험성을 안고 있습니다.

본격적으로 들어가기 전에 우리의 경제 실상을 잠깐 살펴볼까요. 우리나라는 자영업의 천국이라 불립니다. OECD 평균 10%대에 비해 25%(600여만 명)를 육박하니 경제활동인구 4~5명 중 1명꼴로 그 종사자가 많기 때문입니다. 약국, 병의원 조차도 대부분 이에 속합니다. 문제는 이 중 25% 이상만이 흑자를 내고 있다고 답해

지역경제 활성화에 걸림돌이 되고 있다는 점입니다. 더욱이 그 정도가 갈수록 악화되고 있어 지옥에 다름없습니다. 이 시점에 묻지 않을 수 없군요. 당신의 가게는 안녕하신지.

협동조합의 역사는 1800년대 초 영국으로 거슬러 올라갑니다. 당시의 산업혁명은 노동자 착취를 일삼았습니다. 만 7세 이상 유아노동에다 하루 평균 18시간 노동을 강요했습니다. 뉴라나크 방적공장 공장주였던 로버트 오언은 이런 현실을 안타깝게 여겨 인간적으로 대우하면서도 사업이 번창할 수 있음을 보여주고 싶어 했습니다. 청소년노동자는 하루 절반만 일을 시키고 나머지 절반은 학교에서 공부하도록 하였으며 성인노동자의 근로시간은 14시간으로 줄였습니다. 또한 방 두 칸짜리 사택을 지어주고 생필품 가게를 열어주었습니다. 지금 보면 별 거 아닌 배려인데 당시로선 획기적인 조치였으며 이런 움직임이 조금씩 번져나간 것이 협동조합의 효시이지요.

오늘날 지구상에 존재하는 협동조합 수는 170만개를 헤아립니다. 조합에 참여하는 조합원 수는 10억 명에 달해 전체 경제활동인구의 1/5를 차지하고 있습니다. 이 중 바르셀로나 축구팀을 소유한 스페인의 몬드라곤은 협동조합의 기적으로 불릴 만큼 성공적이지요. 거금 2천만 원을 출자해야 조합원이 되지만 100% 고용을 보장하며 해마다 잉여배당을 지급하고 퇴직연금도 따로 줍니다. 통상적인 협동조합들과 달리 가입 탈퇴가 덜 자유로운 반면 확실한 고용과 적정 수익을 보장하고 신규조합원의 일자리를 창출하는 것입니다. 이처럼 성공적인 사례들이 선진국에만 편중되어 있는 점은 신뢰와 나눔, 협동을 바탕으로 하는 협동조합에 대한 의식수준 차이에 기인하는 바가 크기 때문입니다.

흔히 협동조합을 이타경제라고 부릅니다. 자본과 경쟁, 이익 중심으로 대변되는 주식회사와 달리 사람과 협동, 나눔 중심으로 상징되는 협동조합의 7가지 원칙을 살펴보는 것은 매우 의미 있는 일이지요. 이는 지난 1937년 국제협동조합연맹 총회에서 처음 채택된 이래 1995년 맨체스터 총회에서 다시 수정 채택된 내용입니다.

제1원칙 **자발적이고 개방적인 조합원 제도.** 현행법에 의하면 5인 이상의 출자로 설립이 가능합니다. 또한 소액의 출자금으로 조합원이 될 수 있으며 원하는 때에 출자금을 돌려받고 탈퇴할 수 있습니다. 이는 달리 말해 다수 조합원들의 지지를 받지 못할 경우 언제라도 붕괴될 수 있다는 뜻이기도 합니다.

제2원칙 **조합원에 의한 민주적 관리.** 주식 보유수에 따라 끗발을 부리는 주식회사와 달리 철저하게 1인 1표제를 고수합니다. 1인이 총 출자금의 30%까지 출자할 수 있지만 발언권과 의결권은 똑같이 주어집니다. 따라서 돈의 힘에 따라 경영 질서가 지배되는 것이 아니라 사람들의 지지와 소통하는 힘에서 절제된 권력이 형성됩니다.

제3원칙 **조합원의 경제적 참여.** 협동조합은 잉여금을 출자금의 액수 또는 조합원의 이용실적에 따라 배당합니다. 하지만 법에 의하면 출자금에 따른 배당은 10% 이내로 제한하는 반면 이용실적에 따른 배당을 50% 이상 하도록 의무화하고 있지요. 이는 이용실적, 즉 경제적 참여를 하는 조합원의 기여도를 높여 계속기업으로 성장 발전해 나가라는 지침이라 여겨야 합니다.

제4원칙 **자율과 독립.** 협동조합은 엄연히 조합원들이 십시일반 출자한 자율적이고 독립적인 조직체입니다. 만약에 정부나 지자체의 도움을 받게 된다면 그들의 규제와 간섭을 피할 수 없을 것입니다. 농림부장관이 중앙회장을 임명하는 우리나라 농협은 엄밀히 말해 무늬만 협동조합인 셈이지요. 정부지원에 의존하는 사회적기업과 혼동하지 말아야 할 핵심 원칙입니다.

제5원칙 **교육, 훈련 및 정보의 제공.** 법은 반드시 일정액을 조합원 교육비로 써야 하고 이를 공개해야 한다고 규정하고 있습니다. 사업의 전반적인 소통과 공유, 조합원의 혁신적 사고를 도출하는 것은 사업 성패를 크게 좌우합니다. '돌격 앞으로'가 아니라 '다함께 차차차' 가 협동의 근본임을 명심해야 합니다.

제6원칙 **협동조합간의 협동.** 협동조합의 태동은 대개 경제적 약자로 이루어지는 경우가 많습니다. 거대기업에 맞서는 힘은 상당부분 협동조합간의 연대로 극복해야 합니다. 지역을 넘어 동종간 이종간 연합활동을 모색하는 지혜가 필요한 것이지요.

제7원칙 **지역사회에 대한 기여.** 앞으로의 미래는 고용창출 없는 경제성장이 지속될 것입니다. 기술혁신이 더 이상의 고용증대를 필요로 하지 않기 때문입니다. 2012년을 세계협동조합의 해로 선포했던 UN도 가장 강력한 고용증대 창구로 협동조합을 꼽았습니다. 지역사회를 기반으로 하는 협동조합이 그 역할을 담당해야 함은 당연한 원칙이 아닐 수 없습니다.

2013년 말 현재, 사업상 관심을 가질 수밖에 없는 수도권 약사회에 2개의 협동조합이 만들어졌고 앞으로도 여러 지방에서 협동조합을 결성하려는 움직임이 부산합니다. 바람직한 현상이 아닐 수 없습니다. 하지만 대부분 공동구매를 통한 조합원의 수익증진에 포커스를 맞추고 있습니다. 이는 자칫 님비(NIMBY:Not In My Backyard) 현상으로 비쳐질 수 있지요. 좀 더 대의적인 발기 목적과 창업 정신이 절실합니다. 건강을 돌보는 일이 어디 상품판매로만 그칠 수 있을까요. 그릇된 상업정보에 휘둘리는 소비자, 늘어나는 노인문제, 점점 황폐화 하는 지구환경 등 약사회가 관여해야 할 사업 아이디어가 어디 한 둘 인가요. 시류에 빠져 오판하지 않기를 바랍니다.

"빨리 가려면 혼자 가고, 멀리 가려면 함께 가라." 아프리카 속담을 음미해 봅시다.

5장.

경제·경영

승려와 수수께끼

창업의 시대

손정의의 상식을 파괴하는 비즈니스 테크닉

변화는 사막에도 비를 뿌린다

고객을 사로잡는 Why 마케팅

운명을 바꾸는 10년 통장

부자들은 왜 장지갑을 쓸까

불안한 원숭이는 왜 물건을 사지 않는가

문제는 경제다

21세기 경영자는
인간의 아픔, 정서, 욕구를 파악할 줄 아는
감수성으로 고객의 수요를 읽어야 하며,
과학과 기술 역시
예측한 수요를 충족시킬 수 있는
수단으로써 이해해야 합니다

- 서울대 명예교수, 윤석철 -

승려와 수수께끼

랜디 코미사/럭스미디어

● 안철수가 KAIST 교수 시절, 기업가 정신의 교재로 채택하면서 유명해진 책입니다. 1999년 오토바이로 미얀마를 여행하던 중 만나게 된 노스님의 수수께끼를 서문으로 삼고 있습니다. "계란을 1미터 아래로 떨어뜨리면서 깨뜨리지 않으려면 어떻게 해야 할까요?" 여러분도 이 글을 다 읽은 후에 답해 보기 바랍니다.

줄거리는 www.funerals.com, 즉 장례용품 사이트를 만들려는 레니라는 사람의 사업제안을 접하는 것으로 시작됩니다. 그는 최근 아버지를 여의면서 장례비용이 터무니없이 비쌌다는 데 착안, 이 분야의 온라인 시장을 선점함으로써 고수익을 얻게 될 꿈에 부풀어 있습니다. 투자자들을 끌어들이기 위해선 실리콘밸리에서 알아주는 경영자문가인 저자의 도움이 절실했던 것이지요.

확인해보니 장례용품의 시장규모는 상당히 컸습니다. 벤처창업의 3요소로 시장-사업성-팀원 구성을 꼽을 수 있는데, 시장이 큰 것은 대단한 장점이지요. 그러나 장례용품을 값싸게 공급하고자 하는 것을 핵심역량으로 내세운 레니의 계획은 무모하기 짝이 없었습니다. 언제든 더 강한 경쟁자가 진입할 수 있는 여지가 많은 데다가 의욕만 앞섰지 일을 감당할 전문가도 제대로 갖추고 있지 않았으니까요.

저자는 자신을 찾아온 레니에게 되묻습니다. 이 일이 평생을 바쳐도 좋을, 꼭 하고 싶은 일이냐고. 레니의 답은 엉뚱합니다. 이 일로 돈을 벌면 정작 자신이 하고 싶은 일은 따로 있다고 말입니다. 하버드 로펌 출신으로 대형법률회사 변호사의 길을 버린 그 역시 중요한 것을 잠시 뒤로 미루는 인생계획에 따라 애플 등 기업을 옮겨 다녔습니다. 성공과 부를 성취한 후에야 사업의 겉과 속을 헤아리는 지혜를 터득하게 되지요. 해야 할 일 대신에 하고 싶은 일을 해야 한다는. 따라서 목표나 성과에 집착하려는 의욕(drive) 대신 진정 자신의 내면이 원하는 열정(passion)을 불태우라고 조언합니다.

그러나 레니의 의욕은 쉽사리 꺾이지 않습니다. 저자의 조언을 받아들이면서도 더 값싸게, 더 빨리 관을 팔아치울 생각에 집착할 뿐입니다. 투자자들이 제안서를 덮을 즈음 그의 친구 앨리슨이 등장합니다. '상실감과 슬픔에 잠긴 사람들을 돕는 일'로 사업 정의를 내릴 만큼 생각이 바른 친구이지요. 그를 통해 가능성을 엿본 저자는 사업의 전면적인 재수정을 요구합니다.

마침내 funerals.com은 circle-of-life.com으로 재탄생합니다. 단순히 장례용품을 저렴하게 팔아먹는 쇼핑몰에서 삶의 막바지에 접어든 당사자와 그 가족들을 위한 커뮤니티 사이트로 변화시킨 것입니다. 시한부 환자의 고통과 유족들의 슬픔을 덜어주는 네트워크 구축을 통해 멀리 떨어진 가족 친지를 한데 끌어 모으고 장례식장과 호스피스, 사회복지사, 종교단체 등 관련시설이나 단체와 제휴하여 원활한 장례를 치르도록 돕자는 것이지요. 사이트 명처럼 삶의 선순환을 지향한다는.

이야기가 해피엔딩으로만 끝날까요? 실리콘밸리에 첫발을 내딛고자 하는 레니에게 성공이 꼭 보장되리란 법은 없었습니다. 변화하는 세계에서 스스로 통제할 수 있는 건 거의 없다시피 하니 통제 밖의 변수에 의해 실패가 빈번히 초래될 수 있음을 자각합니다. 창업지망생들에게 저자는 말합니다. "당신이 똑똑하다면 위험부담은 15 내지 20% 감소하겠지요. 거기다 부지런하다면 15 내지 20% 더 감소할 수 있을 것입니다. 그러나 나머지 60 내지 70%의 위험부담은 당신 영역밖에 있어서 절대 통제할 수 없음을 깨달아야 합니다." 통제 불가능한 이런 사업상의 위험부담을 담보로 원치 않는 일에 인생을 낭비하는 것은 얼마나 어리석은 일일까요.

실리콘밸리의 리더십도 새겨들을 만합니다. 개에 비유하여 첫 번째 단계는 레트리버(사냥감을 물어오도록 훈련받은 수렵견) 같아야 한답니다. 일관성 있는 비전 하에 핵심팀을 구성하고 제품과 서비스를 개발하여 시장의 방향을 잡아 놓아야 하지요. 이때는 끈기와 창의력이 필요합니다. 두 번째 단계는 블러드 하운드(뛰어난 후각을 자랑하는 사냥개 일종) 같아야 합니다. 시장에서 돈 냄새를 맡고 회사의 입지를 다져야 한다는 것이지요. 이때는 방향감각과 규모 확장기술이 필요합니다. 세 번째 단계는 허스키(동시베리아에서 유래된 썰매견) 같아야 합니다. 임직원을 책임감 있게 통솔하고 매일 비중 있게 성장하는 팀으로 이끌어야 한다는 것인데, 이때에는 일관성 있는 태도와 결단력이 중요합니다. 불세출 스티브 잡스에서 보듯 리더의 역할과 적절한 교체가 얼마나 중요한 지 새삼 느끼게 됩니다.

저자의 최종적인 요지는 '총체적인 인생설계만이 개인적인 성공을 이끈다'는 것입니다. 비록 내일 죽더라도 보람과 만족을 무덤까지 가져갈 수 있는 설계를 해야 한다고요. 렘브란트의 〈야경〉에는 당시 잘 나가던 후원자들이 불멸을 꿈꾸며 자신들의 모습을 그리도록 한 흔적이 남아 있습니다. 하지만 지금 와서 그들을 기억하는 이는 아무도 없습니다. 오로지 후세에까지 명성이 이어져 온 가난한 화가 렘브란트만 남아 있을 뿐이지요.

"열정을 다해 가장 소중한 재산인 시간을 아껴 가장 의미 있는 일에 힘써라." 그의 마지막 충고가 아직도 귀에 쟁쟁합니다.

창업의 시대

윤성구/비아북

● 우리나라 경제활동인구의 1/5은 자영업자입니다. OECD 평균 보다 무려 20%가 많을 정도로 기형적인 구조입니다. 그러나 경제가 발전해도 고용은 늘지 않는 세계적인 추이를 우리라고 피해갈 순 없을테니 어쩔 수 없는 일이지요. 문제는 자영업자 중 1/4만이 흑자를 낸다는 데 있습니다. 나머지 3/4은 겨우 먹고 살거나 견디다 못해 문을 닫습니다. 이런 일이 반복되다보니 불신과 반목이 끊이지 않습니다. 피할 수 없는 창업의 시대, 차라리 당당히 맞서 성공신화를 일궈내야 하지 않을까요.

모범사례로 아마존닷컴을 창립한 제프 베조스를 꼽을 수 있습니다. 명문 프린스턴대를 수석 졸업한 그는 연봉 100만 달러(한화 10억)의 안정된 회사를 그만 두고 1994년 1년간 아마존닷컴 창업에 몰두합니다. 자신의 말대로 '인생을 되돌아보고 후회할 일을 가장 줄이는 모험'을 선택한 것이지요. 치밀한 사업검증과 시장분석, 과감한 판단과 철저한 준비가 잘 조화를 이룬 한 편의 드라마 같은 성공신화를 우리라고 성취하지 못하란 법은 없습니다.

저자는 6가지 성공원칙을 제시합니다.

제1원칙 첫 단추를 잘 끼우자. 우공이산(愚公移山). 우직한 사람이 산을 옮기지요. 산을 옮겨야 할 목표가 없다면 아무 것도 할 수 없습니다. 백년기업을 꿈꾼다면 허황된 꿈을 버리고 현실을 직시해야 할 것입니다. 우리나라 업종별 5년 미만 휴폐업율을 비교해 보니 평균이 59.5%더군요. 이 중 주점 및 유흥서비스업은 74.1%로 최고치를 나타냈고 비교적 안정적인 약국과 병의원조차도 각각 35.5%, 37.4%를 기록했습니다. 한번 잘못내린 판단의 댓가는 엄청난 사회적 경제적 손실로 되돌아옴을 명심해야 합니다.

제2원칙 아이템은 어떻게 고를까. 구우일모(九牛一毛). 아홉 마리 소의 털이 무수히 많듯 흔하다 흔한 것으로는 성공할 수 없습니다. 하늘 아래 새로운 것은 없지만 사람들이 물건을 사는 데는 다 이유가 있게 마련이지요. 목표를 설정하는 최고의 기술은 쪼개는 것입니다. 상품도 쪼개고 서비스도 쪼개고 고객마저 쪼개 놓고 보면 쏘아야 할 과녁이 비로소 보이는 법입니다. 그러니 목표를 잡을 때도 일이 뒤틀릴 때도 다시 쪼개보는 지혜가 필요합니다.

제3원칙 경쟁에서 이기려면. 소리장도(笑裏藏刀). 웃음 속에 칼을 품듯 무한경쟁사회에서 살아남으려면 속으로는 매번 비장한 각오를 거듭 해야 합니다. 흔히 치킨집과 피자집은 지뢰밭 사업으로 불립니다. 한 집 건너 또 한 집. 그러나 그 속에서도 잘되는 집이 있기 마련이지요. 강점은 강화하고 약점은 보완한다는 기본 원칙과 경쟁에서 이길 수 있는 나만의 킬러 콘텐츠로 무장해야 합니다. 웃는 게 웃는 게 아니라는 노래가사도 있지 않나요.

제4원칙 어떻게 팔까. 이곡동공(異曲同工). 굽어짐이 달라도 절묘함은 같듯 파는 방법은 달라도 사업의 목표는 돈을 버는 것입니다. 아무리 좋은 물건도 팔지 못하면 말짱 꽝이지요. 소비자가 내 물건을 사는 경로는 매우 다양합니다. 2011년 소매업태별 판매 비중을 살펴보면 전문상품 소매점 55.8%〉무점포판매 14.6%〉대형마트 12.3%〉슈퍼마켓 편의점 11.4%〉백화점 9% 등의 순이었습니다. 특기할 점은 해가 갈수록 전문상점의 비중은 줄고 무점포판매의 비중이 늘고 있다는 점이지요. 온/오프 융합 비즈니스로 판로를 모색하는 지혜가 필요합니다.

제5원칙 할 수 있어야 성공할 수 있다. 마부작침(磨斧作針). 도끼도 오래 갈면 가는 바늘이 됩니다. 끊임없이 노력하면 이루지 못할 게 없다는 뜻입니다. 하지만 시간과 비용을 고려하지 않을 수 없겠지요. 핵심역량과 상품성은 사업성공의 키워드입니다. 내가 잘 할 수 있는 핵심요소를 완전히 내 것으로 만들어도 그것이 가치가 있는 상품이나 아이디어라는 확신이 없다면 곤란할 것입니다. 도끼를 가는 중에도 인력과 조직, 법과 제도, 핵심기술과 자금확보 등 바늘이 될 요소들을 꼼꼼히 챙겨보아야 합니다.

제6원칙 장사, 남아야 한다. 집사광익(集思廣益). 생각을 모아서 이익을 더해야 합니다. 장사는 냉철하고 지혜롭게 하라는 뜻입니다. 앞으로 남고 뒤로 밑진다는 말이 있지요. 프랜차이즈 빵집의 실태를 분석해 보니 점포당 평균 2억을 투자해 월매출 3천만원을 올리고 있습니다. 재료비를 제외하면 한 달 1천3백만원을 손에 쥐니 괜찮은 장사 같습니다. 그러나 인건비, 임대료 등을 공제하고 나면 딸랑 135만원이 손에 쥐어질 뿐입니다. 자칫 잘못하면 투자비도 회수 못하는 꼴이 되고 마는 것이지요. 변동비가 고정비와 상쇄되는 적정매출, 즉 손익분기점(break even point)을 정확히 산출하려는 합리적 계산이 선행되어야 합니다.

우리나라 업종별 원가구조를 살펴보니 매출이익은 제조업이 15.9%, 도소매업이 16.5%, 주점 및 음식점은 40.5%였습니다. 그런데 판매 및 관리비에서 음식점이 38.1%, 도소매업이 13.6%, 제조업이 10.4%를 사용하여 영업이익은 각각 2.4%, 3.0%, 5.6%로 역전됩니다. 다시 말해 요식업은 인건비 비중(21.3%)이 너무 높아 이를 잘 관리하지 못하면 곧바로 적자로 빠져드는 것입니다. 이러니 창업보다 수성이 힘든 게 빈 말이 아니지요. 그러나 시작이 반이라는 격언처럼 첫 단추가 운명을 좌우함을 명심해야 합니다. 오랜 컨설팅 경험에서 우러나온 창업 팁도 새겨들을 만합니다.

1.아무도 안 하면 일단 의심하라. 다른 사람이 하지 않는 것은 좋은 사업기회가 될 수 있습니다. 그러나 남들이 하지 않는 데는 필경 무슨 이유가 있을 거라 의심해봐야 합니다.

2.겉만 보고 판단하지 마라. 아무리 좋은 길목에 자리해도 안 되는 집이 있습니다. 그럴만한 이유와 속사정을 뒤져보고 결정해야 합니다.

3.머리보다는 발품을 팔아라. 창업은 직장생활과 달리 한 치 실수로 패가망신하기 일쑤입니다. 널린 정보에 현혹되지 말고 현장을 찾아가 답을 구해야 합니다.

4.재촉하는 사업제안은 피하라. 새로운 사업을 찾다보면 눈에 확 꽂일 때가 있습니다. 설령 그렇다 하더라도 충분히 검토한 후에 결정하는 게 옳겠지요. 그 기회가 남에게 넘어가 배 아파하는 것이 평생을 후회하는 것 보다 낫습니다.

지금 이 순간에도 창업을 꿈꾸는 이들이 허다합니다. 무덤을 팔 것이냐, 대박을 칠 것이냐는 온전히 스스로의 선택에 달렸겠지요. 생존을 넘어 성공으로?!, 혼자서도 잘하는 습관이 성공의 습관입니다.

손정의의 상식을 파괴하는 비즈니스 테크닉

미키 다케부로/물병자리

● 재일동포 중에 사업으로 가장 성공한 사람을 꼽으라면 단연 소프트뱅크의 손정의가 아닐까요. 그것도 첨단 IT사업으로 큰돈을 번 그는 빌 게이츠, 스티브 잡스와도 어깨를 나란히 겨루고 있으니까요. 무엇이 그를 세계적 반열에 오르게 했는지 살펴보는 일은 젊은 창업가들에게 보석 같은 보탬이 될 것입니다.

300년 앞을 내다보라. 30년도 아닌 300년 후에 내 회사가 어떻게 변할지를 누가 눈여겨보겠습니까. 그런데 그는 300년 앞을 내다봅니다. 300년 후에 우리 회사는 어떤 사업으로 얼마 만큼의 매출을 올리고 있을 것이라고 단언합니다. 삼성 이건희 회장이나 현대 정몽구 회장도 최소한 4~5세대가 지나갈 300년 후를 내다보진 않을텐데 말입니다.

사실 그는 젊어서부터 범상치 않았습니다. 거기에는 부친 손삼헌 씨의 교육열이 한 몫 했습니다. 어려서부터 자신을 타고난 천재로 부추겼던 아버지의 기대에 부응하여 학창시절 내내 1등을 놓치지 않았습니다. 일본에서 스스로 고교를 중퇴하고 막무가내 미국 유학을 가서 3개월 만에 고교 검정고시를 거쳐 대학 진학을 한 후에 UC 버클리를 졸업합니다. 미국 유학 시절 그는 매일 카드놀이라는 그만의 발명기법을 즐겼는데, 무작위로 선택한 3가지 단어를 연결해 보는 단어조합놀이는 연간 100건이 넘는 특허출원의 근간이 되었고 훗날 '휴대용 자동번역기'를 발명하는 모티브를 얻게 됩니다. 이 발명특허를 샤프사에 1억 엔의 고가로 팔아넘김으로써 사업의 종자돈을 마련하는 계기가 되기도 했지요.

53세가 되던 2010년 8월에 그가 밝힌 인생 50년 계획은 "20대에 전쟁터에 나가 이름을 떨치고, 30대에 군자금을 모으며, 40대에 일생일대의 승부를 걸며, 50대에 사업을 완성한 만큼, 60대에 다음 세대에 사업을 승계한다."는 것입니다. 현재까지는 한 치의 오차도 없이 그 길을 걸어 왔고 앞으로도 그러하리라는 점에는 의심의 여지가 없습니다.

그는 타고난 승부사입니다. 어려운 일이 벌어질수록 물러서는 법이 없지요. 2001년 그가 일본 굴지의 통신업체인 NTT 도코모에 맞서 ADSL(Asymmetric Digital Subscriber Line; 가정이나 회사 등에 설치되어 있는 전화 회선을 통해 높은 대역폭으로 디지털 정보를 전송하는 기술) 사업을 전개할 때

광케이블 임대를 불가(不可)한다는 장벽에 부딪치자 분신자살을 언급하며 정면승부를 띄운 일화가 있을 정도입니다. 또한 그 전 해에 발발한 IT버블 붕괴로 자사의 시가총액이 100분의 1로 급감하자 그 해 열렸던 주주총회에서 자신이 직접 주관한 장장 6시간의 마라톤 설명회 끝에 주주들의 이탈을 막기도 했습니다.

그는 〈손자병법〉 군쟁(軍爭) 편에 나오는 "빠르기는 바람과 같고, 고요하기는 숲과 같아야 하며, 치고 앗을 때는 불같이 하고, 움직이지 않을 때는 산처럼 해야 한다."는 풍림화산(風林火山)에 해(海)를 더해 '손의 제곱병법'이라는 경영 지침을 만들어 냈습니다. 손자의 병법대로 한 후에 시장을 바다처럼 잠재워야만 비로소 완벽하게 승리한다는 뜻으로요.

큰 강을 만나라. 평생을 쏟을 수 있는 일로 그는 '플랫폼(platform)'을 꼽습니다. 여기서 플랫폼은 '다양한 참가자들을 연결하는 인터넷 환경'이라 정의할 수 있습니다. 그의 모기업 소프트뱅크도 소프트웨어를 개발회사로부터 위탁받아 사용자들에게 판매한다는 의미를 담고 있습니다. 주변의 많은 사람들이 인터넷 게임 사업을 종용하기도 하였지만 시종일관 '큰 강'에만 전념했습니다. 소모적이고 일시적인 게임 산업과 달리 연결고리인 플랫폼만 잘 만들어 놓으면 무어의 법칙(Moor's Law: 18개월 주기로 반도체 칩의 트랜지스터 수가 두 배로 늘어난다는 법칙)처럼 플랫폼 사업은 복리로 불어난다는 것을 꿰뚫고 있었던 것입니다.

손정의는 20대 후반 시절 3년간 간염 때문에 병상에서 지낸 적이 있습니다. 이때 수 천 권의 책을 독파하였다 하는데, 가장 감명을 주었던 책은 시바 료타로의 〈료마가 간다〉, 도쿄대학교 연구실 마쓰모토 겐의 〈사랑은 뇌를 활성화 한다〉, 교와발효공업의 〈인사부 직원이 알려 주는 회계지식〉이었습니다. 새로운 일본 건설뿐만 아니라 큰일을 이루기 위해 스스로 각오를 다지는 료마, 인간의 두뇌와 동일

한 컴퓨터를 열망한 겐, 고정비와 변동비로 나누어 본 손익분기 계산방식 등은 승부사적인 기질과 컴퓨터에 대한 끝없는 관심, 수치로 평가하려는 경영능력 등을 갖게 해 주었습니다.

그가 내세우는 10초 룰도 귀담아 들을 만합니다. 직원에게 진척 상황을 물었을 때 '검토 중'이란 답을 들으면 호되게 그 직원을 질타합니다. 제대로 업무를 수행하고 있는 직원이라면 10초 안에 결론을 내리거나 대안을 제시할 수 있어야 한다는 것입니다. 대신 스스로도 결정하는 데 필요한 정보량이 충분치 않을 때엔 무한정 유보합니다. '결정하지 않는 불쾌함'을 인내하면서 기다리는 것도 경영 지혜라는 것이지요.

걸출한 IT기업의 창업자 중엔 MBA(경영학 석사과정) 출신은 거의 없다고 합니다. 무에서 유를 창조하는 첨단사업일수록 이론보다는 실전 능력이 뛰어나야 하는데, 부침을 거듭하는 IT 생태계에서 승승장구 하는 그의 경영방식에도 그만의 독특한 비법이 담겨있기 때문이지요.

1. 이념_道天地將法(도천지장법). 싸움에 이기기 위해서는 하늘의 때, 땅의 이점, 그리고 훌륭한 장수가 있어야 하며 법과 규율이 엄중해야 한다.

2. 비전_頂情略七鬪(정정략칠투). 정상에서 전체를 내려다보고 정보를 가능한 한 많이 모아 전략을 세우며 7할의 승산이 있을 때 일을 시작한다.

3. 전략_一類攻守群 (일류공수군). 최고의 자리에 앉은 사람은 공수의 균형을 취하며 무리를 지어 싸워야 한다.

4. 경영자의 마음가짐_智信仁勇嚴(지신인용엄). 장수는 지혜와 신의, 아량, 용기, 엄격함을 가져야 한다.

5. 전술_風林火山海(풍림화산해). 넓고 깊은 바다처럼 모든 것을 삼켜 버려 완전하게 평정해야 비로소 전투가 끝난다.

이상 25 글자로 압축되는 그의 이념과 비전, 전략 전술, 경영자의 자세 등은 제2의 손정의가 되려는 사람들에게 주옥같은 가르침을 전해 줄 것입니다. 시간 나시는 이들은 그의 트위터(http://twitter.com/masason)의 팔로어(follower)가 되어보시기 바랍니다.

변화는 사막에도 비를 뿌린다

보르하 빌라세카/글로세움

● 며칠 전 협동조합 설명회를 가졌습니다. 가칭 '9988클럽'이라는 인생이모작 협동조합을 결성하기 위해서였습니다. 마을 사람들과 인생 후반부를 의미 있고 뜻 깊게 보내고자 하는 염원을 담아 첫 해에는 농사짓는 일부터 시작하려 합니다. 열흘 전부터 근처 60여 평 땅뙈기를 빌려 감자도 심고 콩도 심었습니다. 5월 초까지는 상추, 아욱, 고추 등 여러 채소와 고구마도 심을 작정입니다. 이렇게 함께 땀 흘리다보면 자연스레 협동 정신도 배양되고 수확물도 나눠 먹는 일석이조의 보람을 만끽하게 될 것이라 기대됩니다.

각박한 세상, 협동조합의 조직 관리에 도움이 되리라는 생각에 책을 펼쳐 보았습니다. 본서는 생떽쥐베리의 소설 속 어린왕자가 파블로 프린스라는 이름으로 환생하여 SAT라는 컨설팅회사에 인력가치책임자로 부임하면서 이야기는 시작됩니다. 회사에는 통제와 철권통치에 익숙한 이그노시아 고문이라는 최고관리자 밑에서 직원들이 노예 같이 숨죽이며 생활하고 있지요.

파블로는 전 직원 면담을 통해 직원의 절대다수가 이곳에서 일하는 것을 행복해 하지 않는다는 사실을 밝혀내고 대대적인 변화 작업에 착수합니다. 첫 번째 과제가 '자기중심주의(Egocentrism)' 타파하기입니다. 자기중심주의는 주도적인 삶을 살 수 없게 함으로써 반응적인 사람이 되고 나아가 우리를 둘러싼 환경의 희생자가 되게 만들기 때문이지요. 해결책으로 서로 다름을 받아들이는 법을 배워야 하는데 스스로의 부정적인 성향, 불행, 고통이 발목을 잡습니다. 그러다보니 각자의 의식수준을 발전시키는 신념과 가치가 흔들리며 실존적 위기에 빠져드는 것입니다.

파블로의 자아 성찰과 자기 계발을 위한 의식교육은 계속됩니다. 인간의 자아 형성 과정은 크게 3단계로 구분됩니다. 7~10세까지의 '순수의 시기'에는 매 순간 취하는 정보대로 태도를 보입니다. 마치 스펀지처럼 그대로 흡수하는 것이지요. 사춘기 나이에 형성되는 '무지의 시기'에는 규격화된 프로그램에 의해 살게 되지만 심각하게 혼란스럽고 불안해합니다. 문제는 평생 무지의 시기에 머물다 생을 마감하는 이들이 적지 않다는 점입니다. 이를 극복하게 되는 '지혜의 시기'는 자신을 거울에 비춰봄으로써 시작되는데, 자신의 신념체계를 더욱 분별 있게 만들게 되지요. 따라서 이 시기의 제일 중요한 과제는 진실과 거짓을 분간하는 힘입니다. 왜냐하면 거짓은 우리를 고통스럽게 하는 에고의 양분이고, 진실은 행복, 평화 그리고 사랑으로 우리의 마음과 정신을 충만하게 하는 양분이기 때문입니다.

페루 아마존 밀림의 한 주술사가 들려준 이야기도 의미심장합니다. 한 부부가 네 살짜리 아들을 당나귀 등에 태우고 첫 번째 마을을 지날 때 사람들이 수군거렸습니다. "버릇없는 자식 같으니라구, 아빠가 걸어가는데 자기 혼자 타고 가네!" 이 말에 아내가 남편더러 대신 타라고 했습니다. 두 번째 마을 사람들이 또 중얼거렸습니다. "저 남잔 부끄럽지도 않나, 아내를 걷게 하다니!" 이번에는 아내를 태웠습니다. 세 번째 마을을 지날 때 또 사람들이 외쳤습니다. "저런 못된 여편네 같으니, 혼자 타고 가네!" 그래서 셋이 모두 당나귀 등에 올랐습니다. 네 번째 마을에 당도하니 "저 가족 좀 봐, 당나귀를 죽일 셈인가!" 하는 수 없이 당나귀에서 내려 그냥 걸어가기로 했습니다. 이 모습을 본 다섯 번째 마을 사람들은 또 이렇게 궁시렁거렸습니다. "바보 같은 사람들, 타고 갈 당나귀를 놔두고 걸어가네!" 신념의 문제는 환경에 따라 반응하고 휘둘려서 바꾸려 애쓸 것이 아니라 그 환경을 직시하여 해석하는 방법을 바꿔야 한다는 교훈입니다.

이런 식으로 파블로의 자아 성찰과 자기 계발 입문강의에서 많은 것을 깨달은 SAT 직원들은 '배움의 터전인 회사'라는 제목으로 10계명을 정리하여 사무실 벽에 걸어두기로 합니다.

1. 건강, 만족, 안녕 그리고 행복은 우리의 긍정적 상태이다. 반면 질병, 불만족, 불행 그리고 고통은 부정적 상태이다.

2. 외적인 자극과 내적인 반응 사이에는 공간이 있어서 그 안에 더 좋은 대답을 선택할 권리가 존재한다.

3. 두려움, 노여움 그리고 슬픔을 느끼는 것은 우리에게 일어난 일에 대한 우리의 해석이 자기중심적이고 주관적이고 거짓되고 그릇되었다는 것을 의미한다.

4. 감정적 반응의 노예가 되면 우리는 주변 환경의 지배에서 해방될 수 없다.

5. 생명 에너지가 부족하면 우리는 자각적일 수 없고 더욱 반응적인 사람이 된다. 반대로 생명 에너지를 많이 비축하면 우리의 자각은 극대화되고 주변에서 일어난 일에 대한 대답을 선택할 수 있는 능력도 극대화된다.

6, 모든 사람이 자신이 할 수 있는 한 최대한 노력하고 있다는 것을 염두에 두고 다른 사람을 있는 그대로 받아들여라. 우리에게 오는 것들을 그대로 흘려보내는 법을 배우는 것은 커다란 도전이다.

7. 세상이 살기 힘든 것은 누구의 책임도 아니고 누가 잘못해서도 아니다. 내 자신이 누군지 모르는 무지가 넘쳐나기 때문이요 알고자 노력하지 않기 때문이다.

8. 슬퍼하고 불평하고 화를 내는 것은 우리의 내면에서 이미 일어난 일이다. 쉽

게 바꿀 수도 없으며 내적 평화를 파괴하기까지 한다.

9. 다른 사람이 우리를 괴롭힌다는 생각은 큰 착각이다. 우리 자신이야말로 우리의 행복과 불행의 책임자라는 사실을 아는 것만이 해결책이다.

10. 행복은 진정 의미 있고 지속적인 성공에 의해서만 얻을 수 있다. 그렇지 않으면 성공은 행복의 조건이 될 수 없다.

인상적인 것은 '변화는 받아들임에서부터 시작한다'는 점입니다. 패권을 다투는 미국과 중국을 놓고 최근 리콴유 싱가포르 전 총리는 폐쇄적인 중국이 결국에는 개방적인 미국을 따라잡지 못할 거라 했습니다. 하나 된 13억 중국의 힘도 만만치 않지만 전 세계 70억 인구를 융합하는 미국의 개방적 자세가 더 큰 힘을 발휘하기 때문이라는 거지요. 기업도 마찬가지입니다. 다양한 재능과 신념을 가진 자들을 받아들이는 기업문화가 정착될 때, 비로소 사막에도 비가 뿌려지는 변화의 물꼬가 트일 것입니다.

한편 만인의 적인 이그노시아에게는 마지막 기회로 마다가스카르(아프리카 동쪽에 위치한 섬나라) 안식년 휴가가 주어집니다. 60여 일 동안 장장 800여 km를 도보 여행하는 사이 몸무게가 17kg 줄었음은 물론 정서적 고뇌를 통해 스스로 변화를 깨우치고 돌아옵니다. 심한 뇌우(雷雨) 속 자연 그대로에 둘러싸였을 때 행복해서 울음이 터져 나오고, 바오밥나무 숲 속에 핀 라일락꽃을 보며 처음으로 살아있음에 감사하게 되는 신비를 맛 본 것입니다. 그러고 보니 참다운 변화는 모두 해피엔딩이네요. 아, 갑자기 마다가스카르로 달려가고 싶습니다.

고객을 사로잡는 Why마케팅

조기선/타래

● 지난 연말 모 송년 토크콘서트 때의 일입니다. 실내악이 연주되고 가야금 병창도 감상하는 화기애애한 프로그램 사이사이에 몇 꼭지 강좌가 열렸습니다. 그 중의 한 꼭지가 'One&Only 마케팅'을 주제로 한 조기선님의 강좌였습니다. One&Only 라니, 경쟁을 부추겨 1등이 되라는 다소 케케묵은 내용이리라 짐작했는데, 그와는 반대로 누구와도 비교하지 말고 스스로에게 떳떳한 절대강자가 되라는 요지였습니다. 시간관계상 아주 짧은 메시지만을 주워들은 뒤 선물로 받은 책을 통해 그와의 교감을 이어보았습니다.

현재와 같이 성숙한 정보화 사회에는 물질보다 감성/정신이 중요하다고 전제합니다. 따라서 무엇(What)이 아니라 왜(Why)라는 가치에 중점을 두라는 것이지요. 마케팅의 본질이 초기 What에서 How로, 2000년을 전후해서는 Who로 발전했다가 지금은 Why의 시대로 접어들었다고 간주합니다. 일리 있는 지적입니다. 상품간 기능 차이가 좁혀진 오늘날 내가 잘 났니 네가 못 났니 따지기 보다는 상품을 사야 할 충분한 이유를 제시하고 설득하는 활동이 보다 가치 있다는 말에 공감 백 배 했습니다.

모 약국에 붙여놓은 POP를 예로 듭니다. "죽을 정도로 피곤하신 분, 요거 드시고 회복이 안 되시면 휴가내세요." 제품 성분을 강조하거나 싼 가격에 주겠다는 메시지 대신 안 드시면 후회하게 될 거라는 다소 애교 섞인 문구로 인해 그 건강음료는 불티나게 팔리고 있다 합니다. 사람들이 지나치기만 하던 악기점 앞에 "알고 계십니까? 오카리나는 누구나 쉽게 불 수 있는 악기입니다. 부담 없이 들어오셔서 고운 음색을 들어보시고 다양한 오카리나도 구경하세요."라는 POP를 써 붙였더니 정말 부담 없이 들어오는 손님수가 늘어나면서 오카리나도 팔리기 시작했다는 사례도 있습니다.

이처럼 이유 있는 설득은 고객을 감동시킵니다. 스토리텔링의 사례는 계속 이어집니다. 수유동 구석진 곳에 위치한 「치킨카페」. 가격세일이나 공짜쿠폰 대신 과일 한 봉지와 장미꽃 한 송이를 단골에게 선물하기 시작하면서 3호점까지 사세를 확장하고 있다 합니다. 안산의 동네빵집 「좋은아침」. 대개 아침 일찍 만든 빵을 하루 내내 팔고 있는 여타 빵집과 달리 손님이 많은 저녁시간대에 맞춰 신선한 빵을 구워냅니다. 크리스마스 때에는 케이크를 녹색상자에 담아주고 빈 상자를 가져오면 2천원 쿠폰과 함께 그걸로 다음해 캘린더를 만들어 주는 환경캠페인을 실시, 큰 호응을 얻고 있다 하지요. 모두 감성을 앞세운 Why마케팅의 성공사례들입니다.

Why마케팅이 추구하는 목표는 One&Only 회사가 되는 것입니다. One&Only는 서로에게 신뢰와 행복을 줄 수 있는 관계로 결합하는 것이지요. 이를 위한 다섯 가지 조건을 한 번 살펴볼까요.

1. **직원이 First, 고객은 Second.** 직원의 행복이 고객의 행복에 우선되어야 한다는 것입니다. 행복한 직원이 고객을 만족시키기 때문이지요.

2. **시작부터 끝까지 One-stop 서비스 제공.** 당장 성과가 나는 일이 아니라도 성심껏 고객을 챙겨주다 보면 고객로열티가 만들어진다는 것입니다. 부탁받은 잔심부름을 잘 처리해 주고 난 뒤 평생고객이 되는 경우를 여러분도 경험해 본 적이 있을 것입니다.

3. **Multi-player 직원의 양성.** 주된 업무를 전문적으로 처리하면서 관련된 전후 좌우의 업무도 함께 수행하는 것을 말합니다. 주인의식과 책임감, 솔선수범을 갖춘 직원이 이에 해당하지요.

4. **개인의 Life plan 구상.** 일을 하는 시간이 개인의 비전 실현과 연결되도록 해

야 한다는 것입니다. 각 개인의 재능, 지식, 기술이 합쳐져 창의적 집단을 이룬다는 점을 명심하세요.

5. 개인과 회사 간의 융합으로 직원의 Excellence 구상 도출. 기업의 엑설런스 구상을 명확히 하고 직원의 동의를 구하는 것이 경영자의 임무입니다. 서로가 비전과 미션을 공유할 때 멋있는 관계가 형성된다는 것입니다.

결국 One&Only 회사는 One&Only 직원들이 모여 있는 곳입니다. 개인의 엑설런스 구상이 모여 기업의 엑설런스를 만들어내지요. 엑설런스 구상의 개념을 상위에서 하위로 풀어보면 존재가치(Vision)〉사명(Mission)〉중요목표(Objectives)〉전략(Strategy)〉전술(Tactics)〉신념철학(Foundation)의 순서입니다. 최우선으로 존재가치를 확고히 정해야만 행동으로 옮겨야 할 사명이 떠오르고 구체적인 수치상의 목표도 설정할 수 있습니다. 전략과 전술은 목표를 이루기 위한 방법적 모색이며, 이를 뒷받침하는 기본적인 방침도 세울 수 있게 되는 것입니다.

주역에 '일중견두(日中見斗)'라는 말이 나옵니다. 백주대낮에도 북두칠성을 볼 수 있어야 한다는 뜻이지요. 이는 밤낮을 가리지 않고 북두칠성을 보는 성실함이 있어야 가능합니다. 보이지 않는 것을 보는 능력, 복잡한 시대를 사는 최고의 지혜가 아닐까요. 자신만의 차별화, 즉 USP(Unique Selling Proposition) 능력도 발휘해야 한다고 강조합니다. 오랜 훈련과 경험이 바탕이 된 자신의 강점과 약점을 녹여내는 능력, 즉 누구에게나 내재된 나름의 USP는 있기 마련일테지요.

끝으로 불확실성 시대에는 지식과 의식, 감성을 끊임없이 연마하고 새롭게 하여, 흔들려도 제 자리로 돌아올 수 있는 능력을 기르라고 당부합니다. 그러기 위해 스스로 자문해 보라 합니다. '무엇을 했을 때 좋았던가. 지금 그것을 내려놓아도 살아갈 수 있는가'하고요.

그리고 도전하는 자세로 당장 할 수 있는 일을 찾아보세요. 길은 여전히 어둡지만 두려워 할 필요는 없습니다.

운명을 바꾸는 10년 통장

고득성/다산북스

● 속내를 털어놓는 이웃 중에 J가 있습니다. 명문대 출신에 S그룹 출신으로 한때 외국계 의류회사에서 억대 연봉을 받던 잘 나가는 사람이었습니다. 그런데 몇 년 전 개인사업을 시작하면서 망가지기 시작했고 급기야 작년에는 살던 아파트도 처분한 뒤 월세집으로 이사했습니다. 일순간에 벌어진 일이었지요. 얼마 전부터 홈쇼핑 판매로 회복세를 보이고 있긴 하지만 이제는 모든 게 조심스럽다 합니다. 저 역시 그와 진배없습니다. 사정만 좀 다를 뿐, 가계부채에 발목이 잡혀 있긴 매 한가지이지요. 그런 와중에 재무 컨설턴트인 제 친구 P가 보내 준 이 책이 뒤늦은 자기반성과 함께 재무설계의 중요성을 일깨워주었습니다.

방송국 경제담당 PD가 들려주는 방식의 줄거리는 10년 전에 방영되었던 〈마법의 10년〉에 출연했던 3명의 남녀가 10년 후 어떤 모습으로 달라졌는지 보여주는 〈마법의 10년, 그 이후〉의 이야기인지라 모든 게 공감백배로 피부에 와 닿습니다. 대기업 7년차 35세 김선민 대리, 29세 직장여성 윤낙희씨, 중소기업 만년과장 45세 주무일씨, 이 세 사람의 10년 전 상황을 우선 들어볼까요.

30대 나이 때 재테크에 눈을 뜬 김선민은 일확천금을 노리고 전세금을 빼서 재개발 호재가 있는 지역의 허름한 빌라를 샀습니다. 남은 돈과 적금을 모두 해약하여 본격적인 펀드 사냥에도 나섰습니다. 그러나 2008년 금융위기와 맞물려 뉴타운 개발은 취소되고 펀드는 반 토막이 납니다. 스트레스로 불면증에 시달리고 회사 업무가 도무지 손에 잡히지 않습니다.

외국계 화장품회사에서 연봉 4500만원을 받던 윤낙희는 자신도 모르게 월광족(수입을 몽땅 자신을 치장하는데 소비하는 사람)이 돼버렸습니다. 동료들에 뒤처지지 않기 위해 명품으로만 치장하고 할부 고급자동차를 굴리고 회사 근처에서 원룸 생활을 하고 있습니다. 그러다보니 적지 않은 연봉임에도 매달 적자에 시달리고 있었지요.

대학교 2학년생인 장남과 재수를 하고 있는 딸을 둔 40대 중반의 가장인 주무일 역시 빠듯한 월급으로 아파트 대출금과 아이들 학비 뒷바라지에 여념이 없습니다. 지금껏 알뜰살뜰 성실하게 살아왔건만 가진 거라곤 달랑 집 한 채, 대출금을 제하고 나면 얼마 되지도 않는 재산이 전부, 노후 걱정으로 한숨이 절로 나옵니다.

비단 이들만이 처한 상황일까요. 대한민국에 거주하는 절대다수가 이런저런 경제적 어려움에 봉착해 있을 거라는 게 제 짐작입니다. 상하위 소득계층 구분 없이 가계부채에 시달리고 있는 빚 공화국이기 때문이지요. 운 좋게도 이들은 빚의 수렁에서 벗어날 만큼 재무관리에 심혈을 기울였고 10년 사이 마법처럼 새로운 삶을 열어가고 있습니다. 이들에게 들려준 저자의 소중한 컨설팅을 귀담아 듣는다면 우리라고 그러지 못하란 법이 있겠습니까.

우선 돈에 대한 인식의 변화가 필요합니다. 돈을 좇아가면 오히려 돈이 도망간다는 옛말이 있지요. 두 발 달린 사람이 아무리 빨리 쫓아가도 네 발 달린 돈을 쫓기가 어렵다는 말도 있습니다. '자신이 살고 싶은 인생을 위해 꼭 필요한 돈'만 생각해야지 그 이상을 넘보는 과욕을 부린다면 돈이 사람을 잡아먹을 수가 있음을 알아야 합니다. 그래서 돈에 집착하기 전에 자신이 살고 싶은 인생이 무언지, 그걸 이루기 위해 돈이 얼마나 필요할 지를 따져봐야 합니다. 즉 소유가치(Having value)보다 존재가치(Being value)를 우선시하라는 말이지요.

돈 관리 하면 가계부를 떠올리지만 하루 몇 백 원을 아끼기 위한 지출통제보다는 통장, 증서, 계약서 등으로 표시된 개별자산과 채무구조 등 핵심자산을 체계적으로 관리하는 방법이 더 효과적입니다. 소위 말해서 '재정의 밑그림'을 그려야 한다는 것인데, 작위적인 통제방식의 가계부 보다 돈의 흐름을 파악해서 그것에 합당한 중장기적인 목적의 통장을 개설하고 관리하는 것이 훨씬 중요하다는 것이지요. 이를 포트폴리오 분산 이론을 적용하여 '수입 자동배분 시스템'이라 부르고 은퇴통장, 투자통장, 집마련통장, 보험통장, 예비자산통장 등 각 목적별 5개 통장을 핵심으로 꼽습니다. 적든 많든 이렇게 분산 배분한 돈의 흐름은 재정의 불균형과 한 방향 쏠림 현상을 막아 줄 것입니다.

물론 당장의 형편상 이들에게 5개의 통장을 관리하게 하는 것은 결코 쉽지 않은 일이었습니다. 그러나 좀 더 긴 인생의 밑그림을 재설정해 보는 과정에서 현실의 군더더기를 과감히 떨쳐내었습니다. 윤낙희는 자동차를 처분하였고, 주무일은 살던 집을 시골 한옥으로 옮겨 수제가구를 만들며 제2인생을 시작했습니다. 김선민은 기본적인 의식주마저 꼭 필요한 수준으로 다운사이징 했습니다. 하나같이 돈 먹는 금융수단(신용카드, 마이너스대출, 모기지론)의 혜택도 과감히 포기했지요. 냉엄한 현실 속에 자신들의 노력으로 당당히 맞선 것입니다. 10년이 흐른 지금 세 사람의 수중에는 각자 8개 이상의 통장이 있습니다. 여행통장, 유학통장 등 또 다른 삶의 목적들이 추가되었기 때문이지요.

오늘날 많은 사람들이 돈의 노예가 되고 있음을 개탄합니다. 2600여 년 전 고대 바빌론 왕국 때의 노예 대부분도 원래 중산층 출신이었다고 합니다. 주화가 처음 만들어지고 금융산업이 발달하면서 동서양에서 쏟아져 들어온 진기한 물품들을 사려고 에기비, 무라시 가문 같은 고리대금업자들로부터 빌렸던 돈을 갚지 못한 평민들이 대거 노예로 전락한 예이지요. 가장(家長) 한 사람의 빚 때문에 집이 경매에 넘어가고 온 가족이 길거리로 내몰리는 현대판 노예와 무에 다를까요. 저자는 수입의 30%를 초과하는 빚더미는 감당하기가 힘들어진다고 예단합니다. 이런 수렁에 빠지기 전에 차라리 마음을 독하게 먹고 소비할 돈을 저축해 보라 합니다. 평생 후회할 짓을 10년 고생과 맞바꾸다 보면 재정의 안정뿐만 아니라 삶의 활력도 되찾게 된다는 게 저자의 분석입니다.

대개 공돈은 함부로 쓰게 되지만 악착같이 모은 돈은 허투루 쓰지 않는 법입니다. 시카고대학의 리차드 테일러 교수가 밝힌 '심리적 회계(Mental Accounting)'라는 개념인데, 과소비의 유혹에 흔들리지 않고 자신에게 꼭 필요한 돈을 마련하기 위해서는 매월 일정 금액을 강제 저축하는 뼈를 깎는 노력이 불가피할 것입니다. 퇴임 후의 생활자금을 직전 급여의 70% 수준으로 간주할 때, 65세 이후 노후자금 규모는 최소 6억 원으로 예상되지요. 그러니 하루라도 젊은 나이에 10년 통장을 장만해야 성과도 커질 것입니니다. 복리로 불어나는 특성상 10년 일찍 시작할수록 효과가 곱절로 불어난다는 사실을 명심해야 합니다.

세상에 공짜는 없습니다. 내일이라도 당장 빚청산 통장부터 만들어 볼까 합니다.

부자들은 왜 장지갑을 쓸까

카메다 준이치로/북이십일

● 저자는 누구보다도 돈을 냉철하게 다루는 세무사란 직업을 가지고 있습니다. 그런 그가 미신처럼 장지갑을 가지라 합니다. 어떤 연유로 그러는 걸까요. 발동하는 호기심을 주체하지 못하고 슬금슬금 책을 펼쳐 봅니다.

그가 업무상 만나게 되는 경영자 중 꾸준하게 돈을 잘 벌고 있는 사람들의 공통점은 하나같이 깔끔한 장지갑을 사용하고 있었습니다. 때마침 그 자신도 아내로부터 루이비통 타이가 장지갑을 선물 받았는데, 그해의 수입이 이전 해의 10배나 오르는 기적 같은 일이 일어났고 그 뒤로도 수입은 줄지 않았답니다. 내친 김에 장지갑을 가진 사람들의 연소득을 조사해보니 놀랍게도 '연봉 200배의 법칙'이 성립함을 알게 되었습니다. 즉 '지갑의 구입가격 × 200'이 지갑 소지자의 연봉과 일치한다는 다소 황당한 법칙입니다. 20만 엔짜리 지갑을 쓰고 있는 사람은 연봉이 4,000만 엔, 5만 엔짜리 지갑을 쓰는 사람은 연봉이 1,000만 엔, 이런 식으로 말입니다.

도대체 장지갑에 어떤 비밀이 담겨있길래 이런 걸까요. 장지갑은 접이식 지갑과 달리 빳빳한 새 지폐를 넣었을 때 그 모양을 그대로 유지하게 해 줍니다. 또한 접이식 지갑은 대개 바지 뒷주머니에 넣으므로 앉을 때 돈을 짓누르는 반면, 장지갑은 가슴 안주머니에 넣어 돈을 소중히 다루게 됩니다. 한 마디로 돈을 고귀하게 여기게 된다는 것인데, 지갑은 '나를 찾아온 돈을 맞이하는 호텔'과 같아서 내가 대접해주는 만큼 돈도 나를 대접한다는 것이지요.

부자들이 장지갑을 다루는 몇 가지 규칙은 이러합니다. 처음 산 지갑에 100만

엔 거금을 넣어 지갑으로 하여금 돈맛을 보게 합니다. 이후로도 돈은 가능한 새 지폐로 아래위를 가지런히 맞춰 넣고 1만 엔짜리보다 5천 엔짜리를 챙겨 넣어 돈의 사용을 컨트롤하는 능력을 키웁니다. 한편 동전지갑을 따로 사용하고 500엔 동전은 그날그날 전용 저금통에 저축합니다. 돈을 낼 때는 새 돈으로, 그 태도도 아주 정중하게 하여 돈에 대한 예의를 최대한 갖추는 것이지요.

지갑 속의 돈은 기본적으로 세 가지 성격을 가지고 있습니다. 소비 아니면 투자, 아니면 낭비입니다. 소비란 돈을 물품이나 서비스 등과 등가 교환하는 방식이고, 투자는 장래 발생될 것을 기대하거나 예상하는 사용법입니다. 반면 낭비는 다신 손에 들어오지 않으며 장래적인 가치도 생산하지 못하는 돈 사용법입니다. 지갑에서 돈을 꺼내기 전에 잠시 멈춰서 이게 소비인지 투자인지 낭비인지를 가늠해 봐야 합니다. 여기서 중요한 것은 소비를 투자로 바꾸는 지출 습관이지요.

투자는 미래라는 퍼즐의 조각을 맞추는 작업입니다. 마음속으로 그려낸 꿈과 목표의 형태가 분명할수록 다음에 해야 할 행동은 보다 구체적인 것이 되기 마련입니다. 이때 돈이란 꿈에 최단거리로 다다를 수 있게 도와주는 퍼즐조각 같은 것입니다. 따라서 투자는 미래의 완성된 모습에서부터 역산해야만 성립되므로 가야 할 행선지를 정하는 데서부터 출발해야 합니다.

돈을 컨트롤하는 요령으로는 첫째, 입구보다 출구, 즉 수입보다 지출에 신경써야 한다는 것입니다. 수입은 본인의 의지대로 늘리지 못할 수 있지만 지출은 100% 본인의 의지대로 움직이지요. 둘째 절대로 손해 보지 않는 쇼핑 법칙으로 구입가의 70%로 되팔 수 있는 물건 위주로 고르라는 것입니다. 물건을 살 때도 처분가격을 따지라는 조언이지요. 셋째는 감성적인 지출을 막기 위해 한 달에 두 번만 돈을 인출하라는 것입니다. 돈이 부족할 때마다 돈을 인출하다 보면 무심코 돈을 써버리기 일쑤지요. 한 달 간 쓸 돈의 액수를 미리 정한 뒤 2주에 한 번 정해진 금액을 인출하다보면 헛돈을 자제하고 계획적으로 소비를 하게 된다는 것입니다.

여러분은 돈을 왜 모으나요. 저자는 '인생의 선택지를 늘리기 위해서'라고 답합니다. 학생 시절 아버지 회사가 도산하면서 낡은 연립주택에서 편의점 아르바이트로 연명할 때 이런 비참한 생활에서 어떻게든 탈출하여 인생의 선택지를 넓혀야 한다는 생각을 강하게 하게 되더라는 것입니다. 이때 깨달은 것이 땀 흘려 일해야 돈을 버는 게 아니라 돈을 잘 컨트롤해야 돈이 모인다는 사고방식의 전환이었습니다. 돈에 휘둘리지 말아야겠다는 다짐이었는데, 가장 중요한 것은 마음가짐이라는 지적입니다. 이것밖에 없다고 생각하는 사람은 그 순간부터 사고가 정지해 버리지만 이만큼이나 있다고 생각하는 사람은 다음 단계로 생각을 진전시켜 나가기 때문이지요.

사람들은 가진 돈이 적을수록 자신의 돈에서 눈을 돌리고 싶어 합니다. 애써 돈이 없다는 사실을 실감하고 싶지 않아서입니다. 그러나 이럴 때일수록 돈에 관심을 가져야 합니다. 아버지 회사가 도산했을 때 가진 돈이 한 푼 없게 되자, 비로소 인간이란 설령 돈 한 푼 없어도 살아갈 수 있는 존재임을 깨달았다고 합니다. 더욱 열심히 돈에 관심을 쏟은 결과 돈으로 바꿀만한 몇 가지 소장품과 일을 해서 돈을 벌 수 있는 몸뚱이가 있다는 사실을 발견한 것이지요. 그리고는 인격이 있는 돈을 더욱 소중히 다루게 되었다지요. 그랬더니 돈은 언젠가 관심을 가져준 사람 곁으로 돌아온다는 믿음이 실현되더란 것입니다.

막다른 궁지에 몰린다면요? 그는 한때 매일 자살하는 꿈을 꾸었습니다. 익사하는 꿈, 자동차에 치이는 꿈, 높은데서 떨어지는 꿈, '돈이 없다, 빚이 산더미다'라는 강박감을 벗어나기 위해 자주 망상(妄想)에도 빠졌습니다. 여배우와 데이트 하는 망상, 해외여행을 하는 망상… 망상이니 뭐든 못할 게 없었지요. "지금 이래도 10년 후에는 달라질 것이다. 반드시 꿈을 펼칠 날이 올 것이다" 결국 온갖 망상은 '10년 후의 나'를 의식하는 단계로 그를 발전시켰습니다. 그는 결국 장지갑을 가진, 부자이면서 행복한 세무사가 되었습니다.

이 글을 쓰는 내내 얼마전 벌어진 서울 송파 세 모녀 자살사건이 오버랩되더군요. 그들에게 장지갑 하나를 선물했더라면 극단적 선택을 막을 수 있었을까요. 장지갑은 부자의 메타포에 불과하다 여기면서도 모든 가난한 자들의 안주머니에 장지갑을 선물하고픈 마음이 간절하네요. 돈이 굴러들어온다는데 마다할 사람이 어디 있겠습니까.

불안한 원숭이는 왜 물건을 사지 않는가

루디 가즈코/마고북스

● 인류의 조상은 오스트랄로피테쿠스(猿人: 선행인류)입니다. 그 모습이 지금의 원숭이와 흡사하여 통칭 유인원으로 불리지요. 인간의 모습을 갖추기 시작한 호모 에렉투스(原人) 이전부터 형성된 행동 심리학이 오늘날의 소비행태를 결정하고 있다는 사실이 흥미롭지 않은가요.

지금은 멸종되고 없지만 초기 인류를 괴롭혔던 육식동물로 칼이빨호랑이가 있었습니다. 20cm나 되는 긴 송곳니에 한 입 물리면 영락없이 먹이가 될 수밖에 없었습니다. 그런 연유로 상대적으로 체구가 적은 포유류의 뇌는 정동(靜動; 무의식적인 감정), 즉 두려움과 분노, 혐오 등을 감지하는 능력이 발달하게 되었습니다. 대뇌변연계. 공포의 감정을 생성하는 데 관계하는 편도체(amygdala)나 혐오의 감정을 낳는 도피질(insular cortex)은 모두 변연계(limbic system)에 속합니다. 곧바로 변연계에서 신피질(neocortex)로 공포의 정보가 전달되는데, 이는 2,3백만 년 전 영장류 때에 현저히 발달했다고 합니다.

오늘날 일반적인 포유동물의 대뇌신피질은 뇌의 체적 중 30~40%, 원시 원숭이는 50%, 인간은 80%를 차지하여, 인간의 뇌는 신체크기가 같은 포유류에 비해 9배까지 큽니다. 계획 · 학습 · 기억 같은 의식적인 인지활동이 크게 발달한 결과이지요. 변연계의 감정을 'Emotion'이라 하면 신피질의 감정은 'Feeling'인 것입니다. 모순적이고도 감성적인 소비 심리는 바로 변연계의 컨트롤 박스가 작동하기 때문입니다.

1979년 〈전망이론(Prospect theory)〉이 발표되면서 주목을 받기 시작한 행동경제학의 기본 개념은 손실회피 성향과 현상유지 편향입니다. 미국의 심리학자 대니얼 카너먼(D. Kahneman)은 '인간은 같은 금액의 이득에 비해 손실의 감정을 2~2.5배나 더 크게 느낀다'고 말합니다. 전통적인 경제 원리와 달리 서로 같은 크기일지라도 손실을 이득보다 크게 느낀다는 것이지요. 같은 맥락으로 원금 손실 가능성이 조금이라도 있을 경우, 짭짤한 투기성 예금상품보다 안전한 저금리 정기예금을 선택하는 불합리한 행동을 보인다는 것이지요.

뇌는 타인에게 감정을 이입할 수 있는 미러 뉴런(Mirror neuron)이라는 신경세포를 가지고 있습니다. 2007년 이후 타인의 행동을 모방하는 시스템이 인간의 뇌에 있다는 것이 fMRI 관찰 결과 밝혀졌는데, 사과를 따는 누군가의 모습을 본 관찰자의 뇌 신경세포는 그 동작을 그대로 시뮬레이션하려 한다는 것입니다. 행동하는 사람의 뇌 활동을 관찰자의 뇌가 마치 거울처럼 충실히 되비치는 현상을 보인다는 거지요. 미러 뉴런은 타인의 마음을 이해하거나 타인의 관점을 채택함으로써 인간사회가 고도의 사회성을 갖게 만들었지만 때론 죄책감과 우울, 스트레스를 야기하기도 합니다. 경제가 어려울 때 구매력 있는 부유층까지도 지갑을 닫아 버리는 절약심리가 시장을 꽁꽁 얼어붙게 만드는 것입니다.

인류의 성생활 역사를 살펴보면 재미난 사실을 발견하게 됩니다. 고릴라는 일부다처의 하렘사회를 이룹니다. 암컷에 비해 2배 이상 육중한 우두머리 수컷은 교미에 대한 불안감이 없어 체중의 0.018%에 불과한 정소(=고환)를 갖고 있지요. 반면 난혼 사회인 침팬지 사회에선 수컷 간에 상호 경쟁적으로 교미를 벌여야하다 보니 정소의 크기도 체중의 0.27%를 차지하고 한 번 사정으로 방출하는 정자의 수도 고릴라의 12배에 이릅니다.

사람의 정소는 체중의 0.04~0.08%로 고릴라보다는 침팬지 쪽에 가깝고, 한 번 사정으로 방출하는 정자의 양도 고릴라의 5배, 침팬지의 40% 정도입니다. 초기 난혼 사회에서 일부일처 사회로 바뀐 주된 이유는 여성이 배란기를 겉으로 드러내지 않는 상태에서 자신의 유전자를 후세에 전하고자 하는 수컷들의 '질투' 라는 감정이 싹텄기 때문이라는 학설이 유력합니다.

인간의 성선택 이론을 밝힌 미국의 심리학자 데이비스 버스(D. Buss)는 세계 37개 문화권을 조사한 결과, 남자는 잠자는 숲 속의 공주를, 여자는 백마 탄 왕자님을 선호한다고 결론 내렸습니다. 수컷에 비해 훨씬 많은 시간과 에너지를 새끼에게 쏟아 부어야 하는 암컷 입장에선 많은 자원을 제공해 줄 능력 있는 수컷이 필요했고, 수컷의 입장에선 생식확률이 높은 쭉쭉빵빵 암컷을 선호하도록 진화해 왔다는 것이지요. 13개 문화권에 존재하는 90개의 민화(民話)를 분석한 영국의 조너던 고트쉘(J. Gottschall)도 모든 러브스토리의 공통된 테마가 하나같이 강한 남자 주인공과 아름다운 미녀를 강조한 젠더 묘사라며 이를 뒷받침합니다.

그런데 오늘날 초식남이 늘고 있습니다. 미래의 가치보다 현재 지향적인 생존에 급급하다 보니 섹스리스가 늘고 있는 것입니다. 인류가 행하는 소비는 생존과 번식에 관한 것이 대부분인데, 생활필수품 위주의 생존형 소비는 그 부담이 크지 않은 반면, 이성의 눈을 사로잡기 위한 번식용 소비는 고비용이면서 '쓸모없는 과시형 소비'가 주류를 이룹니다. 소비를 진작하려면 연애나 결혼부터 장려해야 하는 이유가 여기에 있습니다.

인간의 뇌는 감정(대뇌변연계)과 이성(대뇌신피질)이 서로 협력하지 않으면 간단한 의사결정마저 불가능하게 됩니다. 어느 심리학자가 '감정과 이성의 댄스'라고 묘사했듯이 감정이 이성을 리드하도록 해야 합니다. 긍정적인 감정을 불러일으키는 장수 브랜드는 단기기억에서 장기기억으로 '고정화'된 것들입니다. 시장의 초기 점유율을 높게 차지하는 '경로의존(Path dependency)의 법칙'이 중요한 것도 바로 이 때문이지요.

프랑스의 분자생물학자인 프랑수아 자코브(F. Jacob)는 "진화는 뇌의 수선공이지 기술자가 아니다"라고 말합니다. 몇 가지 조합만으로도 새롭게 필요해진 기능을 수행할 수 있도록 메커니즘이 고안되고 만들어진다는 것인데, 해가 갈수록 무한계의 보상으로 돈이 으뜸 자리를 차지하고 있습니다. 쾌감을 느끼는 대뇌변연계의 보수계에 가장 자극적인 요소가 돈이라면 이를 체크하고 억제하는 대뇌신피질, 그 중에서도 논리적 사고의 중심으로 여겨지는 전두엽의 전두전야는 무엇을 하고 있단 말인가요.

행동경제학에서 말하는 프레이밍 효과(Framing effects; 인식의 틀에 따라 의사결정과 행동이 달라진다는 이론)와 휴리스틱(Heuristic; 직감)은 종종 '착각적 패턴 인식'을 낳습니다. 스스로 통제할 수 없는 불확실성 하에 놓이게 되면 실제로는 존재하지 않는 패턴을 보이려는 경향이 강해지는 것이지요. 그런 가운데서도 인간의 이성, 즉 전두엽의 논리적 사고가 쾌감과 불쾌감을 중심으로 작동하는 대뇌변연계를 어느 정도 컨트롤하고 있음이 실험결과 밝혀졌습니다. 이성과 감정의 대립이 반반의 비율로 나타난 것이지요.

결론적으로 우리가 변덕스런 소비를 하는 이유는 현재밖에 흥미가 없는 대뇌변연계가 찰나적 행동을 유발하기 때문이요, 지금 가진 것을 잃지 않으려는 손실회피 성향이 무의식적으로 드러나기 때문입니다. 만물의 영장인 인간에게 가장 발달한 신피질 역시 오히려 끊임없는 불안을 창조합니다. 원숭이들이 털 고르기 하듯, 따뜻한 말 한 마디가 체내 마약인 엔돌핀을 증가시켜 소비를 자극한다고 합니다. "원숭이를 불안하게 하지 말라" 소비의 기본 심리입니다.

문제는 경제다

선대인/웅진지식하우스

● "It's the economy, stupid!(바보야, 문제는 경제야)"

1992년 미국 대선에서 빌 클린턴이 내세운 캐치프레이즈로, 현직 대통령이던 조지 부시를 누르고 42대 대통령으로 당선되는데 큰 역할을 했던 경구입니다. 국민이 바라는 핵심사안의 정곡을 찌른 것이었지요. 우리 주변을 한 번 살펴볼까요. 느닷없이 쫓겨난 실업자들의 절망, 미친 등록금과 취업난에 시달리는 젊은이들의 눈물, 치솟는 전세난에 불안해하는 맞벌이 부부의 시름, 급속한 고령화 속에 홀로 사는 노인들의 고독, 종일 고된 노동을 하고도 쥐꼬리 소득에 시달리는 비정규직의 하소연, 재벌 유통업체에 골목 상권을 빼앗겨버린 자영업자들의 허탈감… 이 모든 참상 앞에 저자는 외칩니다. "문제는 경제"라며 10년 앞을 내다봐야 한다고요.

한국 경제의 가장 강력한 화약고는 부동산 거품과 가계 부채가 될 가능성이 높습니다. 국토해양부 실거래가를 바탕으로 수도권 아파트 시세추이를 산출해 본 바, 2007년 고점 대비 서울 강남3구가 15~20%, 일산 분당 평촌 산본 용인 등 수도권 밀집지역이 25~35% 떨어진 것으로 나타났습니다. 누적물가상승률 15%를 고려하면 실질가격은 40~45%나 떨어진 셈이지요. 호가 기준으로 5% 정도밖에 떨어지지 않았다는 국민은행 주택가격 지수는 허수에 가깝습니다. 전국 부동산 구매력지수 추이를 예측해 보면 2000년을 100으로 잡았을 때 2010년 91.5, 2020년 67.2, 2030년 24.4로 곤두박질치게 됩니다. 수도권의 경우에도 2030년엔 40.7로 급감할 것이 예상되므로 부동산 시장의 장기간 침체는 임시부양책으로 막을 수 없는 시한폭탄이라고밖에 달리 표현할 길이 없군요.

매매 값은 떨어지지만 전세 값은 올라가고 있다고요?! 속사정을 들여다보면 가계부채로 인한 '안전한 전세' 공급의 부족, 일부 지역의 월세전환 증가로 인한 전세물량의 상대적 부족, 잔금을 치르지 못해 내놓지 못하는 입주물량의 증가 등이 복합적으로 작용한 착시현상일 뿐입니다. 전국적으로 미분양 아파트가 수만 가구에 달하는 상황에서 갈수록 분양러시는 줄어들고 전세수요도 안정기를 찾게 될 것입니다. 좀 더 길게 보면 향후 전세시장은 사라지고 매매 시장과 월세 시장으로 이분되면서 임대료도 착해질 가능성이 매우 높습니다. 다만 그 거품이 서서히 붕괴되어 연착륙되기만 바랄 뿐이지요.

한국경제에 드리운 가장 큰 그늘을 꼽는다면 '저출산 고령화 충격'을 들 수 있겠지요. 한국의 출산율은 1.15명으로 유엔회원국 188개국 중 186위로 사실상 꼴찌입니다. 반면 65세 노인인구가 20%를 능가하는 초고령사회 진입은 앞으로 10여년 후인 2026년에 실현될 것으로 전망됩니다. 지금껏 추이를 살펴보면 한국의 GDP 성장률은 인구증감률과 정확히 정비례해 왔습니다. 이처럼 양적인 경제성장은 '경제활동인구(15~64세) × 1인당생산성'에 좌우되어 왔는데, 2018년 이후부터 그 인구가 줄어들기 시작한다는 충격적인 보고가 나오고 있습니다. 이대로라면 2020년경부터는 마이너스 성장을 경험하게 되고 2025년에는 2.8명이 노인 1명을 부양하게 될 것입니다. 지금까지 반복되어 온 집값폭등, 취업난, 교육비증가 등 사회구조를 확 뒤바꿔 놓지 않는 한 우리의 미래는 암울하기 그지없습니다.

지나간 MB 정부의 재벌 편애는 지금도 지탄의 대상이 되고 있습니다. 출범 초기부터 출자총액제한제(순환출자로 계열사를 선단식으로 지배하는 것을 막기 위한 제도)를 무력화하다가 2009년 완전 폐지시켰기 때문이지요. 그 결과 2007년 59개였던 삼성계열사는 80개로, 36개였던 현대자동차그룹은 55개로, 여타 재벌들도 줄줄이 계열사를 문어발보다 더한 지네발처럼 늘려 나갔습니다. 더욱이 2006년 중소기업 고유업종 제도의 폐지와 맞물려 한순간에 중소기업과 자영업자를 사지로 몰아넣었습니다. 제과 · 카페 사업이 돈이 된다니까 너나 할 것 없이 빵과 커피 사업에 손대더니 와인 열풍이 불자 와인 사업을, 막걸리 열풍 때는 막걸리 사업에, 정말 피도 눈물도 없이 달려들었으니 중소기업과 자영업자는 떡실신 당할 밖에요. 앞으로 이건희 떡볶이, 이재용 오뎅을 먹게 될 날도 머지않았다는 우스갯말이 장난이 아닌 것입니다.

재벌의 경제력 집중이 지나치게 과도해지면 대한민국은 사실상 '멕시코형 국가'로 전락할 수밖에 없습니다. 거의 모든 부문에서 재벌들이 시장 지배적 사업자가 된다면 한 나라의 경제체제가 불균형 상태에 빠져 양극화를 넘어선 절대다수의 빈곤화가 초래될 수 있기 때문이지요. 손쉬운 돈벌이에 익숙해진 재벌 3,4세의 기업가 정신은 사라지고 소시오패스(Sociopath; 나쁜 짓을 저질러도 양심의 가책을 느끼지 않는 이익추구형 인간)들이 경영권을 대물림 받는다면 대기업 신화도 언제 무너질지 모를 것입니다.

국내 경제위기가 심화되는 가운데 세계 경제까지 온통 지뢰밭입니다. 2008년 9월 리먼브러더스 파산을 계기로 미국발 세계금융위기가 화산처럼 폭발했습니다. 과도한 모기지 대출과 부동산거품 붕괴로 초래된 금융위기는 제로금리, 양적완화(화폐발행량을 늘려 시중에 돈을 푸는 경기부양책) 등으로 위기를 모면했습니다. 최근 발표된 미국의 출구전략(tapering; 양적완화축소) 발표로도 재정규모가 취약한 개발도상국들이 일시에 요동치고 있으니 당시 다급했던 미국 사정을 헤아릴 만합니다.

이제 유럽발 경제위기가 2막을 예고하고 있습니다. 국가채무가 과도한 남유럽 PIIGS(포르투갈, 이탈리아, 아일랜드, 그리스, 스페인)은 단일통화를 쓰는 통합경제시스템으로 말미암아 그때그때 사정에 맞춰 환율변동이나 금리 정책을 구사할 수 없습니다. 이는 나라가 거덜 나도 탄력적으로 적기 대응을 할 수 없다는 뜻입니다. 미국의 상황도 녹록찮습니다. 21조 달러 이상의 과도한 공공채무와 3년 연속 1조 달러를 넘긴 재정적자가 단기간 내 해소될 기미를 보이지 않기 때문입니다.

거기다 세계경제의 구세주로 주목받아 온 중국 경제의 경착륙 가능성도 우리를 불안에 떨게 합니다. 간신히 8% 성장을 떠받들고 있긴 하지만 이미 2000년부터 성장의 견인 역할을 해 온 순수출(=수출−수입)의 경제성장율 기여도가 2%대 이하의 비중으로 낮아지고, 나머지 6% 이상의 공백을 고정투자, 특히 각종 건설투자로 메운 탓에 불어난 부동산 거품이 터질 경우 그 피해는 상상을 초월할 것으로 우려됩니다. 이런 경제위기 2막의 파장은 한 방에 한국경제를 날릴 수 있습니다. 국가차원에서 단기외채를 줄임은 물론 부동산 안정화와 가계부채 다이어트를 유도하여 갑작스런 신용경색에 대비해야 합니다.

한국은 한-EU FTA를 체결한 데 이어 한-미 FTA를 체결했습니다. 유럽재정위기 영향 탓도 있겠지만 한-EU FTA 발효 4개월 만에 흑자규모가 37억 달러 감소했고 칠레와의 교역에서도 단 한 번 흑자를 기록한 적이 없습니다. 중소기업의 수출비중이 줄어 대기업과의 간극도 더 벌어졌습니다. 한미 간 무역규모가 다소 늘긴 했으나 상품수출의 무관세 혜택은 그리 크지 않은 반면, 농수축산품의 수입관세 장벽이 크게 떨어져 우리 농어민들의 피해가 속출하고 있습니다. 우려했던 그대로 농어업 종사자에게서 돈을 빼앗아 자동차 반도체 재벌들에게 얹어주는 꼴이 되고 있는 것이지요. 게다가 국내 농어업 손실을 메우려 국민 세금 22조 원을 투입키로 한다니 정말 가당찮습니다. 한-미 FTA가 인근 강대국인 중국과 일본의 시장개방을 위한 압력용 카드로 내민 미국의 술수였다면 어리석기 짝이 없는 한국은 글로벌 호구인 셈이지요. 다음 수순인 미국의 금융 서비스 개방 압력에 견뎌낼 재간이 있을까요. 스스로 제 무덤은 파지 말아야 할 텐데 걱정입니다.

위에 언급한 상황들이 아무런 개선 없이 지속된다면 미래 종착역은 핀란드나 스웨덴보다는 멕시코나 필리핀 쪽이 될 개연성이 높습니다. 국가-지자체-개인의 재정 자립도가 현저히 떨어지고 생산가능인구의 감소로 인해 경제적 활력이 상실되며, 국민연금을 둘러싼 세대 간 갈등이 증폭되는 가운데 80% 이상의 국민에게서 삶의 질이 더 악화될 게 뻔하기 때문입니다. 어떻게 해야 이 난국을 타개할 수 있을까요. 10년 내 국민들의 삶의 질을 2배로 끌어올린다는 일명 '삶의 질 배증계획'을 귀 기울여 들어볼까요.

우선 정부시스템 개혁입니다. 인상적인 것은 국토해양부를 '주택복지청'과 '국토관리청'으로 쪼개 각종 인프라 시설을 유지 관리 하게 하고, 1~2인 가구와 저소득층을 위한 공공 임대주택을 대량 공급하기 시작합니다. 쌓여있는 350조 원의 국민연금기금을 활용, 100% 공영개발 방식으로 아주 저렴하게 주택을 공급한다면 저소득층의 생활이 안정되고 기금수익도 매년 조금씩 불어나겠지요.

새 정부는 징세업무에 매달리는 국세청과 별개로 '소득조사청'을 설립하여 모든 소득/재산 정보를 통합적으로 파악함은 물론 부동산 보유세를 선진국 수준으로 강화하고 줄줄 새던 양도소득세와 임대소득세를 제대로 걷기 시작합니다. 주식 양도차익에도 과세하고 재벌과 고소득 자영업자의 탈세 행위를 근절하며 재벌들에 돌아가던 법인세 비과세 감면혜택도 크게 줄여 조세의 형평성을 살리는 것이지요.

또한 대학생 반값 등록금을 실시하여 교육의 기회를 넓혀주고, 산학연 혁신 바이오벤처를 육성 지원하여 취업의 장을 마련함으로써 자생적 경제 생태계가 형성되기 시작합니다. 재벌에 대해서는 개혁조치로 순환출자구조를 해소하면서 지주회사로 전환하게 합니다. 그 결과 소유와 경영의 분리가 이루어져 전문경영 체제로 이행되다보니 더욱 탄탄한 글로벌 경쟁력을 갖추게 되지요. 덩달아 협력업체들의 경쟁력도 올라가고 여기저기 기술력을 갖춘 중소벤처기업이 생겨나네요. 상류층에만 돌던 돈이 아래로도 흘러들어 서민경제가 자연스레 되살아나는군요.

연평균 3.5% 정도의 안정적 성장을 지속함으로써 누적 성장률이 41%에 불과하지만, 수출과 내수의 안정적 병행성장 전략으로 50% 수준이던 내수 비중이 선진국 수준인 65%로 증가해 서민가계의 경기가 살아납니다. 또한 정부의 엄격한 제재와 인센티브 제공으로 비정규직 비율이 20% 이하로 줄고 산업생태계가 활발해지면서 중소기업과 기술벤처 중심의 일자리가 30% 이상 늘어납니다. 이에 발맞춰 대기업에 편중되던 R&D 예산 배정도 점차 중소기업으로 확충시켜서 선순환 경제생태가 더욱 공고해집니다. 한편 전시행정 위주로 지원하던 문화 · 스포츠 지원관행도 사람과 프로그램 중심으로 바뀌어 대다수 국민들의 삶의 질이 향상되게 됩니다.

아울러 기업에게는 인구 40억이 넘는 전 세계 소득 피라미드의 밑바닥을 눈여겨보게 하고 해외아웃소싱이나 이익 보다 내실을 추구하게 하며 과로체제를 해소하는 대신 파괴적 혁신을 요구합니다. 개인에게는 사교육비, 보험료, 결혼비용 등 불필요한 지출을 줄이게 하고 재(財)테크 대신 지(知)테크를, 집값 대신 삶의 질을 따지게 합니다. 인생이모작을 겨냥하여 제2의 명함도 준비하고 자녀교육에선 과외 대신 책을 많이 읽도록 장려합니다.

10년 후 미래의 어느 날, 10년 전 보다 훨씬 좋아진 세상에서 살고 있음을 감사하고 싶습니다. 우리가 다 같이 노력한다면 그런 날이 오지 않으리란 법이 없습니다. 대한국민이여, 지금은 경제가 문제입니다.

6장.

환경·과학

도둑맞은 미래

2033 미래 세계사

3차산업혁명

강에도 뭇 생명이

원자력 트릴레마

아파야 산다

생명의 신비, 호르몬 1

생명의 신비, 호르몬 2 - 식품이 호르몬을 좌우한다

바잉 브레인

식량의 세계사

●

삿포르올림픽 당시 나무를 베어내는 데
폭탄 5톤이 사용되었지요.
평창올림픽을 위해서도 가리왕산에서
축구장 78개 면적이 파괴될 계획입니다.
훼손되는 나무는 12만 그루에 달하지요.
올림픽 유치의 기쁨과 환호 아래 보이지 않는
슬픔들이 있습니다.

- 우이령포럼 -

도둑맞은 미래(Our stolen future)

테오 콜본/사이언스북

● 환경호르몬의 실체를 최초로 밝힌 책입니다. 의학 전공 대학원생이었던 역자도 번역하는데 애를 먹었다고 밝힐 정도로 다양한 전문용어들이 등장합니다. CFC(Chloro fluoro carbon), PCB(Polychlorinated BinPhenyl), DDT(Dichlorodiphenyltrichloroethane), DES(Diethylstilbestrol), 다이옥신 등등. 이들의 공통점은 대개 염소 화합물로 이루어지고 장기간 분해되지 않은 채 인간과 동물의 내분비계를 교란시키는 유해한 합성 화학물질들이란 점입니다.

얼핏 보기에 딱딱한 자연과학도서가 아닐까 여겨지지만 읽다보면 책을 내려놓고 싶지 않을 만큼 흥미진진한 내용들이 수두룩합니다. 제1장 저주 편에서는 지난 1950년대부터 최근까지 세계 도처에서 야생동물과 조류들의 개체수가 현격히 줄거나 행동 이상을 보인 기이한 사건들에 주목합니다. 도대체 무슨 일이 벌어진 거지요? 이 사건들의 공통된 실마리를 추적한 동물학자 테오 콜본은 비극의 단초들이 화학의 시대가 시작되었던 1940년 때와 일치함을 밝혀냅니다.

산업화 바람을 타고 쏟아져 나온 각종 합성 화학물질들은 당시로선 획기적인 발명품이었습니다. 일명 프레온가스로 불리는 CFC는 개발 당시 가장 안전한 냉매, 분사제로 각광을 받았으나 오존층을 파괴한 주범으로 밝혀졌고, 살충제 DDT는 농업혁명에 공헌한 공로로 개발자에게 노벨상까지 안겼지만 내분비 교란 오염물질의 대명사가 되었지요. 이 같은 사실이 밝혀지기까지 상당 기간 무방비 상태로 방치되었으니 노출되지 않은 곳이 없다할 정도로 환경호르몬으로 인한 폐해가 속출하였습니다.

대표적인 폐해는 앞서 밝힌 대로 인간과 동물의 체내 호르몬을 교란시킨다는 점이지요. 화학메신저로 불리는 호르몬은 몸속 내분비샘에서 생산되어 정보고속도로와 유사한 생물학적 작용을 합니다. 그런데 이러한 내분비계가 교란될 경우 개체수가 감소하고 각종 생식기 질환을 일으키며 종양, 체중감소, 면역억제, 행동장애 등이 유발됩니다. 1940년 정액 1ml당 1억1천3백만 마리이던 평균정자수가 50년 사이에 50%나 감소하여 불임 및 기형출산의 원인이 되고 있고, 유방암도 매년 1%씩 증가하여 현재 미국 여성 8명 중 1명꼴로 발병하는 높은 유병률을 보이고 있습니다.

문제의 심각성은 이 독물들이 대물림되고 전 지구적으로 퍼져 있다는 데 있습니다. '난분해+잔류'의 특징을 지니는 환경호르몬은 체내에 극미량이 잔존하더라도 산모뿐만 아니라 태아에 악영향을 끼칠 가능성이 높지요. 북극곰의 쓸개에서 발견될 정도로 전파범위도 넓습니다. 미국 오대호 일대의 수질을 오염시킨 PCB는 플랑크톤〉갑각류〉빙어〉호수송어〉재갈매기로 이어지는 먹이사슬을 타고 농도가 2천5백만 배까지 증폭됨이 확인되었습니다. 그러다보니 먹이사슬의 최상층부에 있는 인간의 입장에선 어느 한 곳 안전지대라곤 없는 것 같습니다. 인간 스스로가 저지른 일이니 응분의 대가를 치르는 게 당연할지 모릅니다. 그러나 야생 상태로 살아온 수많은 동식물들과 아직 태어나지도 않은 미래의 후손들에게 큰 죄를 저지르고 있다고 생각하니 글을 쓰는 내내 무거운 마음이 짓누르는군요.

다행히 지난 1978년 유해 화학물질 배출을 제한하는 국제협약인 몬트리올 의정서가 채택된 이래 국제적인 환경협약을 체결하고 준수하자는 움직임이 일고 있습니다. 본서 부록에도 1991년 저자를 포함한 일단의 과학자들이 내분비 교란 화학물질의 분포와 영향에 대한 우려를 표명한 윙스프레드 선언문을 발표한 바 있지요. 독일 화학자 브라운가르트는 회수와 재활용이 용이하도록 화학제품을 만들자는 몇 가지 지침도 마련했습니다. 이런 노력들이 공염불이 되어선 안 될 것입니다.

개별 소비자 입장인 우리로서는 저자가 일러준 대로 수질검사를 거친 식수를 골라 마시고, 동물성 지방을 피하고 유기농 야채를 섭취하는 식습관을 가져야 합니다. 식기는 플라스틱 용기 대신 유리나 자기 그릇을 사용해야 하며 손도 자주 씻어야 하고요. 화초를 기를 때에도 살충제, 제초제를 사용하지 않아야 하고 아이에겐 플라스틱장난감 대신 천연소재 장난감을 사 주어야 합니다. 그런데 이런 정도의 주의로 충분하지 못한 게 현실이지요. 다이옥신은 아무리 주의를 기울인다 해도 우리가 알지 못하는 가운데 여기저기서 검출되고 있습니다. 어느 개인, 한 국가에 국한되는 문제가 아닌 것입니다.

이 글을 쓰고 있는 오늘, 밀양송전탑반대 도보순례단이 마침 우리 마을을 지나가고 있다합니다. 대도시의 전력난을 해소할 목적으로 지방 원전으로부터 전력을 끌어오기 위한 송전탑을 밀양 지역에만 무려 69개를 세운다는 건데, 초고압인데다 그 수가 세계 최다라서 전자파의 폐해가 불 보듯 예상됩니다. 전자파도 내분비 기능을 교란하여 소가 송아지를 낳지 못하고 벌이 꽃을 찾지 못하게 만들기 때문이지요.

생태주의 작가 헨리 R. 소로우의 〈월든〉을 펼쳐보면 '자발적 빈곤'이란 말이 나옵니다. 가장 현명한 사람은 늘 가난한 사람보다 더 간소하고 결핍된 삶을 살아왔다는 것이지요. 문명인이 미개인보다 나은 이유를 물질적 풍요보다 정신적 풍요에서 찾아야한다는 그의 주장이 너무도 절실하게 다가옵니다. 인간본위의 지배욕 대신 자연과 더불어 살려는 공생의지가 결국 도둑맞은 미래를 되찾는 열쇠라는 생각이 듭니다. 미래는 피동형이 아닙니다. 우리 모두는 도둑질을 함께 한 공범들이라는 능동적인 자각과 함께 실천의지를 발현해야 합니다. 더 이상 도둑맞을 미래는 없으니까요!

2033 미래세계사

비르지니 레송/휴머니스트

● 2033년에 벌어질 법한 토픽뉴스들을 간단히 살펴볼까요.

1월, 미국 48대 대통령으로 최초의 히스패닉계 취임,

2월, 서울-베이징-모스크바를 연결하는 고속철도선 개통,

3월, EU정상회담에서 일부 수입품에 대한 부가탄소세 도입 발표,

4월, 유엔 인구분과 세계 인구 85억 발표,

5월, 기후난민의 지위를 인정하는 의정서 채택,

6월, 칼랄리 누나트공화국(전 그린란드) 독립 선포,

7월, 알제리 석유고갈로 OPEC 탈퇴,

8월, 수도를 광저우를 옮긴다고 중국 총리 발표,

10월, 인도(14억7천만 명)가 세계 최대 인구대국으로 등극,

11월, EU 2년 연속 1인당 이산화탄소 배출량 감소,

12월, 뉴욕증시 배럴당 원유가격 200달러까지 폭등…

미래는 밝거나 어둡습니다. 아시아의 소식이 자주 등장할 만큼 비중이 커져있음을 직감하게 됩니다. 그러나 아프리카와 남미의 소식은 전해지지 않는군요. 이쪽이 더 밝아지고 그쪽이 더 어두워져서일까요. 모든 것은 상호 연결되어 있습니다. 이 책에선 인구-환경-에너지 3가지 요소를 중심으로 연결되는 미래의 민낯을 카토그램(cartogram)으로 여실히 보여줍니다.

1부 마루와 골. 인구변화의 정점과 저점에 따른 다양한 쟁점을 살핍니다. 인구대국 중국과 인도는 인구 비교우위에, 러시아 브라질 캐나다는 천연자원에, 이집

트 싱가포르 파나마는 전략적 위치에 중점을 두지만 노대륙 EU나 노국가 일본은 인구 한파 속에 경제 · 정치 · 복지 등에서 전면적인 정책수정이 불가피해질 전망입니다. 2033년의 대륙별 인구분포는 아시아 58.7%〉아프리카 19%〉아메리카 13.2%〉유럽 7%의 순이 될 것으로 예측됩니다. 특기할 변화는 지난 1950년에 비해 유럽은 10%가 감소하는 반면 아프리카는 10%나 비중이 늘어난다는 점이지요. 이런 대륙간 인구편차는 대대적인 이민과 이주를 촉발시켜 거대도시를 탄생시킵니다. 인구 1천만이 넘는 30여개의 메트로폴리스에 몰리는 인구집중 현상은 일시에 교통 · 주거 · 산업 · 생활방식을 탈바꿈시키면서 환경오염 · 자원고갈 · 생태파괴 등 심각한 환경혼란도 초래합니다. 도시가 세계 에너지생산량의 75%를 소비하면서 온실기체 배출량의 75%를 배출한다는 사실은 미래를 어둡게 만듭니다. 인간과 환경이 조화를 이루는 환경첨단 미래도시로 광교, 송도 2곳의 우리나라 신도시에 주목하는 이유도 여기에 있습니다.

2부 지구는 몸살 중. 인류가 안고 있는 식량난과 경작지 부족, 물 부족 등에는 언제나 인구문제가 언급됩니다. 기하급수적으로 늘어나는 인구가 식량 증산을 따라가지 못할 거라는 맬더스의 예견이 여전히 설득력을 잃지 않고 있는 것입니다. 그러나 여러 통계와 수치를 살펴볼 때 자국의 이익을 내세우는 선진국의 탐욕스러운 경제성장 정책이 농작물 수확과 배분의 왜곡을 부추기고 있음을 알게 됩니다. 육류와 유제품 등 서구식 식단의 보급이 빈국들의 곡물 수요를 빼앗아가고 있지요. 1kcal의 양고기나 쇠고기를 생산하려면 식물 11kcal가 필요합니다. 남아도는 옥수수를 소비시키려고 시도되었던 대규모 축산업의 사료용 곡물이 오히려 인간을 굶주리게 만들고 있습니다. 화석연료를 대체할 목적으로 추진된 바이오연료 개발에도 막대한 곡물이 사용되지요. 바이오연료는 에너지 총량의 1.5%밖에 감당하지 못하면서 경작가능지의 2%, 곡물 소비의 7%를 잡아먹고 있습니다.

물 부족 문제 또한 심각합니다. 담수량이 부족해서가 아니라 편재성과 접근성이 문제를 낳고 있는 것입니다. 아프리카는 광대한 대수층을 보유하고 있음에도 37%가 물을 제대로 공급받지 못하고 있지요. 식품이나 공산품 제조에 들어가는 물발자국도 중요한 척도가 됩니다. 스테이크 한 조각을 먹으면 물 2,600리터를 마신 셈이니 말입니다. 소 한 마리를 키우는데 300만 리터 이상의 물이 투입되고 커피 1kg에도 21,000리터의 물이 사용되어 가장 높은 수치의 물발자국을 남긴다는 사실을 아십니까. 무려 145개 나라가 다른 나라와 강을 공유할 정도로 지금까지 물은 인류의 공유 자원이었지요. 그러나 점점 귀해지는 물 탓에 국지적인 전쟁 가능성이 높아지고 있습니다. 나일강과 창포강, 요르단강 등이 분쟁의 씨앗이 되고 있습니다.

3부 위기일발. 화석연료와 광물이 고갈되고 있습니다. 고갈연도를 예측해 보니 석탄은 2900년, 천연가스는 2070년, 은 2028년, 금 2030년, 철 2042년, 구리 2044년 등등. 중국과 인도의 경제적 약진이 에너지 수요를 큰 폭으로 상승시키고 있는 가운데 천연자원의 지역 편재가 순환경제의 한계를 드러내고 있습니다. 산림 훼손과 지나친 화석연료 사용 등으로 빚어진 온실효과 역시 지구온난화를 가속화시키고 있습니다. 문제는 주범국가들 보다는 주변국이 본의 아닌 피해를 입는다는 것이지요. 방글라데시가 최대의 피해국이 될 신세입니다. 거대한 삼각주를 형성하고 국토의 절반이 해수면 아래에 위치한 방글라데시는 잦은 홍수와 침수의 희생양이 될 게 뻔하니까요. 한반도를 포함한 아시아 전역이 온통 지뢰밭인 셈입니다. 지진, 쓰나미, 홍수, 가뭄 등 온갖 자연재해가 가장 빈번하게 일어나는 곳이 이곳이기 때문이지요. 앞으로는 늘어나는 환경난민 문제가 골칫거리가 될 것입니다. 늦었지만 성장모델의 중심에 환경을 두어야 한다는 목소리가 점점 커지고 있습니다. 우리 모두 녹색성장(=이산화탄소를 적게 배출하는 경제)만이 유일한 해답임을 깨달아야 합니다.

"미래란 현재에 질서를 부여하는 것이다. 미래를 예견하려 하지 말고 미래를 가능하게 하라." 생떽쥐베리가 〈성채〉에서 남긴 말입니다. 앞으로도 인류는 지금의 위기를 태동시킨 탐욕 대신 양심, 인본주의, 미래에 대한 희망으로 현명한 판단과 행동을 내릴 것이라는 게 저자의 믿음입니다. 저 또한 동감입니다. 결국 미래는 인간 스스로 만들어가는 것이니까요.

3차 산업혁명

제러미 리프킨/민음사

● 이 책은 유럽연합이 금세기 들어 두 가지 목표를 설정하는데 영향을 끼친 지침서입니다. 하나는 지속가능한 저탄소 배출 사회로 탈바꿈하는 것이고, 다른 하나는 활기찬 경제 체제를 구축하는 것이지요. 2011년 출간되자마자 중국 공산당이 당 간부의 필독서 10권에 포함시킬 정도로 세계적 주목을 받고 있습니다. 3차 산업혁명이 도대체 뭐길래 이 난리일까요.

골자는 '인터넷 기술과 재생가능 에너지를 융합시켜 분산과 협업이 이루어지는 수평적 사회를 만들자'는 것입니다. 3차 산업혁명의 다섯 가지 핵심요소는 1.재생가능 에너지로의 전환, 2.모든 건물을 미니발전소로 변형, 3.불규칙한 에너지 생성의 저장기술 개발, 4.인터넷 원리로 작동하는 에너지 공유 동력망(Inter-grid)으로의 전환, 5.모든 교통수단을 연료전지 차량으로 교체하고 대륙별 동력 그리드에서 전기를 사고파는 것이지요.

그간 석탄, 석유 등 화석연료는 굴뚝산업을 일으키는데 지대한 공헌을 했습니다. 그러나 자원이 점차 고갈되어 가고 있으며 더욱 심각한 것은 환경을 황폐화시키고 기후변화를 초래하여 인류의 생존마저 위협받을 지경에 놓이게 만들고 있다는 점입니다. 화석연료를 대체할 재생가능 에너지로의 전환은 불가결한 선택인 셈인데, 역사적으로 주류 연료가 전환되는데 반세기가 걸린 점을 감안하면 더 이상 늑장부릴 순 없을 것 같습니다. 목재연료를 중심으로 한 1차 산업혁명이 19세기를, 화석연료를 중심으로 한 2차 산업혁명이 20세기를 지배하였다면 3차 산업혁명은 21세기에 크나큰 영향을 끼칠 것이며 2050년경이면 녹색 에너지가 보편화될 것으로 내다보이기 때문입니다.

자, 그럼 2050년의 세계로 미리 한 번 가 볼까요. 각 가정과 사무실, 공장, 빌딩 등 모든 건물에는 미니발전소가 만들어져 있습니다. 햇빛이 화창한 날에는 태양광을, 비가 오는 날에는 빗물을, 바람 부는 날에는 풍력을 이용하여 자체 발전시킵니다. 이렇게 생성되는 전기는 동력 저장소에 보관시켜서 동력 그리드를 통해 부족한 곳에 판매하기도 하고 전기자동차의 연료로 사용하기도 하지요.

가장 먼저 시행에 들어간 유럽연합은 2020년까지 전체 에너지의 20%를 재생가능 에너지로 충당한다는 계획을 세우고 있습니다. 2년에 2배씩 태양광 및 풍력 발전설비를 늘리고 태양광발전 비용도 매년 8%씩 절감시켜 8년 뒤엔 절반 수준으로 떨어뜨린다는 것입니다. 그럴 경우 화력이나 원자력 발전에 드는 생산비용과 얼추 비슷해지지요. 재생가능 에너지로의 전환은 3차 산업혁명의 새로운 패러다임을 예고합니다. 이산화탄소를 배출하지 않으므로 지구의 생태가 복원될 것임은 말할 나위가 없으며 무한의 재생 가능 에너지는 빈곤국가에도 활력을 불어넣을 것입니다.

지금까지 경제 선진화의 척도는 에너지 소비량으로 등급이 매겨졌습니다. 예를 들어 미국은 최빈국인 케냐의 320배, 성장가도를 달리고 있는 중국에 비해서도

11배로 에너지 소비수준이 대단히 높지요. 현재 5억 수준인 글로벌 중산층이 10억 이상으로 늘어나는 2030년이 되면 전 세계 에너지 소비량은 5~11배로 증가할 것으로 전망됩니다. 그런 점에서 무한정으로, 그것도 별 운영비용 없이 사용할 수 있는 재생가능 에너지로의 전환은 더 이상 논쟁이 필요 없는 마지막 산업혁명의 대미를 장식할 것입니다. 또한 사람들의 생활방식에도 큰 변화가 나타날 것으로 예견됩니다. 저자는 다음과 같은 두 가지 대변화를 예고하고 있습니다.

첫째는 보다 수평화 된 사회가 된다는 것입니다. 에너지 민주화는 화석연료에 기반한 중앙집권형 자본주의를 소규모 생산-소비 방식의 분산 자본주의(distributed capitalism)로 탈바꿈시킵니다. 각 개인이 직접 보유하게 될 재생가능 에너지는 본질적으로 분산적이라서 위계 서열식 지휘 통제를 거부합니다. 또한 인터넷으로 형성된 네트워크가 전통적 시장과 경쟁하며 소유 대신 협업을 요구하고 있지 않습니까. 일터의 개념도 바뀌게 될 것입니다. 개인 에너지의 확보와 인터넷의 보급은 3D 프린팅 같은 분산형 제작을 가능케 하고 비효율적인 원거리 직장 근무를 배척하게 만들지요. 그러다보니 세계화(globalization) 대신 대륙화(continentalization) 바람이 불 것입니다. EU, ASEAN처럼 지역권역별 대륙 간 정치 · 경제 · 통합 움직임이 활발히 전개될 것입니다.

둘째, 협업의 시대가 온다는 것입니다. 보이지 않는 손에 의해 재화와 서비스가 교환되던 전통적 자본주의가 사라지지요. 판매자와 구매자가 아닌 공급자와 이용자가, 시장이 아닌 네트워크상에서 서로 접속합니다. 소유권 대신 접속권이 중요해지는 것이지요. 반면 생산 및 분배에 드는 비용은 점점 축소되어 모든 산업 영역의 공급사슬에서 거래비용 제로의 경제가 출현할 것입니다. 그런 점에서 3차 산업혁명은 생산성을 내세운 1,2차와는 전혀 성격이 다른 협업 혁명으로의 전환점이 될 것입니다. 인간을 기계화하는 노동에서 해방시키고 지속가능한 생활방식과 생물권 보호를 중시하는 협업이 확산되지요. 사람이 일할 수 있는 네 가지 영역(시장, 정부, 비공식 경제, 시민사회) 중 고용이 창출될 곳은 시민사회 밖에 없다고 보는 것입니다. 시장 자본을 창조하는 쪽은 점점 더 지능형 기술에 맡기고, 사회적 자본을 창조하는 공동체 활동이 보다 많은 비중을 차지하게 될 것이기 때문이지요.

저자의 말대로 지금은 '심오한 놀이(deep play)'에 참여할 만반의 준비를 해야 할 때입니다. 동료 인간과의 공감적 접촉을 통해 보다 포괄적인 생물권 공동체를 형성하게 될 3차 산업혁명은 이미 시작되었다고 봐야 하니까요.

강에도 뭇 생명이

권오길/지성사

● 인간의 호기심은 끝이 없는 것 같습니다. 1년 반 전 제가 〈대한민국 지표산물(건강신문사)〉이라는 책을 펴냈던 건 순전히 우리나라 지역특산물에 대한 지적 호기심의 발로였지요. 요즘엔 부쩍 환경에 대한 관심이 많아졌습니다. 도서관에서 우연히 마주 친 이 책의 머리말을 읽다보니 생물학자인 저자도 '눈을 끄는 단어와 마음에 드는 글'이라는 제목의 공책을 소지하고 다니며 그때그때 메모하는 습관을 지니고 있음을 알게 되었습니다. 그의 공책을 훔쳐보고 싶다는 애꿎은 생각도 잠시, 이 책 소개로 욕심을 대신하고자 합니다.

본서는 우리나라 하천에 사는 74종의 생물들에 관한 이야기입니다. 원생동물에서부터 포유류에 이르기까지, 낯익은 생물들이 자주 등장하다보니 읽는 내내 흥미를 잃지 않게 합니다. 이야기는 물에서 시작됩니다. 소금농도 3.5%인 해수(海水)와 달리 민물(淡水)의 소금농도는 0.05%미만이지요. 이런 민물이 지구상에 존재하는 물 전체에서 차지하는 비중은 얼마일까요? 고작 2.75%에 불과합니다. 그것도 1.84%가 빙하상태로 얼어있고 0.4%는 지하수로 감춰져 있어 눈에 띄는 표면수는 고작 0.04%라니, 게다가 표면수의 8분의 7이 러시아 바이칼 호와 북미 오대호에 담겨있다니, 물 부족으로 인해 벌어지는 국지적인 분쟁이 예사롭지 않음을 실감하게 됩니다.

세포가 하나인 원생동물, 드물게 보이는 민물해면동물, 쐐기세포로 쏘는 자포(刺胞)동물, 회충 따위의 선형동물을 닮은 유선형동물, 이 중 유선형동물인 연가시(실뱀)의 애벌레는 수서(水棲)곤충의 몸을 거쳐 메뚜기 사마귀로 이어지는 먹이사슬 속에 기생하다가 이들 숙주를 조종하여 다시 물로 돌아온다 합니다. 산모가 입덧을 하는 이유도 자궁 속의 태아가 숙주인 엄마를 조종하여 스스로 건강을 챙기려는 일종의 신호탄이라니 실로 대단한 생명의 신비를 느끼게 되지 않습니까.

환형(環形)동물인 실지렁이는 수질 오염을 알려주는 지표 생물입니다. 산소가 부족한 곳에 살다보니 핏속의 헤모글로빈이 든 꼬리를 쉼 없이 흔들어대며 생존하도록 진화되었습니다. 서해안의 피조개가 붉은 이유도 부족한 산소 환경에 적응한 증거이지요. 연체동물로는 고둥 무리인 복족류(腹足類)와 껍데기가 두 장인 부족류(斧足類)가 전부인데, 복족류를 대표하는 다슬기와 우렁이의 식용 상당수는 남미나 중국산이라는군요. 제초제와 농약 등쌀에 토종 우렁이는 코빼기도 볼 수 없는 게 현실이라니 참 안타깝습니다.

반대로 민물담치 중 러시아에서 미국으로 넘어간 얼룩말홍합은 미국 오대호 바닥을 완전 점령하여 그곳에선 심각한 생태교란을 일으키고 있습니다. 우리 하천에 흔하디흔한 재첩 역시 아시아 이민자들에 의해 1920년대부터 미국, 유럽으로 퍼져나가 지금은 라인강, 다뉴브강에서도 발견된다 하니 사람만큼이나 국경 없는 생물종들의 이주 현상을 목격하게 됩니다. 이러니 이 땅의 황소개구리를 마냥 탓할 순 없겠지요.

도랑치고 가재 잡는다는 우리 속담이 있습니다. 뒷걸음질의 명수인 가재를 잡으려면 일종의 요령이 필요한데요, 낮에는 주로 굴속에 숨어 지내므로 먹이사냥을 나서는 한밤중에 몰래 물가에서 불을 밝히고 양동이에 주워 담기만 하면 됩니다. 어릴 때의 추억이 아련하군요. 하지만 요즈음에는 1급수에서만 사는 이놈들을 만나기란 하늘의 별 따기입니다. 물에 사는 수서곤충으로는 크게 노린재 무리와 딱정벌레 무리로 나눠집니다. 게를 닮아 게아재비, 범을 닮아 버마재비, 전갈을 빼닮은 장구애비 등 삼촌 · 당숙을 지칭하는 '아재'라는 경상도 사투리로 지칭되는 것이 퍽이나 친근하지 않습니까.

표면장력 원리로 제 몸의 15배 무게를 등에 얹고서도 물위를 미끄러지듯 내달리는 소금쟁이는 빙판의 요정 김연아 선수가 부럽지 않은 물 위의 요정입니다. 이 외에도 물방개, 깔따구, 진강도래, 무늬하루살이 등이 이웃사촌들이지요. 세계적으로 2천여 종에 이르는 하루살이는 종에 따라 짧게는 30분, 길어도 일주일밖에 살지 못합니다. 오히려 물속에서 유생으로 1년을 산다하니 성충으로 사는 이유가 오로지 생식과 번식뿐일까요. 애닯네요.

물고기 중에는 몸이 길어 장어(長魚)라 이름 지어졌지만, 빨판으로 다른 물고기에 기생하며 피를 빨아먹고 사는 칠성장어는 예리한 이빨로 왕성한 육식성을 자랑하는 뱀장어에 비해 덜 진화된 놈으로 여겨집니다. 둘 다 회귀본능이 강해 어김없이 고향을 찾는데, 칠성장어는 바다에서 살다 강에 올라와 산란을 하는 대신, 뱀장어는 저 멀리 필리핀의 수루가 해산(海山)에서 산란하여 한국, 일본 등지로 올라오는 차이가 있습니다. 부산 자갈치시장의 대표 메뉴인 곰장어구이. 먹장어가 표준어인 이놈은 암흑천지인 600미터 심해에서 살다보니 눈이 멀어 먹장어라 불렸겠지요.

강과 바다를 넘나드는 놈으로 황어(黃魚)와 송어(松魚)도 있습니다. 어름치와 같이 잉엇과에 속하는 황어와는 달리 연어과에 속하는 송어는 산천어와는 한 집안 식구이지요. 그런데 신기하게도 한 놈은 바다로 내려갔다 올라오는 송어가 되고, 한 놈은 바다를 무서워 해 상류로 향한 산천어가 된 것입니다. 산천어 축제에 쓰이는 놈들은 죄다 양식장의 송어 암컷과 산천어 수컷을 교잡한 치어를 산간 계곡에 방류한 놈들로 엄밀히 말하면 자연산 산천어는 아닌 셈입니다. 가물치 이야기 한 토막. 일제 치하에 시달리던 1923년경부터 일본인들이 가져간 가물치가 그곳의 하천을 차례로 점령하여 토종 어류 따위를 싹쓸이했다는 사실입니다. 나라 잃은 설움을 그곳 강에서나마 한풀이 해 준 우리의 가물치가 자랑스럽지 않은가요.

몇 해 전 도롱뇽을 볼모로 터널공사 반대시위를 벌였던 어느 여승이 생각나는군요. 세계적으로 500여 종이던 개체수가 점점 줄고 있으니 스님 마음이 오죽했으랴만, 위급할 땐 미련 없이 꼬리를 잘라 도망치는 놈이 도롱뇽임을 아시는지요. 잘린 자리에 새살이 돋아나듯 우리 사회 곳곳의 상처도 그렇게 아물기를 소원해 봅니다.

이들 외에도 강을 벗 삼는 생물 수는 허다합니다. 자라, 남생이, 붉은귀거북, 원앙, 청둥오리, 큰고니, 뜸부기, 물총새, 수달 등 수생동물들과 부레옥잠, 부들, 미나리, 붕어마름, 개구리밥 등 수생식물들이 하천의 주인들입니다. 그런데 언제부터인가 개발이라는 명목으로 댐과 보를 쌓고 하천을 무자비로 파헤치는 사이 그들이 하나둘 사라지고 있습니다. 세상에 공짜가 없듯 이유 없는 생명은 없습니다.

함께 공진화하지 않는 세상, 재앙이 잇따를 뿐이겠지요.

'깊게 파고 싶으면 넓게 파기 시작하라.' 저자의 바람처럼 강에도 뭇 생명이 살고 있음을 만인이 깨닫게 하고 싶습니다.

원자력 트릴레마

김명자 최경희/까치

● 11일의 악몽이 전 세계를 뒤흔들고 있습니다. 2001년 9월 11일 뉴욕 무역센터 피습에 이어 2012년 3월 11일 일본 후쿠시마 지진사태도 같은 11일자에 벌어졌기 때문이지요. 그러나 후자의 악몽은 후쿠시마 원전의 방사능 누출로 말미암아 가공할 위력이 더해지고 있습니다. 원자로 규모가 체르노빌 사태의 11배라서 자국민의 피해만 피폭자 8천8백만 명, 사망 1백만 명, 심각한 후유증 8백만 명으로 추산된다는 보고가 있습니다. 일본의 전역(현재 70% 오염)이 초토화되고 인구의 60% 이상이 직접적인 피해를 당하게 된다는 것이지요.

문제는 당사국만의 불행에 그치지 않고 인근국가에 피해를 끼칠 가능성이 매우 높다는 것입니다. 체르노빌의 예만 보더라도 오염범위가 멀리 그린란드까지 확인된 바 있습니다. 사태의 심각성은 단시간 내 연료봉 제거가 어려울뿐더러 방사능 물질이 수백 년이 지나도록 소멸되지 않는다는 것이고, 다양한 경로(비바람, 해류, 새, 물고기 등)를 타고 무차별적으로 번져간다는 점이지요. 우리나라에서는 부산 지역이 최소사거리 반경에 들어있다 합니다. 90%가 일본산이라는 동태를 비롯해 명란,

아가미 등 젓갈류에 이르기까지 상당수 수산식품에도 비상이 걸렸습니다.

괴담 수준의 관련 글들이 난무하는 이런 상황에 사건의 본질인 원자력 발전에 대한 올바른 이해와 인식이 너무도 절실합니다. 먼저 원자력의 발자취를 더듬어 보면, 2차 세계대전 당시 맨해튼 프로젝트로 불렸던 원자폭탄 제조가 그 시초입니다. 두 방의 원폭 투하로 일본을 패망하게 만든 후 이를 평화적으로 이용하자는 미국 아이젠하워 대통령의 제창으로 1957년 국제원자력기구(IAEA)가 발족되었지요. 1956년 영국에서 군사용 플루토늄 생산을 겸한 콜더홀 원전이 가동되었지만, 순수 상업용 원전의 효시는 1957년 건립된 미국 펜실베니아주의 쉬핑포트 원전으로서 저농축 우라늄을 사용한 가압경수로 방식(PWR)이었습니다.

이후 에너지 수요가 폭등하면서 미국, 유럽, 일본 등 선진국을 중심으로 원전 설립이 확산되었습니다. 1979년 미국 스리마일 섬 원전과 구소련 1986년 체르노빌 원전 사고로 잠시 주춤하긴 했지만 그야말로 원자력 르네상스 분위기가 이어져 온 것입니다. 2013년 현재 31개국에서 435기의 원자로가 가동되고 있습니다. 미국(104기)이 숫자로는 제일 많으나 총 전력 대비 원전 발전비중의 순으로 보면 프랑스(77.7%)〉벨기에, 슬로바키아(각 54.0%)〉우크라이나(47.2%)〉헝가리(43.2%)〉슬로베니아(41.7%)〉스위스(40.8%)〉스웨덴(39.6%)〉한국(34.6%) 순입니다.

우리나라도 일찍이 이승만 초대 대통령 때부터 원자력에 관심을 갖기 시작하여 1958년 원자력법을 공표하고 이듬해에 원자력연구소를 설립하였습니다. 당시 미국 국비유학생 대부분이 원자력 전공자였을 만큼 정부의 관심이 지대했고 그 관심은 박정희 대통령 이후까지 쭉 이어졌지요. 최초의 원전은 1972년 착공, 78년에 준공했던 고리 1호기로 세계 22번째 상용 원전 보유국가로 이름을 올리게 됩니다. 87년에는 전체전력량의 50% 이상을 점유했으나 현재 23기의 원전에서 연간

15Gw 전력을 생산, 전체 생산전력의 35% 정도를 커버하고 있습니다.

발전방식은 크게 경수로(Light Water Reactor) 방식과 중수로(Heavy Water Reactor) 방식으로 나뉩니다. 경수로 방식은 미국 주도형으로 핵연료로 농축 우라늄, 감속재나 냉각재로 일반 물인 경수(H2O)을 사용하는 반면, 중수로 방식은 캐나다 주도형으로 천연 우라늄과 중성자 흡수를 용이하게 하는 중수(D2O;산화중수소)를 사용한다는 차이가 있습니다. 연료농축이 필요 없는 중수로가 값이 비싼 것과 달리 경수로는 핵무기 제조가 힘들지요. 과거 미국이 북한 영변에 흑연로 해체를 대가로 경수로를 지어주려 했던 이유도 이와 무관치 않습니다.

원전 문제의 쟁점 중 하나인 방사성 폐기물은 방사능 농도에 따라 저/중/고 준위로 구분되는데, 우리나라는 중저준위를 한데 묶어 경주 방폐장에서 일괄 처리하고 있습니다. 작업복, 장갑, 교체부품 등 대부분의 원자력시설에서 나오는 수거물은 중저준위에 해당하고, 고준위 폐기물은 사용 후 연료 그 자체나 재처리 과정에 발생되는 수거물을 말합니다. 방사능 농도로 볼 때 반감기 20년 이상의 알파선을 방출하는 핵종으로서 4,000 Bq/g 이상이 고준위인 것이지요. 경주의 경우 동일 방폐장에 고준위시설도 건립하려 했으나 지역주민의 반발에 밀려 일단 뒤로 미뤄진 상황입니다. 핵무기 미보유국인 우리나라는 국제협약상 재처리가 허용되지 않습니다. 고준위 임시저장시설(조밀식건식저장소)을 대규모로 확장하려던 월성 원전의 계획도 불발에 그친 마당에 사용후 연료를 영구 보관할 방폐장의 건립은 오리무중이지요. 시급함에도 불구하고 검토단계에서부터 지역주민들의 반발에 부딪혀 오도 가도 못하고 있는 실정입니다.

스웨덴은 15년 이상 공청회를 거친 후 지하 500m에 심저터널을 파서 방폐장을 운영하고 있습니다. 해당 지역 주민들이 대거 참여하는 경영방식으로 주민들의 일자리도 늘어나고 안전시설의 견학코스로 전 세계 관광객을 유치하는 일석이조의 효과를 거두고 있다 합니다.

방사능의 위험성에도 불구하고 왜 원전을 건립하려는 걸까요. kWh당 발전원별 정산 단가를 따져보면 원자력 40원〈유연탄 70원〈태양광 126원〈풍력 137원〈석유 212원의 순입니다. 사용후 핵연료 처분비용까지 감안하면 55원 전후로 올라가지만 그래도 최고의 경쟁력을 보입니다. 에너지 자립도가 20%에도 못 미치는 우리 형편상 연료비에 들어가는 외환유출을 고려하지 않을 수 없겠지요. 2006년 기준 원자력이 5억 달러였을 때 석탄발전은 31억 달러, 천연가스발전은 85억 달러, 석유발전은 20배가 넘는 106억 달러를 기록했으니까요.

원전은 방사능의 위험에도 불구하고 이처럼 경제성이 뛰어나면서 이산화탄소를 배출하지 않는 장점을 갖고 있습니다. 에너지 수요가 급증하고 있는 이웃국가 중국은 현재 17기의 원전 외에 31기를 더 건설할 것이라고 발표했습니다. 여러모로 화석연료 발전보다 낫다는 판단에서이지요. 하지만 공사 원전의 40%를 차지하는 대부분의 시설들이 동부 연안을 따라 우리나라와 인접해 있습니다. 남의 집 살림살이라 함부로 뭐라 하겠는가마는 후쿠시마 같은 사태가 발발한다면 황사바람은 비교가 안 될 후폭풍에 시달릴 것은 명약관화합니다. 한중일의 긴밀한 협력체제가 절실한 이유입니다.

전기는 대표적인 공공재라서 지금의 원자력발전을 완전 포기할 경우 가구당 월 10만원 정도의 전기료가 더 부가될 것으로 추산됩니다. 전력 수요의 50% 이상을 차지하는 산업계가 입을 타격도 상상을 불허하고요. 재생가능에너지가 대안으로 떠오르고 있지만 지금으로선 경제성이 떨어진다는 지적입니다. 원전, 그야말로 계륵(鷄肋)이군요.

2012년 7월에 발표한 스탠퍼드 대학 연구팀은 후쿠시마 방사선 유출로 인한 암 사망은 130건, 암 발생은 180건 정도로 예상된다고 밝혔습니다. 같은 해 3월 발표된 UN의 자료는 극히 미미한 수준일거라고 일축했습니다. 안전에 대한 인식수준이 워낙 높은 일본인지라 체르노빌과 단순비교를 해선 안 된다는 것이지요. 그러나 반론도 만만찮습니다.

일본 정부가 국민들의 방사능 언론유포를 금지시키고 있는 가운데 진실을 밝혀야 한다는 내부 목소리가 거세지고 있으며, 우리나라에서도 환경전문가 김익중 교수는 이미 많은 양이 바다로 방출되었고, 여전히 진행 중인 Melt-down(노심용융)으로 인한 방사능 피폭은 최소 수백 년간의 피해로 이어질 수밖에 없다고 경고합니다. 원전사고 3주년을 맞는 올해 3월 중국 신화통신은 “일본 방사능 오염수 유출, 언제까지 거짓말할 것인가”라는 제목의 특집기사를 내보냈습니다. 지난해 8월 300t의 방사능 오염수가 바다로 유출된 사실을 인정하고도 다음달 2020년 도쿄 올림픽 개최를 수락하는 IOC총회에선 아베총리가 오염수가 완전 차단되었다고 거짓말했던 사실을 상기시키며 더 이상 자국민과 국제사회를 기만하지 말라고 꼬집었습니다. 누가 옳고 누가 그른 건가요.

저자는 환경부장관을 지낸 행정전문가입니다. 후쿠시마 사태 이후 반핵 탈원전 여론이 심화되면서 의견수렴의 기회나 해법을 찾기가 너무 어렵다고 호소합니다. 당신이라면 원자력 트릴레마(삼중고)를 어떻게 해결할 수 있겠나요. 책을 덮고도 의문이 해소되지 않습니다. 뭔가 밝히지 않은 진실이 숨겨져 있는 느낌입니다. 냉철한 이성과 따뜻한 감성(Cool Head, Warm Heart), 서로간의 신뢰 회복이 최우선 해법이 아닐까 싶습니다.

아파야 산다

샤론 모알렘/김영사

유튜브에서 〈인간 피부색의 비밀〉에 대한 동영상을 우연히 보게 되었습니다. 인류의 기원은 아프리카에서 시작되었다지요. 강렬한 햇빛, 즉 자외선을 차단하도록 적응된 초기의 검은색 피부는 세계 전역으로 뿔뿔이 흩어지는 과정에 황색, 백색 등 집단적 돌연변이로 생겨났습니다. 햇빛의 양에 따라 멜라닌 색소가 많으면 검게 되고, 적을수록 하얗게 되는 선택 진화가 피부색을 결정짓게 된 것입니다. 이 책은 인간의 입장에서 본 질병과 질병의 입장에서 본 숙주(인간) 간의 상관관계를 파헤친, 인류 진화의 여정에 관한 책입니다.

지구상에는 철분 없이 살아남을 수 있는 생물체는 거의 없습니다. 철분은 산소를 운반하며 해독작용과 에너지 전환 작용을 돕고 효소를 만드는 주원료 역할도 합니다. 또한 빈혈의 주범이라서 필수 미네랄 성분 중 하나이지요. 그런데 체내 철분량을 자동 조절해 내는 정상인들과는 달리 대사기능이 저하되어 무방비로 흡수된 철분 침착이 관절과 주요 장기를 손상시키고 몸 전체의 화학작용을 망가뜨리는 혈색소침착증(일명 혈색증)에 걸리는 사람들이 있습니다. 서유럽 출신들에게서 30% 정도가 나타나는, 매우 흔한 변이유전 질병은 유독 왜 이들에게서 빈발하는 걸까요.

1347년으로 거슬러 올라가 봅시다. 당시 흑사병이 유럽 전역을 휩쓸어 절반에 가까운 2,500만 명이 죽어나갔습니다. 특기할 점은 15~44세 사이의 건장한 남성들이 우선적으로 죽은 데 반해 여성과 혈색증 환자는 많은 수가 살아남았다는 점입니다. 월경을 통해 철분 손실이 많은 여성, 그리고 철분고정반응(질병에 의해 철분이 몸 전체로 퍼지는 과정에 대식세포의 수준은 오히려 차단되는 면역반응)으로 철분 결핍을 보인 혈색증 환자의 대식세포(=면역계의 최수호송차)가 전염인자를 고립시켜 제압해 버린 것이지요. 반면 혈색증이 없는 사람의 대식세포에는 철분이 아주 풍부하므로 이를 보약삼은 전염인자들이 무장괴한으로 돌변함으로써 임파절이 붓고 터져서 죽게 됩니다.

혈색증은 유전적 돌연변이로 바이킹에게서 처음 생겨났습니다. 유럽 연안 일대에서 소규모로 동종 번식되던 혈색증 보인자 1세대가 흑사병에 살아남자 환자 개체수가 상대적으로 늘어나면서 19세기까지 계속되던 역병의 피해 규모도 줄어들었습니다. 이는 일반적인 진화의 진행방향에 역행하는 것이지요. 생존과 번식에 유리한 유전자를 선호하는 것이 자연선택의 원리라면 혈색증 돌연변이는 결코 물려받고 싶지 않은 형질입니다. 방치하면 수십 년 후엔 사망에 이르게 되는 혈색증 유전자는 인간 스스로가 자초하여 대물림시킨, 피치 못할 유전병이었던 것입니다.

북유럽 사람에게 1형 당뇨병(자가 면역질환의 일종)은 흔한 질병이지요. 세계적으로 핀란드 1위, 스웨덴 2위, 노르웨이와 영국이 공동 3위를 기록하고 있습니다. 특정 개체군에서 다발하는 질병은 그 개체군의 조상들이 환경에 적응하도록 유리하게 진화되어 온 증거입니다. 고농도의 당분이 부동액 역할을 하여 혹한에서의 생존율을 높여 주었기 때문이지요.

반면 아프리카계 미국인들은 유럽이나 아시아 지역 출신들에 비해 치명적인 심장병에 걸릴 확률이 두 배나 높습니다. 눈치 챘겠지만 피부색 차이 때문입니다. 햇빛은 피부를 투과하여 체내의 콜레스테롤을 비타민D로 전환시키는 대신 엽산을 파괴하는 두 기능을 가지고 있지요. 밝고 강렬한 태양광을 통제할 목적으로 검게 변해버린 피부가 햇빛이 충분치 못한 미국 땅에선 콜레스테롤 과잉, 비타민D 부족 증세로 나타나 심장질환을 일으키게 만들기 때문입니다.

질병과 외부환경의 영향 못지않게 인간을 숙주로 삼는 세균과의 공생관계도 매우 흥미롭습니다. 우리 몸은 매일 세균을 위한 잔치판을 벌여주고 있지요. 성인 몸에는 포유류 세포 보다 외부 세균 세포가 10배나 더 많기 때문입니다. 몽땅 모아보면 1천종이 넘는 세균이 1.3kg의 무게로 10~100조 마리가 득실거리고 있습니다. 우리 몸에 둥지를 튼 세균들의 보유 유전자를 다 합치면 인간 게놈이 보유한 유전자보다 무려 100배나 많다니 놀랍지 않은가요.

재미난 사실은 아군과 적군이 공생하는 가운데 알게 모르게 이들로부터 숙주 조종을 당하고 있다는 점입니다. 감기에 걸린 사람이 재채기를 하는 이유는 감기 바이러스가 인간 숙주로 하여금 재채기 반응을 유도해 주변 사람들을 감염시켜 거기에서 새로운 둥지를 틀기 위함이지요. 말라리아도 인간 숙주를 조종합니다. 고열과 오한을 일으키고 몸이 기진맥진해 지도록 만들어 침대에 드러눕게 만드는 것은 모기를 통해 마음 놓고 말라리아 병원균을 다른 사람에게 감염시키고자 함이지요. 수인성 전염병인 콜레라에 걸리면 설사를 통해 수백 만 마리의 미생물을 배설하게 만듭니다. 이 역시 매개경로인 상하수도를 통해 퍼뜨리고자 하는 숙주 조종의 한 형태인 것이지요.

이 정도라니. 내 몸이 내 몸이 아니라는 착각마저 듭니다. 제약업계에선 항생제 내성이 골칫거리입니다. 강한 항생제를 개발할수록 거기에 대항하는 세균의 내성도 함께 강해져서 얼마 못 가 약효를 발휘하지 못하는 일이 반복되고 있기 때문이지요. 항생제 군비경쟁이 더 큰 위험을 자초하고 있는 가운데, 진화생물학자 에왈드는 세균의 병독성을 약화시키는 방향으로 진화를 유도해야 한다고 주장합니다. 즉 세균의 이동경로를 차단하여 세균 길들이기에 나서야 한다는 것이지요. 예를 들어 칠레에선 상수도를 철저히 위생 처리하였더니 콜레라의 병독성이 현저히 낮아졌다 합니다. 결국 인간과 세균은 서로 간에 상충되는 생존과 번식에서 타협점을 찾을 수밖에 없습니다. 이에는 이, 눈에는 눈. 함무라비 법전은 인간에게만 적용되는 게 아닌 듯합니다.

최근 후생유전학(epi-genetics)에 대한 연구가 활발합니다. '그 후의, 추가의' 라는 그리스 접두어가 의미하듯, DNA상의 변화 없이 부모로부터 물려받은 새로운 형질을 표현하는 현상을 연구하는 학문이지요. 20여 년 전 영국 의학자 데이비드 바커 교수는 '산모의 영양 상태가 부실할 경우 작은 몸집으로 태어난 아기는 자라서 비만하게 된다'는 절약표현형(thrifty phenotype) 가설을 내세웠는데, 엄마의 경험에 따라 자손의 유전자 발현이 영향을 받는다는 전조적응반응(predictive adaptive response) 또는 모계효과 라는 정설로 인정받고 있습니다.

말미에 수중분만의 장점을 예로 들며 인류가 수생 유인원에서 진화해 온 것일지도 모른다는 이론을 제기하고 있습니다. 물 친화적 본능이 여기저기서 감지되고 있음도 밝힙니다. 왜? 그래서? 과학자들의 탐구정신은 끝이 없는 것 같습니다. 아파야 사는 질병-진화-건강의 삼각관계만큼이나 '살아서 아픈' 현실의 부조리를 속 시원히 밝혀줄, 어디 그런 과학자는 없나요.

생명의 신비, 호르몬

데무라 히로시/종문화사

● 호르몬이란 'Hormao(자극하다, 일깨우다)'라는 그리스어에서 유래합니다. 말 그대로 정신과 신체의 균형, 즉 Homeostasis(항상성)을 유지하기 위해 신체 구석구석에

정보를 전달하고 자극하는 화학물질입니다. 약 80종의 체내 호르몬이 뇌를 비롯하여 부신, 소화관, 성기 등 내분비선이라 불리는 7개의 장기 외에 혈관이나 세포로부터도 분비됩니다.

예를 들어 더운 여름날 체온이 올라가면 땀구멍이 열리고, 땀을 흘리면 체온이 내려가 체온이 일정하게 유지되지요. 독감에 걸릴 경우에는 열이 나거나 두통이 생기는 증상을 보이면서 원래의 몸 상태로 돌아가려고 합니다. 생체의 항상성을 유지하려는 이러한 방어 전술은 모두 호르몬 법칙에 의해 제어됩니다. 호르몬 법칙은 내분비계의 호르몬, 신경계의 신경전달물질, 면역계의 사이토카인(Cytokine; 세포의 작용을 조절하는 저분자량의 단백질로서 세포 간의 정보전달물질), 이 세 가지 계통에서 작용하지요.

땀샘, 침샘 등 외분비선과 달리 혈액이나 림프액 속으로 직접 분비하는 내분비 호르몬으로 갑상선 호르몬이나 성호르몬 등이 있습니다. 이들은 아미노산이나 콜레스테롤 등을 원료로 삼는데, 단백질에는 방대한 정보를 저장할 수 있는 특징이 있지요. 스트레스나 질병 등 몸 안팎의 변화를 재빨리 감지하고 뇌로 전달하는 신경전달물질은 문자 그대로 뇌신경 간에 정보를 전달하는 역할을 합니다. 엔돌핀, 도파민 등 뇌내 호르몬이 유/불쾌, 희로애락 등 갖가지 감정을 만들어 내고 있는 것이지요. 사이토카인은 내분비계 호르몬과 유사하지만 면역세포에서 분비되어 면역체계를 움직인다는 차이점이 있습니다. 주된 것으로 인터로이킨, 인터페론 등의 물질이 있지요.

이렇게 생체유지에 필요한 정보 전달을 위해 분비되는 호르몬은 크게 5가지 역할을 합니다. 1.성장과 발육, 2.생식과 미용, 3.환경에의 적응, 4.에너지 생성 및 저장, 5.정동(精動; 일시적으로 치솟는 감정)과 지성. 요컨대 인간이 매일매일 건강하게 살아가기 위해 없어서는 안 될 귀중한 화학물질인 것이지요.

그런데 오염된 환경이 호르몬 이상(異狀)을 유발하고 있습니다. 1992년 덴마크의 한 과학자가 1938~1990년 약 50년 사이 전 세계 남성의 정자 수가 절반으로 감소했다는 충격적인 발표를 했습니다. 각종 대기오염과 인공 호르몬물질이 원인이라는 분석입니다. 지금까지 대기 중에 방출된 화학물질은 무려 10만 이상의 종류에, 그 양도 연간 1억 톤을 헤아리지요. 쓰레기 소각 시 대량 발생되는 다이옥신은 생식 호르몬에 치명적이어서 여성에겐 난소 호르몬 이상을, 남성에겐 정자 수 격감을 초래하고 있습니다.

유해 화학물질은 무방비로 우리의 생활전선에 노출되고 있습니다. 주택건축자재에서부터 밥상에 오르는 반찬들까지. 식용유에 들어있는 인공 호르몬물질을 감안하면 하루라도 이것들을 섭취하지 않는 사람이 단 한 명도 없을 것 같습니다. 이런 물질들이 몸 안으로 들어오면 점진적으로 호르몬의 균형이 깨집니다. 호르몬 불균형은 불임, 성이상(性異狀), 치매, 우울증, 식욕부진, 성격이상(性格異狀) 등 신체적 정신적 질병을 야기합니다.

호르몬 질병에 시달린 대표적인 지도자로 미국 케네디 전 대통령을 꼽을 수 있습니다. 전형적인 애디슨병(Addison's disease)을 앓고 있었는데, 부신피질호르몬이 부족하여 생기는 병이지요. 스트레스로부터 지켜주는 이 호르몬이 부족하면 쉬 피로해지고 스트레스에 약해짐은 물론 식욕도 없어지고 심하면 구토를 하게 됩니다. 반면에 일본 다나카 전 수상은 파제트병(Peget's disease)을 앓았습니다. 이는 갑상선 호르몬이 지나치게 분비되는 대표적인 갑상선 질환인데, 이런 갑상선 기능항진은 급한 성격, 급작행동으로 나타나지요. 다나카 수상의 재임 당시 왕성한 행동력은 바로 파제트병에 기인했다는 분석입니다.

사람은 호르몬의 힘으로 사랑하게 되고 정신력을 발휘하게 되며 급기야 성공도 손에 넣는다는 말이 있습니다. 이제부턴 호르몬을 제대로 이용하는 방법들을 살펴보겠습니다. 무엇보다도 호르몬 활성 3S, 즉 Sunshine(햇빛), Sleep(수면), Sound(음악)를 제대로 이해하고 실천하는 것이 중요합니다. 우리의 신체 리듬이라 할 수 있는 체내 시계는 눈의 바로 뒤편에 있는 시교차상핵(SCN) 신경세포가 12시간마다 On/off 작동을 하는데, 낮에 햇볕을 듬뿍 쐬지 못했거나 밤에 제대로 잠을 자지 못했다면 체내시계에 이상이 생기고 맙니다. 햇볕을 충분히 쬐지 못했을 때 세로토닌의 분비가 감소하여 우울증을 일으키는 경우가 그런 예 중의 하나지요. 놀랍게도 어두워지기 시작하면 세로토닌은 저절로 활동을 멈추고 같은 뇌내 호르몬인 멜라토닌과 바통 터치를 합니다. 멜라토닌은 기분 좋은 잠을 유도하며 노화를 지연시키고 면역력을 높이는 작용을 하다 보니 숙면 역시 호르몬 균형에 기여하는 바가 커지요. 한편 호르몬 분비의 사령탑 격인 뇌의 시상하부는 긴장을 푼 편안함을 좋아합니다. 음악, 특히 클래식은 감각중추를 통해 몸에 좋은 호르몬을 맘껏 분비하게 만드는 자양분 역할을 하지요. 실제 음악을 듣게 되면 잠과 휴식을 부르는 세로토닌이나 기쁨의 호르몬인 도파민이 대량 분비됨을 확인할 수 있습니다.

기억력을 향상시키는 부신피질 자극호르몬(ACTH). 이는 아침 4~9시 사이에 가장 많이 분비되므로 이 황금시간대에 공부하는 것이 밤 시간대보다 2배가량 학습효과를 냅니다. 단기적인 기억력과 직관력을 최대로 올리려면 당연히 이 시간대를 활용하는 것이 좋습니다.

한편 장기기억에 위력을 발휘하는 호르몬은 항이뇨호르몬(바소프레신)입니다. 평소 눈과 귀를 통해 들어오는 방대한 정보의 99%는 잊어버리게 된다 합니다. 그 비율을 낮추려면 체내 바소프레신을 활성화시켜야 하는데 수분섭취량을 억제하는 것이 무엇보다 중요하지요. 체내 수분량은 바소프레신 분비량과 반비례하기 때문입니다. 그러므로 공부하면서 커피, 콜라 따위를 마시는 것은 일시적인 각성효과를 줄 뿐 스스로 기억력을 저하시키는 꼴이 되고 맙니다. 이럴 땐 마음의 긴장을 풀어주며 바소프레신 분비도 촉진해 주는 따뜻한 물에 목욕하기가 최선의 상책일 것입니다.

어류에는 없고 진화된 포유류에서만 보이는 도파민은 창조력을 발휘하는 신경 전달물질입니다. 많은 양의 도파민을 내보내는 A10신경을 활성화하려면 잡념을 없애고 즐겁고도 기쁜 상태에 놓여 있어야 합니다. 여기에 술이나 담배, 차 등 기호식품이 시너지 효과를 나타내지만 지나치면 중독의 위험에 빠질 수 있으므로 주의해야 합니다.

의욕상실은 갑상선 자극호르몬 방출호르몬(TRH)의 활동이 최저 수준으로 떨어져 있음을 방증하는 것입니다. 칭찬이 돌고래를 춤추게 하듯 TRH 역시 칭찬에 민감하게 반응하지요. 남들이 해주는 칭찬과 함께 스스로 챙기는 길은 충분한 수면이 최상입니다.

한편 아드레날린은 중압감을 느낄 때 유독 많이 분비됩니다. 아드레날린이 분비되면 에너지의 원천인 포도당이 단번에 증가함과 동시에 자율신경을 각성시켜 투지를 돋워 주지요. 배구선수들이 중간중간 파이팅 포즈를 취하는 것은 모두 이 때문입니다. 긴장하면 금세 분비되지만 매우 빨리 없어진다는 특징 때문에 자주 파이팅을 외쳐야 하는 것도 잊지 말아야 합니다. 하지만 하찮은 일로 자주 화를 내거나 초조해 하면 그것이 혈압을 상승시키고 뇌와 심장에 과도한 부담을 주게 되니 그때그때 잘 조절해야 하지요.

이밖에 명상, 기공 같은 이미지요법을 통해 호흡, 자세, 마음 3가지 요소를 다듬다 보면 혈관 활성 장 펩티드(VIP)라는 장뇌 호르몬의 분비가 왕성해짐은 물론 뇌파를 알파파 상태로 바꾸거나 우리 몸속의 Natural Killer Cell을 활성화시켜 암의 진행을 막는 효과도 거둘 수 있습니다. 인도에선 명상 수련 때 대개 향을 피우는데, 이는 엔돌핀 같은 뇌내 호르몬의 분비를 촉진하여 고통을 완화하고 쾌감을 주기 때문이지요. 또한 두피 마사지를 받거나 스킨십을 주고받으면 머리가 맑아지고 기분이 상쾌해 집니다. 이는 기분 좋은 자극에 의해 뇌의 시상하부에서 호르몬이 활발히 분비되기 때문이지요.

'사랑은 회춘의 묘약'이라는 말이 있습니다. 이성과의 만남이나 남편의 가사 돕기는 길게 봐서 노화를 지연시키고 치매를 예방하는 효과가 탁월합니다. 이성과의 사랑은 DHEA(Dehydroepiandrosterone)나 테스토스테론 같은 생식 호르몬을 많이 분비시켜 심리적 안정과 함께 노화지연에 도움을 주지요. 집안일 같은 가벼운 노동 역시 근육을 지배하는 신경을 활발히 만들어 시상하부를 경유하여 다양한 호르몬의 분비를 촉진합니다. 즉 신경말초에서는 노르아드레날린이, 부신수질에서는 아드레날린이, 부신피질에서는 코르티솔이 분비됩니다. 이 호르몬들은 뇌를 각성시키고 숙면을 유도해 주지요.

최근 발표에 의하면 우리나라가 정년퇴임 후에도 가장 일을 많이 하는 나라로 밝혀졌습니다. 달리 표현하면 삶의 질이 최악이라는 뜻이지요. 이러다보니 전철 안에 시너로 불을 지른 70대 노인처럼 개인적 불만과 분노를 지닌 사회구성원들이 적지 않습니다. 인간의 희로애락에 관여하는 신비의 물질 호르몬 편을 정리하며, 문득 세대 전반에 걸쳐 호르몬 균형이 절실함을 느낍니다. 인간을 인간답게 하는 호르몬, 그 조절 열쇠는 바로 우리 스스로가 쥐고 있습니다.

식품이 호르몬을 좌우한다.

● 평소에 어떤 음식을 섭취하느냐에 따라 건강이 나빠지거나 좋아집니다. 호르몬의 분비에서도 마찬가지이지요. 환경오염이나 식품첨가물 등 현대는 식생활 환경이 매우 열악한데, 호르몬의 입장에서 보면 호불호가 명확합니다. 우선 식사패턴의 3가지 기본요소부터 살펴볼까요.

첫째, 규칙적인 식사가 중요합니다. 식사를 하면 체내 혈당치가 올라가고 이를 낮추기 위해 췌장에서 인슐린이 분비됩니다. 그런데 한 끼를 거르고 난 다음 폭식을 한다면 급격히 올라간 혈당치를 내리기 위해 인슐린이 다량 분비되어 저혈당 상태에 빠지기 쉽습니다. 둘째, 긴장상태로 식사하지 말아야 합니다. 초조하면 교감신경이 긴장하여 심장박동수가 부쩍 올라가고 땀이 납니다. 이런 스트레스 반응으로 작용하는 부신피질 자극호르몬 방출호르몬(CRH)은 식욕을 억제하지요. 조급함도 마찬가지라서 아침식사는 최소 40분 전에 일어나 가벼운 운동 후 하는 게 바람직합니다. 셋째, 즐거운 기분으로 식사하라는 것입니다. 밝은 기분으로 식사할 때 위액이나 쓸개즙, 췌액 분비가 좋아져 소화 관련 호르몬의 작용까지 상승하기 때문입니다.

현대사회는 스트레스로 가득합니다. 부신의 기능이 저하되면 스트레스를 견디는 호르몬이 제대로 분비되지 못해 만성피로 식욕감퇴에 시달리게 되지요. 부신기능 저하 환자의 가장 큰 특징은 영양의 편중입니다. 칼로리는 높지만 영양가가 부족한 정크푸드, 커피, 알코올 등을 과잉 섭취하거나 환경오염물질이나 유해식품에 노출되어 있습니다. 이럴 땐 비타민A,C,E를 섭취해야 합니다. 특히 비타민C는 부신에 가장 많이 저장되므로 하루 3g 이상을 섭취해야 하는데, 흡수 배설이 빨라 하루 3번으로 나누어 섭취하는 게 좋지요. 비타민C가 풍부한 식품으로는 브로콜리, 파슬리, 오렌지, 귤, 레몬, 고구마, 감자, 키위, 딸기 등을 들 수 있습니다.

어느 조사에 따르면, 일본 중산층 남녀 80%가 1일 필요량의 4분의 3밖에 비타민을 섭취하고 있지 못하다고 합니다. 체내에 비타민C가 부족할 경우 비타민E가 그것을 대신하는데, 간이나 폐, 신장의 비타민C 농도가 급격히 감소하면 비타민E도 이를 보충하면서 동반 감소해 버리지요. 이처럼 호르몬 작용을 상호 보완하는 뜻에서 비타민C와 E를 함께 복용하는 것이 좋은 것입니다.

또한 호르몬과 우호적인 관계에 있는 것이 피리독신이라 불리는 비타민B6입니다. 비타민B6는 필수 아미노산인 트립토판이 세로토닌으로 바뀔 때 사용되며, 멜라토닌의 생성을 촉진함으로써 우리에게 규칙적인 생활 리듬을 선사해 줍니다. 담배나 술, 가공식품을 즐겨 하는 사람에게 결핍되기 쉬우므로 비타민B6가 풍부한 바나나, 당근, 간, 새우, 콩, 밀 등을 챙겨 먹는 게 좋겠습니다.

보통 식후 30분이 지나야 혈당치가 올라가기 시작합니다. 혈당상승 중에는 성장호르몬의 분비가 극단적으로 저하되어 식후 1시간 반 이후에야 혈당치가 정상으로 되돌아갑니다. 잦은 간식이 아이들의 성장을 막는 주범이란 걸 알아야 합니다. 조숙한 어린이일수록 키가 잘 크지 않는 경우도 많은데, 성호르몬이 성장호르몬의 활동에 제동을 거는 게 원인이지요. 그러니 성장기 아이일수록 간식을 절제하고 충분한 수면을 취하며 적당한 운동을 하도록 권유해야 합니다.

소화기관은 식생활과 관련하여 독자적인 방어기능을 지닙니다. 음식물에 붙어 있는 유해 대장균은 산에 약한 성질이 있습니다. 유산균은 체내에서 당을 분해하여 유산발효를 하는데, 이때 만들어지는 유산이 장의 pH를 산성상태로 낮춰 유해균 증식을 억제합니다. 유산균이 만들어내는 유기산이 장벽을 자극, 연동운동도 촉진합니다. 또한 소화관 호르몬의 활동을 활발히 하는 역할도 하지요. 최근 유익균의 에센스가 응축된 생유산균(Probiotics) 제품이 각광받고 있는 점이 이와 무관치 않습니다.

우리가 음식을 통해 섭취하는 단백질은 위와 장에서 작은 입자의 아미노산으로 소화 분해된 다음 효소나 단백질, 호르몬 등으로 다시 태어납니다. 체내 호르몬을 증가시키기 위해서는 양질의 아미노산, 특히 체내에서 합성이 되지 않는 필수 아미노산(로이신, 이소로이신, 페닐알라닌, 메티오닌, 트레오닌, 트립토판, 발린, 리신)은 반드시 음식으로 섭취해야 합니다. 밥이나 빵만으로 살 수 없는 이유가 여기에 있습니다.

체액에 녹아있는 무기질(Mineral)의 양은 미량이지만 신체의 성장발육 뿐만 아니라 호르몬에게도 필수불가결한 영양소입니다. 호르몬의 어머니 같은 존재라고나 할까요. 칼륨부족은 우울증이나 불면증, 초조함이나 경련을 유발하고, 마그네슘 결핍은 정신착란, 발작 등을 일으킵니다. 해조류에 풍부한 요오드는 갑상선 호르몬의 필수 재료이다 보니 바다가 없는 내륙의 오지에선 갑상선이 붓는병이 빈발합니다. 다행히 산이 많고 3면이 바다인 우리로선 편식만 하지 않으면 천연의 무기질을 부족함 없이 섭취할 수 있지요.

여기서 퀴즈. 무기질 중 가장 결핍되기 쉬운 것과 사고뭉치는? 우선 가장 결핍되기 쉬운 무기질은 칼슘입니다. 세포 속 칼슘농도는 세포 밖 농도의 1만분의 1이어야 한다는 건 인류 탄생 이래의 철칙이지요. 멜라토닌 분비에 없어서는 안 되는 칼슘 유지를 위해 부갑상선 호르몬과 칼시토닌이 활약합니다. 필요에 따라 뼈에서 칼슘을 동원하고 신장에서 칼슘이 배설되는 것을 막고 칼슘 흡수를 높이는 비타민D를 생성하기도 하는 것이지요. 따라서 하루 최소 1,000mg 이상의 칼슘을 섭취해 주어야 합니다.

그런데 나이가 들수록 부갑상선 호르몬의 분비량은 많아지는 데 반해 칼시토닌은 감소하여 칼슘의 균형이 깨집니다. 칼시토닌의 억제기능이 약화되어 뼈에서 자꾸 칼슘이 빠져나가버리면 골다공증에 걸리게 되는 것입니다. 칼슘 흡수에는 비타민D가 조력자 역할을 담당하지요. 뼈가 다시 만들어지는 데에는 파골세포와 조골 세포가 중심적인 역할을 하는데 비타민D가 부족하면 섭취한 칼슘이 뼈 형성에 이용되지 않고 대부분 몸 밖으로 배설되어 버립니다. 비타민D는 하루 10분 정도 햇볕을 쬐는 것만으로도 하루 필요량을 충분히 확보하게 되므로 햇빛 쬐기를 게을리 해선 안 되겠지요.

반면 최고의 사고뭉치는 나트륨입니다. 염분은 우리가 살아가기 위해 반드시 있어야 할 물질이지만 과잉섭취로 중요한 수분까지 배설시켜 체액감소 및 고혈압 등을 일으킵니다. 이때 바소프레신 호르몬이 분비되어 체내 수분량을 조절해 주지요. 따라서 염분은 하루 10g 이하로 섭취를 제한하도록 유의해야 합니다.

수면을 관장하는 호르몬인 멜라토닌은 밤 시간에만 그 분비량이 급격히 많아져 새벽 2~3 사이에는 낮 동안의 10배 가까이 늘어납니다. 조종사의 시차장애 해소약으로도 쓰이는 멜라토닌은 우리가 흔히 먹는 채소나 과일에 많이 함유되어 있지요. 케일에 제일 많고 그밖에도 고사리, 쑥갓, 양배추, 무, 당근, 배추, 양파, 파, 오이, 아스파라거스, 사과, 키위, 토마토, 파인애플, 딸기 등에도 많습니다. 따라서 수면제 대신 저녁 찬거리로 채소를 챙겨 먹는다면 깊은 잠에 빠져 들 수 있을 것입니다. 잠자는 숲속의 공주가 예쁜 이유는 바로 호르몬 조절이 뛰어났기 때문입니다.

바잉 브레인(Buying Brain)

A.K.프라딥/한국경제신문

● 최근 대형마트의 진열방식이 달라지고 있습니다. 과자는 과자, 과일은 과일, 끼리끼리 진열하던 방식에서 정육+쌈장, 쌀+쌀벌레약 등 관련 상품을 짝짓기 하는 일명 '뉴로마케팅'을 채택하고 있는 것입니다. Neuro Marketing? 두뇌 활동에서 발견되는 무의식적인 반응, 즉 정보를 전달하는 신경인 뉴런과 마케팅을 결합한 용어로 뇌과학과 비즈니스를 접목시킨 개념입니다. 미국 하버드대 제럴드 잘트먼 명예교수는 사람의 사고, 감정, 학습의 95%가 무의식 상태에서 이루어진다고 말합니다. 구매를 결정하는 것도 95%가 무의식이라는 얘기이지요.

10여 년 전부터 미국 유럽에서 주목받기 시작한 뉴로마케팅은 최근 국내에서도 유통업계를 중심으로 활용도가 높아지고 있습니다. 상품/고객 동선 배치, 판매전략 수립 등 그 쓰임새도 매우 다양합니다. 포천지는 뉴로마케팅을 미래를 이끌 10대 신기술로 선정하기도 했지요. 이 분야 최고의 전문가인 저자는 이 책에서 "인간의 의식은 거짓말쟁이지만 뇌 속에 가득 찬 무의식은 거짓말을 못하고 솔직하게 무엇을, 왜, 어떻게 살지 결정하는 쇼핑의 슈퍼 갑"이라고 썼습니다. 자, 이제 저자가 말하는 뉴로마케팅의 진수를 밝혀보겠습니다.

정보를 뇌로 전달하는 오감은 각자의 역할을 수행합니다. 먼저 시각은 쌍안시, 즉 두 눈이 받아들이는 정보를 종합적으로 판단하는 최우선적인 능력을 갖지요. 후각은 두뇌의 가장 깊은 곳인 변연계에 저장되어 가장 오래도록 기억될 만큼 위험을 감지하는 생존본능의 산물입니다. 미각은 먹고 싶다는 욕망과 관련이 깊어서 자신의 몸에 필요한 영양분을 섭취하도록 본능적인 반응을 보이지요. 감각적인 면을 더 향상시키는 청각과 접촉을 통해 선택을 결정짓는 촉각 등 몸무게의 3%에 불과하면서도 20%의 에너지를 소모할 정도로 우리 인체 중 가장 활발하게 움직이는 기관이 바로 두뇌인 것입니다.

재미난 사실은 여성의 뇌는 남성과 다르게 진화했다는 점입니다. 생존본능상 남자는 사냥을 위해 집중력이 뛰어나고 독립성이 강해야 했습니다. 그러나 여자는 엄마가 되고 아기를 돌보는 일을 더 잘 하도록 공감능력이 발달했습니다. 좌뇌와 우뇌를 연결하는 뉴런이 남성보다 4배가 많고 두뇌의 언어중추에 11%가 더 많은 뉴런이 있으며 감정조절에 관여하는 전전두엽 피질도 더 큰 것이지요. 그러니 남성에 비해 양쪽 뇌를 이용하는 종합 사고력이 뛰어나고 남녀가 말다툼을 할 경우 십중팔구 여자가 이기며 위기에서 냉정을 잃지 않을 능력도 여자가 더 뛰어날 수밖에 없습니다.

게다가 여성은 엄마가 되는 순간 임신과 출산이라는 과정을 통해 프로게스테론(착상유도를 위한 황체호르몬제), 코티솔(스트레스를 받게 되면 생기는 호르몬 종류), 옥시토신(뇌하수체 후엽에서 분비되는 자궁수축호르몬; 일명 사랑의 호르몬) 등의 분비가 엄청나게 증가합니다. 이로 인해 멀티태스킹 능력이 배가되고 나이 든 여성이 될 때까지 '부족의 초석' 역할을 맡게 된다 는 할머니 가설(Grandmother Hypothesis)이 성립됩니다. 나이 들수록 남성이 쪼그라들고 여성이 강해지는 현상이 그래서일까요.

뉴로마케팅의 본질은 뇌 속의 욕망을 끄집어내는 작업입니다. 여기에는 '뉴로메트릭'이라는 측정기준들이 동원되는데, 주의(Attention), 감정적 개입(Emotional Engagement), 기억(Memory)을 중심 축으로 구매의향/설득(Purchase Intention/Persuasion), 새로움(Novelty), 인식/이해/이해력(Awareness/Understanding/Comprehension)이 파생적으로 작용합니다. 뉴로마케팅을 활용하는 영역을 크게 다섯 가지(브랜드, 제품, 포장, 매장 내 마케팅, 광고)로 나누었는데 가장 흥미를 끄는 '매장 내 마케팅'에 대해 살펴볼까요.

쇼핑 경험의 틀은 대략 7가지 차원으로 분류됩니다. 정보-환경-즐거움-교육-단순성-자아 존중감/사회적 가치-공동체 의식이 그것이지요.

정보. 정보는 '찾아내기 쉬움'이라는 특성과 관련이 깊습니다. 효과적인 매장 내 환경은 어렵게 느껴지는 단어나 숫자 보다 이미지와 아이콘을 내세워 소비자의 감정적 개입을 줄여주고 기억해야 하는 부담을 덜어주는 것이 좋지요.

환경. 환경은 물리적 맥락을 가리킵니다. 예를 들면 유아용 코너일 경우 바닥을 폭신하게 깔고 은은한 조명 속에 자장가를 들려주었을 때 감정적 개입이 유발됩니다. 진열대의 모서리를 둥글게 만들고 수직배열이 아니라 수평배열을 할 때 구매의향이 높아지지요.

즐거움. 즐거움은 정서적 안도감을 주고 구매가 가져오는 고통을 최소화해 주며 전체적인 쇼핑시간을 증가시킵니다. 주목할 점은 매장 내 직원들이 쇼핑객들을 대하는 태도가 즐거움을 선사하는데 필수적인 역할을 한다는 점입니다.

교육. 사람들은 끊임없이 지식과 사실을 탐색하려 합니다. 교육적 가치를 강조하는 디스플레이는 쇼핑객들로 하여금 좀 더 생각하게 하고 합리적인 결정을 끌어내도록 돕지요. 이를 통해 브랜드 충성도가 올라간다는 사실도 알아냈습니다.

단순성. 단순성은 정보량, 색깔, 분류체계, 처리과정의 원활함과 관련이 있습니다. 그래서 이미 익숙해진 진열통로가 바뀔 경우 소비자는 오히려 혼란스러워 합니다. 그러나 환경이 너무 단순하면 선택권이 적다고 느낄 수 있으니 유의해야겠지요.

자아 존중감/사회적 가치. 개인적 필요와 집단적 요구가 모두 충족될 때 우리는 가장 큰 만족을 느낍니다. 매장들이 판매액의 일부를 자선모금에 사용한다고 할 경우 구매자도 기쁨과 만족을 함께 느낀다는 것이지요.

공동체 의식. 공동체는 지역, 라이프스타일, 나이, 민족, 관심사, 목표 등 여러 가지를 기반으로 생성됩니다. 이처럼 어딘가에 속해있다는 잠재의식은 쇼핑의 정당성을 한층 강화시키지요.

미국의 경우 슈퍼마켓의 평균 넓이는 46,800 평방피트이고 진열되는 물건 수 역시 같은 수치입니다. 실로 넓은 공간에 많은 제품이 있습니다. 가는 곳마다 각종 홍보물로 넘쳐납니다. 우리나라의 대형마트도 다름없습니다. 그런데 숱한 상품들 앞에서 정작 결정을 내리지 못하는 반복맹(Repetition blindness) 현상이나 시각적 퍼즐 같은 가림 현상(일부가 가려진 표지나 메뉴가 오히려 구매동기를 유발하는 현상) 등 신경학적 반응들이 관찰됩니다. 상품전단 하나를 만들어도 왼쪽에 이미지를, 오른쪽에 문구를 배치하는 것이 그 반대인 경우보다 구매 유인효과가 훨씬 높습니다. 감성을 자극하는 이미지가 우뇌로 들어가고, 이성적인 판단을 하게 하는 문구가 좌뇌로 들어가기 때문이지요.

따라서 미래의 쇼핑은 신경학적인 잠재의식을 이해하고 두뇌가 좋아하는 것과 싫어하는 것을 구분 지을 줄 아는 데서부터 시작되어야 합니다. 두뇌는 새로운 것을 좋아합니다. 반면 두뇌는 직선을 좋아하지 않지요. 두뇌는 자연적 질감을 선호합니다. 두뇌는 시각에 우선순위를 두지요. 이런 '신경 상징 서명(NIS; Neurological Iconic Signature)' 같은 뉴로마케팅 기법을 십분 활용한다면 누이 좋고 매부 좋은 쇼핑의 즐거움을 맛보게 될 것입니다.

"본능에 충실하게 하라." 뉴로마케팅의 핵심 어젠더가 아닐까요.

식량의 세계사

톰 스탠디지/웅진지식하우스

● 애덤 스미스는 1776년 발간한 〈국부론〉에서 시장의 힘을 '보이지 않는 손'으로 비유했습니다. 저자는 식량이 역사에 끼친 영향력도 이에 못지않다며 '보이지 않는 포크'로 비유합니다. 이 포크는 역사의 몇몇 주요지점에서 인류를 쿡쿡 찔러 그 운명을 바꿔놓았지요. 당대에는 잘 느끼지 못했을지도 모를 식량의 역사를 더듬어 보겠습니다.

우선 농사는 인간의 위대한 발명품이란 사실입니다. 현생 인류가 나타난 것은 대략 15만년 전의 일이지만 오랜 기간 수렵채집 생활을 이어 오다가 농사를 짓기 시작한 것은 불과 1만년 전쯤으로 추정됩니다. 역사적 흔적으론 B.C 8500년경 근동지방에서 밀을, B.C 7500년경 중국 황하지역에서 벼를 재배한 것이 시초이지요. B.C 3500년경으로 거슬러 올라가는 옥수수의 예를 들어보면 멕시코 야생 토착종인 테오신트(teosinte)의 돌연변이로 밝혀집니다. 원래 테오신트는 여러 가지(加持)에 두꺼운 꼬투리로 작은 이삭이 달려있었습니다. 그런데 인간들이 큰 이삭의 변이 종자만 골라내어 심기를 반복하는 사이에 한 줄기 속대에 굵은 알갱이가 매달리는 오늘날의 옥수수 품종으로 변모된 것이지요. 밀과 벼 역시 야생종을 인간들이 먹기 좋도록 길들여 놓은 발명품들입니다.

한 인류학자는 '농사는 인류 최악의 실수'라 꼬집었습니다. 수렵채집기에는 1주일에 이틀 정도면 충분했던 것을 1주일 내내 일에 매달리게 만들기 때문이지요. 그러면 왜 농사를 짓기 시작했을까요. 가장 유력한 근거로 B.C 18000~9500년 사이 빙하기가 풀리면서 유목 생활에서 정주(定住) 생활로 정착하게 된 점을 꼽습니다. 점점 더 줄어드는 사냥감과 점점 더 불어나는 인구도 안정적인 식량 수급을 부채질했을 것입니다. 어쨌든 오늘날 우리가 식품으로 섭취하는 동식물 대부분은 아주 오래 전부터 인간들이 간섭하여 만들어낸 선택적 품종 개량의 결과물인 것입니다.

농사문화의 정착은 계급사회를 낳았습니다. 집단이동 집단노동을 해야 했던 수렵채집민이 협업과 공유를 바탕으로 하는 무계급사회였던 데 반해, 정주생활자에겐 강력한 리더십을 가진 거물(Big man)이 필요했겠지요. 결국 리더십은 잉여 식량의 많고 적음에서 판가름 났습니다. 초기사회의 통치수단은 베풀 수 있는 힘, 즉 식량을 많이 가지는 것이 권력의 원천이었기 때문입니다.

이 중 향신료(Spice)는 그리스 로마 시대 때부터 오랫동안 특별한 힘을 발휘했습니다. 그 어원이 라틴어 '스페키에스(Secies; 뭔가 특별한)'에서 유래될 정도로 귀했던 후추, 육계, 육두구, 정향 등 외국산 향신료는 부자들만의 산물이었지요. 멀리 인도, 물루카에서 들어오는 길목을 아랍상인들이 독점한 탓에 터무니없이 비싼 값을 지불하고도 한동안 무슬림상권에 휘둘릴 수밖에 없었습니다. 대항해시대는 '우회 무슬림'의 산물이었지요. 베네치아 독점무역라인에 반기를 든 여러 나라들, 그 중에서 가장 서쪽에 위치한 스페인과 포르투갈의 갈망이 먼저 포문을 열었습니다.

1474년 이탈리아의 천문학자 파올로 토스카넬리는 포르투갈 궁전에 다음과 같은 편지를 썼습니다. "동쪽에 있다고 믿어온 향신료의 땅(인도)은 사실 서쪽에 더 가까이 있습니다" 마르코 폴로의 보고와 지동설에 근거한 이 소식은 당시 리스본에 와 살던 제노바 출신의 선원 크리스토퍼 콜럼버스에게도 전해져 우여곡절 끝에 1492년 9월 신대륙 탐험대가 첫 출항을 감행하게 되지요. 1506년 사망하기까지 네 차례 항해에서 그토록 찾던 향신료를 찾아내진 못했습니다. 대신 아지(aji)라 불리는 매운 향신료 고추를 유럽에 전파했지요.

향신료로 열이 오른 대항해는 서해가 아닌 동남해에서는 빛을 발했습니다. 바스코 다 가마는 무슬림의 인도양 제해권에 치명타를 가했으며, 마젤란은 남아메리카 최남단 해협을 거쳐 태평양에 첫 발을 들여놓기도 했습니다. 17세기 포르투갈을 밀어내고 해상강국으로 발돋움한 네덜란드는 희망봉, 말라바르, 자바, 브라질 등 세계 각지에 식물원을 만들기 시작했는데, 풍토병에 대한 치료법과 돈벌이를 위한 새로운 농업상품 개발이 주목적이었지요. 이를 위해 일명 '콜럼버스의 교환'이 활발하게 이루어졌습니다. 즉 신대륙에서 발견한 옥수수와 감자, 고구마, 토마토, 초콜릿 등은 동쪽으로 옮겨졌고, 구세계의 밀과 설탕, 쌀, 바나나 등은 서쪽으로 옮겨졌습니다. 식물의 대이동, 이는 콜럼버스 후예들이 이룬 식량사의 최대 역작이었습니다.

콜럼버스의 교환은 세계를 뒤흔들어 놓았습니다. 유라시아 지역에선 감자와 옥수수가, 아프리카와 인도에선 땅콩이, 카리브해에선 바나나가, 태풍피해로 벼농사에 애를 먹던 일본에선 고구마가, 아프리카에선 메뚜기 피해에 안전한 카사바가 토종 작물보다 더 효자작물로 뿌리를 내리기 시작한 것이지요. 한편 설탕을 만들어내는 사탕수수(태평양군도가 원산)가 남아메리카 지역에서 잘 재배되는 것이 확인되면서 아프리카인들의 비극이 시작되었습니다. 귀족들만 맛보던 설탕이 가격하락과 함께 유럽에서 수요가 급증한 만큼, 설탕생산을 위해 1천만 명 이상의 흑인노예가 카리브해로 팔려나갔습니다.

그럼에도 콜럼버스의 교환은 인류를 위한 구원투수이기도 했습니다. 1530년경 감자가 유럽에 처음 소개될 때만 해도 옥수수와는 달리 천대 일색이었지요. 못 생긴 악마의 뿌리. 하지만 18세기 들어 연이어 발생한 기근은 프로이센을 필두로 감자재배에 열을 올리게 했습니다. 7년 전쟁(1756~1763) 중 프로이센군에 포로가 되었던 프랑스 과학자 파르망티는 감옥에서 배급되던 감자를 맛본 뒤 감자전도사가 되어 마리 앙투와네트 왕비의 머리에 감자꽃을 꽂아주는 퍼포먼스(?)와 함께 다양한 요리개발로 만인의 식량으로 감자를 자리매김 시켰습니다.

콜럼버스의 교환은 여러 대륙의 인구증가를 뒷받침하는 거름역할을 톡톡히 했습니다. 1650년 1억300만 명이던 유럽 인구는 1850년에 이르러 2억 7400만 명으로 2.66배 증가했고, 같은 기간 중국 인구는 1억4000만 명에서 4억 명으로 2.86배 증가했습니다. 모두 감자와 옥수수, 고구마 같은 새로운 식량 덕분이었지요. 이렇게 인구가 늘어나자 영국의 맬서스는 1798년에 펴낸 〈인구론〉을 통해 '기하급수적으로 불어나는 인구와 산술급수적으로 늘어나는 식량 간의 괴리로 재앙이 닥칠 것'을 경고했습니다. 실제 1845년에 닥친 감자마름병으로 아일랜드에서만 1백만 명이 굶어죽고 1백만 명은 살 길을 찾아 신대륙으로 이주하는 대참사가 벌어지기도 했습니다.

'맬서스의 덫'. 결과적으로 그의 주장은 오판으로 판명되었습니다. 인류는 식량도 기하급수적으로 늘리는데 성공한 것입니다. 우선 1810년 프랑스 아페르라는 요리사는 〈온갖 종류의 동식물 및 음식물을 수년간 보존하는 기술〉이란 책을 통해 밀봉하여 열을 가한 통조림을 선보여 화제를 불러 일으켰지요. 그러나 실질적인 녹색혁명은 질소비료 개발로 꽃을 피웠습니다. 1904년 카를스루에 공과대학의 프리츠 하버가 고온고압 상태에서 암모니아를 추출하는데 성공했으며, 화학회사인 BASF의 카를 보슈가 고온고압에 대처하는 일련의 변환기를 개발, 1912년 들어서는 하루 생산량 1톤을 넘기는데 성공했던 것입니다.

하버-보슈의 공정과 함께 비료로 인해 굵어지는 이삭의 크기와 무게를 감당할 식물 종자가 필요했습니다. '눕기 현상'이 없이 질소비료와 궁합을 맞춘 난쟁이 품종의 개발은 미국 농학자 노먼 볼로그가 주도했지요. 1944년 멕시코에서 '왕복식개량품종(한 해에 여름농사와 겨울농사로 번갈아 수확하는 방식의 품종개량)'으로 새로운 밀 품종을 개발한 결과, 19년 사이에 6배의 소출성과를 거두었습니다. 같은 방식으로 개발된 벼

개량종도 5~10배를 더 산출하는 기적적인 녹색혁명을 일으킨 거지요. 아시아의 예만 보더라도 1970~1995년 사이 인구가 60% 늘어났지만 같은 기간 곡물 생산은 두 배 이상 늘어났습니다. 아뿔싸, 식량증산이 인구증가를 앞질러 버린 것입니다.

녹색혁명으로 인한 식량의 자급자족은 산업발전의 안전핀이 됩니다. 대부분의 선진국이 밟아온 전철처럼 식량확보로 인한 잉여능력이 산업화를 부추기기 때문이지요. 오늘날 중국과 인도의 경제발전은 안정된 식량 확보가 밑바탕이 되어 주었습니다. 그러나 양지가 있으면 음지가 있는 법, 대량소출 방식의 녹색혁명은 무분별한 화학비료와 농약, 과다한 물 사용으로 환경문제를 야기하고 있습니다. 그렇다고 녹색혁명을 저버릴 수는 없는 이유는, 1950~2000년 사이 세계 곡물량이 3배 느는 사이 경작지는 10% 증가에 그쳤다는 점입니다. 노먼 볼로그는 녹색혁명이 없었다면 많은 사람이 굶어죽거나 막대한 규모의 숲을 경작에 사용해야 했을 거라 주장합니다.

지금은 제2의 녹색혁명 시대입니다. 유전자조작 종자와 환경보존농법이 그 핵심인데, 보다 효율적인 유전자변이 종자 개발과 피복작물(토양 속 질소를 늘려주는 콩과식물)을 이용한 보존농법은 90억까지 늘어날 미래 인류의 식량공급에 단초가 될지 모릅니다.

북극에서 1100km 떨어진 노르웨이 스피츠베르겐 섬에 스발바르 세계종자저장소가 있습니다. 평균 섭씨 -18도를 유지하는 지하저장고에는 모두 20억 개 이상의 종자가 보존되어 있지요. 현대판 노아의 방주로 비유되는 이곳은 미래 세대를 위한 보험창고입니다. 지구가 극단의 위기에 처하더라도 살아남은 후세가 먹고 살 식량을 물려주려는 바람이 담겨있습니다. 식량이 없는 세계사는 있을 수 없기 때문입니다.

7장.

예능·취미

두 남자의 집짓기

반 고흐, 영혼의 편지

베토벤 바이러스

뮤지컬 감상법

즐거운 식사(시창작강의)

수성의 옹호

읽고 쓰는 즐거움

몸에 좋은 야채 기르기

요리하는 남자가 아름답다

세계일주 문화유산 답사기

●

쇼트프로그램에 이어서
오늘도 실수가 없었기 때문에
너무나 성공적인 무대였습니다.
노력한 만큼 잘 보여드린 것 같네요.
2등 했는데,
그렇게 결과에 연연해하고 싶진 않습니다.
출전하는데 더 큰 의미가 있으니까요.

- 소치올림픽 김연아 선수 인터뷰 -

두 남자의 집짓기

이현욱 구본준/마티

● 며칠 전 P를 만났습니다. 모 제약회사에서 25년을 근무했던 그는 지금은 외국계 보험회사의 재무설계사로 근무하고 있습니다. 그런데 놀랍게도 한 주간의 절반은 목수 일을 하고 있다 합니다. 정확히 말해 화목토 사흘은 용인에 있는 공방에서 꼬박 하루를 보낸다는 거지요. 소위 말해 투잡스족인데, 전 직장에서 퇴직하던 그 해에 어려서부터 소원했던 목수의 꿈을 이루기 위해 2년 코스의 공예학교를 찾았고 지금은 작품전에 참여할 정도 수준의 목공예품을 만들어내고 있습니다. 본인 말로 목수 일이 보험업보다 소중하고 보람차다 하네요.

부러웠습니다. 언젠가 나도 이 일을 배워보리라 다짐하며 목수가 된 기분으로 미리 책을 펼쳐보았습니다. 「두 남자의 집짓기」. 정확히 말해 건축설계사 L과 건축기자 K가 의기투합하여 짓게 된 목조식 공동주택 이야기입니다. 몇 해 전 일명 '땅콩집'으로 세인들의 관심을 집중시켰던 바로 그 집의 주인공들이지요.

나만의 집을 갖고자 하는 것은 모든 현대인들의 로망입니다. 아이들에게 집을 그리라면 대개는 성냥갑 아파트 대신 세모난 지붕이 얹혀 진 개인주택을 그립니다. 아이들의 눈에도 집은 그렇게 생겨야 집 같은가 봅니다. 아파트생활 16년차 K는 앙코르와트 건축답사를 다녀오는 길에 L로부터 웬만한 아파트 값이면 얼마든지 '마당이 있는 나만의 개인주택'을 지을 수 있다는 솔깃한 이야기를 듣게 됩니다. 그 즉시 아내를 꼬드기자 오히려 아내가 더 반기는 게 아닌가요. 그렇게 해서 두 남자의 집짓기는 일사천리로 추진됩니다.

먼저 예산잡기. L은 조달할 수 있는 돈을 먼저 챙겼습니다. 건축은 돈의 규모에 따라 천차만별로 지을 수 있기 때문이지요. K의 현금동원 능력이 3억 수준임을 알게 된 L은 자신도 그만큼 부담하기로 하여 총 6억의 예산을 책정했습니다.

그 다음으론 땅 고르기. 가장 손쉽고 유익한 방법은 국토해양부가 운영하는 사이트(http://luris.moct.go.kr)를 이용하면 주변지형까지 두루 살필 수 있습니다. 적합한 부지로 따져야 할 점은 1.네모 반듯 한가, 2.도로와 접한 면이 많은가, 3.평지인가, 4.일조권에 유리하도록 북쪽이 도로인 땅인가 라는 점입니다. 결국 ㄷ자 도로와 면하고 북쪽에 길이 있는 경기 용인의 택지 68평을 3억6천에 매입했습니다. 가장 비싼 필지였지만 그만큼의 값어치를 하므로 땅 고르기에는 너무 인색하면 안 됩니다.

여러분은 패시브 하우스(Passive House)란 말을 들어보았습니까. 에너지를 외부에서 끌어 쓰는 Active House에 반하는 개념으로 집안의 열에너지를 잘 보존 유지하는 집을 일컫습니다. 패시브 하우스의 특징은 햇빛을 감안한 남향배치, 열소모를 줄이는 작은 창문, 일반단열재 두께(7cm)의 4배가 넘는 30cm 단열재, 열교환기, 태양광 등을 설치하거나 이용하는 방식이란 점이지요. L은 이러한 장점 대부분을 땅콩집에 반영하는 대신 비싼 설비와 운영비용에 비해 아직은 효율성이 떨어지는 열교환기, 태양광 시설은 제외시켰습니다.

집은 목조주택으로 짓기로 결정했습니다. 뼈대가 되는 나무가 친환경적일뿐더러 그 자체로 최고의 단열효과를 내기 때문이지요. 목재는 방수처리만 잘하면 수명도 100년 이상 오래가고 화재가 발생하더라도 금방 불길에 휩싸이지 않으며 부분화재시 해당 부분만 손 볼 수 있는 장점이 있습니다. 목조주택하면 통나무집, 한옥을 떠올리기도 하지만 전 세계적으로 널리 퍼져있는 북미식 목조주택은 바로 '경골목구조' 주택입니다. 큰 원목 대신 자투리 나무를 활용하기 때문에 낭비가 적은 친환경공법이면서 콘크리트나 통나무집보다 실내를 더 넓게 뺄 수 있어 매우 실리적입니다. 게다가 기초공사를 제외한 시공기간이 1~2개월에 불과해 평당 건축비는 350~500만원이면 족하지요.

부지가 정해지자 바로 도면설계에 들어갔습니다. 절반보다 큰 36평을 미리 마당으로 남겨두고 바닥건평을 32평, 그걸 두 집으로 쪼개니 달랑 16평입니다. 그러나 2층과 지붕 사이 다락방을 앉혀보니 총면적이 48평으로 늘어났습니다. 1층은 주방공간을 최대한 넓게 빼서 10명이 앉을 수 있는 긴 식탁을 놓았습니다. 평소 온 가족이 모여 이야기를 나누기도 하고 손님이 올 경우 별도로 상을 차릴 필요가 없는 다목적 공간으로 활용하기 위해서지요. 참고로 다락방은 건축법상 덤의 서비스 공간으로 간주되어 다락방 면적을 뺀 32평만으로 건축허가를 받게 되므로 세금은 덜고 쓰임새는 만점인 일거양득의 효과를 거두게 됩니다.

한 달 시공의 일정을 일수별로 들여다볼까요. 계획상으로는 '기초공사 3일-골조공사 5일-외벽공사 3일-바닥온돌공사 2일-단열공사 1일-인테리어 4일-가구공사 2일-현장정리 1일', 합하여 공사기간을 21일 정도로 예상했습니다. 그러나 비 오는 날 등 약간의 변수가 생기면서 7월 27일 시작된 공사는 8월 26일에 끝나 딱 한 달이 걸렸습니다. 바닥온돌공사는 바닥을 충분히 말려 공사해야 나중에 바닥이 울거나 곰팡이가 스는 것을 방지할 수 있으므로 추운 겨울이나 우기를 피하는 것이 좋지요. 실제 한 여름철에 진행된 본 공사도 비 오는 날이 잦아 바닥공사에서 시간을 제법 잡아먹었습니다.

드디어 8월말 K가 먼저 입주하고 이어 9월초에 L이 입주했습니다. 꿈에 그리던 내 집에서의 생활이 시작된 것입니다. 최종 금액을 결산해 보니 땅값에 3억6천만 원, 순수공사비에 3억2천만 원, 마당 토목 및 조경에 9백만 원, 인입비(수도 및 전기계량기,

전선, 통신선 등 관련세금)에 4백5십만 원, 설계비에 2천만 원, 건물 및 토지취득세와 등록세에 2천만 원이 들어가 합산 7억 3천3백5십만 원의 명세가 산출되었지요. 이를 절반으로 쪼개보니 각자 3억7천만 원 상당의 돈이 든 것입니다. 당초 예상치를 약간 초과하긴 했지만 본인들은 물론 아내, 아이들 모두 대만족이었습니다. 게다가 인근 33평 아파트와 관리비를 비교해 보니 70%를 밑돌았습니다. 전용면적(땅콩주택48평/아파트25평)이 2배 가까이 되므로 아파트로 따지면 5~6배가 더 나와야 될 터인데, 오히려 적게 나온 것은 단열로 인한 절전효과에다 관리비 항목이 5분의 1로 줄어들기 때문입니다. 집을 넓게 쓰면서 생활비 부담마저 줄어드니 이보다 좋을 수가 또 있을까요.

L의 지론으로 집의 얼굴은 마당입니다. 집채보다 더 넓은 마당을 조성하여 아이들에게 마음껏 뛰놀 공간을 만들어 준 것에 흡족해합니다. 더욱이 경비를 아낄 요량으로 아이들과 함께 직접 잔디를 깔고 나무를 심어 화룡점정(畵龍點睛:용의 눈동자를 그리듯 중요한 일을 마무리함)의 기분까지 만끽하였으니 두 남자의 집짓기는 대단히 성공적으로 치러진 셈입니다. 너무도 부럽습니다. 혹 여러분도 나만의 개인주택을 꿈꾼다면 '땅콩집 카페 http://cafe.naver.com/duplexhome' 를 둘러보시기 바랍니다.

반 고흐, 영혼의 편지

빈센트 반 고흐/예담

● Starry, starry night / Paint your palette blue and gray / Look out on a summer's day / With eyes that know the darkness in my soul

별이 빛나는 밤, 팔레트를 푸르고 거뭇하게 칠해요./ 여름날 밖을 내다봐요, 내 영혼의 어둠을 아는 그런 눈으로…

미국 대중가수 돈 맥컬린(Don Mclean)이 빈센트 반 고흐(네덜란드, 1853~1890)의 생애를 노래한 '빈센트(Vincent)'는 언제 들어도 애잔하기 그지없습니다. 그림에 대한 열정을 그토록 불태우고도 끝내 자살로 생을 마감해야 했던 반 고흐의 생애는 자신의 작품만큼이나 우리 영혼을 울립니다.

엄격하고 보수적이었던 칼뱅파 목사의 장남으로 태어난 고흐는 숙부 세 사람이 모두 화상(畵商)인 덕택에 16살 때부터 5년간 구필 화랑의 수습사원으로 일하게 됩니다. 21살 때 종교에 심취, 목사가 되기 위해 신학 공부를 하였으나 중도포기하고 벨기에 탄광촌에 전도사로 복음전파 활동을 가기도 했지요. 26살이 되던 1879년 여름에서야 늦깎이 화가가 되겠다는 결심을 하고 10년간 미친 듯이 그림만을 그렸습니다. 서른일곱의 꽃다운 나이에 권총자살로 생을 마감하기까지 2천점 이상의 작품뿐만 아니라 재정후원자였던 동생 테오에게 668통의 편지를 남겼습니다.

본격적인 그림수업을 시작하기 몇 해 전의 편지에서 "화가는 자연을 이해하고 사랑하여 보통 사람들이 자연을 더 잘 볼 수 있도록 가르쳐주는 사람"이라고 규정합니다. 그렇게 시작된 화가의 길은 이후 몇 번의 변곡점을 만나게 됩니다.

첫 번째 변곡점. 1881년 4월 에텐에 있는 부모 곁으로 돌아와 인물 데생에 몰두하던 가운데, 미망인이 된 외숙부의 딸 케이에게 연정을 느껴 구혼하지만 단호하게 거절당합니다. 그해 말 수채화와 유화의 원리를 배우기 위해 헤이그로 가 있을 때 그때의 참담한 심경을 편지로 이렇게 남겼지요. "나는 사랑 없이는 살 수 없고 살지 않을 것이며 살아서도 안 된다. 나는 열정을 가진 남자에 불과하므로 여자가 있어야 한다. 그렇지 않으면 나는 얼어붙든가 돌로 변하거나 할 것이다"

두 번째 변곡점. 1882년 1월, 지인들의 도움으로 헤이그에 아틀리에를 얻어 정착합니다. 이때 밀레의 전기에 깊은 감명을 받아 농촌생활을 그리겠다고 다짐하는 와중에 알코올 중독에 매독 환자였던 매춘부 시엔과 알고 지내게 되면서 다른 화가들이 등을 돌리는 바람에 수채화, 유화, 석판화를 독학으로 터득하게 됩니다. "지금처럼 계속 작업할 수 있다면 조용히 싸움을 계속해 나갈 것이다. 작은 창문 너머로 평온하고 자연스러운 풍경을 바라보고 신념과 사랑으로 그것을 그리는 싸움 말이다."

세 번째 변곡점. 1883년 9월, 경제적인 어려움에 처한 고흐는 시엔과 헤어져 드렌테로 갑니다. 그곳에서 예술가 공동체를 만들어보고자 했던 희망도 잠시, 석 달 만에 부모 곁으로 돌아오지요. 목사관 창고에 아틀리에를 마련하여 직조공과 풍경을 수채화, 유화로 그립니다. 이 기간에 〈감자 먹는 사람들〉 외에 숱한 인물화도 남겼습니다. 1885년 3월 아버지가 세상을 떠납니다. "진정한 화가는 양심의 인도를 받는다. 화가의 영혼과 지성이 붓을 위해 존재하는 게 아니라, 붓이 그의 영혼과 지성을 위해 존재한다. 진정한 화가는 캔버스를 두려워하지 않는다."

네 번째 변곡점. 1885년 11월, 도시 풍경과 초상화를 그려 생계를 유지해야겠다는 생각으로 앤트워프(지금의 안트웨르펜)에 잠시 머물다 프랑스 파리로 옵니다. 이때 인상주의 회화와 일본 그림을 접하게 되면서 밝고 화려한 색조를 이용하는 화풍으로 변하게 됩니다. 1년 반 만에 염증을 느끼고 더 많은 빛과 색을 찾아 남프랑스로 떠날 결심을 합니다. "회색빛 조화를 피하고 대립을 조화롭게 다루기 위해 강렬한 색을 사용하려 노력하고 있다네. 예전에 우리가 그런 얘길 하지 않았나. 색에서 생명을 추구해야 한다고, 진정한 데생은 색과 함께 틀이 만들어진다고 말일세."

다섯 번째 변곡점. 1888년 2월, 고흐는 하얗게 눈 내린 아를에 도착합니다. 이곳에서 꽃이 핀 과일나무 연작을 그리고, 파리 앵데팡당 살롱전에도 인상파 화가

들과 작품을 전시하지요. 노란 집을 아틀리에로 꾸민 후 화가 공동체의 첫 시도로 고갱을 초청했지만 석 달째 되던 날 심하게 다투게 되자 자신의 귀를 잘라 버립니다. 이를 본 고갱은 혼비백산하여 파리로 떠나버리게 되고 환각 증세를 보이는 그를 주민들이 나서 강제 입원시키기도 합니다. "나를 먹여 살리느라 너는 늘 가난하게 지냈겠지. 네가 보내준 돈은 꼭 갚겠다. 안 되면 내 영혼을 주겠다… 우리 모두는 한 사슬에 연결된 고리에 불과하다. 나 역시 예술가의 광기에 감염되지 않았다고는 말하지 않겠다. 하지만 거기에서 생겨나는 해독제와 위안물이야말로 충분한 보상으로 간주될 수 있다고 생각한다."

여섯 번째 변곡점. 1889년 5월, 죄책감과 무력감에 시달리던 고흐는 프로방스 생레미 요양원으로 들어갑니다. 그해 9월에 〈별이 빛나는 밤에〉와 〈붓꽃〉 두 점이 파리 앵데팡당 살롱전에서 호평을 받았고 1890년 1월 브뤼셀 20인전에 전시했던 유화작품 〈붉은 포도밭〉이 평생에 유일하게 안나 보흐라는 사람에게 400프랑에 팔립니다. 한 해 전 결혼했던 동생 부부가 아들을 낳아 자신의 이름을 따서 월렘 반 고흐라는 이름을 지어주었지만 간질성 발작 증세는 점점 더 잦아집니다. "이곳에 있다는 사실이 말로 표현할 수 없을 정도로 나를 짓누른다. 하느님 맙소사… 이런 식으로 떠나게 되어 고통스럽다. 고통은 광기보다 강한 법이다. 사랑하는 나의 동생아, 내 인내심이 극에 이르고 있다. 이대로 계속 있을 순 없다. 변화가 필요하다. 임시변통에 불과하더라도."

마지막 변곡점. 1890년 5월, 오베르 쉬르 우아즈로 옮긴 고흐는 라부 여인숙에 기거하며 닥터 가셰의 치료를 받습니다. 6월말 동생 테오와 돈 문제로 심하게 다툰 뒤 돌아와 〈까마귀가 나는 밀밭〉, 〈오베르의 교회〉 등을 그렸습니다. 7월 27일 다락방에서 피 흘리고 누워있던 그를 발견하고 병원으로 옮겼으나 29일 새벽 1시 30분 동생의 품에 안긴 채 파란 많은 생을 마감합니다. "이 모든 것이 끝났으면 좋겠다" 마지막 남긴 말의 여운은 동생마저 앗아갑니다. 갑자기 건강이 악화되어 6개월 뒤 서른셋의 나이로 숨을 거둔 것이지요. "화가들은 자신의 그림을 통해서만 말할 수 있는 것 같다. 최악의 상황에도 그림들은 남아있을 것이다… 죽은 화가의 그림을 파는 화상과 살아있는 화가의 그림을 파는 화상 사이에는 아주 긴장된 관계가 있다는 것이다. 그래, 내 그림들, 그것을 위해 난 내 생명을 걸었다. 그런데 도대체 넌 뭘 바라는 것이냐?"

사망할 당시 지니고 있었다는 마지막 편지에서 이미 파국을 점칠 수 있습니다. 두 형제간에 어떤 다툼이 있었는지 자세히 알 순 없습니다. 그러나 고흐는 마지막 숨을 거둘 때까지 오직 그림에만 미친 열정의 화신이었고, 동생 테오 역시 형의 예술가적 기질을 독려하고 끝까지 뒷바라지하는 것을 아끼지 않았지요. 참 아름다운 형제애가 아닌가요.

저는 지금껏 고흐의 편지를 3번이나 읽었습니다. 매번 읽어도 여전히 감동스럽습니다. 나 역시 어려서부터 제법 오랜 기간 수채화를 그린 적이 있었지만, 고흐처럼 영혼이 깃든 그림을 그려 본 기억은 별반 없습니다. 누구든 고흐의 편지를 읽다보면 그가 얼마나 가열 차게 자신을 채찍질하고 담금질해 왔는지를 금세 알아차리게 되지요. 그의 귀 잘린 자화상에서 엿볼 수 있듯이 말입니다.

베토벤 바이러스

서희태/MBC프로덕션

● 저는 중학교 시절 매 맞아(?) 가며 첼로를 배운 적이 있습니다. 그러니까

경남도내 합주경진대회에 진해중학교 합주부원으로 참가했던 적이 있는데, 롯시니의 〈세빌리아의 이발사 서곡〉과 드보르작의 〈멋진 신세계〉 2곡을 연주하기 위해 2학년 내내 방과 후 교습을 받았고 그 해 말 당당히 우승을 거머쥐었지요. 연습의 시작과 끝을 매번 줄빳다로 장식하기는 했지만 어린 우리들의 손과 입으로 그토록 아름다운 선율을 만들어내었던 그때의 감격은 두고두고 잊혀 지지 않습니다.

이 감격에는 못 미치겠지만 많은 사람들로 하여금 2008년을 그립게 만드는 TV 드라마가 있었으니 그게 바로 〈베토벤 바이러스〉입니다. 오케스트라 단원들의 애환을 그린, 당시로선 꽤 파격적인 가족드라마였는데, 지휘자 김명민(강마에 역)과 장근석(강건우 역)의 불꽃 튀던 연기대결이 압권이었지요. 이 책은 그 두 배우에게 직접 지휘 연기를 지도했던 예술감독 서희태가 들려주는 오케스트라 이야기입니다.

'교향관현악단'으로 번역되는 오케스트라는 원래 원형극장을 뜻하는 고대 그리스어로 정확한 영어식 표기는 'Symphony Orchestra'입니다. 20~40명 정도의 소규모 관현악을 '체임버(Chamber) 오케스트라'라고 하는데, 이는 말 그대로 실내 오케스트라입니다. '함께 한다'는 의미의 심포니가 따라 붙는 것처럼 관악기, 현악기에 타악기까지 가세한 저마다의 연주들이 만들어내는 화음은 하늘에서 울려 퍼지는 신의 메시지라고나 할까요. 자신을 녹이면서 전체의 조화에 순응하는 질서, 이것이 바로 오케스트라의 매력인 것 같습니다.

오케스트라에 있어 지휘자는 거대 선함의 함장과 같습니다. 배가 나아가야 할 방향과 속도가 함장의 손에 달렸듯 음악의 활력소는 지휘자의 통솔력에 따라 차이가 나기 때문이지요. 드라마에서 강마에가 유행시킨 "똥덩어리"들을 "복덩어리"들로 만드는 기량이 지휘자의 손끝에서 나온다면 믿겠습니까. 내 경험상 100% 믿어도 좋다 여깁니다. 중학교 시절 악기도, 악보도 처음 접한 조무래기들을 한데 모아

1년 후 보여준 연주 솜씨는 스스로도 깜짝 놀랄 정도였으니 말입니다. 뛰어난 지휘자는 지휘기법뿐만 아니라 청음능력, 리듬감각 등 음악성을 갖추어야 하고 피아노를 칠 줄 알아야 합니다. 피아노는 모든 음역의 소리를 모두 낼 수 있으므로 여러 음을 동시에 들을 수 있는 능력을 심어주기 때문이지요. 여기에 통솔력과 설득력, 외국어 실력과 경영마인드가 겸해져야 진정한 명지휘자가 되는 것입니다. 공연장에 가면 한 곡이 끝날 때마다 무대 뒤로 자리를 뜨는 지휘자를 보게 됩니다. 박수를 더 받기 위해서? 아닙니다. 잠시 쉬면서 다음 곡을 준비하기 위함이지요.

흔히 오케스트라 안에 우주가 들어있다고 합니다. 음악이 인간의 영혼을 울린다고 볼 때 영혼을 울리는 저마다의 연주가 한데 어우러지는 광경은 우주 탄생과 맞먹습니다. 다양한 악기를 통해 그 비밀을 캐 볼까요. 일반적으로 오케스트라는 1관, 2관, 3관, 4관으로 이루어집니다. 주요 목관악기인 플루트, 오보에, 클라리넷, 바순이 하나씩 있을 때를 1관, 그 수가 늘어날수록 2,3,4관으로 관 편성한 후 현악기를 적당히 배치합니다. 현악기 숫자는 정해진 답이 없지만 퍼스트 바이올린과 세컨드 바이올린 수를 같게 하거나 세컨드 수를 조금 적게 배치하고, 비올라, 첼로는 바이올린의 2분의1 내지 4분의3으로 배치하며, 베이스는 퍼스트 바이올린의 3분의1 정도로 하는 게 일반적입니다.

현악기. 오케스트라에서 가장 많이 사용하는 악기는 바이올린입니다. 테크닉이 다양하고 여러 소리를 낼 수 있으며, 손을 통통 튕기는 피치카토 기법으로는 가야금 느낌도 살리지요. 지휘자와 가장 가까운 자리에 있는 바이올리니스트가 연주자의 반장격인 악장을 맡습니다. 가슴에 품고 사랑을 나누듯 연주하는 악기 첼로, 그래서인지 인간의 음성과 가장 비슷한 소리를 내는 걸까요. 낮은 음역을 담당하는 중요한 역할을 맡고 독주악기로도 널리 연주됩니다. 비올라는 크기가 바이올린보다 7분의1 정도로 더 크면서 5도 낮은 음역으로 바이올린을 부드럽게 감싸주는 역할을 합니다. 바이올린의 활보다 약간 굵고 무거워 어린 나이에 배우기엔 체력이 딸리다보니 비올라 신동은 찾아보기 어렵다 합니다. 사람 키보다 커서 서서 연주해야 하는 콘트라베이스(더블베이스라고도 함)는 가장 낮은 음역을 지녀 음악의 무게 중심을 잡아주는 역할을 합니다. 악기 중에서 가장 기원이 오랜 하프는 사냥용 활을 튕긴 데서 유래되었지요. 울림판과 직각으로 교차되는 47개의 줄에 7개의 페달로 현의 높낮이를 바꿀 수 있어서 자연의 온갖 소리를 내는 느낌을 줍니다. 깊은 울림과 긴 여운은 머나 먼 곳에 대한 동경과 그리움을 자아내게 만들지요.

목관악기. 숨을 불어넣는 마우스피스에 리드가 없는 것(플루트), 1장의 리드가 있는 것(클라리넷, 색소폰), 2장의 리드가 있는 것(오보에, 바순)으로 구분됩니다. '피리'를 뜻하는 플루트는 16,17세기까진 세로피리였으나 18세기 들면서 가로피리로 변모해 오늘에 이르고 있습니다. 음색이 청아하고 맑아서 주로 새소리를 흉내 내는데 사용됩니다. '작다'는 뜻의 피콜로는 플루트의 동생뻘로 1옥타브 위의 소리를 내어 화려함과 격렬함을 더해줍니다. 여기서 잠시 퀴즈 하나. 오케스트라 정중앙에 자리 잡는 악기는? 바로 오보에입니다. 오보에는 악기 자체가 조율이 어려워서 연주 시작 전에 모든 악기들이 이것의 '라(A)' 음에 맞춰 조율해야 하기 때문이지요. 목가적인 감미로운 선율이 모든 악기들을 부드럽게 감싸주어 합주의 매력을 한껏 살려줍니다. 오보에 과에 속하는 잉글리쉬 호른은 더 낭랑하고 슬픈 음색을 지녀 느리고 애틋한 느낌의 선율에 주로 사용됩니다. 클라리넷은 클래식뿐만 아니라 재즈음악에도 자주 등장하는 대중적인 악기로서 맑으면서도 우수어린 음률을 내지요. 반면 바순은 차분하고 나른하고 평화롭고 고즈넉한 음색으로 남성 악기로 인식되어 있지만 플루트나 클라리넷보다 소리내기가 쉬워 외국에선 여성들이 더 선호하는 편입니다. 때론 매우 익살스런 소리를 내어 '오케스트라의 광대'라는 별명을 얻고 있지요.

금관악기. 목관악기와 달리 두 입술의 진동으로 소리를 내는데, 고전파인 베토벤

중기 이후 트롬본이 처음 사용되었고 베를리오즈, 차이코프스키 등 낭만파 작품에 가서야 활약이 두드러지게 되었습니다. 뿔피리에서 발전된 호른은 소리가 넓게 펴지면서 전체 사운드를 감싸는 듯 윤활유 역할을 해 가장 중요한 악기 중 하나이지요. 트럼펫은 B.C 1500년경으로 추정되는 고분에서 발견될 만큼 가장 오랜 금관악기입니다. 소리가 힘차서 행진곡과 환희, 기쁨과 승리의 메시지를 전달하는 악기이지요. 트럼펫을 오래 불다보면 입가에 팔자주름이 생기는데 '연주자의 명예훈장'으로 간주된답니다. 트롬본은 '커다란 트럼펫'이라는 뜻의 이탈리아어에서 유래되었을 정도로 트럼펫의 저음을 담당합니다. 두 개의 U자 모양의 관을 서로 끼워 맞추어 만들어졌고 컵 모양의 마우스피스에 입술을 갖다 대어 소리를 냅니다. 금관악기 중 가장 덩치가 큰 튜바는 더블베이스처럼 낮은 음역을 주로 담당하지요. 연주시 많은 호흡을 필요로 하기 때문에 쉬지 않고 연주하게 해선 안 됩니다.

타악기. 음정을 가진 악기(팀파니, 실로폰, 마림바, 비브라폰 등)와 음정이 없는 악기(심벌즈, 드럼, 트라이앵글, 탬버린, 캐스터네츠 등)로 나뉩니다. 팀파니는 페달을 밟으면서 치는 북의 일종으로 롤(roll) 주법에 의해 크레셴도(crescendo; 점점 세게)를 효과적으로 구사할 수 있으며 극적인 클라이맥스를 연출, 흥분된 분위기를 조성합니다. 실로폰은 길이가 서로 다른 나무 조각에 붙어있는 울림통을 채로 때려서 소리를 내는 악기로 빠르고 분산화음적인 부분이나 글리산도(glissando; 스케이트를 타듯 건반들 사이를 미끄러지듯 오르락내리락 하는 주법)에 매우 효과적입니다. 외형이 실로폰과 닮은 마림바는 명확하고 맑은 음색으로 합주보다는 독주 또는 협주용으로 쓰입니다. 마찬가지로 실로폰과 흡사한 비브라폰은 전기화 시대에 맞춰 나온 새로운 표현수단이지요. 전동기의 작용에 의해 음의 떨림을 만들어 낸 것으로 음향을 지속시키거나 어둡게 하는 데 효과적으로 사용됩니다. 두 개의 쟁반 같은 모양의 철판을 부딪쳐서 소리를 내는 심벌즈는 번개가 치는 듯 청량감을 선사합니다.

건반악기. 피아노는 이탈리아어 '피아노포르테(pianoforte; 처음은 약하게 차츰 강하게 연주하라)'의 약칭인데, 강약의 소리가 자유롭게 나는 악기라는 뜻입니다. 음량이 워낙 풍부하고 여운이 길며 센 음과 약한 음을 자유자재로 구사할 수 있어 독주, 합주, 반주 등으로 두루 쓰이지요.

베토벤의 편지 중에 이런 글귀가 있습니다. "음악을 연습하듯 너의 이성(理性)을 그와 같이 훈련하라. 이성은 인생에 있어서 고귀한 예술이다"라고요. 요한 세바스찬 바흐도 "영혼과 영혼을 서로 이어주는 것이 음악"이라고 했습니다. 이들의 말대로 클래식 음악은 여러 음악가들이 남기고 간 선물보따리라 말할 수 있습니다. 저자 또한 드라마 〈베토벤 바이러스〉의 대성공을 지켜보며 많은 사람들에게 음악 선물 보따리를 풀어주는 음악 전도사이기를 자처합니다.

"자자자잔~~" 롯시니의 〈세빌리아의 이발사〉 서곡이 여전히 내 귓가를 맴돕니다. 오늘 저녁 음악 바이러스에 중독된 제 영혼 어딘가에서도 아름다운 선율이 퍼져 나오고 있음을 느낍니다. 참 행복한 저녁시간입니다.

뮤지컬 감상법

박용재/대원사

● 15여 년 전 미국 뉴욕을 방문한 적이 있었습니다. 그때 지인의 권유로 브로드웨이에서 〈레 미제라블〉 공연을 보았습니다. 만약 그때 뮤지컬 공연을 보고 오지 않았더라면 뉴욕을 떠올리기가 민망했을 거란 생각이 들 정도로 깊은 인상

을 남겼지요. 그때의 기억을 떠올리며 이 글을 씁니다.

뮤지컬? 한 마디로 노래와 춤, 음악이 어우러진 대중예술 장르라고 할 수 있습니다. 영국의 발라드 오페라와 비엔나식 오페레타, 프랑스의 오페라 부파 등 유럽 여라 나리의 각양각색 공연예술이 속도감 있는 전개와 로맨틱하고 아름다운 선율, 유머러스한 리듬감을 통해 미국에서 용광로처럼 꽃을 피운 것이 뮤지컬입니다.

흔히 뮤지컬의 3대 요소로 음악, 춤과 연기, 무대장치를 꼽습니다. 뮤지컬이란 용어 자체가 뮤직에서 유래된 만큼 뮤지컬 감상의 최우선은 음악에 두어야 하지요. 두 번째 포인트인 춤과 연기는 출연배우의 기량을 따져 공연장을 찾을 정도로 신나는 볼거리를 제공합니다. 마지막으로 화려한 무대장치는 현장감을 더해줍니다. 저는 아직도 〈레 미제라블〉의 바리케이트 장면을 잊을 수 없습니다. 그러나 가장 중요한 요소는 바로 관객입니다. 관객의 매너와 호응이 작품의 진가를 살려주기 때문입니다.

뮤지컬의 역사를 들먹이면 미국과 영국을 떠올리지 않을 수 없습니다. 영국의 초기 뮤지컬은 1728년 존 게이의 발라드 오페라인 〈거지 오페라〉에서 비롯됩니다. 정치적인 풍자를 다양한 음악으로 연출하여 희가극의 전형이 된 이래 1877년 길버트와 설리번의 공동작업을 통해 뮤지컬 형식으로 발전하였습니다. 1892년 풍부한 노래와 춤, 화사한 미인들을 주역으로 등장시킨 〈도시에서(In town)〉라는 뮤지컬 파스(Musical Farce)류를 공연, 이듬해 〈게이티 걸(A Gaiety Girl)〉로 뮤지컬 코미디물을 처음으로 선보였지요.

한편 신대륙 미국에 뮤지컬의 씨가 뿌려진 것은 영국의 식민지 시대인 1751년으로 알려집니다. 이보다 앞서 1730년대 사우스 캐롤라이나 주에서 〈폴로라〉라는 발라드 오페라가 공연되었다는 기록이 있지만, 19세기 중엽에 이르러 '민스트럴 쇼(Minstrel Show: 흑인 노래와 셰익스피어의 희극과 오페라를 혼합한 형태의 미국식 악극)'가 유행하면서 뮤지컬 코미디 스타일이 구축되었습니다. 그 뒤 미국인 최초의 뮤지컬 작품은 1866년 뉴욕 브로드웨이에서 상영된 〈검은 옷의 괴조(The Black Crook)〉인데, 당초 예정되었던 극장에 불이 나는 바람에 서둘러 극장을 변경시켰던 곳이 바로 오늘날 브로드웨이 무대 극장가의 시초가 되었답니다.

1927년 공연작 〈쇼 보트(Show Boat)〉를 거쳐 1943년 로저스 헤머스타인의 〈오클라호마!(Oklahoma!)〉가 흥행하면서 미국 뮤지컬의 예술 형식으로 정착하게 됩니다. 그 뒤 반세기 가량 레너드 번스타인, 조지 거쉰 등의 작품으로 세계 뮤지컬을 주도했습니다. 1970년대 후반 영국의 뮤지컬 작곡가 앤드류 로이드 웨버가 등장하면서 뮤지컬은 한층 대형화 상업화 하여 세계적인 문화상품으로 큰 성공을 거두게 됩니다. 〈에비타(1978)〉, 〈캐츠(1981)〉, 오페라의 유령(1981)〉, 〈레 미제라블(1980)〉 등이 모두 그의 작품이지요.

한국에서 뮤지컬이 시작된 시기는 뮤지컬 탄생 100주년을 맞는 1966년 무렵입니다. 양식은 달라도 형식면에서 비슷했던 악극이 1930년대에 유행하였지만 현대 뮤지컬 양식의 시작은 당시 패티 김이 주제가를 부른 예그린악단의 〈살짜기 옵서예(1966년)〉를 본격적인 효시로 꼽습니다. 이후 1977년 세종문화회관이 건립되면서 서울시립가무단(현재 서울시립뮤지컬단) 외에 다수의 극단이 공연을 이어갔습니다. 극단 가교는 1973년 톰 존스 작의 〈환타스틱스〉를 개작한 〈철부지들〉을 국립극장에서 상영하여 지금까지 우리나라 뮤지컬 역사상 가장 많이 공연된 작품으로 이름을 올렸지요. 이후 극단 민중, 대중, 광장 세 극단이 1983년부터 합동 공연한 〈아가씨와 건달들〉은 한국인이 가장 많이 본 미국 뮤지컬로, 또한 뮤지컬프로덕션 에이콤이 창작품으로 기획한 〈명성황후(1996년)〉는 이듬해 국내 뮤지컬 사상 처음으로 뉴욕 링컨센터에서 공연하는 개가를 올렸습니다.

뮤지컬은 낭만적 공연물입니다. 이성보다는 감성을, 정형보다는 파격을, 사실성보다는 환상을 내세웁니다. 종합예술 분야 중 연극과 다른 점은 음악에 있지요. 즉 배우의 몸짓이 중시되는 연극과 달리 뮤지컬은 음악적인 요소가 작품을 지배합니다. 전쟁 장면 등 절박한 상황에서 부르는 노래인 '뮤지컬 넘버'는 극의 흐름을 살리는 뮤지컬만의 특징입니다. 그렇다면 오페라와 다른 점은? 오페라가 고전문학과 고전주의 음악에 근거를 두는 반면 뮤지컬은 보다 대중적이며 춤이 동원된다는 점이지요. 요약하여 뮤지컬의 특징을 정리해 보면, 1. 연극적 요소에 음악과 춤이 곁들여진 종합극(Total Theatre)이고, 2. 무대 위 배우가 관객을 끊임없이 의식하며 공연하는 표출극(Presentational Theatre)이고, 3. 보고 듣고 즐길 거리를 찾는 관객들을 충족시키는 대중극(Popular Theatre)이며, 4. 극작가, 연기자, 관객이 묵시적으로 인정해 주는 약속극(Conventional Theatre) 이라는 점입니다.

뮤지컬의 초기 종류로는 풍자 촌극인 「레뷰」와 통속 희극인 「보드 빌」이 있었습니다. 코미디물에서 출발된 뮤지컬은 현대로 넘어오면서 〈캐츠〉, 〈레 미제라블〉 등 극적 구성을 중시한 「북 쇼(Book Show)」, 〈에비타〉, 〈지저스 크라이스트〉 등 무대장치 의상 춤 등에 주안점을 둔 「스펙터클 쇼(Spectacle Show)」, 〈지붕 위의 바이올린〉처럼 한 배우가 3/4의 노래를 독차지한 스타 중심의 「스타 비이클(Star Vehicle)」, 그 외에 소규모 단일 세트로 앙상블을 이루는 「앙상블 쇼(Ensemble Show)」 등이 있지요.

뮤지컬의 핵심요소인 음악의 구성요소들을 살펴보면, 1.서곡(Overture). 극이 시작되기 전 연주되는 오케스트라로 극의 분위기를 미리 조성하는 역할을 합니다. 2.오프닝 넘버(Opening No.). 오프닝 코러스라고도 하는데, 관심을 집중시키고 분위기를 잡기 위해 힘차고 활력 있게 합창을 주로 합니다. 3.제시(Exposition). 배경과 상황

설명용으로 주로 노래로 전달하지요. 4.프러덕션 넘버(Production No.). 1막 중간이나 끝에 나오는 화려하고 대담하고 유쾌한 곡으로 뮤지컬의 하이라이트입니다. 5.반복연주(Reprise). 극적 상황이 변할 때 같은 선율로 반복되는 변주곡이지요. 6.쇼 스타퍼(Show Stopper). 기분전환용으로 삽입하는 유머러스한 노래나 연기로 관객의 호응을 유도합니다. 7.아리아(Aria). 뮤지컬의 백미로 클라이맥스 부분에서 남녀 주인공이 부르는 이중창이지요. 8.커튼콜(Curtain call). 공연이 끝난 뒤 관객들의 환호에 답하여 짤막하게 보여주는 노래와 춤입니다.

뮤지컬에서 가장 중요한 것은 극본(Book), 음악(Music), 가사(Lyrics)입니다. 이 중 가장 중요한 것은 누가 뭐라 해도 극본이지요. 뛰어난 원작을 배경으로 탄탄한 스토리를 지니고 있는 작품만이 흥행에 성공한 지금까지의 예를 보면 좋은 뮤지컬의 기본은 좋은 극본임을 알 수 있습니다. 극본이 두뇌라면 음악은 심장입니다. 뮤지컬 감상에서 남는 것은 문학성과 음악뿐이라 해도 과언이 아니지요. 뮤지컬의 노래는 멜로디와 가사로 이루어집니다. 아무리 멜로디가 좋아도 일체감을 살리는 가사가 수반되어야만 관객의 심금을 울리기에 부족함이 없겠지요. 빠트릴 수 없는 또 한 가지는 바로 안무(按舞)입니다. 아름다운 솔로, 낭만적 사랑을 나타내는 듀엣, 엄청난 에너지를 발산하는 군무(Production No.), 액션을 강화하고 대립을 유발시키는 발레 시퀀스(Ballet Sequence) 등 다양한 춤 동작은 현장을 찾는 뮤지컬 감상의 또 다른 즐거움이기 때문입니다.

그 후 국내에서 〈오페라의 유령〉도 보았습니다. 감미로운 크리스틴의 노래 'Think of Me'의 선율이 귀에 울리는 듯합니다. 제 친구 중에 뮤지컬에 반 쯤 미친 친구가 있습니다. 가끔 등산을 함께 하다보면 뮤지컬 음악을 곧잘 들려줍니다. 밥값을 아끼더라도 공연 관람을 빠트릴 수 없다는 게 그 친구의 뮤지컬 사랑법이지요. 그런 생각만큼 매사가 참 맑은 친구이기도 합니다.

즐거운 식사

이경교/미래기획

● 시인이자 문예창작과 교수인 이경교의 시 창작 강의입니다. 그런데 왜 '즐거운 식사'일까요. 갓 태어난 아기들은 손에 잡히는 것이면 무엇이든 입으로 가져갑니다. 인간의 선험적 행동양식이자 유전적 습성 탓이지요. 먹이문화를 으뜸으로 삼게 된 인간적 속성의 흔적인데, '배가 부르다'는 표현은 단지 포만감만을 지칭하는 것이 아니라 모든 성취와 만족을 상징하는 말로 치환됩니다. 따라서 즐거운 식사란, 오랜 세월이 경과할 때까지 그날의 미각이 특별한 감칠맛으로 남겨지는 여운, 바로 그것이겠지요.

이처럼 훌륭한 음식은 세상에 존재하는 평범한 음식 재료일지라도 특수하게 조리해내는 창조적 과정을 거친다는 점에서 위대한 예술과 다르지 않습니다. 창조적인 시인의 몫은 반복적이고 획일적인 일상성에 혁신의 칼날을 들이대고 새로운 상상력을 설계하여 새로운 맛을 찾아 나서는 사람, 즉 마음의 양식에 유난히 허기를 느끼는 사람, 그들이 시인인 것입니다. 시 창작과정을 즐거운 식사를 위한 마음의 음식으로 풀이하고자 하는 까닭이 여기에 있습니다.

먼저 즐거운 식사를 규정짓는 몇 가지 단서들을 알아볼까요. 음식의 독자성과 다양성을 인정하는 일이 그 첫 번째입니다. 날 것과 익힌 것, 매운 것과 짠 것, 주식류와 부식류 등 음식의 자족적 체계와 다양성을 갖춰야 맛 난 음식이 나옵니다. 만일 시가 밥과 국만을 되풀이하여 먹도록 강요한다면 단조롭고 역겨운 식사로 그칠 수밖에 없겠지요. 좋은 요리사일수록 매 끼니의 식단을 다채롭게 짠다는 점이 두 번째 쟁점입니다. 마찬가지로 좋은 시인일수록 기발한 창의력과 상상력을 동원하여 재료의 단조로움을 덜어낼 것입니다. 좋은 음식을 결정짓는 마지막 단계가 양념이나 요리사의 손끝에서 나오듯, 좋은 시일수록 참신한 비유나 대치, 투사의 적절한 조화가 잘 조합되어있어야 합니다. 이때 시인에게 요구되는 것이 '끝없는 숙련(熟練)'이 아닐까요. 조리사가 자연 그대로의 맛에 이르기 위해 열심히 노력하듯, 존재의 본질을 탐색하려는 부단한 과정이 시작(詩作)인 것이지요.

폭포소리가 산을 깨운다, 산꿩이 날아오르고
솔방울이 툭, 떨어진다. 다람쥐가 꼬리를 쳐드는데
오솔길이 몰래 환해진다.

와! 귀에 익은 명창의 판소리 완창이로구나.

관음산 정상이 바로 눈앞인데
이곳이 정상이란 생각이 든다.
피안이 이렇게 가깝다
백색 정토(淨土)! 나는 늘 꿈꾸어 왔다

무소유로 날아간 무소새들
직소포의 하얀 물방울들, 환한 수궁(水宮)을.
폭포소리가 계곡을 일으킨다. 천둥소리 같은 우레 같은
기립박수소리 같은
바위들이 몰래 흔들한다.

천양희 〈직소포에 들다〉

시는 자극에 대한 다채로운 반응의 결정체입니다. 위 시에서 자극은 폭포소리와 그 시각적 잔영들입니다. 그리고 그에 대한 감각적 반응들이 시의 결구를 이룹니다. 시인은 자신의 감동적 크기를 과장하지 않고 다른 대상들의 몫으로 투사(projection)함으로써 절제를 이루어냅니다. 산꿩이 놀라고 솔방울이 떨어지고 다람쥐가 긴장하는 감정적 전이를 통해 폭포소리에 대한 놀라움을 대치시키는 것이지요. 요리사가 만든 음식이 그 요리사를 대변하듯, 시인은 끝까지 자신의 모습을 숨긴 채 은유의 매듭으로 엮어갑니다. 오로지 오솔길이 몰래 환해지고 바위들이 몰래 흔들리는 자연의 비밀을 자각함으로써 새로운 자신을 발견하는 것입니다.

음식이든 시작이든 열정 어린 집착만이 가치 있는 결과를 낳는 법입니다. 창조자의 정신적인 손놀림, 즉 만드는 자의 전적인 수고와 열정의 산물이 예술인 것이지요. 이처럼 시작은 과학과 기술로 대변되는 유용성과 거리가 멉니다. 오히려 일체의 보상을 거부하는 무상성이야말로 예술의 근본적 속성이지요.

세계적인 장수마을 훈자에서 117세 노인에게 장수비결을 묻자, "매일같이 예장(禮裝)을 한 젊은 여성과 교양 있는 대화를 나누는 것"이라 밝혔답니다. 이 말은 시를 바라보는 우리들에게도 시사하는 바가 적지 않습니다. 우선 곱게 단장 하듯, 긴장을 늦추지 않고 성실하게 쓴 시가 예장을 한 시라는 거지요. 또한 생기와 감수성, 속앓이 등 젊은 여성이 지닌 속성들이 시인의 내면풍경과 흡사하다는 겁니다. 끝으로 극성스런 수다가 아닌 교양 넘치는 대화는 언어에 질서를 부여하는 시적 담론으로 승화된다는 것입니다.

장수노인의 이 말은 생략된 식사의 비결을 예견케 해 줍니다. 절제와 예절. 시는 넋두리가 아닙니다. 생각을 질서 없이 되풀이하는 것은 교양 없는 식사와 같아서 절제 없는 토로는 시의 가장 큰 적이 됩니다. 절제 못지않게 변화도 중시해야 합니다. 주제의 다양성, 상상의 풍요로움, 끊임없는 화제 개발이 교양 있는 대화를 이끌기 때문이지요. 이를 위해 시인에겐 특수한 감수성 훈련이 필요합니다. 오랜 전통을 지닌 인도어의 정신훈련(Sadhana)이나 한자어의 훈습(薰習;마음으로 스며들어 새겨지는 변화의 상태) 등 정신체조(Mental gymnastics)를 게을리 하지 말아야겠지요.

맛과 예술의 인식상의 공통점은 하나같이 재생의 욕구를 지닌다는 사실입니다. 좋은 음식을 다시 먹고픈 강렬한 충동처럼 한때의 예술적 감흥은 그 기억을 재현하고 재생해보려는 욕망으로 연결됩니다. 따라서 거듭되는 시 읽기는 시 쓰기를 유발하지요. 정서적 공복감을 채우려던 심리적 충동은 자신의 행로를 변화시키며 인격을 전환시키려는 상호 교호성에 대한 인식으로 강화되기 때문입니다. 시의 맛을 감식하고 음미하며 진국을 맛보고자 하는 사람은 '즐거운 식사'에 동참하기 바랍니다. 잘 먹는 게 잘 쓰는 거라는군요(Eating well produces Writing well)!

수성(獸性)의 옹호

복거일/문학과지성사

● 그의 첫 장편소설 〈비명(碑銘)을 찾아서〉를 읽은 지가 벌써 20년이 다 되어갑니다. 아직도 일제의 압제에 놓여있다는 역사적 가정 하에 소설 배경은 1987~88년 사이 경성(서울)입니다. 100여년 만에 나랏말 한글은 사라진 지 오래, 소설 속 주인공은 우연한 기회에 한글의 실체와 조선문화의 존재에 탐닉하다가 사상범으로 몰립니다. 일본본토 출신 헌병소좌를 살해한 후 임시정부가 있는 상해로 망명을 떠납니다. 영화 〈로스트 메모리즈(Lost Memories)〉가 이 소설을 영화화한 거라지요.

옛날 할머니들이 들려주시던 '호랑이 담배 피던 이야기'처럼 문학을 포함한 예술은 본질적으로 과거 지향적이라는 게 저자의 생각입니다. 하지만 본인은 끝없이 문학의 미래를 추구합니다. 19세기에 뒤늦게 출현해 아직도 서얼 대접을 받는 과학소설을 꿰차고 이 땅에 새로운 지평을 열려는 시도들을 그는 작품에 쏟아 붓고 있습니다. 과학소설은 공상을 수반하기 마련인 법인데, 과학적 성취가 문학에 부정적 영향을 끼치고 있다며 안타까워합니다. 한때 유행했던, 화성과 화성인을 소재로 한 소설들이 화성탐사가 이루어진 때부터 종적을 감추고, 개인 컴퓨터와 인터넷의 보급은 오히려 문학적 상상력을 차단하는 방해물이 되고 있다는 것입니다. '만약에'라는 허구의 세계를 부인하려는 독자들의 움직임이 오늘날 공상과학소설을 외면하는 원인이 되고 있다는 지적입니다.

'요즈음 사람들은 책을 읽지 않는다'고 말할 때의 책은 사람들의 교양을 늘리는 내용을 담은 책들입니다. 그런데 해가 갈수록 교과서와 참고서, 기술적 정보와 지식을 위주로 하는 책 등 실용도서들만 팔립니다. 이런 추세가 걱정스러운 것은 독서의 감소가 지적 수준의 하락을 불러와 인류문명의 발전을 제약하는 요소가 될 수 있다는 우려 때문입니다. 그렇다면 사람들이 점점 책을 멀리하는 까닭이 무엇일까요? 한 가지는 시간의 효용이 부쩍 높아졌다는 사실입니다. 바쁜 현대인들은 누구라도 시간을 잘게 쪼개어 여가를 즐기려하는데 여러 흥미로운 오락수단들이 발달하다 보니 독서에 바칠 시간이 상대적으로 줄어들 수밖에 없다는 지적이지요. 다른 하나는 책과 같은 인쇄매체는 TV, 영화 같은 영상매체에 비해 정보전달력이 비효율적이라는 점을 듭니다. 사람은 주로 시각을 통해 정보를 전달받는데 문자보다는 영상이 더 잘 각인되기 때문이라는 거지요.

그럼에도 불구하고 작가들은 왜 글을 쓸까요? 저자가 보기에 문학은 '혼란 속에서 찾아낸 질서를 보다 높은 차원의 지식들로 다듬어내는 작업'입니다. 사람들이 갖는 지식은 단편적이며 분석적입니다. 문학은 그런 단편과 분석을 종합해서 이야기라는 형태로 뭉뚱그려냅니다. 문인들은 자신들이 높은 차원의 질서로 공들여 만들어낸 이야기들을 생명현상의 본질인 정보처리 과정, 다시 말해 작가의 전 생애에 걸쳐 시시때때로 들려주려 합니다.

문제는 인간을 가장 근본적 차원에서 움직이게 하는 본능들, 욕망들 그리고 원시적인 세계관을 보여주려 한다는 것이지요. 유전자-환경 간 오랜 공진화를 통해 지배적 위치를 차지한 인성(人性)과 그것을 두려워하고 시기하는 원시적인 부분, 즉 수성(獸性)이 맞설 때 예술가는 선뜻 수성의 편을 듭니다. 거의 모든 예술가들이 지성과 과학에 적대적 태도를 보이고 문명을 거세게 비판하는 것은 바로 그런 심리 때문이 아닐까요.

"시인들은 문명의 후위(後衛)다(Poets are the rearguard of civilization)" 미국 인류학자 로렌 아이슬리의 말입니다. 문명이 후퇴할 때 맨 뒤에 남아 주력부대가 철수하도록 돕는 부대가 바로 시인이라는 얘기지요. 시인은 게처럼 옆으로 걷는 사람들이며 다른 사람들이 듣도 보도 못한 것들을 느낀다고도 말합니다. 그러니 시인을 포함한 예술가들은 우리 속의 짐승과 사람이 조화를 이루도록 압도적 우위의 인성에 맞서 수성을 대변하려 하는 자들인 것이지요. 바로 여기에 예술의 중요성이 있습니다.

최근 그는 〈한가로운 걱정들을 직업적으로 하는 사내의 하루〉라는 소설을 펴냈습니다. 암 판정을 받은 주인공 현이립은 항암 치료받기를 거부합니다. 글을 쓰기 위해서지요. 암 치료를 받다 글을 쓰지 못한 채 생을 마감한 선후배 작가들을 곁에서 지켜봐 온 그는 꼭 써야 할 작품을 떠올리며 단순한 생명 연장보다 삶의 가치를 좇기로 결심합니다. 여기서 현이립은 작가 본인입니다. 이름만 빌려 자서전적 소설을 쓴 셈인데, 그는 실제 소설 내용처럼 2년 반 전 간암 판정을 받았으며 암

치료를 거부한 채 글쓰기에 몰두하고 있습니다.

70을 코앞에 둔 나이에 한시적 삶을 살고 있을 복거일은 깊어질 고통과 다가올 죽음보다 나라와 세상을 직시하고 앞날을 걱정합니다. 그가 바라는 생전의 숙원은 세 권을 끝으로 미완으로 남았던 〈역사 속의 나그네〉를 6권 분량으로 완성하는 일입니다. 다행히 그 작업이 마무리되어 곧 책으로 출간될 것이라 하니 여간 반갑지 않네요. 얼마 전, 알고 지내던 모 신문사 기자가 자택을 방문한 자리에서 그는 '암환자가 아니라 작가로 생을 마감하고 싶다'고 피력했습니다. 그가 생을 대하고 죽음을 마주하는 모습은 너무 처연해서 아름답기까지 합니다.

다음 세상에서 만나면
끊긴 인연의 실을 찾아
저승 어느 호젓한 길목에서
문득 마주 서면
내 어리석음이 조금은 씻겨
그때는 헤어지지 않으리
나는 아느니
아득한 내 가슴은 아느니
어디에고
다음 세상은 없다는 것을.

〈유별(留別)〉이란 그의 시입니다. 이별은 보내는 이의 눈으로 보면 송별(送別)이 되고, 가는 이의 눈으로 보면 유별이 된다는 거지요. 떠나가는 이의 등을 오래 보고서 있는 일이 송별이라면, 유별은 내가 등을 돌려 남아있는 사람들로부터 멀어져 가는 것입니다. 그다운 이별법이네요. 자유롭게 살아온 생의 족적만큼이나 자유롭게 안주할 영혼의 안식처는 없을지 모릅니다. 부디 유별할 때까지 원 없이 치열하게 살다 가십시오.

읽고 쓰는 즐거움

신완섭/기원전

● 본서는 오래 전, 그러니까 지난 2002년 1년간 읽고 썼던 매주 한 편씩의 독서일지를 모아 간행한 제 개인의 독서모음집입니다. 그 해 정초 저는 〈모택동 비록〉을 읽었습니다. 1966년부터 시작된 문화대혁명이 1976년 모택동의 사망으로 일단락되기까지 숨겨진 비록들이 낱낱이 파헤쳐집니다. 모택동의 어록에 실린 '조반유리(造反有理; 모든 항거에는 이치가 있다)'는 혁명의 근거가 되지요. 하지만 '사령부를 공격하라'는 정치적 선동은 민심이반과 혼란만 자초합니다. 대약진운동과 문화대혁명의 거듭된 실패는 등소평 시대 이전까지 중국을 암흑의 공포정치로 몰아넣었지요. 위정자 한 사람의 과오가 나라 전체에 얼마나 큰 악영향을 끼쳤는지 여실히 보여 준 사례입니다.

반면에 그해 연말 마지막 주에는 두 권의 책을 거푸 읽었습니다. 박완서의 산문집 〈두부〉와 문순태의 소설집 〈된장〉이었습니다. 둘 다 콩으로 만들어진다는 공통점이 있음에도 다시는 콩으로 돌아갈 수 없는, 전혀 색다른 제조과정과 숙성과정을 거치지요. 박완서는 두부의 탄생과정을 지켜보며 나이듦은 원경(遠景)으로 물러나는 일임을 깨닫습니다. 문순태는 된장 맛을 보며 관용과 포용의 미학을 찾아냅니다. 저 또한 한 해가 저무는 마당에 "12월은 32일이고 33일이고 계속될 것"이라는 가수 별의 노랫말에 일침을 놓습니다. 떠남은 살아있음의 지엄한 분부이자, 또 다른 세상을 꿈꾸는 희망이라며 새해를 당당히 맞이하자 했던거지요.

돌이켜보면, 1년 내내 한 주도 빠짐없이 읽고 쓰는 일을 반복했던 이유는 그 해 초봄에 학교 후배들이 보내 온 독서회보가 무척이나 저를 실망시켰기 때문이었습니다. '치열하지 않아도 치열하고, 고통스럽지 않아도 고통스러우며, 행복하지 않아도 행복하자'던 대학 시절의 호기(豪氣)는 다 어디 가고 경박스럽고 천박한 글들이 난무했습니다. 제가 그만 발끈, 독서생활의 전범(典範)을 보여주겠노라 큰 소리를 쳤고 후배들이 만든 독서방에 매주 한 편씩의 글을 올리기 시작했습니다. 그렇게 한 주, 한 주 날을 거듭하는 사이, 선후배들은 때론 격려를, 때론 준엄한 비판을 가했지요. 갑론을박 설전을 벌였던 지상(紙上) 토론은 독서의 매력을 훨씬 북돋워준 계기가 되었습니다.

제가 배움을 이야기할 때 빠트리지 않는 문구가 있습니다. 공자가 〈논어〉 위정(爲政) 편에서 한 말인데요, "학이불사즉망, 사이불학즉태(學而不思則罔, 思而不學則殆)" 우리말로 풀이하면 "배우기만 하고 생각하지 않으면 어둡고, 생각하기만 하고 배우지 않으면 위태롭다"는 뜻이 됩니다. 모름지기 배움에 정진하면서도 깊은 사색을 통해 망상에 빠지지 말아야 한다는 가르침입니다. 그런 면에서 책을 읽은 후 그 내용을 정리하여 함께 토론해 본다면 더할 나위 없이 '헤아려 익힐 수 있는' 좋은 기회가 되겠지요.

50여 편의 독서일지를 마무리하며 '범생이의 독서생활 요령'이라 이름붙인 짧은 글을 남겨보았습니다. 독서는 맛 나는 음식을 먹는 일과 같아서 한꺼번에 입안에 틀어넣지 못합니다. 책을 읽는 일에도 나름의 법도와 순서가 있기 마련이지요. 저의 일곱 가지 독서생활 요령을 밝혀보면,

첫째, 책값을 따로 챙기자. 액수의 고하를 막론하고 기독교인들은 자기 수입의 10분의 1을 십일조로 바칩니다. 하나님을 섬기는 자의 도리라고 여기는 증거이지요. 마찬가지로 매달 자기 용돈의 일정액을 책값으로 따로 떼어 놓는 습관은 삶을 알차게 살아가려는 자의 도리에서 비롯되는 것이 아닐까요.

둘째, 맞선 보듯 책을 골라라. 맞선 보는 남녀는 서로를 요모조모 따집니다. 한 순간의 판단이 삶의 운명을 갈라놓으니까요. 책을 고르는 데도 뚜쟁이가 필요합니다. 방송이나 신문에 소개되는 신간 서평을 소홀히 하지 말아야 하는 건 이들이 바로 좋은 책의 뚜쟁이들이기 때문입니다.

셋째, 새 책에 너무 몰빵하지 말라. 당신의 한 달 책값이 3만원이라 치면 시중 서점에선 불과 1~2권의 신간밖에 살 수가 없습니다. 서점 주인에겐 안 된 말이지만 신간은 철저히 상시 할인이 되는 인터넷 서점을 이용합시다. 그리고 시사성이 적은 책, 즉 인문이나 역사서 등은 중고서점을 찾아 책을 장만하다보면 같은 돈으로 두 배의 권 수를 챙길 수 있습니다. 책도 발품을 많이 팔수록 양서(良書)를 만나게 되는 법이지요.

넷째, 책을 책상에서 읽지 마라. 작심하고 책상 앞에 앉아도 얼마 못 가 스르르 눈이 감기고 마는 경험이야 누구나 다 갖고 있겠지요. 학업에 시달리는 학생이나 격무에 시달리는 직장인들에게 별도의 책읽기는 고역이 아닐 수 없습니다. 그렇다면? 저는 아무데서나 책을 읽는 습관을 들이라 말하고 싶습니다. 제가 보기에 최고의 독서실은 전철 안입니다. 왕복 2~3시간의 통근이라면 일주일이면 거뜬히 책 한 두 권을 뗄 수 있으니까요.

다섯째, 닥치는 대로 책을 읽어라. 편식이 몸에 좋을 리가 없듯이, 분야를 국한

하는 책읽기는 어쩌면 스스로를 정신적 불구자로 만들지 모릅니다. 우리 앞에 닥친 환경변화보다 더 무서운 것은 무지에서 비롯되는 편협한 지식습득과 무조건적인 편견과 오해가 아닐까요. 오늘 삶이 고달프다면 명상록을 읽어야겠지만, 사회의 부조리와 왜곡에 맞서려면 진실을 캐기 위한 사회서적도 탐독해야 합니다.

여섯째, 책에 밑줄을 긋지 마라. 책을 잘 읽는 요령 중 첫째는 작가의 의도를 제대로 헤아리는 일일 것입니다. 작가의 진심이 단 몇 줄에 가려지는 법은 없다는 게 제 생각입니다. 내용의 일부에 밑줄을 긋는 것은 일시적인 편신(偏信)과 집착에 불과합니다. 좋은 문장을 만날 때에는 밑줄을 긋는 수고 대신 차라리 몇 번을 되새겨 마음에 의미를 새기는 것이 더 중요합니다. 날줄과 씨줄을 촘촘히 할수록 많은 고기가 걸려든다는 점을 명심하십시오.

일곱째, 읽고 난 후 써 보아라. 제게 있어 일주일은 독서력의 한 주기가 됩니다. 한 주간에 최소한 한 권의 책은 읽게 되니까요. 사람의 기억력은 시간과 정비례하여 기하급수적으로 줄어든다지요. 아직도 책의 감흥이 남아있을 때 내용을 정리해 보는 것은 일거양득의 효과가 있습니다. 그 첫째는 핵심을 정확히 파악하게 되는 것이요, 그 둘째는 책의 향기를 '자신의 것'으로 훈습(薰習)하게 된다는 것이지요.

이렇게 일곱 가지 독서생활 요령은 저만의 요령이라서 여러분에게는 어울리지 않을 수도 있습니다. 단지 어떤 방법으로든 책의 향기를 체득하는 자기만의 요령을 가져야 합니다. 불교용어인 훈습은 옷으로 많이 비유합니다. 원래 아무런 향기가 없는 옷에 향으로 훈습, 즉 스며들게 하면 그 향이 곧 그 사람의 향기가 된다는 것이지요. 책에는 오만 가지의 향이 스며들어 있습니다. 당신을 향기롭게 만드는 책들과 늘 가까이 지내십시오. 범생이가 바라는, 이 세상을 따뜻하게 할, 작은 소망입니다.

몸에 좋은 야채 기르기 77

아라이 도시오/중앙생활사

● 흙에서 나서 흙으로 가는 인생, 흙은 인류의 영원한 고향입니다. 최근 부쩍 귀농 바람이 거세게 불고 있다 하지만 일찌감치 귀농하여 경북 상주에서 포도밭 농원으로 크게 성공한 박종관 씨 이야기를 들어보니 막무가내 귀농은 망하는 지름길이라 합니다. 사전에 충분한 귀농교육을 받지 않는 한, 적응하는데 무척 애를 먹는다는 분석이지요. 오십대 중반에 접어든 저 역시 '귀농'에 귀가 솔깃해집니다. 아직은 절박한 심경은 아니라서 그냥 워밍업 하는 마음으로 야채 기르기 책을 골라보았습니다.

번역서를 감수한 이태근 환경농업단체연합회 회장은 "집 주변이나 공터, 아파트 베란다, 옥상, 화분 등에 직접 씨앗을 뿌리고 화학비료나 농약 없이 채소를 가꿔보는 텃밭가꾸기는 생명의 경이로움을 느끼고 흙과 거름, 작물 간의 자연 순환의 생태를 깨닫게 되는 생활훈련의 장이 된다"고 강조합니다. 텃밭을 가꾸면서 작물에 대해 공부하고 병해충과 싸우며 어려움을 헤쳐 나가다 보면 텃밭 가꾸기의 기쁨은 절로 생겨난다는 것이지요.

본서는 '무농약 유기농 야채 재배법'입니다. 화학비료나 농약을 안 쓰거나 쓰더라도 최소한으로 써서 재배한다는 뜻인데, 이게 말처럼 쉽진 않습니다. 왜냐하면 우리가 세 끼 밥을 먹듯 식물도 생장하기 위한 영양분을 섭취해야 하기 때문이지요. 뿌리로는 수분과 비료 성분을 흡수하고, 잎의 표면으로 이산화탄소를 흡수하고 광합성 작용을 통해 양분을 만들어 생장해야 합니다. 특히 질소, 인산, 칼륨은 채소 생장의 3대 요소라 부를 정도로 필수적이라서 어느 하나만 부족해도 생장에

지장을 받으므로 인공적으로 비료를 보충해 주어야 합니다.

굳이 비료를 써야 한다면 화학비료 대신 뭘 쓰는 게 좋을까요. 바로 유기비료입니다. 유기비료에는 퇴비, 유박(油粕;기름을 짜내고 남은 다양한 지방종자(脂肪種子)의 찌꺼기), 쌀겨, 골분, 어분, 가축분뇨 등이 있지요. 효력은 느리지만 지속적이고 환경오염 등 부작용이 없습니다. 가정에서 손쉽게 유기액비 만드는 법을 소개하면, 플라스틱 양동이에 유박과 물을 1:10의 비율로 넣고 가끔씩 뒤집어주며 여름에는 1~2개월, 겨울에는 5~6개월 발효시킵니다. 통 위로 뜬 액비를 5배 정도의 물로 희석하여 사용하지요. 다음은 EM 발효퇴비 만들기. 음식물 쓰레기 등 유기질 재료에 EM균을 섞어주면 발효과정에 생기는 악취를 줄이고 발효를 촉진시킵니다. EM균은 원예점 등에서 손쉽게 구입할 수 있으며 1~2개월 후에 발효퇴비가 완성되지요.

좋은 채소를 기르기 위해선 흙 만들기가 기본입니다. 흙을 갈아엎어 통기성, 보습성, 물빠짐을 좋게 해야 하는데, 갈아엎기 전에 퇴비와 석회를 살짝 뿌리고 그 후에 유기비료를 주면 흙이 부드러워지고 보비성도 높아집니다. 이때 주의할 점은 곰팡이균이 남아있는 미숙 퇴비를 사용치 말아야 하고, 석회를 살포한 1주일 이후에 유기비료를 뿌려야 한다는 것입니다. 이것들을 동시에 뿌리면 암모니아가 발생하거나 비료효과가 없어질 수 있기 때문이지요.

채소를 재배하다 보면 병해충 때문에 애를 먹기 일쑤입니다. 채소의 생장세가 약해지거나 장마로 일조량이 부족하거나 통풍이 악화되면 급격히 발생합니다. 화학비료나 농약 없이 병해충 피해를 줄이는 비결은 1. 일정 간격으로 퇴비를 뿌려 토양의 산성화를 막고 2. 물빠짐과 통풍이 좋도록 이랑을 높게, 또 이랑간의 간격을 적절히 유지하며 3. 연작을 피하고 돌려짓기(윤작)를 하면서 병해에 강한 품종을 선택하고 4. 추비, 깔짚, 물주기, 제초작업 등 일상의 관리를 게을리 하지 않는 것입니다. 바이러스병을 옮기는 진딧물을 퇴치하기 위해서는 빛 반사 멀칭으로 대응하고, 병에 걸린 잎이 발견되면 과감히 제거하여 번지는 것을 막아야 합니다.

병해충 방제로 최근 목초액이 주목받고 있습니다. 목초액은 목탄을 만들 때 나오는 연기를 냉각시킨 것으로 200가지 이상의 성분이 들어있어 옛날부터 소취, 살균제로 사용했고 아토피 치료에도 큰 효과를 보이고 있습니다. 다소 가격이 비싼 게 흠이지만 박테리아의 활성을 억제하는 효과가 높기 때문에 유기재배에는 최적의 살균 방충제로 꼽힙니다.

잡초가 무성해지는 것은 흙이 비옥하다는 증거입니다. 그러나 흙 속의 양분, 수분을 빼앗아 일조와 통풍을 나쁘게 하는 단점이 있어서 과채류의 열매 맺음과 엽채류 근채류의 수확 정도를 떨어뜨립니다. 귀찮더라도 토양에 끼치는 영향을 고려하여 제초제를 사용치 말고 손으로 뽑아주는 게 최상이지요.

이제 야채 가꾸기의 기본 작업에 들어가 볼까요. 채소 가꾸기에 가장 적합한 장소는 일조량, 물빠짐, 통풍이 좋은 곳입니다. 텃밭이든 화분이든 기를 장소를 골랐다면 사전에 재배계획을 세워야 합니다. 재배시기와 재배면적, 재배지 조건 등을 고려하여 면적이 넓지 않을 경우에는 단시간 내 수확이 가능하거나 줄기 등이 옆으로 번지지 않는 품종을 선택합니다. 매년 같은 종류를 심으면 토양 속 양분의 균형이 깨지고 토질이 나빠지므로 전혀 다른 품종으로 윤작하는 것이 좋습니다. 예를 들어 첫해 봄에 단무를, 이어서 가지나 토마토를, 가을에 무를 심고, 이듬해에는 봄에 시금치를, 이어 쑥갓-소송채-옥수수-오이, 가을엔 시금치를 심는 식입니다.

앞서 말한 대로 채소 가꾸기의 핵심 포인트는 흙 만들기에 있습니다. 밭은 늦가을 이후에 20~30cm 깊이로 갈아엎습니다. 건조에 약한 미생물을 사멸시키고

자 함인데, 이듬해 씨뿌리기나 모종을 하기 열흘 전까지 퇴비와 석회를 뿌린 후 삽으로 다시 파 엎어 평평하게 다듬어줍니다. 채소는 산성토양을 싫어하므로 재배하기 전에 흙의 산도를 조정해 놓아야 합니다. 시금치나 강낭콩 등이 자라지 않는 밭이나 쇠뜨기풀, 쑥 등이 자라고 있는 곳은 백발백중 산성토양일 가능성이 있으므로 고토석회를 년 2회 1~2 줌 뿌려서 중화시켜야겠지요. 씨를 뿌리거나 모종을 심은 후 시일이 지난 뒤에도 월 1회 정도 사이갈기(中耕)를 하여 통기성과 침수성이 좋은 흙으로 유지시켜 주어야 합니다. 마지막으로 사이갈기로 부순 부드러운 흙을 줄기 쪽으로 모아주는 흙덮기를 2~3회 정도 해 주어 비바람에 줄기를 지탱케 하고 뿌리가 노출되는 것을 막아줍니다.

흙 만들기가 끝나면 드디어 씨 뿌리기를 할 차례입니다. 가능하면 모종 보다는 씨앗 상태로 재배해야 환경에 잘 적응하고 건강하게 자라는 이점이 있습니다. 대부분 채소의 발아 적정온도는 18~25℃ 정도이지요. 대개 하룻밤 물에 담가두었다가 파종하고 껍질이 단단한 씨앗은 콘크리트 위에 비벼서 상처를 낸 다음 하룻밤 물에 적셔 파종해야 발아가 잘됩니다. 초보자이거나 토마토, 가지, 오이 등 육묘에 온상이 필요한 작물은 시판용 모종을 사는 것이 좋겠지요. 모종의 크기는 종류에 따라 다르지만 본잎 기준으로 단호박, 오이 등은 4~5장, 양배추, 브로콜리 등은 5~6장, 토마토, 가지, 피망 등은 7~8장 정도 자란 놈을 따뜻하고 바람이 없는 오전에 옮겨심도록 합니다. 모종이 잘 자라기 위해서는 1주일 전에 이랑을 만들어 둔 뒤 적당한 간격으로 뿌리가 충분히 들어갈 정도의 구멍을 판 후 줄기원이 지표보다 조금 올라오도록 옮겨 심고 낮은 수압의 물을 줄기 밑부분에 적당량 줍니다.

채소를 재배하는 작업 중에 빠트릴 수 없는 것이 물주기와 솎아주기입니다. 많아도 탈, 적어도 탈이라서 물주기는 쉬워보여도 어려운 일이지요. 일반적으로 줄기원의 흙의 상태를 확인하여 말라 있으면 물이 부족한 증거입니다. 이때에는 흙의 5~10cm 깊이까지 수분이 스며들도록 충분히 줘야 하는데, 날씨가 더운 시기에는 아침이나 저녁에, 추운 시기에는 기온이 온화한 오전에 주도록 합니다. 반면 화분 등에서 재배할 경우에는 흙의 양이 적고 빗물 지하수 등의 외부 유입이 차단되므로 조금씩 자주 물을 주는 것이 좋습니다.

모종이 커감에 따라 잎이 서로 겹치면 일조량과 통풍이 나빠지고 병해충 피해에도 취약해집니다. 어린잎이 2~3장일 때, 3~4장일 때, 5~6장일 때를 기준으로 2~4회 정도 솎아주어야 합니다. 넘어지기 쉬운 작물은 지주를 세워줘야 하는데, 넝쿨성 작물이나 토마토, 오이 등은 2m 전후, 가지 피망 등의 줄기가 퍼져가는 작물은 60~70cm 정도의 튼튼한 지주를 세워줍니다. 또한 채소 종에 따라 멀칭과 터널도 해줘야 합니다. 이랑이나 줄기원에 짚이나 풀, 폴리에스테르 필름 등을 덮어주는 멀칭은 물론 비닐, 폴리에스테르 필름, 한랭포 등으로 터널을 만들어 저온, 한풍, 서리, 고온, 강한 햇빛 등 불리한 환경을 이겨내도록 도와주는 것이지요.

에구구, 농사를 한 번도 지어보지 않은 사람은 이 글을 읽는 도중에 야채 기르기를 이미 포기했을지도 모르겠군요. 그러나 아이를 낳아 기르는 과정을 한 번 생각해 보십시오. 걸음마를 배우기까지 24시간을 꼬박 육아에 매달려야 한다는 것을요. 아이든 채소든 생명 있는 모든 만물은 결국 애정의 크기에 정비례하여 성장하고 열매 맺습니다. 맛 난 과실은 그냥 열리는 법이 없지요!

** 2014년 5월 인생이모작협동조합인 『9988클럽』을 결성하며 한 달 앞서 제가 사는 군포시의 끝자락에 위치한 부곡동 일대에 60여 평 농지를 빌려 농사를 짓기 시작했습니다. 물론 함께 뜻을 모은 20여명의 조합원들과 함께였습니다. 4월 중순께 첫 농사로 감자를 심던 날, 삽질로 흙을 뒤집고 이랑을 만들어 감자종자에 잿가루를 발라 심은 후 검은 비닐로 멀칭 마무리를 하기까지 얼마나 진땀을 흘렸던지 그때를 떠올리면 금세 땀이 다시 맺힐 것 같군요. 그 뒤로 5월초까지 열무, 아욱, 상추 등 채소를 위시하여 강낭콩, 토란, 호박, 토마토, 가지, 울금, 고추, 고구마까지 매 주말을 이용하여 쉬지 않고 심었습니다. 전체 15이랑을 꽉 채웠으니 바라보는 것만으로도 가슴이 뿌듯합니다. 얼마 전에는 고추, 가지, 토마토에 대를 세워주고 며칠 내린 비에 웃자란 잡초도 뽑아주었습니다. 저도 하루가 다르게 도시농부가 되어가는 느낌입니다. 지난주에는

감자를 캐어 조합원들과 한 박스씩 나눠 가졌습니다. 올 가을, 주렁주렁 매달릴 고구마를 캐 먹을 생각에 벌써부터 가슴이 설렙니다.

요리하는 남자가 아름답다

노유경/나우미디어

● 사무실 근처에 〈구부자 부대찌개〉라는 식당이 있습니다. 오래 전부터 밥집으로 정해놓고 외출이 없는 날은 대개 여기에서 점심식사를 하곤 합니다. 부대찌개뿐만 아니라 된장, 순두부, 생선, 김치 등 찌개를 주 메뉴로 삼고 있는데, 한 번이라도 함께 가 본 손님들은 빠짐없이 왕 팬이 되어 버립니다. 비결요? 글쎄, 좋은 쌀로 밥을 짓고 찌개마다 냉이 등 야채를 듬뿍 넣어주며 나물 위주의 밑반찬이 입맛에 잘 맞아서랄까요. 한 마디로 충남 보령이 고향이라는 아주머니의 손맛이 대단하기 때문입니다.

본서는 남자를 위한 요리교본입니다. 엄밀히 말해 여자를 행복하게 해 주도록, 요리하는 남자가 될 것을 부추기는 한 여성작가의 불온서적(?)이지요. 그래도 제목을 보는 순간 이 책을 읽어봐야겠다는 생각이 들었으니, 작가보다 더 불온한 생각에 미친 까닭이 따로 있어서일까요. 바로 나 자신을 위한 맛 난 요리를 직접 만들어봐야겠다는. 일찍이 돌아가신 제 어머님도 손맛이 대단하신 분이었습니다. 식재료가 넉넉지 못했던 시절, 조물조물 무쳐내고 요리조리 끓여내면 한 상 맛있는 밥상이 차려지곤 했습니다. 그런 기대감으로 책을 펼쳐 보았습니다.

〈어머니〉라는 명작으로 유명한 러시아의 막심 고리끼는 소년 시절 요리사로 일했다고 합니다. 하나의 요리를 완성하는 것은 문학작품을 창작하는 과정과 흡사하지요. 소설의 완성본을 미리 그려 보듯 요리도 재료와 조리 도구를 이용해 완성된 요리를 미리 디자인해야 하니까요. 흔히 음식의 맛은 손끝에서 나온다고 합니다. 하지만 머리에서 나온다고 보는 게 더 맞는 표현일지 모르겠습니다. 총명한 여자일수록 요리를 잘하고, 하버드 대학생들 가운데 취미가 요리인 사람이 많을 정도로 고도의 지적 창작활동이기 때문입니다.

요리를 위한 기본 훈련부터 해 볼까요. 훌륭한 요리사가 되는 첫 번째 조건은 맛을 잘 보는 것입니다. 미각에 대한 경험이 풍부할수록, 다시 말해 맛의 기억량이 많을수록 맛있는 요리를 할 수 있으니까요. 둘째, 한 가지 요리로 열 가지를 상상하라는 것입니다. 김치찌개를 끓여 본 사람이라면 주/부재료를 조정한 음식을 얼마든지 만들 수 있습니다. 떡을 넣은 떡김치찌개, 국수나 당면사리를 넣은 김치전골, 라면을 넣은 라면전골, 참치로 맛을 낸 참치찌개, 양념한 돼지고기의 두부김치 등등 마음만 먹으면 수십 가지 응용요리를 만들어낼 수 있게 되지요.

셋째, 오감을 적극 살리라 합니다. 떡국에 달걀고명만 얹거나 샐러드에 드레싱만 잘 해도 식감이 살아납니다. 식기나 식탁보를 식욕을 돋우는 색(빨강, 주황, 노랑, 연초록 등)으로 준비한다면 시각에선 오케이. 촉감을 살리는 구운 빵 속의 신선한 야채, 맛을 살리는 음식의 온도(뜨거운 음식: 60~65℃, 차가운 음식: ±5~10℃), 후각을 자극하는 향신료 등을 활용하는 것도 좋은 방법이겠지요.

넷째, 요리책대로 해도 맛이 없다면? 행간을 읽어야 합니다. 가령 예를 들어 육개장을 만들어 보고자 한다면 재료의 특성에 유의해야 합니다. 국거리로는 양지머리가 최고이고 버섯으로는 표고나 느타리를 선택해야 하지요. 조리할 때도 통마늘과 대파를 먼저 넣고 푹 삶아야 고기의 누린내를 없애고, 살짝 데친 숙주는 다

끓은 쇠고기 국물에 넣어야 아삭한 식감이 살아납니다. 재료를 넣는 순서를 가리라는 말이지요. 재료의 모양도 고기를 결대로 찢듯 하고 고사리, 숙주도 긴 모양으로 비슷하게 통일시킵니다. 요리책에서 사용하는 단어, 즉 '푹, 살짝, 한소끔' 같은 말의 뉘앙스를 잘 이해하고, 때론 자기 입맛에 맞는 창의력을 발휘해야 진정한 자신의 요리로 거듭난다는 거지요.

다음으로 요리의 기본문법을 익혀 봅시다.

첫째, 장보기만 잘 해도 요리의 절반은 성공한 셈입니다. 3첩이니 5첩이니 하는 반찬구성, 즉 식탁의 시나리오를 먼저 작성해야 합니다. 찌개나 찜 등 주 요리를 정하고 거기에 어울리는 주된 반찬 하나를 덧붙입니다. 이때 비슷한 요리가 겹치지 않도록 유의하고 음식의 영양과 맛, 온도차, 질감 등을 고려하여 균형을 맞춥니다. 이런 시나리오에 따라 작성된 리스트를 야채, 고기류, 냉동식품 하는 식으로 분류 작성하여 조리 직전에 싱싱한 놈으로 장을 보면 되지요.

두 번째, 간을 잘 맞추어야 합니다. 밑간이란, 본 양념을 하기 전에 미리 간을 맞춰 두는 것인데, 튀김이나 전유어처럼 슴슴해야 맛있는 간이 있고, 조림처럼 짭짤하고 간간해야 제 맛이 나는 간이 있지요. 간을 맞추는 시점도 볶는 요리는 80% 정도 진행되었을 때, 다른 요리는 요리가 마무리되는 시점에서 간을 해야 적당합니다. 자주 간을 보다보면 짜게 될 염려가 있으므로 한두 번 정도로 하되, 만약 짜게 되었다면 신맛이나 단맛 양념을 추가해 짠맛의 균형을 맞춰주면 됩니다.

세 번째, 확실하게 양념해야 합니다. 음식의 맛을 더하기 위해 사용하는 기름, 간장, 마늘, 고추, 파, 깨소금, 후추 등 조미료를 통칭하는 말이 양념인데, 음식의 맛이 이들에 좌우되므로 매우 중요합니다. 원재료의 맛을 잘 분석하여 누린내, 비린내, 떫은맛 등을 제거하는 양념을 써야 하고, 고기류에는 청주, 돼지고기에는 생강을 넣어 잡냄새와 육질을 연하게 해야 합니다. 또 재료에 따라 양념에 재어 둘 건지 살짝 묻히기만 할 건지를 선택해야 합니다. 같은 양념이더라도 투입하는 순서가 요리에 따라 달라집니다. 예를 들어 볶음요리를 할 때 다진 마늘이나 양파 등 향신료는 주재료와 함께 볶아야 기름에 향이 배어 더욱 깊은 맛이 나지요. 향과 윤기를 더하는 참기름이나 깨소금은 매 나중에 넣어야 향이 달아나지 않습니다. 설탕은 분자가 커서 침투속도가 느리므로 먼저 사용하고, 후추는 소금으로 간할 때, 식초는 맨 나중에 넣어야 맛이 살아납니다.

마지막으로 가열 조리 잘하기를 살펴보겠습니다.

1.굽기. 팬이나 철판은 충분히 가열하여 센 불에서 조리합니다. 불이 약하면 내부의 맛 성분이 흘러나가고 수분도 더 많이 증발하여 퍼석거리고 맛없는 구이가 되어 버리지요. 이때 약간의 기름을 둘러주어 표면에 달라붙지 않도록 하고, 밀가루나 찹쌀가루를 묻혀 맛과 영양 손실을 막아주는 게 좋습니다.

2.볶기. 강한 불로 단시간에 볶는 것을 철칙으로 해야 합니다. 오래 볶을수록 맛과 영양분의 손실이 많아지기 때문이지요. 재료가 큰 놈은 잠깐 데치거나 삶아서 수분을 제거한 다음 볶으면 제 맛 나게 볶을 수 있습니다. 마늘이나 생강, 고추 등 향을 내는 양념을 먼저 넣고 볶다가 닭고기, 돼지고기, 야채 등 주재료를 넣고 볶아야 맛있는 볶음이 됩니다. 불을 끄기 직전에 참기름을 몇 방울 넣어주면 고소한 맛이 더욱 살아나지요.

3.튀기기. 튀김온도가 키포인트입니다. 160~190℃의 고온에서 조리해야 하는데, 튀김옷을 살짝 떨어뜨려 바닥까지 가라앉으면 아직 저온이고 가라앉았다 금방 떠오르면 160℃, 중간쯤 내려갔다 떠오르면 170~180℃, 떨어지자마자 표면에 흩어지면 190~200℃라고 보면 됩니다. 튀김옷을 만들 때 달걀, 특히 흰자만 넣어

주면 가장 바싹하면서 색깔도 좋게 되지요. 생선을 튀긴 다음에 다른 튀김을 할 때는 양파나 파를 중간에 튀겨주면 비린내를 없앨 수 있습니다. 양념장을 맛있게 만들려면 멸치와 다시마를 넣고 끓인 국물에 가다랭이를 넣은 후, 이를 체로 걸러내고 진간장, 맛술, 설탕, 소금으로 한 번 더 끓이면 됩니다.

4.끓이기. 재료의 본맛을 국물에 우려내는 실력으로 요리 등급을 매길 만큼 매우 중요한 조리법이지요. 주의할 점은 국물을 너무 많이 넣지 말아야 하는데 오래 끓일수록 영양 성분이 많이 파괴되기 때문입니다. 비린내 등을 제거할 목적이 아니라면 가능한 한 뚜껑을 덮고 끓이고 보글보글 끓을 때 생기는 거품을 걷어냅니다. 거품이 응고되면 탁한 맛을 내므로 이를 제거해 줄수록 깔끔한 국물 맛을 볼 수 있습니다.

5.데치기. 국물이 목적이 아니라 재료의 맛을 살리기 위해 하는 데치기는 시간이 포인트입니다. 그야말로 살짝 데쳐내어야 재료의 떫은맛이 없어지고 부드러워지니까요. 식품 고유의 색깔을 살리는 효과도 있는데, 소금을 약간 넣고 데치면 제 색을 살리는 효과가 높아집니다.

이상으로 요리의 기본기를 살펴보았습니다. 이젠 재료들을 사서 실전에 들어가 보는 일만 남았습니다. 저자의 부추김에 끝까지 넘어가야 할 지 살짝 고민이 되는군요. 남자를 위한 요리냐, 그 남자의 여자를 위한 요리냐, 이것이 문제네요.

세계일주 문화유산답사기

유정열/관동산악연구회

● 어딘가로 떠난다는 것은 우리를 가슴 설레게 합니다. 전혀 가 본 적이 없는 미지의 세계라면 더더욱 가슴이 벅차오르겠지요. 적벽대전의 현장에서 아프리카 세렝게티 초원까지 5대양 6대주를 작심하고 누빈 저자는 등산 경력 40년의 베테랑 산악인입니다. 히말라야 안나푸르나를 비롯하여 지금까지 50여 개국 3천여 산을 오르내리고도 모자라 세계 일주를 감행하였으니 어지간한 역마살 체질인가 봅니다. 부러운 마음에 1천 페이지가 넘는 그의 책을 펼쳐보았습니다.

"무릇 길이란 멀다고 사람이 못 가는 법이 없으며 사람에게는 이국(異國)이 따로 없다. 그렇기 때문에 동쪽 나라 사람들은 승려건 유자(儒者)건 반드시 서쪽으로 대양을 건너서 몇 겹의 통역을 거쳐 말을 통하면서 공부하러 간다." 어려서부터 당나라에 유학 갔던 최치원의 말을 인용하며, 세상과 사람과 삶을 연결하는 길을 쉼없이 떠나는 이유는 배움과 깨달음을 얻기 위함이라고 강변합니다.

그는 스스로 호기심이 많은 사람이라고 말합니다. 그러나 명백하고 보편적인 기존의 지식보다는 보다 구체적이고 개별적인 새로운 것들에 흥미를 느낍니다. 시멘트 바닥에 핀 한 송이 민들레의 처절함이나 낡고 오래된 건물에 내려올 법한 전설, 어떤 이의 쓸쓸한 뒷모습에 담긴 이야기 같은 것들에서 사실 이면에 존재하는 진실과 아름다움을 대하게 될 때 감동을 받는다는 것이지요. 자, 그럼 그 감동의 현장으로 발걸음을 옮겨볼까요.

아시아 여행. 하나이면서 여럿인 아시아, 태곳적부터 아시아 대륙을 지키고 있는 자연과 문화, 문물을 공유하기 위해 인도, 중국, 일본, 티베트 각지의 산과 도시를 참 많이도 누볐습니다. 무수한 산을 오르며 삶의 지혜를 깨닫고 역사의 현장을 찾아 선인들의 발자취를 더듬었습니다. 그러나 근대 이후 아시아 공동체가 와해되던 역사의 현장이나 여전히 아시아의 타자(他者)로 남아있는 소수민족의 삶 앞에서 분노하고 슬퍼할 수밖에 없었습니다. 여행하는 내내 지금이 바로 공통된 문화를 가진 우리들이 공유할 수 있는 연대의식이나 공감대를 형성해야 할 때임을 자각합니다. 자본주의 경제논리나 힘의 논리가 아닌, 더불어 살아가는 '함께의 논리'가 통용되는 문화공동체를 위해 '다른 사람의 마음을 알아가는' 여행의 필요성을 깨달은 것만으로도 얻은 게 많은 여행입니다.

유럽 여행. 한 마디로 이국적 이미지. 회갈색 빛을 띤 고색창연한 건물들과 하늘을 찌를 듯이 서 있는 성당, 넓은 초원과 흰 눈으로 뒤덮인 산지 등 유럽의 풍광은 낯설기 그지없습니다. 그리스 로마 신화에 등장하는 인물이나 도시, 알프스 어귀에서 전하는 숱한 전설들도 낯설긴 마찬가지이고요. 유럽의 풍물이 이토록 이질적인 것은 단순히 지역과 환경의 차이만은 아닐 것입니다. 과거의 것을 '보존하고 지켜내야 할 가치로운 것'으로 파악해 온 유럽인들이 낳은 가치관의 차이 때문이 아닐까요. 이처럼 고전의 흔적들 속에서 새로운 문화를 만들어가는 유럽의 모습을 감상하는 것이 유럽여행의 백미입니다. 저로서도 10여 년 전 다녀 온 헝가리 부다페스트를 잊을 수가 없습니다. 다뉴브 강 사이 로마 시대로 거슬러 올라가는 겔레르트(Gellert) 온천, 이민족의 침입을 견뎌낸 왕궁, 우리의 매운탕과 흡사한 맛의 굴라쉬(Goulash) 스프… 낯설음도 오래가면 익숙해지기 마련입니다.

북아메리카 여행. 현대 문명의 발상지. 이런 가공스런 이미지와 달리 자연의 섭리가 가득 찬 곳, 불편함 속에서 감사를, 부족함 속에서 겸손을 배울 수 있는 최적의 장소가 이곳이 아닐까 싶습니다. 알래스카와 로키산맥의 설산, 거대도시 뉴욕의 마천루는 자연과 문명의 경계를 넘나드는 롤러코스터 같습니다. 저도 처음 뉴욕 땅을 밟았을 때, 그리고 몇 년 뒤 캐나다 로키 투어를 했을 때 첫 날 밤을 꼬박 새운 경험이 있습니다. 전자는 문명의 충격에, 후자는 원시 자연의 충격에 넋이 나간 것이었지요. 돌이켜보면 당시 뉴욕의 밤거리는 저를 불안하게 했지만 밴프 국립공원 초입에서 바라본 로키산맥은 겸손과 평안을 선사했습니다. 앞으로 이곳엘 가 볼 기회가 다시 온다면 그랜드 캐년을 꼭 찾고 싶습니다.

라틴 아메리카 여행. 인간성의 가장 밑바닥을 찾아서. 외세의 침략과 실패한 혁명, 독재와 부정부패에 물든 변방의 땅. 인간과 역사가 만들어낼 수 있는 온갖 부조리를 모두 떠안아야 했던 라틴아메리카는 '와인의 대륙, 축구의 땅' 만은 아닙니다. 가진 걸 다 빼앗기고 착취와 굶주림에 고통 받으며 자유를 말하기 위해 목숨마저 버려야 했던, 그런 힘겨운 상황 속에서도 삶을 살아내기 위해 열심히 노력했던 이들의 발자취를 더듬어 보는 것이 여행의 목적이었습니다. 마추픽추, 이구아수폭포, 하바나 시거, 체 게바라… "나는 달팽이가 되기보다 참새가 되고 싶어라(I'd rather be a sparrow than a snail)"고 노래한 〈철새는 날아가고(El condor pasa)〉는 그들을 위한 진혼곡 같습니다.

아프리카 여행. 그림자처럼 존재하는 검은 별(Dark star). 폴 서루(Paul Theroux)의 말처럼 서구 문명에 가려 여전히 깊은 시름에 빠져있는 검은 대륙 아프리카는 인류 기원(基源)의 대륙이기도 합니다. 그러니까 지금으로부터 20만 년 전 현생 인류의 기원이랄 수 있는 호모 사피엔스가 아프리카 에티오피아 지역에서 출현했기 때문이지요. 그러기에 어딜 가도 원시의 생명이 묻어나옵니다. 검은 피부에 그려내는 총천연색의 치장, 한없이 자유로운 춤과 노래, 신체를 경이롭게 변이시키는 위험천만한 성인식 등 서구문명에 길들여진 우리에겐 일견 혐오스럽기까지 한 그들의 풍습은 자연의 양면성을 내포한 원시와 순수 그 자체로 다가옵니다. 누구든 아프리카를 제대로 만나기 위해서는 먼저 어떠한 선입견도 내려놓아야 할 것 같습니다.

오세아니아 여행. 행복하기로 마음먹은 만큼 행복해지는 곳. 아름다운 자연, 사람들의 넉넉한 인심, 수많은 초원과 양떼들이 곳곳에 보이는 호주와 뉴질랜드는 흔히 지상의 유토피아라 불립니다. 거기다 수정처럼 맑은 바다와 푸른 산과 광활한 사막을 동시에 만날 수 있는 곳, 푸르른 하늘과 수많은 별들, 맑고 싱그러운 바람을 만날 수 있는 청정 여행지. 잠시나마 찌든 심신을 달래고 행복해지려거든 이 곳으로 가는 게 좋겠지요.

저는 한 달에 한 번 산행을 함께 하는 〈개구리 산악회〉 회원입니다. 회원들의 입담이 워낙 좋아 어디로 튈지 모르는 수다스러움 때문에 붙여진 이름이지요. 나는 그런 수다스러움이 좋습니다. 여행이 끝이 없듯 살아있음은 온갖 수다스러움의 연속이지 싶습니다. 올 여름엔 계곡을 찾아 경기도의 산들을 찾기로 했습니다. 그곳에선 또 무슨 수다판이 벌어질 지, 이런 게 진짜 세상사는 재미가 아닐까요.

저자 후기

책의 편집을 끝내면서 제가 과연 '밥이 되는 사람책' 구실을 제대로 하려나, 또 다시 반성의 시간을 가져봅니다. 탈고를 끝낼 즈음, 제가 사는 군포의 중앙도서관에서 저를 '사람책'으로 선정해주었기에 더더욱 그런 생각을 해 보게 됩니다. 본문 중에 지셴린 교수는 〈인생(人生)〉을 살아가는 3불(不) 신조를 이렇게 밝혔습니다. "먹는 걸 가리지 않는다. 수군거리지 않는다. 빈둥거리지 않는다." 퍽이나 평범한 생각 같지만 실천하기는 결코 만만치 않은 구석이 많습니다.

사람책 또한 매사에 편협하지 않으면서도 진중함을 잃지 않아야 한다고 여깁니다. 이는 '균형 감각'이 키포인트가 되어야 한다는 뜻이기도 합니다. 저는 어떤 주제를 대할 때마다 3권 이상의 관련서적을 골라 공부하는 버릇이 있습니다. 단 한 권의 책에서 얻는 지식의 편협함을 경계하기 위해서지요. 본문 중 원자력에 관한 글을 쓸 때가 무척 힘들었습니다. 우선 도서관에 비치된 관련서적이 너무 빈약해서 어쩔 수없이 행정가의 책을 차용하게 되었지만 다 읽고 보니 정부편향적인 홍보성 책자라는 느낌을 지울 수 없었습니다. 하는 수없이 인터넷에 떠도는 자료와 동영상을 참조하여 나름 균형감을 메우려 애썼습니다.

반면에 〈한국사회 트라우마〉는 시종일관 좌편향적인 선동문구가 눈에 그슬렸습니다. 우리 사회가 세월호 참사 같은 상처딱지만 무성한 건 아닌데 말입니다. 지난번 소치 동계올림픽 500m 계주에서 넘어져 아깝게 금메달을 놓쳤던 박승희 선수와 완벽연기를 펼치고도 은메달에 그쳤던 피겨스케이팅의 김연아 선수가 '금메달의 주인공이 따로 있을 수 있음'을 언급했던 기사내용은 신선하면서도 잔잔한 감동을 주었습니다.

우리가 하루하루를 열심히 살아가는 이유는 '오늘의 축적(蓄積)이 모여 전 생애를 이루기 때문'이겠지요. 최후 결과가 금메달이건 은메달이건, 열심히 산 자의 목에는 메달이 걸릴 게 틀림없습니다. 색깔의 차이를 떠나 최소한 노메달은 되지 않아야 한다는 게 제 생각입니다. 제가 부단히 책을 읽고 사색하고 글을 쓰는 이유도 그런 이유 중 하나입니다. "부러워하면 지는 거다" 우리 모두 포기하지 말고 저마다의 삶을 열심히, 꿋꿋이 살아가도록 노력합시다.

밥이 되는 사람책

책 읽어주는 남자, 요셉의 일곱 빛깔 이야기

2014년 8월 25일 초판 1쇄

지은이_ 신요셉
펴낸이_ 신완섭
디자인 _디자인마음(hongsh71@gmail.com)

펴낸곳_ 고다
등록_ 2010년 6월 22일(제2010-000016호)
주소_ 경기도 군포시 수리산로 33, 833-2702
전화_ 010-2757-6219
팩스_ 031-466-1386
이메일_ golgoda9988@naver.com
값_14,000원

ISBN 979-11-952266-1-0

도서출판 고다(高多)는
인격을 드높이고 학문을 넓히는데 힘쓰고 있습니다